La novia de la Bestia

HIGHLANDS II

Sue-Ellen Welfonder

La novia de la Bestia

Manderley

Título original: *Bride of the Beast*
Esta edición ha sido publicada de acuerdo con Warner Books, Inc.
Nueva York, EE.UU. Todos los derechos reservados

Torrelaguna, 60. 28043 Madrid
Teléfono 91 744 90 60
Telefax 91 744 92 24

Diseño de cubierta e interiores: Raquel Cané
Ilustración de cubierta: José del Nido

Primera edición: mayo de 2006

ISBN: 84-96463-40-0
Depósito legal: M-9.552-2006
Impreso en España por Huertas, S. A. (Fuenlabrada, Madrid)
Printed in Spain

A la memoria de mi suegro, Gottfried Welfonder,
un hombre que soportó su propia cicatriz, y que, como
sir Marmaduke, la llevó con dignidad y orgullo, superando
grandes dificultades, siempre con la cabeza alta.
Fue un verdadero galán, un elegante caballero a la antigua
usanza, jardinero aficionado y amante de los libros.
Sé que estaría muy orgulloso de mí.
Siempre vivirá en mi corazón.

Agradecimientos

TODOS AQUELLOS QUE ME CONOCEN BIEN SON conscientes de mi predilección y pasión por el rey y héroe escocés Robert Bruce, un hombre de gran corazón que se entregó en cuerpo y alma a otros hombres. Su audacia, valor y compasión inspiraron gran amor y devoción entre aquellos que le siguieron y un enorme respeto entre sus enemigos. Su llama ardió con tanta intensidad que su estela continuó dejando huella a lo largo de los siglos y todavía hoy tiene poder para cautivar los corazones de aquellos que aman Escocia. Sin duda alguna ha conseguido seducir el mío. Uno de sus momentos más brillantes, su gran victoria sobre los ingleses en Bannockburn, me ha servido de inspiración para esbozar el personaje de sir Marmaduke Strongbow.

Sir Marmaduke Tweng, un personaje histórico real, fue un noble caballero inglés de la época, famoso por ser un hombre de honor. Derrotado en la batalla, solicitó la presencia de Bruce, rehusando rendir su espada a otro que no fuera él. Como muestra de respeto y honor ante la caballerosidad de sir Marmaduke, Robert Bruce le invitó a su tienda real, sentándolo a su propia mesa.

Sir Marmaduke fue entonces liberado sin solicitar rescate y se le permitió volver en paz a Inglaterra. Cuando me di cuenta de que Duncan, en *El demonio de Escocia,* necesitaba un valiente caballero inglés como mejor amigo, recordé a Robert Bruce y a sir Marmaduke. Este personaje no podía recibir otro nombre... y supongo que ambos hombres sonreirían si lo supieran.

Quiero dar las gracias a los lectores de mi lista de correo que se enamoraron de sir Marmaduke en *El demonio de Escocia*. Sus múltiples preguntas sobre este personaje en particular y sus peticiones para que tuviera un final feliz han sido las razones principales de que esta historia haya salido a la luz. Este libro está dedicado a ellos con mi más profundo afecto.

Mi agradecimiento más sincero para mi maravillosa agente y amiga, Pattie Steele-Perkins, que se enamoró de sir Marmaduke desde el principio, y para mi querida editora, Karen Kosztolnyik, por su gran habilidad para ayudarme a reflejar este personaje en el libro. Estoy en deuda con ambas.

Y, como siempre, doy las gracias a mi apuesto esposo Manfred, por protegerme de mis propios demonios, por soportar mis noches en vela y mis cenas apresuradas, y por hacer posible que mis sueños se hagan realidad

I

Castillo de Dunlaidir
Costa oriental de Escocia, 1330

MILADY, LO QUE TÚ NECESITAS ES UN PROTECTOR.
Lady Caterine Keith se encogió de hombros al escuchar aquel sincero consejo de su dama de compañía y continuó mirando por las ventanas de sus aposentos en la torre. Mucho más abajo, el mar del Norte rompía y se agitaba. Su oleaje gris estaba cubierto de blanco espuma y su superficie encrespada era un perfecto reflejo de la confusión que reinaba en su interior.

Un pesado muro de silencio se alzó entre las dos mujeres, e incluso el crepitar del fuego en la chimenea y el silbido hueco del viento del otoño parecieron ensordecerlas.

Las ráfagas cargadas de lluvia azotaban las recias paredes de piedra de Dunlaidir, haciendo temblar tanto los postigos de las ventanas que Caterine no se hubiese sorprendido de verlos arrancados y arrojados a las agitadas aguas.

Una inquietante sensación premonitoria le recorrió la espalda, perturbando su ánimo. Un presentimiento palpable, tan frío e incesante como las negras olas que azotaban los acantilados sobre los que el castillo de Dunlaidir se erguía con orgullo.

Calló.

La sugerencia de su dama de compañía no merecía ningún comentario.

Alentada por el silencio de Caterine, lady Rhona continuó con su efusivo discurso.

—Ya puedo verlo frente a mí: un poderoso protector blandiendo una gran espada, un caballero de fama y de honor —se entusiasmó, con una voz fresca, turbada por la emoción.

Su amiga Rhona estaba llena de fantasías, pero Caterine ya no creía en ellas.

Quizás nunca había creído.

Nunca le había sido permitido creer, aunque su joven corazón había intentado, alguna vez, aferrarse a aquellos estúpidos sueños.

—Milady —imploró Rhona forzando la voz para captar la atención de Caterine—. ¡Piénsalo bien! Un intrépido guerrero, capaz de derrotar a tus adversarios con sólo una mirada. Sería tan fácil para ti conseguir un caballero valiente dispuesto a destrozarlos. Un gran protec...

—Yo no quiero un protector. —Caterine se dio la vuelta para mirar a su amiga—. Deseo únicamente estar sola.

—Pues yo estoy segura de que lo que tú necesitas es deseo —exclamó Rhona romántica, y después se cubrió la boca con una mano mientras un rubor incontrolable le sonrojaba las mejillas. Se deslizó por detrás de Caterine y se dirigió hacia las ventanas. Volvió a poner los postigos en su sitio para dejar fuera de la habitación la lluvia y el viento, y la estancia se sumió en una semipenumbra—. ¡Discúlpame! —agregó y se apresuró a encender las velas de un candelabro—. No he querido ser irrespetuosa. Es sólo que tú no has conoci...

—Entiendo muy bien lo que has querido decir —declaró Caterine antes de que la otra mujer, con algunos años menos que ella, pudiera seguir parloteando y avergonzando a ambas. Intentó mantener la espalda recta y se hundió en el acogedor asiento del hueco de la ventana.

Ni siquiera le importó que la lluvia, que caía oblicua, hubiera humedecido el delicado bordado de los cojines. Tenía asuntos más serios que afrontar que preocuparse de si se resfriaba o no.

—Aprecio tu preocupación, pero es injustificada. —Levantó la cabeza y lanzó una mirada de reojo a Rhona—. Yo sé mucho de hombres. ¿Crees que después de haber sobrevivido a dos esposos sigo siendo tan inocente como era antes?

—Por supuesto que no, milady. —Rhona estaba encendiendo las últimas dos velas—. Nadie es más consciente que yo de tu crítica situación. Si mi corazón pretendiese algo distinto a tus intereses, jamás insistiría en que buscases un protector.

Caterine hizo un gesto de impaciencia.

—Tú hablas de deseo. Yo necesito una solución a mis problemas, a los problemas de Dunlaidir, no un hombre que caliente mi cama.

Se reclinó, alzó a *Leo,* su pequeño perrito marrón dorado, y lo puso en su regazo.

—No solicitaré la atención de ningún otro hombre sin tener en cuenta mis aspiraciones. *Leo* es el único varón bienvenido en estas habitaciones... como tú bien sabes.

—*Leo* no puede protegerte de alguien tan poderoso como sir Hugh. Es un cobarde capaz de las peores canalladas y las vilezas más atroces. Tu único recurso es pedir a tu hermana que te envíe ayuda.

—¿Tú crees que alguien de las tierras altas de Escocia estaría dispuesto a detener a un conde *sassunach** que tiene semejante guarnición de caballeros? —Caterine alzó a *Leo* más cerca de ella, confortándose con el suave calor de su pequeño cuerpo—. Incluso alguien tan poderoso como MacKenzie tendría dificultades para impedir a De la Hogue que se apodere de Dunlaidir casándose conmigo.

Rhona inclinó la cabeza.

—Entonces debes intentar que esa unión sea imposible tomando por esposo a un protector.

En el pecho de Caterine surgió una oleada de indignación.

—Yo no quiero ningún protector. Tampoco pretendo abusar de la buena voluntad de Linnet forzándola a enviarme uno. Aunque sintiera alguna inclinación por unirme a un hombre semejante, algo en lo que no tengo ningún interés, no me resultaría más apetecible que casarme con sir Hugh.

—¿Cómo lo sabes si todavía no conoces al hombre que tu hermana podría mandarte?

Caterine miró a su amiga con severidad.

—No quiero soportar a un tercer marido, protector o no.

En lugar de contestarle, Rhona comenzó a pasearse por la habitación, golpeándose la barbilla con el dedo índice mientras caminaba. Caterine se preparó para el absurdo discurso que saldría de inmediato de los labios aún cerrados de la joven.

Después de años de amistad conocía muy bien a Rhona. Aquel gesto con el dedo precedía siempre a alguna tontería. Eran discursos enmarañados que sólo tenían sentido para sí misma.

---

* Término peyorativo escocés para referirse a un inglés.

—¡Tengo la solución! —exclamó, juntando las manos. Una sonrisa triunfante iluminó su pequeño rostro—. Sólo debes fingir que te casarás con el hombre que envíe tu hermana.

Caterine levantó las cejas.

—¿Fingir?

—Exacto. —Su amiga sonrió abiertamente, esperando que Caterine entendiera la genialidad de semejante plan.

Pero Caterine no entendía nada.

Sentía únicamente una creciente irritación ante las persistentes súplicas de Rhona.

Incorporándose, condujo a *Leo* por las alfombras del suelo y lo colocó sobre su lecho de piel de oveja, junto a la chimenea.

—Creo que no lo entiendes. No voy a pedir ayuda a Linnet ni accederé a un nuevo matrimonio. Ni siquiera ante uno falso —dijo, enfrentándose a la obstinación de Rhona con lo que, esperaba, pareciese una firme resistencia.

Firme e inquebrantable.

Sobre todo inquebrantable.

—Pero si lo hicieras, sería tu mejor oportunidad para deshacerte de sir Hugh —insistió Rhona—. ¿Has olvidado que juró obtener una orden de su rey para forzarte a contraer matrimonio en caso de que no aceptases por propia iniciativa antes de las fiestas de San Miguel? —Rhona alzó sus manos en señal de súplica—. Milady, hace tiempo que la fiesta de San Miguel ha pasado.

—¿De verdad? —Caterine se quitó una pelusa imaginaria de la manga de su vestido—. Nuestros almacenes están tan desabastecidos que no hubiéramos podido celebrar el día de San Miguel, así que ni me he dado cuenta de que la fecha ya ha pasado. Tampoco me importa lo que Eduardo III diga que yo deba hacer. Esta tierra todavía pertenece al joven David de Escocia.

—Milady, por favor —le rogó—. No tienes otra elección.

Furiosa, Caterine cerró los puños. Detrás de las ventanas cerradas tronaba la tormenta, mientras que en su interior resonaba el eco de un profundo rencor.

Rhona se equivocaba. Ella sí tenía otras opciones.

Pero, como otras veces en su vida, ninguna le interesaba.

Nunca había vivido bajo la autoridad de un hombre. Viuda desde hacía poco de un caballero mayor y compasivo, ahora había llegado el momento de encontrar, finalmente, un poco de paz.

Paz y soledad.

Pero sin que nadie se lo hubiera pedido, allí estaba el rostro ceñudo de sir Hugh de la Hogue, frente a ella, con sus ojos feroces brillando de satisfacción y el sonido de su pesada respiración reflejando su naturaleza lujuriosa.

Caterine se estremeció. Sólo de pensar en que los dedos enjoyados del *sassunach* podían tocarla, la llenó de amargura y se le hizo un nudo en la garganta.

—Milady, te has puesto pálida. —La voz preocupada de Rhona destruyó aquella repulsiva imagen—. ¿Quieres que avise al médico?

—No, estoy bien —mintió Caterine con voz apagada.

Los oscuros ojos de Rhona parecían inundados por la inquietud. Se adelantó para coger las manos de Caterine.

—Oh, milady, tienes que ser razonable. Los caballeros de MacKenzie son expertos y valientes. El esposo de tu hermana es un buen hombre, te enviará el guerrero más intrépido de su guarnición.

Rhona soltó las manos de Caterine y volvió a pasearse por la estancia.

—¿Recuerdas cuando hace algunos años él y tu hermana vinieron de visita? Juraría que todas las mujeres del castillo se agitaban por ver si él les dirigía una mirada...

—Hay aspectos más importantes de un hombre que el ancho de sus hombros o el encanto de su sonrisa —interrumpió Caterine—. No negaré que el esposo de mi hermana es agradable y que posee un buen carácter, pero no puedes comparar a Duncan MacKenzie con otros hombres. Uno como él es difícil de encontrar. Mi hermana es muy afortunada.

Por un instante pareció que aquellas palabras habían conseguido acallar a Rhona, pero pronto regresó a su parloteo con el rostro encendido y renovadas energías.

—La verdad, no sólo me impresionaron sus bonitos ojos. Nunca olvidaré cómo se dejó ganar tan hábilmente en el torneo de Dunlaidir y la cortesía que tuvo al permitir que tu último esposo le superara. —Rhona observó a Caterine con atención—. Sí, lord MacKenzie es una persona justa. Te elegirá un protector fuerte, bien armado, valiente como un guerrero, un hombre de honor para protegerte.

Un hombre de honor.

Caterine se tragó la aguda respuesta que bailaba peligrosamente en la punta de su lengua. De todas las mujeres, ella era la que tenía más motivos para creer que tal modelo de virtudes no existía. Muchos hombres diferentes habían compartido, en mayor o menor medida, su vida con ella y, desde luego, el honor no había sido un atributo que les hubiera caracterizado.

Sólo su último esposo había tenido algo de honor.

Un poco de honor.

Se cruzó de brazos.

—¿Y crees que ese fabuloso y enérgico escocés, ese hombre de honor, dejará de lado su honestidad y estará de acuerdo en fingir que es mi tercer esposo?

Rhona se detuvo y comenzó a golpearse con un dedo los labios, en actitud pensativa. Al poco tiempo, el dedo se paró mientras esbozaba una sonrisa.

—Precisamente será su honor el que le obligará a estar de acuerdo. ¿Qué hombre compasivo y valeroso sería capaz de rechazar a una mujer noble en apuros? ¡Ninguno!

—¿Tú crees?

—Por supuesto. —El golpeteo comenzó de nuevo—. Sobre todo si informas a lady Linnet de la amenaza de ruina que se cierne sobre Dunlaidir. Cuando conozcan nuestra desesperada situación, nadie sometido a las reglas de la caballerosidad podrá rechazarte.

Rhona estaba esperanzada, pero Caterine no pensaba como ella.

Pues que así sea, estaba a punto de decir, cuando un fuerte trueno la acalló antes de que las palabras pudieran salir de su boca, robándoselas tan claramente como si una suave mano se las hubiera arrebatado de los labios.

Volvió a escucharse otro trueno provocando un estallido tremendo que hizo temblar el suelo y golpear los postigos de las ventanas.

La furia negra de la tormenta era un presagio, Caterine lo sabía.

Una señal de que los santos desaprobaban el sacrilegio que Rhona le proponía.

O peor, una indicación de que estaban de acuerdo con la propuesta y que condenaban el rechazo de Caterine.

Algo que ella no podía llevar a cabo, no lo haría.

Esperó a que la furia del vendaval se apaciguara y luego acarició los pliegues de su vestido de lana. Antes de perder su firmeza y su compostura, echó atrás los hombros y se obligó a decir las palabras que tenía que pronunciar.

—Lady Rhona, respeto tu consejo y reconozco que siempre te preocupas por mi bienestar —dijo con una voz relativamente tranquila—, pero te prohíbo que vuelvas a mencionar otra vez este tema. No voy a pedir que me envíen un protector.

* * *

Dos semanas más tarde, al otro lado de Escocia, en lo más profundo de las Highlands Occidentales, un guerrero solitario luchaba contra un enemigo invisible. Sólo el repetido silbido de su gran espada, surcando el aire frío de la madrugada, turbaba la quietud a su alrededor.

Incluso el lago Duich, apenas visible bajo la muralla, estaba en silencio, con su oscura superficie tan lisa como el cristal. Ninguna ola golpeaba la orilla de guijarros; no se escuchaba ningún sonido.

Era la hora previa al amanecer, el momento del día preferido por sir Marmaduke Strongbow para sus ejercicios. Pronto el castillo de Eilean Creag volvería a la vida, el interior de la muralla, ahora vacío, se llenaría de actividad y los escuderos de su señor entrarían para acompañarlo, ansiosos de que él los instruyera y les enseñara sus artes.

Que les ayudara a perfeccionar la destreza de sus brazos y el manejo de las armas.

Pero por el momento estaba solo.

Libre de desafiar a sus enemigos secretos, con suficiente osadía como para enfrentarse con el peor de ellos, consigo mismo y con los demonios que él había creado y que llevaba siempre en su interior.

Hizo una pausa y respiró hondo; después se pasó el brazo por la frente húmeda. Lo que le atormentaba volvió a quedar sepultado en las profundidades de sí mismo. Y los santos sabían que tenía mucho por lo que sentirse agradecido. Muy pronto, su propio castillo estaría terminado. Si no hubiera sido un hombre que disfrutaba con la comodidad, se habría mudado a Balkenzie inmediatamente, aquel mismo día.

Pero había esperado demasiados años para levantar su bandera sobre una fortaleza propia y unos pocos meses más no le supondrían gran esfuerzo. Entonces todo estaría preparado y podría tomar posesión de su nuevo hogar.

Un castillo que él y su señor feudal, Duncan MacKenzie, habían diseñado con mucho cuidado.

Una fortaleza ideal en términos estratégicos para proteger los terrenos sureños de las tierras de MacKenzie.

Un hogar perfecto, excepto por una cosa.

A diferencia de su señor y amigo más íntimo, Marmaduke carecía de una dama que estuviese a su lado. El suyo sería un baluarte lleno de hombres.

Sofocando la amargura que a veces se mofaba de él cuando estaba solo, Marmaduke cogió con fuerza la empuñadura de cuero de su espada y arremetió de nuevo contra sus enemigos invisibles. Cada vez más rápido, su acero desgarró la mañana mientras él lo hacía girar y lo hundía, empujaba y retiraba, cortando en jirones, y con habilidad, sus dudas y sus arrepentimientos, haciéndolos desaparecer uno por uno.

Hasta la mañana siguiente, cuando volviera a desafiarlos.

—Sir... —La voz a su espalda fue casi un suspiro en sus oídos, pero para su instinto guerrero sonó como un poderoso bramido. Bajó la espada instintivamente y se volvió hacia la dama que se había dirigido a él.

—Milady, es un placer verte, pero no deberías acercarte por la espalda a un hombre cuando empuña una espada —dijo enfundando el acero—. Y tampoco creo que sea bueno que estés fuera, expuesta al aire frío de la mañana.

—Estoy perfectamente —rebatió Linnet MacKenzie, apretando y asegurando su capa de lana alrededor del cuerpo, antes de dejar una mano sobre su abultado vientre—. Me gustaría hablar contigo a solas, ahora, antes de que aparezcan los demás.

Sir Marmaduke observó detenidamente a la esposa de su señor. Su bonito rostro parecía más pálido de lo habitual y, a menos que su buen ojo lo estuviera traicionando, bajo sus ojos aparecían unas ligeras sombras moradas.

No se sorprendió de que aquel pecho pareciera agitado. Era terriblemente obvio que había hecho un gran esfuerzo saliendo a buscarlo allí fuera.

—Señora, deberías estar en la cama —la amonestó, tratando de sonar firme pero incapaz de ser severo con ella—. ¿Sabe tu esposo que estás aquí, a la intemperie?

Los dos círculos rosas que se dibujaron en sus mejillas sirvieron de respuesta.

—Tengo que hablar contigo —dijo ella otra vez y le cogió del brazo.

—Entonces vayamos a la capilla. —Apretando su mano, Marmaduke la condujo hacia el oratorio de piedra de Eilean Creag—. Está más cerca que el gran salón y es más privado. —Retuvo su mano suave y gentilmente—. Me gustaría que estuvieses en un lugar cálido y acogedor antes de escuchar lo que te preocupa.

Estaba a punto de hacerla entrar, cuando la pesada puerta de madera de la capilla se abrió ante ellos, golpeando las limpias paredes blancas y produciendo un gran estrépito.

—¡Por todos los santos, María y José! —exclamó MacKenzie enojado, sin atender a la santidad del lugar. Con cara de enfado, se acercó de inmediato a su esposa—. Mujer, ¿has perdido el juicio? Deberías estar en la cama, no aquí. Todo el mundo está buscándote.

Con los dos puños en las caderas, lanzó una mirada oscura a Marmaduke.

—¿Por qué no me sorprende verla contigo?

—Tranquilízate, amigo mío —le apremió sir Marmaduke, sin que su voz de barítono se alterase por el exabrupto del otro hombre—. No le ha ocurrido nada malo.

—Si ella fuera tu dama, apuesto a que también querrías saber que está a salvo, Strongbow. —Duncan se acarició el pelo desordenado.

—Cuido de ella como si fuera mi propia dama, lo sabes perfectamente. —Marmaduke puso los brazos en jarras—. Su bienestar es igual de importante para mí. No hay nada que no haría por ella.

—Señores, por favor. —Linnet se apoyó en una estatua de piedra de un antiguo caballero MacKenzie, todavía agarrándose el vientre—. Te he dicho que esta vez nada saldrá mal. Lo sé. Mi don me lo ha mostrado.

Duncan MacKenzie la miró severamente; sus apuestos rasgos estaban tan rígidos como los de su ancestro esculpido en piedra. Después de echar otra mirada siniestra a Marmaduke, dio media vuelta y cruzó el oratorio a grandes zancadas.

Hincándose sobre una rodilla, encendió un pequeño brasero que había cerca del altar.

—¿Se lo has dicho? —preguntó a su esposa cuando se hubo levantado.

—¿Decirme qué? —dijo Marmaduke alzando las cejas.

—Milady quiere pedirte un favor. —Duncan lanzó una mirada a Linnet—. Un gran favor.

Sir Marmaduke no prestó atención al tono que había empleado su amigo cuando pronunció aquellas últimas palabras, ni tampoco a la media sonrisa que surgió de pronto con cierto nerviosismo en su boca, pero aquellas reticencias no tenían importancia. Había ayudado a lady Linnet desde su llegada a Eilean Creag, hacía cinco años, y ella le devolvería aquella galantería con creces, de eso estaba seguro.

En su presencia casi podía imaginarse libre de la cicatriz que surcaba su rostro, antaño apuesto, y creer, de nuevo, que su apariencia y no un encanto bien practicado podría hacer que las mujeres se sintieran atraídas por él.

Él la adoraba en grado sumo.

—Ninguna petición de lady Linnet puede ser demasiado grande para mí —aseguró Marmaduke. Se giró hacia ella y le hizo una pequeña reverencia—. ¿En qué puedo ayudarte, milady?

En lugar de responderle, Linnet bajó la vista y comenzó a frotar su zapato contra el suelo de piedra de la capilla.

Sin tener en cuenta el afectado desconcierto de su amiga, Marmaduke le levantó la barbilla y la forzó a mirarlo.

—Dime cuál es tu deseo y lo cumpliré de inmediato —le pidió tratando de infundirle coraje.

Sus ojos se encontraron, pero ella seguía en silencio. Después de unos instantes, humedeció sus labios y contestó:

—Ahora que estoy frente a ti, temo que sea pedirte demasiado.

Marmaduke echó un vistazo a Duncan, arrepintiéndose de inmediato. Su amigo sonreía con descaro.

Con demasiado descaro.

En algún lugar de su estómago se produjo un pequeño malestar, una punzada interna que se hacía cada vez más desagradable.

La sonrisa en la cara de Duncan MacKenzie también creció, y el brillo en los ojos del escocés no auguraba nada bueno para Marmaduke.

Volvió a mirar a Linnet.

—No podré ayudarte si no me dices qué es lo que deseas que haga.

—No puedo —susurró ella, sacudiendo la cabeza.

—¿Y *tú*? —Miró a Duncan, alarmándose al ver en la cara de su amigo una sonrisa enorme y bobalicona—. ¿Vas a divulgar ese gran secreto?

—Con sumo gusto —dijo él con una alegría innegable en su voz—. La hermana de mi esposa necesita a alguien que la proteja.

Marmaduke alzó una ceja.

—No veo nada divertido en que una dama sufra alguna necesidad.

—Entonces ¿irás a ayudarla? —preguntó Linnet.

El temblor de la esperanza en su voz se clavó en el corazón de Marmaduke.

Sólo un rígido autocontrol pudo ocultar la tensión que se arremolinó en su pecho; era el ruido sordo de un corazón henchido de proyectos completamente diferentes al de salir al galope a matar los demonios de una dama desconocida.

—¿Crees que soy el hombre apropiado para protegerla? —preguntó con osadía, antes de que su mente pudiera detener su lengua.

—No conocemos a otro mejor —respondió Duncan en lugar de su esposa—. Lady Caterine ha enviudado hace poco y está siendo acosada por un conde *sassunach* que intenta presionarla para que se case con él. Sus posesiones en el este, el castillo de Dunlaidir, están cayendo en la ruina sin remedio. Si no obtiene ayuda, perderá la paz que tanto ansía y el hogar al que tanto aprecio tiene.

Duncan pasó un brazo por los hombros de Linnet y la atrajo hacia sí.

—Y en estos tiempos difíciles no queremos ver cómo una fortaleza tan estratégica como Dunlaidir cae en manos de los ingleses.

Marmaduke se frotó la nuca.

—¿Y por qué no envías a un contingente de hombres que puedan ayudarla? Podríais elegir también algún defensor entre ellos.

—Nómbrame alguno que tenga un brazo tan poderoso como el tuyo. —Los dedos de Duncan apretaban los pliegues de lana de la capa de su esposa—. ¿Quién mejor que tú, un *sassunach* de sangre noble, para desafiar a un conde inglés? Tú, con tus habilidades guerreras y tus palabras suaves, eres más apropiado para esta tarea que una decena de luchadores de las Highlands.

Sin estar convencido del todo, Marmaduke sacudió la cabeza.

—Una escolta completa sería más efectiva que un solo guerrero.

—Dunlaidir posee una fuerte guarnición militar. Sólo necesitan un guía. Una mano firme y una mente lúcida para orientarlos. Tampoco puedo sacrificar a tantos hombres sabiendo que pronto se concluirá Balkenzie. No, Strongbow, a ti te toca esa tarea. —Duncan ya no sonreía. Dirigió una mirada penetrante a Marmaduke—. ¿O negarás tus habilidades a la hermana de mi señora?

—Sabes que no puedo. Es sólo que... —Marmaduke se interrumpió, casi tropezando con su propia lengua. Deslizó un dedo entre su cuello y la guerrera que llevaba puesta. El aire de la capilla, enrarecido y cargado de incienso, lo atenazaba tanto que casi lograba amordazarlo—. Tenía planeado ocupar Balkenzie lo más pronto posible.

Una excusa poco convincente, naturalmente, pero le habría gustado izar su propia bandera antes del Samhain, una festividad celta típica de la región.

—Esperaba ver el castillo bien guarnecido y seguro, seguro para ti, antes de la llegada del invierno —dijo Marmaduke, aunque sus palabras mostraron una cierta indecisión.

—Y así lo harás. —La brillante sonrisa de Duncan reapareció—. Cuando hayas regresado.

Marmaduke abrió la boca para rebatir aquella idea pero su amigo le acalló alzando una mano.

—Estarás cómodamente establecido entre tus propias paredes para Navidad, como muy tarde —declaró su señor—. Entonces nos reuniremos todos junto a la chimenea de Balkenzie y beberemos por la salud de milady.

—Y de nuestro hijo —agregó Linnet. La convicción de su voz y la mirada en sus ojos pudo más contra la resistencia de Marmaduke que todas las descaradas palabras de su esposo.

Como si hubiera sentido que la voluntad de su amigo se quebraba, Duncan le cogió del hombro con firmeza.

—Un gran guerrero como tú no tardará mucho tiempo en deshacerse de un solo inglés odioso. —Retirando la mano del hombro, Duncan dio a Marmaduke un puñetazo cómplice en las costillas—. Un guerrero gordo y desentrenado, si damos crédito a las malas lenguas.

Marmaduke tragó saliva.

Algo fallaba.

Y fuera lo que fuese, se deslizaba por su espalda, frío y suave como una serpiente, para después enroscarse hábilmente en su cuello y apretar cada vez más a medida que observaba el centelleo en los ojos de su amigo.

El caballero frunció el ceño.

—Hay algo que me estáis ocultando.

Linnet miró hacia otro lado y Duncan estiró los brazos por encima de su cabeza, haciendo crujir con fuerza los nudillos. Su sonrisa se hizo más amplia.

—Como siempre, no puedo disimular contigo —dijo, y su profunda voz sonó casi jovial—. Siempre he sospechado que posees el mismo don que mi esposa, que ve todo por anticipado y no se le puede ocultar nada.

Se apoyó sobre la fría piedra de su antiguo antepasado y dio, al fin, su brazo a torcer.

—Lady Caterine desea que finjas ser su esposo. Sólo si se extiende el rumor de que se ha casado por tercera vez podrá, según ella cree, librarse de sus males actuales.

Marmaduke observó a sus amigos, demasiado aturdido como para hablar. Nadie negaría que los honraba. Daría su vida por cualquiera de los dos. Pero lo que le estaban proponiendo era la mayor de las locuras.

Era imposible que él *aparentara* ser el marido de cualquier dama, aunque ésta se viera en un enorme apuro.

Aunque fuera la hermana de Linnet.

Nunca había escuchado nada más absurdo.

—Me estáis pidiendo demasiado —consiguió decir finalmente—. Ofreceré a esta dama todo el poder de mi brazo armado y la protegeré con mi vida tanto tiempo como lo necesite, pero no entablaré ninguna relación blasfema con ninguna mujer. —A medida que hablaba sintió un golpe interno al ver cómo la esperanza se desvanecía de los ojos de Linnet—. Por la Cruz, Duncan —juró tan suave como pudo—, deberías saber que no soy un hombre que pueda fingir hacer votos sagrados.

—Entonces no lo hagas —dijo Duncan con voz triunfante—. Convierte a la dama en tu verdadera esposa.

Convierte a la dama en tu verdadera esposa.

Aquel último comentario de su amigo tardó bastante en desaparecer, después de que Duncan y Linnet se hubieran ido. Como la letanía repetitiva de un monje, la burla persistió en un eco, creciendo con tanta intensidad que las palabras no sólo llenaron su mente, sino también los cercanos confines del oratorio.

Convierte a la dama en tu esposa...

Por todos los santos, ¿su señor estaba burlándose de él? Duncan MacKenzie conocía mejor que la mayoría la soledad que acosaba a Marmaduke en las horas más oscuras de la noche, y también era consciente de su deseo más secreto: tener otra vez una esposa distinguida y buena a su lado.

Y una hermana de lady Linnet sólo podía ser una mujer noble, virtuosa y amable.

En la insistencia de su amigo, ¿se ocultaba, quizás, la sugerencia de que él podría hacer algo más que proteger a la joven viuda?

Una pequeña sonrisa apareció en la boca de Marmaduke y una tibieza que no había sentido durante años comenzó a rodearle el corazón.

Conviértela en tu esposa...

Las palabras ahora parecían una canción.

Una canción alegre.

Mientras la esperanza empezaba a florecer en lo más profundo de su alma, sir Marmaduke se aproximó al altar y, poniéndose de rodillas, bajó la cabeza.

No supo cuánto tiempo permaneció allí, hasta que un rayo de luz multicolor se filtró por las coloreadas vidrieras, tiñendo de rosa y dorado sus manos cruzadas. El haz de luz se reflejó sobre su anillo, volviéndolo de oro líquido y haciendo brillar tanto su rubí que parecía que le hubieran prendido fuego.

Casi de inmediato, aquel espléndido y extraño resplandor se desvaneció, extinguiéndose como si una nube hubiera pasado ante el sol naciente.

Pero Marmaduke había visto la luz sobre su anillo.

Se trataba sin duda de un prodigio del más allá.

Murmuró entonces otra plegaria de agradecimiento y esperanza. Cuando al fin se levantó, la decisión ya estaba tomada.

Tan pronto como decidiera cuántos hombres de Duncan podía llevarse consigo, cruzaría toda Escocia para ayudar a una damisela en peligro, a una dama a quien no sólo le ofrecería sus habilidades guerreras y su protección, sino también matrimonio.

Un matrimonio verdadero.

Si por la gracia de Dios, ella quisiera aceptarlo.

2

UNA LLUVIA FRÍA CAÍA SOBRE LAS ESCALERAS EXteriores que conducían a la torre del castillo de Dunlaidir, empapando no sólo los empinados escalones de piedra sino también el amplio manto de lana de lady Caterine. Prefería calarse hasta los huesos antes que hacerse a un lado y dejar libre la entrada al conde *sassunach* que tenía frente a ella. Recibió a aquel hombre arrogante con el semblante más insensible que pudo.

—Tendréis que perdonar mi falta de hospitalidad, sir Hugh —dijo, haciendo que la frialdad de su voz transmitiese sus verdaderos sentimientos—. Estamos casi en la hora vespertina y temo que nuestra humilde sopa de guisantes secos y agua no sea digna de vuestro exquisito paladar.

—Señora, una corteza de pan seco me resultará tan sabrosa como un muslo de jabalí bien asado si la saboreo en vuestra agradable presencia. —Sir Hugh de la Hogue movió la boca en una fina sonrisa—. Si abandonarais los intentos inútiles de resistiros a mí, señora, podríais cenar cada noche los mejores manjares durante el resto de vuestros días.

Tratando urgentemente de establecer una distancia entre ella y la enorme y pomposa circunferencia del cuerpo de sir Hugh, Caterine retrocedió hasta tropezar con la puerta entreabierta del salón.

Con un delicado ademán trató de no caerse, manteniendo la cabeza erguida a pesar de que la lluvia caía abundante por su frente.

—Lo que yo cene no es asunto vuestro —contrarrestó el discurso florido de su pretendiente—. En estos últimos meses, a medida que ha ido desapareciendo todo del castillo, he comenzado a aficionarme a las sopas aguadas y a los pasteles de aves marinas.

—Es una pena que vuestros arrendatarios hayan caído tan bajo como para robar los rebaños de su propia señora. —El conde fingió observar los anillos que adornaban sus pequeños dedos—. Si acatarais la orden del rey Eduardo y me hicierais el honor de aceptarme como vuestro nuevo esposo, yo podría negociar muy rápido con los campesinos de Dunlaidir.

—Algunos dudan de que sea nuestra propia gente la que está implicada en la disminución de nuestra fortuna. —Lanzó una mirada despectiva a De la Hogue—. Buenas noches, señor. Tendréis que disculp...

Sir Hugh estiró un brazo y cogió del codo a Caterine, apretando los dedos contra su manto y su piel.

—Mi muy querida señora, os recomiendo que no os pongáis demasiado orgullosa —le advirtió, mientras sus rasgos se volvían glaciales, y el centelleo de sus ojos, amenazante.

Lanzó una mirada significativa hacia abajo, al patio amurallado. Sus secuaces descansaban cómodamente sobre las monturas, y los cascos herrados de los caballos producían un hueco sonido contra los adoquines mojados.

Aquellos caballeros armados parecían igual de hostiles que su señor; sus manos rozaban amenazantes la empuñadura de las espadas, una clara demostración, silenciosa pero evidente, de todo el poder que detentaban.

Una advertencia que sólo alguien tan desesperado como lady Caterine podía permitirse ignorar.

El apretón de acero de aquella mano en su brazo se transformó en una caricia asquerosamente lenta y demasiado íntima.

—Os costará caro enfadarme. Ya me he hartado de estar bajo la lluvia. No me sigáis provocando.

Caterine levantó unos centímetros más su barbilla.

—Entonces os ruego que no sigáis retrasando vuestra partida. Os deseo un buen viaje a vuestro propio salón resguardado de la lluvia.

La mujer se enfrentó a la mirada feroz del hombre con igual arrogancia, sin permitirse ni siquiera apartar con un parpadeo las gotas que caían en sus pestañas y sus ojos.

Pero resultaba sorprendente que sus inútiles esfuerzos por liberar su brazo de la garra del conde llenaran a éste de satisfacción.

Y despertaran otros intereses.

Soltándola, recorrió con sus penetrantes ojos todo su cuerpo. Su respiración se agitó, e hizo llegar a ella un vaho repugnante en forma de pequeños resoplidos mientras su generosa barriga subía y bajaba cada vez más rápido.

Como si el hombre pudiera ver más allá de la escasa protección de sus gastadas vestiduras, quedó embobado con sus pechos y otras partes más secretas, devorando descaradamente con los ojos la forma en que sus prendas empapadas se pegaban a las pocas curvas que quedaban en su cuerpo demasiado delgado.

La piel de Caterine se erizó de repugnancia cuando su mirada llegó al triángulo entre sus muslos. Abriendo ligeramente la boca, el hombre se llevó la mano a la empuñadura de la espada. Pero a diferencia de sus caballeros de rostros severos, cuyas manos sólo rozaban las armas, sir Hugh jugó con sus dedos en la empuñadura de cuero como si acariciara a una mujer.

O se acariciara a sí mismo.

Caterine se estremeció. Las dos imágenes eran demasiado repulsivas para considerarlas. Muy similares a otras manos inglesas haciendo otras villanías, recuerdos oscuros bien enterrados bajo el peso de los años.

Su estómago se contrajo mientras la invadían oleadas de aversión, con estados alternos de calor intenso y frío desgarrador. Pero ella siguió de pie, sin inmutarse, sin ceder. Esperaba no mostrar el temor que sir Hugh y sus hombres encendían en su interior.

—Deberíais recordar que tengo derechos sobre las fosas y las horcas —le amenazó sir Hugh, volviendo finalmente a mirarla a los ojos—. Mi autoridad también llega a vuestros dominios, lady Caterine.

Sus dedos aún jugueteaban con la empuñadura de su arma. Lanzó de nuevo una mirada rápida hacia sus hombres.

—Me han llegado rumores de que algunas hembras de vuestra familia tienen la marca de las brujas. No estoy dispuesto a examinaros y comprobar por mí mismo si también tenéis vos una mancha semejante. Pero... —Hizo una pausa para dar más intensidad a sus palabras—: Si continuáis enfadándome...

A punto de explotar, Caterine se movió hacia adelante y puso su cara a sólo unos centímetros de la de sir Hugh.

—Si hubiera tenido esos poderes —saltó, demasiado irritada para controlar su lengua—, ya os habría convertido en sapo.

—No sabía que teníais la sangre tan caliente —bramó el conde, con gran satisfacción en el rostro—. Después de todo, tal vez, algún día, pueda saciarme con vos —se mofó, en un tono que sugería bravuconería—. Soy un hombre de gran apetito.

—Prefiero arder en las llamas del purgatorio a complacerte —juró Caterine, esperando que él interpretase el temblor de su voz como desdén y no como temor, que en realidad era lo que sentía.

—¡Milady jamás honrará vuestra cama! —Rhona salió por la puerta para enfrentarse con el conde—. Ella ya lo ha dicho todo. Un gran guerrero de las Highlands llegará en los próximos días para convertirla en su esposa. El marido de su herma...

—¡Rhona! —Caterine se volvió hacia su amiga con los últimos vestigios de su dignidad aplastados por el arranque inesperado de aquella declaración—. Cállate.

—Estoy diciendo la verdad, por Dios —exclamó Rhona, alejando con ello las objeciones de Caterine—. La hermana de mi señora está casada con un MacKenzie de Kintail, el Venado Negro, un guerrero a quien todos temen. Él ha negociado un matrimonio más que conveniente para mi señora. Tomará por esposo al caballero más experimentado de su guarnición. Un *protector*.

Toda la satisfacción se borró de la cara del conde.

—¿Es cierto? —Miró a Caterine con una expresión extraña, una mezcla de rabia e incredulidad—. ¿Os atreveríais a desafiar los deseos de Eduardo de Inglaterra? Ha jurado conceder vuestra mano a un inglés, a mí. Quiere la seguridad de Dunlaidir y verlo bajo su dominio. Así lo ha dispuesto.

—Los deseos de vuestro rey me importan poco y sus disposiciones todavía menos. No debo ninguna lealtad a un soberano de Inglaterra. —Toda la repugnancia de Caterine por las cuestiones inglesas se revolvió con fervor dentro de su cuerpo—. Y no me casaré con un *sassunach* —dijo mientras su pulso se aceleraba con cada palabra que pronunciaba—. Ni con vos, ni con ningún hombre de esa sangre manchada. Me pudriré antes que permitir que Dunlaidir caiga bajo vuestro dominio.

—¿Tenéis intención de casaros con un bandido de las Highlands? —Sir Hugh la provocó con un tono rabioso y tirano—. Eduardo se enfadará mucho. Yo también.

Caterine apretó los labios. Aquel canalla podía imaginar cualquier respuesta con su silencio. Y ella, por su parte, haría que Rhona respondiera a unas cuantas cuestiones tan pronto como aquel odioso conde y sus cobardes secuaces se retiraran de sus posesiones.

Los pesados ojos de sir Hugh se estrecharon hasta convertirse en una hendidura.

—No os creo. —Su mirada penetró en ella, arrancando los últimos jirones de orgullo que la envolvían y la protegían ante el enfrentamiento final con su enemigo.

—No creo que vayáis a aceptar otro esposo, inglés o escocés. —Sus ojos expertos perforaron hasta lo más profundo el alma de Caterine. Abandonando todos sus anteriores intentos de tratarla gentilmente, se burló de ella—. Es demasiado rebuscado y anticuado eso de que os entregaréis a cualquier hombre sin que os importe su sangre. No, no lo creo.

—¡Marchaos y que la peste os lleve! —Rhona se arrojó hacia adelante, casi empujando al conde escaleras abajo—. Marchaos antes de que busque una espada y os atraviese yo misma con ella.

—Rho... —dijo Caterine mientras trataba de aplacar a su fiel compañera, pero la voz le falló, desapareciendo en un graznido. Tenía la garganta tan seca como sir Hugh había insinuado que estaba su cuerpo cansado de hombres.

Como si hubiera sabido dónde apuntar con sus hirientes palabras.

Más herida por aquella difamación de lo que hubiera podido admitir, se quedó de pie, rígida, en lo alto de las escaleras, viendo cómo su amiga empujaba hacia abajo a sir Hugh. En el último peldaño, él se desembarazó de los brazos de Rhona y miró a Caterine.

—Debéis saber que estaré vigilando la llegada de ese guerrero gaélico —juró con voz venenosa y despechada—. Si es que llega, estaré presente en vuestras nupcias, pues sólo así podré creer que es cierto.

Con la lluvia cayendo sobre su frente, observó a Caterine con ojos recelosos.

—En caso de que no esté aquí en dos semanas, reclamaré estas tierras y a vos como mi posesión. Dos semanas, señora, y mi paciencia habrá acabado.

Caminó por el patio, transmitiendo un enfado gélido, hasta donde estaban sus hombres. Éstos lo aguardaban, y sus caras solemnes parecían marcadas por líneas duras de desaprobación.

Caterine seguía inmóvil, como si se hubiera convertido en piedra, con las manos cruzadas con firmeza, mientras sir Hugh y sus secuaces salían del patio del castillo y cruzaban la estrecha franja de tierra que se extendía sobre el abismo entre el promontorio de Dunlaidir y los acantilados de tierra firme, una formidable península, ahora invisible tras la lluvia y la niebla.

Cuando los últimos ecos de su partida se diluyeron definitivamente y ya no quedaba ni rastro de ellos, Caterine se tranquilizó, dejando que sus hombros se curvasen hacia delante y su cuerpo se relajara.

Sólo entonces retiró los mechones de cabello mojado de su frente y se limpió la humedad fría del rostro. En aquel momento comenzó a temblar. Todo su cuerpo se sacudió, agitándose como una hoja seca y amarillenta que cuelga de un árbol en otoño.

—Señora, entra, por favor —dijo Rhona para tranquilizarla, colocándose a su lado. Pasó un brazo alrededor de los hombros de Caterine y la apremió a refugiarse en el salón—. Con ropas limpias y secas y el estómago lleno con una sopa caliente te sentirás mejor. No tienes que prestar atención a los insultos de sir Hugh. Está furioso porque has desbaratado sus planes.

—Ah —musitó Caterine, con voz apagada—. Y ahora parece que tú pretendes desbaratar los míos. ¿O debo entender que todo ese discurso sobre el caballero que Linnet me ha enviado es sólo... un parloteo sin sentido?

—Yo nunca parloteo. —Rhona le sonrió mientras entraban al gran salón apenas iluminado—. Puede que me entrometa algunas veces, pero es por tu propio bien —agregó, haciendo una pausa para asegurar la puerta tachonada de hierro.

—¿Y en qué te has entrometido? —Caterine la sondeó mientras escuchaba cómo su sangre se agitaba de nuevo—. Si has incumplido mis deseos y has enviado en busca de un guerrero que nos proteja, no sólo has desbaratado los planes de sir Hugh, sino también los tuyos.

—¿Cómo? —Rhona inclinó la cabeza a un lado—. Es posible que no tuviera todo el derecho de enviar un mensajero a tu hermana, pero cuando llegue el hombre de Duncan MacKenzie verás lo importante que es tener un experto en armas que cuide de ti.

—¿Fingiendo que se casa conmigo? —Caterine apenas pudo hacer que sus palabras atravesasen la saliva que subía a su garganta.

Rhona la miró tan abiertamente que Caterine casi se tragó la ira.

Casi.

—¿No has pensado que si sir Hugh está presente será muy difícil hacer una ceremonia falsa?

Los negros ojos de Rhona se entrecerraron y sus labios se abrieron en un pequeña exclamación. Cuando se puso a mirar las vigas oscurecidas del techo y a golpear un dedo contra su barbilla, Caterine la abandonó, cruzando el salón casi vacío tan rápido como se lo permitieron sus ropas empapadas.

No estaba dispuesta a escuchar ninguna otra perla de sabiduría que su dama de compañía quisiera regalarle. En realidad, sospechaba ya lo que iba a decirle.

Rhona habría sonreído, mirándola con ojos neblinosos, y hubiera declarado que no habría mejor solución a los pesares de Caterine que un matrimonio real con el protector elegido y enviado por Linnet.

Seguro que aquellas iban a ser las palabras que saldrían de los labios, demasiado blandos, de su soñadora amiga.

Rhona hubiera hablado hasta persuadir, o irritar, a Caterine para que la creyera. Pero el problema era que Caterine no quería creerle.

No aquella noche.

Ni tampoco por la mañana.

Y, sobre todo, no mientras una pequeña y molesta brasa de esperanza siguiera depositada en los confines más recónditos de su corazón solitario.

* * *

Algo no iba bien.

Unos escalofríos de inquietud recorrían la espalda de sir Marmaduke mientras observaba las impresionantes murallas de la fortaleza emplazada sobre los acantilados. Era el fin de un largo viaje agotador.

El castillo de Dunlaidir se extendía sobre una alta formación rocosa que sobresalía hacia el mar del Norte, conectada con tierra firme por una angosta franja de tierra. Los escarpados acantilados caían en picado hacia el mar, convirtiendo la fortaleza en un lugar casi inexpugnable... si alguien reforzara con hombres la torreta de vigilancia, vacía en esos momentos, y protegiera así el único medio de acceso a la fortificación.

Pero lo único que ocupaba el puesto de defensa más importante de Dunlaidir eran aves marinas revoloteando, unas cuantas hierbas y el fuerte viento del mar.

Ningún hombre armado se adelantó para indagar sobre la llegada de sir Marmaduke y sus cuatro acompañantes.

La garita estaba abandonada y dejaba el camino libre hacia el interior de la fortaleza, haciéndola completamente vulnerable.

Marmaduke se giró en su montura y se volvió hacia los cuatro caballeros escoceses que venían detrás de él, mirando con atención a cada uno de ellos. Sus rostros mostraban la misma cautela, y la postura en la que estaban sentados sobre sus robustos caballos delataba una alerta tensa.

—Duncan afirmó que Dunlaidir contaba con una poderosa guarnición —comentó sir Lachlan, el más joven de los caballeros gaélicos—. Parece que no queda nadie.

Marmaduke asintió con la cabeza a lo que el caballero había dicho y echó una nueva ojeada a la torreta desierta. En la distancia, las murallas y los baluartes se levantaban orgullosos contra un cielo gris de acero, pero no se podía ver a nadie que vigilase los enormes bastiones.

—Todo parece abandonado, pero juraría que unos ojos escondidos han estado observando cada uno de nuestros movimientos desde que entramos en las tierras de Keith esta mañana. —Retiró su gran espada e hizo descansar su acero afilado sobre los muslos—. No creo que esos ojos pertenezcan a la gente de pueblo. Se han escabullido apenas nos vieron.

Como si fueran uno solo, sus compañeros movieron la cabeza en sentido afirmativo. Sir Alec, el más viejo de los guerreros escoceses y el más curtido en batallas de todos ellos, escupió al suelo rocoso y se pasó una mano por la boca.

—Aquí corre un viento malo —dijo, desenvainando su espada—. No me gusta.

El gesto severo en las mandíbulas del resto confirmó a Marmaduke que todos compartían los sentimientos de sir Alec.

Efectivamente, un viento oscuro golpeaba contra la fortaleza en la cima de los acantilados, una fuerza formidable de destrucción que amenazaba con hundir en las frías aguas del mar, piedra a piedra, las macizas paredes, si nada se hacía por evitar el aire de decadencia en que estaban sumidas.

Incluso los vastos alrededores de los dominios parecían contaminados por una nube opresiva de abandono: los campos que alguna vez habían sido cultivables estaban baldíos y en barbecho, el poco ganado que se veía era escaso y parecía enfermo, las viviendas de los campesinos, deterioradas, desoladas y frías... tan vacías como el grupo de casas de piedra que formaban la aldea, lo mismo que la torreta de la guardia y el propio castillo.

Los pocos aldeanos que habían aparecido se habían escondido, desviando sus caras demacradas como si temieran que con sólo mirar a Marmaduke y su pequeño contingente fueran a convertirse en piedra.

La contaminación era tan densa en el aire que Marmaduke podía sentir su podredumbre en la lengua.

El ladrido agudo de un perro quebró el silencio. El sonido llegaba de la lejanía, una especie de alivio en aquel mundo gris y frío que se presentaba a sí mismo más inhóspito de lo que Marmaduke se hubiera atrevido a imaginar.

—Parece que al menos un habitante de Dunlaidir se ha decidido a saludarnos —dijo mientras giraba su cabalgadura en dirección a la atalaya del castillo y a la estrecha franja de tierra que tenían enfrente—. Venid, preparaos para conocer a ese pequeño compañero y, si los santos están con nosotros, a la noble hermana de lady Linnet —continuó mientras los caballeros ya avanzaban detrás de él—. Dios tenga misericordia de los responsables si es que alguien le ha hecho daño.

Sin más, cabalgó hacia el rastrillo de la entrada, la reja levadiza de la fortaleza, que estaba levantada. Sus puntas de acero se mostraban benévolas e inútiles, tal como estaban izadas y sin ningún vigilante que las hiciera caer si un enemigo intentara atravesar aquella primera defensa crucial.

Pero los únicos testigos de su avance fueron las gaviotas que chillaban y algunos roedores.

En la distancia, los ladridos del perro volvieron a oírse, esta vez más cerca, y Marmaduke apretó las rodillas contra su caballo, impaciente por llegar a las murallas de Dunlaidir, impresionantes por su tamaño, pero desguarnecidas.

Allí también había un segundo rastrillo trabado en una posición inútil, bajo un arco que daba entrada a otro túnel, que había sido excavado en la misma roca sobre la que se levantaba la fortaleza.

Y aquí tampoco nadie bloqueaba el camino. No hubo ningún intento de rechazo, ni cayó aceite hirviendo desde arriba para impedirles el paso.

Nadie los detuvo, hasta que hicieron sonar sus cascos en el espacio que separaba la primera de la segunda muralla. Entonces, Marmaduke se enfrentó a la dama cuyo corazón pretendía conquistar.

Él esperaba que aquella mujer hiciera desaparecer todos sus años solitarios y pusiera fin a innumerables noches de sueño en una cama vacía y fría.

Ella estaba de pie no muy lejos de las escaleras exteriores, con un pequeño perro marrón dorado en los brazos. Marmaduke habría dicho, por la expresión de aquella dama, que era el rostro de una serena resignación; también habría dicho que aquella expresión ocultaba lo que, sin duda, sería una cara angelical si ella hubiera sonreído.

Sus hombres aparecieron a ambos lados, colocando sus monturas en una formación bien ensayada, dos a su izquierda y dos a su derecha. Marmaduke casi no se dio cuenta de que estaban allí, cegado por la visión que tenía delante.

La respiración entrecortada de sus compañeros tampoco dejaba lugar a dudas de que ellos también estaban asombrados con la belleza y la gracia rotundas de aquella dama.

Aunque a decir verdad, dos adorables damiselas estaban frente a ellos, una alta y rubia, la otra más formada y morena, pero Marmaduke supo por instinto cuál de las dos era la suya.

La rubia.

Lo supo en lo más profundo de su alma, y no sólo por la ligera semejanza que tenía con su hermana.

Era la vulnerabilidad en lo más hondo de sus ojos azules lo que agitó el corazón de Marmaduke y le permitió vislumbrar su identidad. Se trataba de la carga invisible de largos infortunios y un aire de resignación palpable sobre sus hombros, que ella levantaba firmes y orgullosos.

Su señor y su esposa le habían dicho la verdad. Allí había una dama con una extrema necesidad de un protector, y quizás en más de una forma.

Y con una urgencia que no había sentido durante años, el caballero quiso protegerla, ardiendo por dar caza a las sombras de su rostro para, en su lugar, poner el brillo de la felicidad... del amor.

El corazón le palpitó con fuerza contra la malla de metal de su armadura, con la exuberancia de una juventud inexperta. Sir Marmaduke bajó de su cabalgadura y avanzó a grandes zancadas hacia ella. Ante el recién llegado, la dama abandonó a su mascota sobre los adoquines. De inmediato, el pequeño animal mostró sus dientes y gruñó a Marmaduke, pero se escondió enseguida detrás de las faldas de lady Caterine al ver que éste se acercaba.

Caterine reconoció los colores de MacKenzie que, con orgullo, el caballero portaba sobre sus hombros. Se armó de valor frente a su pavoroso aspecto y le ofreció una mano cuando éste se hincó en una rodilla ante ella.

La vieja nodriza de Caterine, Elspeth, la mujer que la había criado a ella y a sus hermanas, les había grabado a fuego que jamás debían juzgar a un hombre, o a una mujer, sólo por su aspecto externo.

Lo que importaba era la bondad del alma de cada uno, el valor interior. La cicatriz que afeaba el rostro del caballero, que sin ella hubiera sido bastante atractivo, era seguramente la huella de algún acto noble o de una valerosa batalla.

A pesar de que hubiera preferido que no hubiese venido, Linnet jamás le enviaría a alguien en quien ella no pudiera confiar, un hombre en quien no pudiese apoyarse, aun cuando su figura fuera un poco difícil de tener delante.

Además de las cicatrices, parecía ciego de un ojo; pero la expresión de su ojo sano, un bonito ojo castaño, transmitía una mirada cálida y compasiva. Y, para su sorpresa, tocar su mano callosa, cuado la levantó para llevar la de ella a sus labios, no fue algo desagradable.

Nunca un hombre la había tocado de una manera tan cortés. Cogió su mano con tanta delicadeza que sospechó que el caballero temía que sus dedos se hicieran añicos entre los suyos.

—Noble señora —comenzó a hablar con una voz de acento inglés que pronto hizo desvanecer el tenue y agitado sentimiento que su galantería había despertado en el interior de Caterine—. Permitidme que me presente —dijo dirigiéndose a ella en gaélico fluido y perfecto salvo por el matiz inglés, *sassunach,* que le daba su idioma materno—. Soy sir Marmaduke Strongbow, del castillo de Balkenzie, en el oeste, enviado por su hermana, lady Linnet, para protegeros.

—Sois inglés. —Las palabras surgieron agudas y frías, más frías de lo que ella hubiera deseado.

De inmediato, el caballero soltó su mano y se puso de pie. Inclinó su cabeza.

—Sí, milady, soy de sangre inglesa, pero mi corazón sólo late por Escocia. No tenéis nada que temer.

—No temo a los ingleses. —Caterine recogió sus faldas y se retiró un poco—. Los detesto —dijo y se movió rápidamente, apresurándose hacia las escaleras con su perrito *Leo* casi entre los tobillos.

Subió de dos en dos los peldaños, desesperada por poner la maciza puerta de roble y las gruesas paredes del muro entre ella y aquel caballero *sassunach* que su hermana, con tan poco sentido, le había enviado.

Pero lamentablemente no le resultó tan fácil huir de la perturbadora llamarada de emociones, crudas y hambrientas, que la galantería del caballero había avivado en lo profundo de su corazón.

3

ALGUNAS HORAS MÁS TARDE, CATERINE ESTABA sentada en silencio ante la mesa principal de Dunlaidir tratando de ignorar, con fuerza, aquella presencia. Aunque no lo mirara directamente, saber que estaba bajo el mismo techo hacía que una extraña tibieza hormigueante la atravesase.

Fingiendo indiferencia, acarició con sus dedos el largo borde lleno de cortes y grietas de la mesa. La luz de una antorcha caía sobre la gran silla tallada de su último esposo, como un recordatorio permanente de que estaba vacía.

También la atosigaba la gravedad de su situación.

—¿Estás preocupada por su cicatriz? —Las suaves palabras de Rhona cortaron la quietud y el silencio.

Dando un respingo, Caterine retiró su mano de las profundas hendiduras de cuchillo que había estado siguiendo con sus dedos. Una simple ocupación, elegida sólo para evitar lanzar una mirada secreta hacia él.

Se encontró con el gesto escrutador de su amiga.

—¿Crees que soy tan superficial?

Rhona deslizó, muy despacio, su dedo índice alrededor del borde de su copa de vino.

—No, pero la expresión gélida de tu rostro desde que ha entrado en el salón me da que pensar.

En el pecho de Caterine comenzó a formarse una cálida y ligera congoja.

—Deberías saber lo que me ofende de él.

—*Hay aspectos más importantes de un hombre que el ancho de sus hombros o el encanto de su sonrisa.* Son tus propias palabras, milady —le recordó Rhona—. Puede que en un hombre también haya cosas más importantes que su sangre. Recuerda que ha venido a protegerte.

—Es inglés.

—Ha sido enviado por tu hermana.

Algo se agitó en el interior de Caterine.

—Entonces tiene tan conquistada a Linnet como para hacerle olvidar que yo jamás dejaría entrar a un inglés en mi casa.

La expresión de Rhona se suavizó.

—Dudo que ella lo haya olvidado, pero me gustaría que tú lo hicieras. —Inclinándose sobre la mesa, apretó la mano de Caterine—. Este hombre no es un canalla. No me lo imagino arrasando tierras, violando a inocentes y apuñalando a hombres ante los ojos de sus esposas. A decir verdad, parece bastante galante.

—Un *inglés* galante.

—No puedes culparlo por las canalladas de otros y lo que te han hecho a ti hace años esos...

—Soldados ingleses, y más de los que podría contar —la interrumpió Caterine terminando el discurso de su amiga. Aquellas palabras le recordaban una antigua vergüenza, que la dejaba tan paralizada como aquel día, lejano, en que había sido violada.

Se giró en la silla y fingió estudiar el fuego que ardía a su lado. Cualquier cosa era mejor que mirar hacia la mesa y encontrarse con la compasión grabada en los ojos de Rhona. En vez de eso, se atrevió a echar un vistazo al caballero inglés, el recién llegado de anchos hombros. Estaba sentado ante una mesa en el otro extremo del salón y conversaba en voz baja con sus hombres. Con la misma destreza, atraía la atención absoluta de sus caballeros y lograba que su presencia inequívoca dominara por completo el gran salón de Dunlaidir.

Una sensación de ansiedad creció en el pecho de Caterine. Incluso sentado, su porte lo delataba como un hombre seguro de sí mismo.

Un líder de hombres.

Un encantador de mujeres.

Si no fuera por la cicatriz que cruzaba su cara desde la sien hasta la comisura de la boca, podría haber sido bastante apuesto. Desfigurado o no, poseía una complexión impresionante y un aire de tranquila seguridad que ella hubiera encontrado atractiva, si no se tratase de un *sassunach*.

En ese momento, el caballero miró en su dirección, inclinando la cabeza de forma casi imperceptible, como si supiera que ella había estado examinándolo. Y como si, también, conociera la conclusión a la que había llegado.

Con las mejillas ardiendo, Caterine se dio la vuelta hacia Rhona. Todos los signos de compasión se habían borrado de su bonito rostro. La joven le sonrió.

Una sonrisa de comprensión.

Caterine se aclaró la garganta.

—No he querido decir que no sea galante —dijo con su voz enronquecida al admitirlo.

Lo estaba haciendo lo mejor que podía.

Rhona lanzó una mirada de reojo a un hombre de aspecto desanimado y hombros caídos sentado en las sombras cerca de la chimenea.

—Es más cortés que algunos nobles escoceses que no me gustaría nombrar —aseguró en voz baja.

—Sir John tiene buenas razones para odiar a De la Hogue y los hombres que se alojan en sus posesiones —respondió Caterine saliendo en defensa del amigo de su último esposo—. Debemos estar agradecidas de no haber tenido tan mala fortuna y que sir Hugh, cuando vino al norte, no se haya establecido en Dunlaidir. ¡Dios maldiga a ese cobarde!

—Y yo digo que malditos sean todos los que miran con desaprobación la sopa que les ofreces —arguyó Rhona, y su lealtad inquebrantable consiguió que una sonrisa asomara en el corazón de Caterine.

Por fuera, su expresión seguía siendo impasible.

—Sir John ha sufrido mucho. Lo ha perdido todo.

—Si no fuera por tu hospitalidad estaría durmiendo sobre paja. —Rhona comenzó a entusiasmarse con uno de sus temas favoritos—. Debería estar contento de tener una cama y estar bajo un techo, en lugar de levantar las cejas cada vez que pones la comida ante él.

Mirando de pronto al caballero inglés, se acercó más al verdadero punto álgido de su discurso.

—Él tiene clase. ¿Has visto con cuánto tacto rechazó el intento de Eoghann de sentarlo con nosotros? Sabes que sólo se ha negado porque tú mostraste que su presencia cerca de la tribuna del salón te disgustaría.

Caterine respiró hondo. Había notado su caballerosidad ante el valiente mayordomo de Dunlaidir, lo mismo que la suave galantería con la que le besó la mano... y el brinco que había dado su corazón al sentir aquel contacto. Pero el sabor agrio de su propia amargura llenaba su lengua y evitaba que pudiera admitir semejantes cosas.

En su lugar, arrancó un pedazo de áspero pan negro —pan de campesinos—, pero se encontró deshaciéndolo en pedacitos sin comerlo.

—Ni él ni sus hombres han arrugado la nariz ante los arenques salados y la sopa de repollo que Eoghann les ha dado —continuó Rhona con su letanía de elogios—. Seguro que recibían mejores cuidados en Eilean Creag. Te apuesto a que las bandejas de tu hermana están mejor surt...

—Basta por favor. —Caterine se estiró hacia el otro lado de la mesa y aferró la mano de Rhona—. Y deja de pasar el dedo por el borde de la copa. Es molesto.

Como si quisiera irritarla todavía más, Rhona cogió su copa y, dando un giro, la levantó hacia el caballero inglés y sus hombres. Cuando le respondieron alzando las suyas, sonrió triunfante a Caterine.

—Sí, muy galante —declaró, devolviendo bruscamente la copa a su sitio con un gesto pomposo.

—Es inglés. —La objeción sonó malhumorada incluso en los oídos de la propia Caterine—. Un *sassunach.*

—Un hombre. —Rhona se inclinó hacia adelante—. Un hombre que se ha puesto de rodillas para ofrecerte sus servicios. Un *sassunach,* cierto, pero con cuatro escoceses armados que lo escoltan. Ellos no parecen preocuparse por su sangre inglesa.

Sonriendo beatíficamente, movió un dedo a lo largo de una grieta particularmente profunda en la superficie de la mesa.

—Deberías alegrarte ante las atenciones de un caballero tan valiente.

Lo he hecho, reconoció el corazón de Caterine.

Su contacto había caldeado lugares que ella había creído fríos para siempre... hasta el momento en que había escuchado su voz.

Se puso tensa, tratando de sustraerse ante la sensación desconcertante de estar tambaleándose en el borde de un abismo sin fondo y a punto de perder el equilibrio.

—No todos en Dunlaidir están tan enamorados de nuestro huésped como tú y Eoghann —dijo lanzando una mirada directa a la silla vacía del señor. Era el asiento de honor que su hijastro, James Keith, ocupaba habitualmente—. ¿O has visto a James desde que han llegado ellos? —La ira bailaba sobre cada una de las palabras que Caterine iba pronunciando—. Está en la cama. Dice que le duele la pierna, pero sospecho que el verdadero motivo de su ausencia es que tampoco él está conforme con que mi hermana haya enviado a un *sassunach* para ayudarnos a restablecer la fortuna perdida de Dunlaidir.

Cierta irritación cruzó el rostro de Rhona, pero la enmascaró con una mueca ingeniosa.

—Si ejercitara más su pierna no tendría por qué molestarse con la llegada de los caballeros, que pueden defender su hogar mejor que él mismo.

—Eres demasiado dura con él. No tiene la culpa de estar herido.

—No está herido, simplemente un caballo le dio una coz. —Rhona suspiró mostrando impaciencia—. Sería de gran ayuda que dejara de autocompadecerse. —Hizo una pausa y clavó los ojos en el caballero de la cicatriz—. *Ahí* hay uno que se las arreglaría bastante bien, y con una limitación más desalentadora que una pierna dolorida.

Caterine también recorrió con la mirada el salón, con una irritación que la volvió osada. Estudió atentamente cada centímetro de la figura robusta de aquel hombre, buscando defectos y no encontrando ninguno. Aún peor, no podía negar la solicitud con la que conversaba con Eoghann, uno de los criados más leales de la casa.

Aquel mayordomo de hombros caídos se iba enderezando cuanto más escuchaba aquello que el caballero *sassunach,* fuera lo que fuese, le iba diciendo. Sacudiendo la cabeza para mostrar su acuerdo, Eoghann hablaba profusamente y hacía gestos en el aire oscuro del salón.

Al igual que su hermana y Rhona, era evidente que el mayordomo había caído bajo el encanto de aquel hombre.

Una situación de la que ella no quería ser también víctima.

Rhona tiró de una de sus mangas.

—¿Has notado cómo sobresalen los músculos de su brazo y lo anchos que son sus hombros? Podrías equivocarte de veras, milady —declaró en un ronroneo—, son muchas las damas que estarían ansiosas por conseguir sus favores.

—Claro, nadie se atrevería a ignorar sus buenos modales —dijo bruscamente, porque el fastidio le había desatado la lengua—. ¿O crees que estoy tan marchita como asegura sir Hugh para no fijarme en un hombre tan alto y tan ancho de hombros?

Rhona la miró con ojos apenados.

—Yo nunca diría que tú est...

—Ni estoy marchita ni soy ciega —la interrumpió Caterine, antes de que la joven le inspirase algún resentimiento—. Aceptar que su figura no tiene defectos no se diferencia de admirar las finas líneas de los caballos de batalla en que cabalgaban sus endemoniados compatriotas.

Pero jamás un corcel inglés había hecho latir su corazón con un beso galante en su mano.

Rhona se estiró y le dio un pellizco en el brazo.

—En las sombras del salón casi se puede imaginar qué aspecto tendría sin la cicatriz.

—¡Por amor de Dios! —Caterine la miró con severidad—. A mí no me importa el aspecto que tendría antes o... —Pero se hizo un lío con las palabras, porque había girado la vista, una vez más, hacia la mesa del caballero.

Él y sus hombres estaban de pie, y se habían puesto sus mantos. Dos de ellos siguieron a Eoghann hacia la entrada abovedada del salón y desaparecieron en la fría noche, mientras que los otros dos se dirigieron hacia las escaleras.

Escaleras que conducían al adarve, el camino de detrás de las almenas.

Iban a vigilar las murallas de Dunlaidir.

La respiración de Caterine se detuvo ante las sacudidas que empezaba a dar su corazón. Una sensación casi desconocida de estar protegida, de estar *cuidada,* la cubrió con toda la calidez y comodidad de un agradable manto viejo.

Una sensación poco familiar, pero lo suficientemente fuerte como para intentar dejar de lado de momento su resentimiento.

Habían sido demasiadas las noches en las que se había ido a la cama terriblemente angustiada, temiendo quedarse dormida para despertarse escuchando la llegada de los secuaces de De la Hogue aproximándose a ella.

O aún peor, del conde mismo.

Un golpe en la pierna desvaneció aquella imagen que la atosigaba.

—Se está acercando —advirtió Rhona, y apenas hubo pronunciado esas palabras el alto caballero inglés se colocó frente a ellas.

—Señoras —dijo en el lenguaje fluido de las Highlands con su voz suave y profunda.

Pero Caterine fue incapaz de formular la más simple de las respuestas. Miró hacia la chimenea aguardando a que sir John, la única persona que despreciaba al inglés de una forma tan evidente como ella, acudiese en su ayuda, pero aquel señor maltratado por los infortunios se había ido del salón. Las sombras del lugar donde había estado aparecían oscuras y vacías.

Deseando desaparecer también, Caterine levantó la vista hacia aquel protector que su hermana había elegido con tan poco acierto.

—Buen señor —dijo Caterine, y su voz puso en evidencia el estado de excitación en que se hallaba, a pesar del saludo cordial que había formulado.

Sus ojos se encontraron durante un instante y sintió que un mareo la invadía. Una extraña falta de aire que jamás había experimentado. Una antorcha arrojaba un rayo de luz sobre el pelo negro del recién llegado, reflejándose en las anillas de acero de su malla metálica, haciéndolas brillar de tal manera que sus brazos y sus hombros parecían aún mas pronunciados.

Por todos los santos... Esa imagen la desequilibraba.

—Si os desagrada... —siguió diciendo, pero su proximidad la ponía tan nerviosa que sólo lograba captar retazos de sus palabras.

Caterine parpadeó con desconcierto.

—¿Qué me desagrada?

—Que él hable contigo —respondió Rhona en su lugar.

El hombre ofreció a Caterine una media sonrisa, olvidando a su amiga, y en ese juego favorable de luces y sombras, aquel pequeño gesto reveló con claridad que sir Marmaduke Strongbow, de origen inglés, del castillo de Balkenzie en el oeste, había sido alguna vez un hombre muy apuesto.

Verdaderamente apuesto.

—He dicho que me apenaba que vos os sintáis molesta por hablar conmigo, pero, a pesar de todo, debemos hacerlo —explicó él en tono brusco, menos cálido de lo que ella recordaba—. Ahora, antes de reunirme con mis hombres en las murallas.

Marmaduke la estudió, y la intensidad de su mirada le dio a Caterine la impresión de que se estaba asomando al interior de su alma, descubriendo sus secretos más profundos.

Sus sueños.

Y los extraía uno por uno.

Algo... ¿rabia?, ¿frustración?... cruzó por un instante su cara, pero desapareció antes de que ella pudiera saber qué era.

—Señora, os aseguro que mi intención, al venir aquí, no era causaros aflicción.

Una ola de calor se extendió por la nuca de Caterine.

—Sé muy bien por qué estáis aquí.

—Pero no esperabais a un *sassunach*.

No esperabas a un hombre cuyo rostro pudiera depararte peores pesadillas de las que ya te acosan.

—No esperaba a ningún hombre —contestó ella sorprendiéndole. Empujó la silla y se puso de pie—. Es cierto, debemos hablar, pero no aquí en el salón. Os acompañaré hasta el camino de la muralla.

Marmaduke no se acobardó al ver que ella, altiva, rechazaba el brazo que le ofrecía.

—Después de vos, milady. —En su lugar, hizo una forzada inclinación, ocultando con cuidado lo profundamente que le había afectado aquel desaire. Necesitó toda su osadía para seguirla a través del salón en penumbra. Sólo hizo una pausa para recoger su capa antes de subir la escalera circular tras la dama. Cuando llegaron a la parte superior se quitó la capa y la puso sobre los hombros de ella—. Hará frío en la muralla —dijo con sencillez. Sus dedos tocaron la suave calidez de la nuca de ella. En el reverso de su mano también sintió el tacto frío de su cabello trenzado.

Para su alivio, ninguno de los dos hombres que había enviado a hacer la ronda por el adarve estaba vigilando aquella parte de la muralla. Sólo la fresca oscuridad y los guiños de las innumerables estrellas les dieron la bienvenida.

En medio del cielo nocturno, el viento frío y el continuo palpitar de su corazón de caballero, Marmaduke se dirigió a la muralla, puso la mano sobre una de las almenas cuadradas de piedra, detrás de las que los guerreros se protegían en caso de ataque, y miró hacia el mar. La luna creciente surgía lentamente en el horizonte y su pálido brillo dejaba una fina estela plateada sobre el agua oscura del mar sumido en las tinieblas.

Aferrado a la almena, Marmaduke dejó que las pequeñas ráfagas de viento deshicieran el nudo de fuego que el rechazo de Caterine había puesto en su garganta.

Se armó de valor y se dio la vuelta hacia ella.

—Vuestra hermana os envía calurosos saludos. Me rogó que os asegurara que ella está bien —comenzó a decir, omitiendo deliberadamente cualquier mención al estado en que se encontraba Linnet MacKenzie, como si tal hubiera sido el expreso deseo de aquella dama—. Ella querría...

—Señor, dudo que queráis hablarme de mi hermana —interrumpió lady Caterine, y una agitación hizo vibrar su voz, en contraste con la mirada embrujada de sus ojos. Era una divinidad de hielo. Bella, orgullosa y terriblemente inquieta. Respiró profundamente, poniendo de manifiesto su enfado—. Y lo que yo tengo que deciros a vos nada tiene que ver con ella.

Marmaduke se reclinó contra la almena y se cruzó de brazos.

—Hablad con el corazón. Os escucho.

—Mi corazón, señor, tiene todavía menos que ver en el asunto. —Le clavó su mirada. Algunos mechones de su cabello se escapaban y ondeaban al viento—. Mirad, ha sido un error. Mi hermana se ha equivocado. Yo no he mandado a buscar a nadie. Ha sido mi dama de compañía, lady Rhona. Mi más querida amiga y mi peor enemiga.

—¿Vuestra peor enemiga? —Marmaduke alzó las cejas y notó unas ligerísimas arrugas alrededor de los ojos de ella, y unas sombras tras ellos, producto del pasado—. No lo creo, milady. Dudo que os haya engañado con malas intenciones.

—Hace algunas diabluras sin pensar en las consecuencias.

Impulsado por una necesidad irresistible de estar cerca de ella, Marmaduke se alejó de la almena para detenerse ante Caterine.

—¿Y las consecuencias son tan desagradables? Por mi fe, sólo llevo aquí unas horas y ya he podido apreciar que os encontráis en graves apuros.

Caterine se aclaró la garganta.

—Yo no quería un protector y tampoco deseaba... un hombre.

—Y ahora vuestra amiga os ha llevado a un terreno en donde os veis obligada a soportar ambas cosas.

Ella asintió y un destello chispeó por un instante en sus bonitos ojos. Pero no dijo nada. Levantó su barbilla y lo miró fijamente, demostrándole que estaba en contra de lo que él representaba y lo que esperaba hacer por ella.

Con ella.

Marmaduke deseó que la oscuridad escondiera aquel músculo que le temblaba en la mandíbula; era la prueba de que estaba luchando por controlar el impulso de acercar su boca a la de Caterine y silenciar sus objeciones con un beso.

Un beso furioso y exigente.

—Lady Caterine, está bien, sé que no soy un hombre por quien las mujeres se dan la vuelta, ni capaz de robar corazones —dijo finalmente. Aquellas palabras procedían de los demonios que azotaban su espalda, y no de su verdadero yo. Un yo todavía apuesto y sin cicatrices—. Pero con cicatrices o sin ellas, inglés o no, por error o no, vuestra hermana me ha pedido que os proteja y eso es lo que haré —dijo su verdadero yo—. He dado a lady Linnet mi palabra. Renegar de ella es tan imposible como dejar de respirar.

—Sí, imposible —coincidió Caterine, dándose cuenta de la inutilidad de su situación, tan molesta como la mirada insondable en el rostro de aquel protector no deseado. Lo observó intensamente, buscando que él pronunciase algunas palabras acordes al rechazo que ella había manifestado ante su llegada, ante el error de su hermana por haberlo enviado.

Había sido requerido en Dunlaidir a causa de un descabellado plan de su impertinente amiga.

Pero en lugar de anunciar su partida inmediata, el caballero la observó con un aire irritante de imperturbabilidad. Después le informó que pensaba protegerla, quisiera o no.

Era todavía peor: gracias a las encubiertas maquinaciones de Rhona, no tenía más remedio que aceptar la ayuda del caballero.

Su partida la habría sumido en aguas todavía más turbulentas.

—Señora, quería hablaros en privado porque tengo que informaros de que hay una petición de vuestra hermana que no puedo cumplir —dijo Marmaduke después, con una voz llena de matices, tan suave como la de un bardo gaélico.

Arruinada por un cierto rastro de su entonación inglesa.

Caterine alzó las cejas. Trató de protegerse del encanto de aquella voz tranquilizadora con una estudiada actitud de indiferencia.

—¿Y cuál es esa petición de Linnet?

—Mis hombros son anchos y fuertes, lady Caterine, capaces de aguantar todas las cargas que les agobien —declaró, más perturbado por la fría recepción que ella mostraba ante sus palabras de lo que él hubiera querido admitir—. Todas las cargas posibles menos una. No fingiré ser vuestro esposo.

Una expresión indefinible cruzó el rostro de Caterine. Y antes de que pudiera convertirse en algo que él hubiera preferido evitar, Marmaduke unió sus manos en la espalda y comenzó a pasearse por el estrecho pasaje de la muralla con la vista puesta en el horizonte lejano.

Cualquier lugar era mejor que ver su rostro.

Cualquier cosa antes de reconocer el horror de ella cuando él le propusiera un matrimonio verdadero.

—Conmigo han venido cuatro caballeros de buena sangre —continuó, deseando que ella no notara el leve temblor en su voz—. Os traemos todo el poder de nuestro brazo armado y nuestra protección incondicional. —Entonces se detuvo ante ella, apretando las manos con la inquietante convicción de que estaba a punto de quedar en ridículo—. Y yo, lady Caterine —se apresuró, antes de que su aplomo lo abandonara—, me ofrecería a vos. No como un esposo fingido, sino como uno verdadero.

Caterine respiró con dificultad; su respiración era un sonido leve, apenas audible sobre el viento. No necesitaba palabras para transmitir su repulsión. Toda su actitud, su mirada incrédula, eran capaces de gritar su desaprobación más alto que cualquier vendaval que surgiese del mar.

—No. —Aquel rechazo lacónico abrió un profundo abismo entre el hombre que había sido y sus deseos de volver a recuperar aquel antiguo yo.

—¿Y por qué no? —le hicieron preguntar sus demonios, los hijos de Belcebú.

Para su sorpresa, una pequeña sonrisa irónica surgió en los labios de Caterine.

—No por la razón que sospecháis, os lo aseguro.

Alzó la mano hasta el rostro del caballero y siguió la huella de la cicatriz con un tacto tan suave como el aire.

Marmaduke se puso tenso. Ninguna mujer había tocado hasta entonces sus heridas. Ni la cuchillada que afeaba aquel rostro que una vez había sido atractivo, ni tampoco las marcas de azotes que surcaban su espalda.

Ninguna mujer hasta entonces. Y la delicadeza de aquel hermoso tacto casi fundió su corazón.

Caterine retiró su mano y una cierta confusión encendió su rostro, como si también hubiera sentido algo. Pero aquella expresión se desvaneció tan rápido que podría no haber existido nunca.

—Vuestra cicatriz no me molesta —dijo, y sus palabras tan directas le cogieron por sorpresa—. Vuestra apariencia me parece... atractiva —agregó, asombrándolo aún más. Respiró hondo—. Mi situación ha cambiado desde que Rhona asumió el derecho de pedir ayuda a mi hermana. Es cierto que lo que ahora necesito es un esposo verdadero, no un hombre que esté dispuesto a desempeñar ese papel —dijo, y aquella declaración hizo que un rayo de esperanza atravesara a Marmaduke.— Pero no puedo aceptar que vos seáis ese hombre. —Las palabras, pronunciadas con tanta simpleza, se estrellaron contra la alegría renovada de Marmaduke, como si ella lo hubiera empujado por encima de la muralla y lo hubiese arrojado al mar—. Sin embargo, quiero que sepáis que mis sentimientos nada tienen que ver con vuestro rostro. —Entonces volvió a recorrer con un dedo la huella de la cicatriz, y esta vez aquel contacto supuso una tortura—. Tampoco es algo que hayáis dicho o hecho, no os afecta a vos personalmente. Es vuestra sangre inglesa. Ésa es una mancha que no puedo ignorar. Mi hermana debería haberlo sabido.

Por primera vez en su vida, Marmaduke se quedó sin palabras. Aquel franco reconocimiento por parte de ella hizo tambalear su interior, mofándose de él y añadiéndose a sus propios demonios.

Y le robó las palabras. No pudo más que, sencillamente, clavar la vista en ella.

—Antes de que se desvanezca mi coraje —continuó, ignorando la angustia áspera que se retorcía en el interior del hombre—, os rogaría un último favor.

—Decidme cuál es vuestro deseo y lo cumpliré.

Aquellas palabras de caballero salieron por sí solas, como si un extraño las hubiera pronunciado, pero era innegable que se trataba de su voz.

Caterine lo escrutó con una mirada profunda en sus ojos azules.

—Como seguramente os ha contado mi hermana, sir Hugh de la Hogue, que ha estado acosándome durante meses, ha jurado que pronto habrá de venir para tomarme por la fuerza, a mí y a mis posesiones.

—¿De la Hogue?

Las entrañas de Marmaduke se encogieron con la mención de aquel nombre despreciable.

—¿Lo conocéis?

La pregunta hizo aparecer la preocupación en el rostro de Caterine.

—Sí, lo conocí hace tiempo —admitió Marmaduke. El nudo palpitante de su garganta irradiaba calor hacia sus hombros y su cuello—. En los primeros años de mis andanzas de caballero, en la corte inglesa. Jamás hubo en la tierra un canalla más corrupto, ojalá que arda en el infierno.

—Él es la razón por la que tengo que solicitar vuestra ayuda. No tanto por mí sino para proteger a mi hijastro, James —dijo Caterine, mencionando al joven del que Marmaduke ya había escuchado algo, pero al que todavía no había visto—. El heredero de Dunlaidir. Si sir Hugh cumple con sus amenazas, matará a James antes de que yo pueda pronunciar cualquier voto nupcial. Y con James muerto, sus dos tercios de las posesiones de Dunlaidir pasarán a mis manos... y a las de sir Hugh si me ha obligado a casarme con él.

Y ese maldito mal nacido te mataría tan pronto como pudiera. Marmaduke se guardó sus sospechas, pero pudo deducir por la expresión de Caterine que ella también conocía aquel riesgo que no había mencionado.

—No tenéis por qué temer a De la Hogue, milady. —El caballero volvió a observarla, olvidando sus propios intereses y decepciones—. Lamentará alguna vez haber nacido si se atreve a miraros. Os lo juro.

Caterine trató de que él no se diera cuenta de su expresión, escondiéndose en la oscuridad mientras el violento viento marino hacía que la capa se enredara en sus piernas.

—Gracias —dijo ella, y su orgullo luchó contra la simpatía creciente que sentía por aquel caballero.

Marmaduke también combatía con su orgullo herido.

—He venido aquí para ayudaros. Pero si buscáis un esposo y no os casaréis conmigo, no sé qué deseáis que haga por vos.

—Tus hombres —anunció ella, volviéndose hacia él—. Os suplico que persuadáis a uno de ellos para que se case conmigo. Un matrimonio sólo de palabra... para proteger Dunlaidir y a mi hijastro.

Marmaduke frunció el ceño ante la esperanza renaciente en su pecho, después de haber escuchado aquella declaración.

—Bella dama, temo que voy a decepcionaros. —Detestó ver cómo ella bajaba su rostro, sintiéndose despreciable por alegrarse de que su suerte aumentara al destruir la de ella.

Caterine miró hacia abajo.

—Están casados —dijo, sospechando que había acertado ante la negativa del caballero.

—Todos menos Lachlan, el más joven. Pero está comprometido. El muchacho ha dejado atrás, en Kintail, a una jovencita, a quien ama y que aguarda con ansiedad su regreso.

Caterine cerró los ojos por un instante.

—Entonces sólo quedáis vos.

Marmaduke asintió con la cabeza. En su garganta todo estaba demasiado espeso para que él pudiese hablar.

—Entonces así se hará —dijo ella, mientras la luz pálida de la luna caía sobre su rostro y mostraba cuánto le desagradaba aquella idea—. Pero sólo de palabra.

Entonces se desató la capa del caballero, la retiró de sus hombros y se la devolvió. Casi de inmediato, se deslizó a través de la puerta entreabierta, antes de que él pudiera detenerla.

O, al menos, advertirle que intentaría ganar su corazón.

Dio un paso hacia adelante pero Caterine ya se había ido, tragada por la oscuridad del hueco de la escalera, y lo había dejado solo.

Solo con la noche fría y el peso de su capa, aún tibia del cuerpo de ella e impregnada de su perfume.

Durante un buen rato, Marmaduke permaneció donde estaba, mirando hacia el mar y abrazando la capa. La luna se había desplazado hacia arriba. Imploró a Dios que le perdonara al aprovecharse de los infortunios de Caterine; ése era su estado de ánimo.

Alzó una de sus callosas manos hasta su cara y recorrió la huella de la caricia de ella. Hubiera jurado que aún sentía en la cicatriz el hormigueo de aquel contacto.

Supo que su corazón todavía estaba afectado.

Sólo un matrimonio de palabra.

Marmaduke suspiró profundamente. Quería más, mucho más. Quería amar una vez más... y ser amado.

Pero un matrimonio, cualquiera que fueran sus condiciones, era mejor que nada. Era un comienzo... un principio.

Mucho más de lo que se hubiera atrevido a imaginar apenas una hora antes.

Sus dedos recorrieron otra vez la cicatriz y se movieron con cautela sobre el párpado siempre sensible de su ojo perdido.

Una oscura maldición se revolvía en su interior, aunque deseaba quitársela de encima. No era el momento de compadecerse. Y, en verdad, sus cicatrices eran irrisorias en comparación con las heridas profundas que lady Caterine sufría en su fuero interno.

Las suyas estaban en el exterior, a la vista de todos, mientras que las de ella permanecían ocultas.

Invisibles y difíciles, pero no permanentes como las suyas.

Las de ella podrían borrarse.

Desaparecer con el tiempo, el cuidado y el amor constante de un hombre que quisiera entregarle su corazón.

Y que fuera capaz de conquistar el de ella.

Entonces se puso firme, echó los hombros hacia atrás, que brillaban cubiertos por la cota de malla metálica, e hizo un voto en la noche silenciosa.

—Voy a derrotar sus heridas y voy a ganarme su amor —le juró a las estrellas distantes y al mar impenetrable, sus dos únicos testigos—. Y nadie me detendrá —anunció tanto a la oscuridad de su corazón como a la que le rodeaba.

Ni siquiera el dulce orgullo de ella.

4

EN LA PENUMBRA DE LA MADRUGADA, NADA SE AGItaba en la muralla adoquinada de Dunlaidir salvo algunos retazos de niebla, que avanzaban formando espirales a lo largo del terreno, introduciéndose entre las construcciones abandonadas del exterior de la fortaleza, como una tropa de fantasmagóricos centinelas.

Nada perturbaba la llegada del día excepto el silbido de la espada de Marmaduke, que se movía dibujando arcos a través del silencio. Su ataque furioso tenía como adversarios a aquellos demonios que siempre llevaba escondidos en el rincón más oscuro de su corazón.

Ciertos engendros viles se mostraban infinitamente ansiosos por burlarse de él con cada decepción, falta o pérdida que tuviese que sufrir.

Las descargas de su afilada espada producían ecos en la muralla vacía, como un violento grito de guerra contra un destino que, para él, no había sido favorable.

Vencidos al fin los que le atormentaban, una vez apagado su fuego interno por aquel día, Marmaduke depuso su acero e inspiró una profunda bocanada de aire.

Un aire húmedo, frío y vigorizante.

Aquel aire tenía el sabor de una paz ganada con esfuerzo.

Una quietud bendita, perturbada únicamente por el bramido sordo del mar, su propia respiración y el débil crujido de los pasos de alguien que se movía con sigilo a su espalda.

Se volvió y descubrió un movimiento rápido en las sombras, mientras una daga de larga hoja volaba hacia él.

Con una agilidad que sólo unos pocos podrían igualar, se arrojó a un lado justo cuando la hoja pasaba silbando junto a su hombro y se deslizaba velozmente hasta el lugar que él había ocupado unos segundos antes.

Aferrando su espada, corrió hacia el lugar desde donde provenía el ruido de una pelea, mientras el caos crecía a su alrededor. Se escucharon gritos. Sir Lachlan y el mayordomo de Dunlaidir llegaron por las escaleras exteriores, persiguiendo a un tercer hombre que corría hacia la muralla más lejana, la que daba al mar.

Acercándose con rapidez, dieron caza al intruso agitando sus espadas mientras corrían. Marmaduke vio a una figura con una oscura capa que aprovechaba la confusión para huir por la pared de la muralla.

—Alto ahí —exclamó, cerrándole el paso—. Baja tu espada y adelántate para que pueda verte.

La figura se detuvo, pero en lugar de dar un paso al frente, se replegó todavía más en la negrura.

—No tengo acero —replicó, rápido y seco con la ira haciendo rechinar su voz—. Estoy desarmado.

Entonces Marmaduke vio la espada abandonada, reluciendo contra los adoquines brumosos. Sin quitar la vista de aquella figura, dio un puntapié a la espada para hacerla a un lado.

—Tu nombre —reclamó, acercándose al otro—. Habla antes de que te obligue.

Al ver que guardaba silencio, el caballero levantó al intruso del suelo, inmovilizándolo bruscamente contra la pared.

—¿Quién eres? —dijo despacio, enfatizando cada palabra con un pinchazo de la punta de su espada en la blanda carne bajo la barbilla del hombre—. Habla, perro, o prepárate para ir a saludar al Creador.

—Por Dios, suéltame —resolló el hombre, mientras la indignación ardía en sus ojos oscuros—. Soy James, señor de estas tierras.

Marmaduke aflojó las manos pero no le soltó, aunque hubiera querido hacerlo de buen grado. Aquel granuja sin espada apestaba más que una fétida cloaca.

—¿De veras? —Las cejas del *sassunach* se arquearon—. Es extraño que un joven señor huela tan mal.

Procurando no respirar muy profundamente, usó la punta de su espada para levantar la gruesa tela de lana que tapaba la cara del desconocido.

Liberado de la capucha que lo ocultaba, un hombre mucho más joven de lo que había imaginado echó hacia atrás una pesada melena de cabello oscuro. Un simple joven, que seguramente ni siquiera estaba ensangrentado. El desdichado miraba con furia a Marmaduke; su cara podía haber parecido noble si no hubiera estado tan retorcida por la ira.

—Así que tú eres James. —El enfadado muchacho no podía ser otro—. El señor escurridizo del castillo.

Lo dejó en el suelo y bajó su espada. Cogió por un hombro a James Keith, en un gesto de camaradería.

—Por todos los santos, muchacho, ¿dónde has dormido? ¿O es que nunca te bañas?

—Habitualmente no huelo de esta forma. —Jadeando, James se soltó del apretón de Marmaduke—. La podredumbre se me ha pegado del cretino que quería matarte. Los vi a él y a otro hombre saliendo de una de las letrinas y me puse a perseguirlos.

—¿Eran dos?

James asintió con la cabeza.

—Se fueron en direcciones distintas. Ordené a sir John que corriera tras uno y yo alcancé al segundo, tu atacante, justo cuando estaba haciendo volar su daga.

—¿Y cómo perdiste la espada?

El joven frunció el ceño hasta juntar las cejas; respiraba con agitación.

—Luchamos. Con un golpe me arrancó el arma de la mano. Yo... —Calmándose, lanzó una mirada amarga a la muralla, en donde Lachlan y Eoghann peleaban con el intruso.

Parecía que lo estaban acorralando contra el muro con cierta facilidad. Estaba claro que aquel apestoso atacante no suponía ningún desafío para Lachlan ni para el mayordomo, cuya destreza resultaba sorprendente.

También estaba claro que James se avergonzaba de haber sido superado por los otros dos.

Marmaduke fijó de nuevo su atención en la cara preocupada del joven señor.

—Dime, ¿cómo es que tu vigía no alertó a la guardia? Quién sabe cuánto daño podría haber hecho ese miserable.

—A pesar de mi ineptitud —dijo James irónico, sin dar más detalles. Moviéndose bruscamente, se alejó cojeando con su humillación a cuestas, tan evidente como la forma exagerada en que arrastraba una pierna.

Marmaduke iba a seguirlo pero se quedó helado en su sitio cuando un grito agudo y lleno de dolor desgarró el aire. Olvidó al desafortunado heredero de Dunlaidir y dio algunas vueltas, mientras su enfado crecía al ver la escena que se desarrollaba en lo alto de la lejana muralla que daba al mar.

Eoghann forcejeaba con el intruso y el furioso choque de los aceros ponía sonido a la ferocidad de su contienda. Lachlan estaba tendido contra la base del muro, con la espada aún asida en la mano. Una gran mancha oscura se extendía en el lado izquierdo de su guerrera.

Con un bramido enfurecido, Marmaduke corrió agitadamente por la muralla. Saltó con un movimiento ágil por detrás del que podría haber sido su asesino, ansioso por dar a probar al infame un poco del sabor de su espada. El bastardo se volvió hacia él, describiendo un arco con su acero, con toda intención de matar.

Marmaduke contrarrestó de forma fácil el golpe y desvió el arma de su atacante con tanta fuerza que el hombre se tambaleó fuertemente hacia un lado. Cayó por una grieta desprotegida entre dos contrafuertes de la muralla con los ojos bien abiertos, aturdidos e incrédulos.

Un grito penetrante, acallado casi antes de haberse iniciado, dio escalofriante testimonio de su destino.

Marmaduke bajó su acero y echó un vistazo al muro con la respiración todavía agitada. El cuerpo del hombre yacía destrozado sobre las dentadas rocas de los acantilados, y ya comenzaba a deslizarse hacia el mar hambriento.

Su bote, una barca de cuero poco mayor que un cascarón de nuez, se balanceaba sobre las olas.

Marmaduke avistó el paisaje.

—Debe de haber escalado por el acantilado y después haber subido por la rampa de la letrina hasta llegar a la entrada.

—¡Hijo de perra! —rugió Eoghann a su lado, respirando con esfuerzo—. Ha tenido un fin bien merecido, lleno de estiércol. Nunca me pareció de confianza, era un hombre extraño.

Marmaduke miró al mayordomo.

—¿Lo conocías?

—Así es. Cadoc era su nombre, natural de Gales. —Los ojos de Eoghann relucieron de contento—. Se llamaba a sí mismo caballero errante. Un perro despreciable, digo yo.

—Seguro —asintió Marmaduke, clavando la seria mirada en la negra extensión marina—. ¿Había ofrecido sus servicios aquí?

—Ése fue el procedimiento, sí. —Eoghann escupió por encima del muro—. Juró lealtad al viejo lord Keith, pero apenas mi amo cayó enfermo, el canalla se esfumó. Como el resto de ellos, a fe mía. —La furia de Eoghann se tradujo en sus enardecidas palabras—: Tramposos bastardos. Venden su alma por unas cuantas monedas y la promesa de una tierra. Las tierras de Keith. O algo así es lo que debe de haber planeado sir Hugh, queriendo apoderarse de Dunlaidir con sus detestables garras.

La mandíbula de Marmaduke se endureció.

—Ese hombre es una deshonra para su sangre noble. Te juro que no tendrá derecho sobre ninguna de las piedras de estas tierras.

—Sus canalladas en esta región no tienen nombre —dijo Eoghann, envainando su espada—. Es peor que un lobo hambriento.

—Pronto tendrá motivo para arrepentirse de sus fechorías. —Marmaduke saltó del muro, mientras la furia recorría su cuerpo. Se arrodilló junto a Lachlan—. Amigo, veamos qué te han hecho.

Tan cuidadosamente como pudo, Marmaduke separó el jubón empapado de sangre de la herida abierta, limpiándola con rapidez para poder ver el corte.

—Gracias a Dios, es sólo una herida superficial —dijo con un brillo en los ojos. Despeinó los cabellos del joven—. Me temo que vivirás el tiempo suficiente para enfrentarte a muchas más escaramuzas como ésta.

Lachlan levantó las cejas.

—No me duele mucho —repuso, mientras la palidez alrededor de sus labios desmentía sus valientes palabras.

—Te duela o no, pasarás unos días de descanso hasta que te hayas recuperado por completo —anunció Marmaduke con una voz un poco más áspera de lo habitual.

—Así es, muchacho, y tampoco será una prueba muy difícil estar en la cama con nuestras jóvenes damas preocupadas por tu comodidad —profetizó Eoghann, echándose junto a ellos—. Nuestra buena señora Caterine tiene el tacto de un ángel.

Y también parecía un ángel.

Un ángel unido a la tierra, enviado para tentarlo más allá de todo límite.

Marmaduke reprimió una maldición y su pulso se aceleró al darse cuenta de que ella llegaba. La vio aproximarse con su corazón enloquecido retumbando mientras Caterine cruzaba la muralla con Alec, el más experimentado de sus hombres.

Las largas zancadas de Alec hacían que ella apresurara su paso. Su precipitación levantaba su voluminoso manto formando ondas por detrás. El suave blanco de su capa se combinaba tan bien con el gris de la mañana que parecía como si caminara suspendida en el aire.

Sin ninguna duda, con la niebla arremolinándose a su alrededor y sus cabellos sueltos hasta las caderas en una cascada resplandeciente del oro más pálido, podía pasar por una mítica diosa céltica.

Un ser etéreo, demasiado bello para este mundo.

Demasiado adorable para él.

Marmaduke se tragó una maldición, muy consciente de la imagen pavorosa que él mismo debía de dar, con sus cabellos enredados y sus ropas empapadas de sudor y manchadas con la sangre de Lachlan.

Por no hablar de su rostro.

Siempre su rostro.

* * *

—Con esta niebla no puedo ver sus caras. ¿Podrías decirme quién ha resultado herido? —Así se dirigió Caterine al caballero, con fama de severo, que avanzaba a grandes pasos junto a ella—. ¿Ha sido él? ¿El *sassunach*? —Las palabras se le escaparon antes de que se diera cuenta de que las había formulado.

—¿Strongbow? —La voz del escocés estaba llena de un orgullo inconfundible—. No, no puede ser él. Nunca se hace ni un rasguño. Los santos le protegen porque ya ha recibido una buena dosis de cicatrices de guerra. —Le hizo un guiño—. Es demasiado bueno para que lo hieran.

Sí, era bueno. La percepción de aquel conocimiento venía de todos lados y de ninguno, e iluminó la mente de Caterine el tiempo suficiente como para que una ola de temblor recorriese su cuerpo.

Un raro hormigueo, para nada desagradable y bastante similar al temblor delicado que tanto la había sorprendido cuando, la noche anterior, había tocado la cara de Marmaduke en el camino de la muralla.

—¿Sucede algo, milady? —El hombre la escrutó—. ¿Quiere que la acompañe hasta el interior?

—No. —Caterine sacudió la cabeza. Estaban a punto de alcanzar la muralla que daba al mar—. Quiero ver quién ha sido herido.

Un alivio inexplicable la recorrió cuando vio que el *sassunach* estaba intacto, tal como había pronosticado el viejo escocés. El protector enviado por Linnet estaba arrodillado junto al más joven de sus hombres con la cabeza vuelta hacia el otro lado, y el fantasma de una brisa despeinaba sus oscuros cabellos.

—Señora —la saludó sin mirarla.

—Buen señor —respondió ella, casi susurrando aquellas dos palabras. La sensación de temblor había dado paso a un extraño entumecimiento en su garganta y su pecho.

Marmaduke echó un vistazo a su serio escolta.

—¿Se sabe algo del otro truhán?

Alec negó con la cabeza.

—Hemos revisado cada centímetro de la fortaleza, cada pasaje y cada esquina, todos los emplazamientos exteriores —dijo encogiéndose de hombros—. Algunos dicen que el joven señor ha imaginado al segundo hombre. Te aseguro que de existir, tiene que haber salido por el mismo lugar por donde entró, porque no hay dónde encontrarlo.

—No importa, buscad de nuevo —ordenó sir Marmaduke. Miró con atención unos instantes la cara del hombre antes de rasgar una tira de la parte inferior de su guerrera y apretarla contra la herida de Lachlan.

Caterine recobró el aliento, agradecida de que él no la hubiera mirado y pudiera descubrir la emoción de sus ojos.

¡Estaba casi desnudo y de rodillas ante ella!

Sus calzas y su guerrera húmeda se adherían indecentemente a sus músculos.

Cada superficie como si hubiese sido tallada en una roca.

Cada uno de sus músculos resaltados.

Y para desconcertar más a Caterine, de pronto se levantó una brisa más fuerte que alzó la tela lateral de su guerrera, dejando a la vista la atrevida imagen de otro músculo abultado.

Uno muy masculino.

Caterine respiró con cierta angustia. El caballero escuchó aquel profundo jadeo y la miró.

—Es una herida limpia —dijo, malinterpretando la razón de aquel sonido—. Mi joven amigo sobrevivirá este día y muchos otros del porvenir.

Caterine asintió, mientras su corazón martilleaba en su pecho. Su cercanía y la pureza de la fuerza masculina que desprendía parecieron tejer un encanto a su alrededor, consumiendo tanto sus sentidos que necesitó de toda su fuerza para apartar sus ojos de los de él.

Dirigió entonces la atención al herido. Se inclinó hacia él... fingiendo una calma que no sentía. Buscó su mano y le quitó el frío de los dedos con el calor de sus palmas.

—Noble señor... —susurró.

Esperaba que él no estuviera observándola. Necesitaba apartar de su mente a aquel caballero inglés que la perturbaba y sembraba en ella, de un modo peculiar, la inquietud.

—Noble señor —comenzó otra vez, concentrando su atención en el joven caballero de pálido rostro—, si Dunlaidir alojara una guarnición completa, la enviaría a rastrear la zona para exigir una reparación a esta desgraciada bienvenida que habéis recibido en mi casa.

Tal como ella esperaba, Lachlan hizo acopio de fuerzas para sentarse más recto y el color empezó a asomarse de nuevo a su cara.

—No penséis en esas cosas, milady —dijo. La solidez de su voz la complació—. He visto peores pérdidas de sangre.

Lachlan lanzó al caballero *sassunach* una mirada llena de honor caballeresco.

—Antes de que regresemos a Kintail, reuniremos los hombres y los medios necesarios para que, en el futuro, Dunlaidir no corra riesgos como los de esta mañana.

—Y yo os agradezco vuestra valentía. —Caterine retiró el cabello húmedo de su frente—. Vuestro valor será recordado durante mucho tiempo.

Él se aclaró la garganta.

—Ha sido muy considerado por vuestra parte haber venido, pero ahora tenemos que examinar a sir Lachlan con más detenimiento.

El delicioso timbre de su voz la conquistó, borrando hábilmente los terrores de aquella mañana y envolviéndola en un calor dorado... hasta que sus oídos distinguieron el tono de su tierra de origen.

Y aquel sonido desagradable, aquel tono inglés, destruyó la grata fascinación que se agitaba en su interior desde que había observado de reojo la figura de anchos hombros, intacta y perfecta, del caballero Marmaduke.

Viril y gloriosa.

—Necesitaremos tiras anchas de lino limpio —estaba diciendo, pero ahora su voz la irritaba. Su deje inglés la ofendía—. Y el vino más fuerte de vuestras bodegas, valeriana si ten...

—Sé lo que necesitaremos. —Lo miró con agudeza, horrorizada por su propio tono cortante, pero incapaz de detener su lengua—. He dirigido esta casa y otras durante muchos años.

Una sombra insondable cruzó el rostro del caballero, pero desapareció antes de que ella pudiera descubrir de qué se trataba. Caterine clavó sus ojos en él, tratando de descifrar aquella efímera expresión, pero el hombre ya había dominado su semblante hasta lograr una máscara impenetrable.

En él no había otra emoción que la del fondo castaño de su mirada, llena de preocupación por su amigo.

De pronto, para horror de Caterine, otros ojos la observaban por encima de los hombros de Marmaduke.

Ojos lascivos.

Ojos llenos de lujuria y manos como garras.

Manos brutales que destrozaban su traje, desgarrando el lino de su vestido y la carne entre sus muslos.

No veía al hombre que había venido a protegerla, sino a muchos hombres. Asaltantes bárbaros que no sólo habían corrompido su cuerpo, sino que también habían pulverizado su alma.

Y asesinado a su primer esposo ante sus ojos.

Afortunadamente, un quejido apenas audible y un pequeño temblor en la fría mano de Lachlan hicieron que sus enemigos secretos se desvanecieran.

—¿Quién ha sido el responsable de esto? —preguntó a Eoghann.

—Un perro galés y sedicioso, de nombre Cadoc —respondió Marmaduke, ignorando la mueca de disgusto que su respuesta había provocado en Caterine. Ella le había preguntado al mayordomo y no a él.

—¿Cadoc? —preguntó ella abriendo los ojos.

—Sí, y le costó el pellejo. —Eoghann escupió y una feroz inquietud oscureció su arrugado rostro—. Perdió su vida por querer moneda inglesa y alguna otra cosa. Los santos sabrán qué más le habían prometido.

—Sir Hugh. —Caterine miró a Marmaduke—. Debe de estar furioso desde vuestra llegada —dijo. El desdén helaba sus palabras, pero no era suficiente para ocultar el temor ante un malhechor con suficiente poder como para traspasar las murallas de Dunlaidir.

Marmaduke se tragó una maldición, que hubiera ensombrecido a las de Duncan MacKenzie.

—Nadie podrá volver a entrar —dijo y apretó otro trozo de tela contra el costado de Lachlan—. Ni siquiera de la forma desagradable en que lo hizo este canalla. Yo mismo instalaré una reja en la rampa de salida de la letrina.

Caterine se sonrojó.

—Mi hijastro me ha dicho cómo ha entrado. Y nos dimos cuenta después de ol..., de ver a James. Rhona le está preparando un baño. —Miró a Lachlan—. Y también uno para vos, milord.

Lachlan palideció.

Alec miró hacia el cielo y se apretó la nariz.

—Muchacho, no pienses en rechazar la oferta de la señora —bromeó—. Necesitas un baño urgente.

—¿Él solo? —Eoghann se puso de pie y tiró de la guerrera empapada en sudor sobre su pecho—. Todos nos merecemos un buen baño.

—Tendré preparada más agua caliente —dijo Caterine incorporándose. Posó su mirada azul en cada uno de los hombres excepto en él—. Habrá baño para todos.

Se dio la vuelta hacia Lachlan y sus labios esbozaron una sonrisa.

—Una vez que vuestra herida esté limpia y cosida, podréis descansar en los aposentos de mi difunto esposo —anunció y levantó la mano cuando el joven caballero trató de rechazar aquella propuesta—. Señor, habéis sido herido en las murallas de mi casa, no me neguéis el honor de cuidaros. Es mi voluntad y un placer poder hacerlo.

—Venga, milady, vamos adentro. —Eoghann se colocó a su lado—. No confío en que los vagos de la cocina pongan a hervir agua, a menos que esté yo mismo controlando que lo hagan.

En el momento en que se fueron, Alec le hizo un gesto descarado a Lachlan.

—Me atrevería a decir que vale la pena perder un poco de sangre si eso significa que la señora y su dama de compañía te dan un baño, ¿no?

—Yo no tengo ganas de ningún baño. —Lachlan se sonrojó.

La sangre de Marmaduke también se agitó, pero no por vergüenza.

No le interesa tener dos pares de manos suaves lavándolo, había bromeado Alec.

Un solo par hubiera bastado perfectamente a Marmaduke.

Las mismas manos cuyo tacto le habían dejado asombrado, cuando Caterine acarició la huella de su cicatriz con las yemas de sus dedos.

¿Cuánta sería la felicidad si ella deslizase aquellas manos sobre las cicatrices de su espalda? ¿En qué éxtasis se vería sumergido si le acariciase sus músculos doloridos?

En especial aquel que surgía, audaz, por debajo de sus calzas.

—No puedo bañarme —protestó el joven una vez más.

—Las damas siempre cuidan de los hombres heridos en los castillos —le recordó Marmaduke—. Y en especial de los huéspedes más apreciados.

Antes de que los otros pudieran notar cuánto le estimulaba pensar en aquella dama, Marmaduke se agachó y levantó a Lachlan en sus brazos.

—No hay nada impropio en que dejes que ellas te bañen y cuiden de ti.

Lachlan no parecía convencido.

—Sé que es lo normal, pero...

—Rechazarlo sería un insulto —replicó Marmaduke, y el tono de sus palabras dejó zanjado el asunto.

Llevó a su compañero a través de la muralla, agradecido porque la niebla fría de la mañana iba aliviando su carne ardiente. Y aún más agradecido por todos aquellos años en que había aprendido a controlar sus emociones.

5

INSOLENTE, LLENA DE LOCURA Y ATREVIMIENTO.
Demasiado aficionada a los hombres de acero.

Dominada por miradas fijas y ardientes, su mente flotaba en sueños extravagantes de hombres fuertes modelados a sangre y fuego.

Caterine se encontraba junto a la chimenea encendida de la cocina de Dunlaidir, sosteniendo un balde casi lleno de agua caliente. Una docena de acusaciones le quemaban la punta de la lengua.

Y cada una de ellas luchaba por ser la primera que tendría como destinataria a su entrometida dama de compañía, Rhona. Era ella, en verdad, la que la había colocado en aquella situación.

Pero desgraciadamente todos aquellos cargos tan condenatorios apuntaban también a su propio corazón, sellando sus labios.

Porque los sueños de Caterine incluían también fascinantes caballeros vestidos con cotas de malla.

Un caballero con cota de malla en particular.

Imágenes provocadoras florecían espléndidas en el instante en que cerraba los ojos para dormir. Eran perturbadores vagabundeos de la mente, siempre dispuestos a perforar el manto de indiferencia que intentaba llevar durante el día.

Echó una ojeada a Rhona, que, feliz e ignorando la agitación que hervía en el interior de Caterine, se afanaba en extender gruesas esteras alrededor de las tres cubas de madera para el baño.

James, ya sumergido hasta los hombros en una de ellas, seguía cada uno de sus movimientos con sus ojos oscuros entrecerrados para no delatar su adoración.

Caterine sospechaba que ella era la única que se daba cuenta del amor de su hijastro hacia Rhona.

—Esto debería ser suficiente. —La voz grave de Eoghann la distrajo. Llenó un pequeño balde con agua caliente de un caldero de hierro suspendido sobre el fuego y luego echó su contenido en el de ella.

Él mismo acababa de bañarse, pero con agua fría de la cisterna que estaba justo detrás de la pared de la cocina. Colocó el pequeño balde en su gancho, que estaba en la pared sobre la chimenea.

—Los buenos guerreros tendrán un baño tan agradable como el de los mejores señores —dijo con una nota de orgullo en la voz.

—Y tú, mi querido señor, no deberías actuar únicamente como un simple criado. —La ira hería la conciencia de Caterine al ver al más leal de sus servidores degradado a unos quehaceres tan poco propicios a su persona.

—Y vos tampoco deberíais hacer el trabajo de una sirvienta de cocina, milady. —Su profunda voz, aunque inglesa, irresistible y persuasiva, se extendió por el aire de la cocina, iluminada por antorchas y cuyas paredes estaban oscurecidas por el humo.

Caterine se dio la vuelta, volcando algo de agua caliente en el suelo. Él estaba de pie ante la puerta abierta y su perfil resaltaba en contraste con el corredor oscuro que tenía detrás, que conducía al corazón del castillo. El fuego de las antorchas confería un halo dorado a toda su figura, destacando la anchura de sus hombros y su gran altura.

Con su amigo herido en los brazos, tenía aspecto de ser el señor del castillo, mucho más de lo que el esposo de Caterine había sido incluso en sus mejores años.

Una ola de calor la inundó, una llamarada interior que nada tenía que ver con las altas temperaturas de la habitación llena de humo.

Había deseado y temido aquel momento desde que había surgido la necesidad de ofrecer aquellos baños, pero ahora el corazón se le había subido a la garganta y, a pesar de sus grandes esfuerzos, no conseguía articular ni una palabra.

—Apoyad el balde en el suelo —le aconsejó y ella obedeció. La intensidad de la mirada de Marmaduke hacía inútil cualquier intento de contradecirlo.

Caterine se sentía sin fuerzas, paralizada por aquella mirada firme y por el cuidado con que él sostenía a su amigo.

Incluso aquellos que maldecían a los ingleses no hubieran podido dejar de reconocer, con honda preocupación, que aquel hombre era asombroso y que tenía un buen corazón. Esta constatación podía desencadenar otras conclusiones en las que ella prefirió no profundizar.

Cerró los puños intentando defenderse de la admiración que sentía hacia él. Se enderezó y levantó la barbilla.

Incluso *Leo* parecía intimidado. Desde el momento en que el caballero inglés había entrado, el perrito se había escabullido hacia una esquina oscura, escondiéndose detrás de una silla para poder gruñir a su mayor enemigo a una distancia prudente.

—Por el amor de Dios, hombre, bájame. —Lachlan se retorcía en los brazos del inglés—. ¡Demonios! Tengo un pequeño rasguño y me tratas como si hubiera perdido una pierna.

—Modera tu lenguaje, amigo —replicó sir Marmaduke, y la camaradería del tono de su voz amortiguó el efecto de la reprimenda—. ¿O quieres que las damas piensen que eres de la misma clase que el canalla miserable que te ha herido?

Abandonó entonces al robusto caballero en uno de los bancos sin respaldo ubicados contra la pared, como si no pesara más que un saco de plumas de ganso.

Aquella posición confortable hizo refunfuñar una vez más a Lachlan, que no quería ser objeto de semejante atención. Marmaduke atravesó la cocina con pasos decididos y se acercó a Caterine antes de que ella pudiera reaccionar.

Sin decir una palabra le cogió las manos. Les dio la vuelta y pasó uno de sus dedos por las palmas enrojecidas.

—Que los santos me golpeen aquí mismo si permito que vuestras manos se vuelvan callosas como las de una criada de la cocina —aseguró. Un ligero movimiento en su mandíbula reveló la tensión interior que tan bien trataba de controlar.

Un muro de silencio se instaló entre ellos, tan tenso, palpable y pesado que Caterine casi pudo sentir cómo le oprimía las costillas.

—Le acabo de decir lo mismo. —La simpática voz de Eoghann rompió el encantamiento. Miró al hijastro de Caterine, sumergido en la cuba—. ¿No es cierto?

James asintió.

—Aún tenemos criados suficientes para que se encarguen de estas tareas si ella los dejara.

El mayordomo sonrió abiertamente y sacudió la cabeza.

—¿Veis? —Se dirigió al caballero inglés—. Me alegra que vos también se lo digáis. Ella no nos hace caso, pero quizá os lo haga a vos.

—Haré lo imposible por convencerla —repuso sir Marmaduke, y el calor de sus caricias estuvo a punto de hacer perder el juicio a Caterine, enviando temblores deliciosos a través de sus brazos.

—Aún no ha sido arrojada la flecha que logre persuadirme de caer rendida ante las adulaciones —dijo finalmente ella, ayudada por la aparición del recuerdo de otras voces inglesas.

Eran ásperas voces masculinas, que la obligaban a someterse, a menos que ella quisiera sufrir más daño que el mero hecho de satisfacer sus deseos.

Terrores distantes que habían resucitado por el acento inglés del caballero que intentaba protegerla.

Con una rapidez causada por su propia vergüenza, Caterine soltó sus manos, recogió el balde de agua y volcó su contenido en la cuba de baño más cercana.

Dejó que el cubo vacío se deslizara de sus dedos y cayera al suelo. Entonces se enfrentó con el semblante imperturbable de sir Marmaduke y lo miró con dureza. Lanzó también una mirada furiosa a Eoghann.

—La prosa de los bardos y los poemas corteses son simples tonterías —dijo, alentada por un desfile de caras lascivas que se alzaban, crueles, desde el fondo de su alma—. Dejé de interesarme por esos entretenimientos cuando era muy joven y no tengo intención de volver a ellos aunque intentéis persuadirme. —Hizo una pausa para dar más énfasis a sus palabras—. Y menos aún si la idea sale de labios ingleses.

Para su mortificación, el rostro desfigurado de Marmaduke se iluminó con una llamarada de simpatía, o tal vez de remordimiento. Levantó una ceja como única señal, ignorando con frialdad el arrebato de Caterine.

—¿Puedo sugerir, milady, que acaso los hombres que buscaron impresionaros con palabras bonitas no poseían corazones tan profundos como para poder conquistar el vuestro?

Aquellas palabras, suaves y delicadas, rodearon a Caterine como un abrazo, guiándola con facilidad, con un calor envolvente, hacia ciertos rincones de su alma que nunca habían conocido la menor galantería.

Abrió su boca para responder, pero él ya se había retirado hacia donde estaba James, dejándola simplemente sin capacidad de reacción.

Era como si todas las luces de la cocina le hubiesen seguido y ella se hubiera quedado sola y a oscuras. Incluso el calor del fuego parecía haberse extinguido.

Caterine levantó una mano hacia Eoghann cuando éste la miró, en señal de que no tenía de qué preocuparse. Después clavó sus ojos en el *sassunach*. Aún se sentía incómoda por la sorprendente oleada de placer que las cálidas palabras de aquel caballero le habían inspirado, consciente del estremecimiento tentador que todavía recorría sus manos y subía y bajaba por sus brazos.

Él parecía completamente inmune a la confusión que había desatado en ella. Sus rasgos estaban bajo un control perfecto. Con toda calma, Marmaduke se dirigió entonces a James.

—Sir Alec y los demás han comenzado una nueva búsqueda por todo el castillo. Si hay otro intruso todavía escondido, lo encontrarán.

James dejó de enjabonarse el cabello.

—Estaba equivocado —dijo, observando a Rhona más que dirigiéndose a Marmaduke—. Sólo había uno.

Sin prestar atención a aquella conversación, Caterine miró al balde que se había volcado. Goteaba agua desde el borde, formando una mancha creciente en el suelo.

Una mancha tan grande como la que ella tenía grabada de forma indeleble en su corazón.

Un corazón que ella no podía entregar a un hombre inglés.

Aunque quisieran persuadirla de lo contrario.

Soy un hombre de paciencia ilimitada.

Caterine se puso tensa por la sorpresa. Las palabras, sus palabras, sonaron tan claras como si él se las hubiese susurrado al oído. Pero estaba al otro lado de la habitación y conversaba plácidamente con James.

No compartía revelaciones privadas que le concernían sólo a ella.

Quedaos tranquila, milady, respeto y reverencio a las mujeres. Nunca os forzaría a hacer algo en contra de vuestra voluntad.

Volvían las palabras. Como el suspiro de un ángel, se deslizaban por su oído hacia partes de su cuerpo que ningún hombre había tocado.

Palabras imaginadas.

Os prometo que se cumplirán únicamente los deseos de vuestro corazón.

No imaginadas. Sólo muy íntimas y suaves.

Seductoras.

Seductoras, sí, pero irrevocablemente inglesas.

En contra de sí misma, Caterine se deleitaba con la calidez de aquellas afirmaciones. Imaginadas o no, acariciaban deseos que anidaban desde hacía mucho tiempo en las zonas más ocultas de su alma. Levantó la cabeza, esperando encontrarse con la mirada cómplice de él, pero sólo le vio alejarse de la cuba de James encogiéndose de hombros.

Como os plazca, milady, pensó ella que le había escuchado decir. Pero él, en ese momento, ya se encontraba junto a su amigo Lachlan y le daba la espalda, de modo que cualquier emoción que lo inundara había quedado bien protegida, invisible para el resto.

Eoghann también se alejó, farfullando entre dientes algo sobre algunas tareas del castillo que estaban pendientes.

—El agua se enfría y nuestros huéspedes esperan su turno —anunció la voz de Rhona como si llegara de tierras lejanas.

Caterine asintió con aire ausente; su atención estaba clavada en el alto caballero del otro lado de la habitación. En ese momento, Marmaduke estaba desabrochándose el cinturón de la espada. Aquel acto tan simple parecía tan descarado, tan... íntimo.

Notó una extraña sensación de hormigueo surgiendo en lo más profundo de su vientre. Una tibia palpitación que crecía y se iba extendiendo por su cuerpo mientras observaba las manos de Marmaduke liberando la hebilla del cinturón.

Él se dio cuenta de que le estaba observando e inclinó la cabeza, contemplando tranquilamente aquellos ojos clavados en su figura.

—No esperaréis que nos bañemos con estas prendas sucias, ¿no? —preguntó, mientras acababa de soltarse el pesado cinturón de cuero.

Cuando Marmaduke tocó el borde de su guerrera manchada, los nervios de Caterine no pudieron más. Dio media vuelta tan bruscamente que casi chocó contra el atrapamoscas, una cuerda embadurnada de miel que pendía del techo.

Avergonzada por su torpeza, apartó el obstáculo que colgaba ante ella y clavó sus ojos en el fuego de la cocina. Las llamas crepitaban con fuerza, ajenas a la agitación de sus sentidos. Aquellas lenguas rojizas y doradas lamían inocentes los anchos troncos apilados sobre la piedra de la chimenea.

Su corazón comenzó a hacer un ruido sordo.

La mirada que él le había clavado era cualquier cosa menos inocente.

El golpe de su cinturón chocando contra el suelo, un desafío explícito.

El sonido de la tela contra la piel, cuando Marmaduke se quitó la guerrera deslizándola por encima de la cabeza, fue para Caterine una especie de ofensa, pero que emitía rayos de placer, que se convertían en pinchazos en el centro mismo de su naturaleza más femenina, que hasta aquel momento ella ni siquiera se había percatado que poseía.

Estiró las manos hacia el fuego fingiendo que trataba de calentarlas, pero su verdadero propósito era darle la espalda a él y a las dos cubas vacías que aguardaban, tan cerca, detrás de ella, a que alguien las utilizase.

Una de ellas estaría pronto ocupada por él, desnudo.

Sus mejillas se ruborizaron con aquel pensamiento y su cuerpo se llenó de calor.

Otro cinturón cayó al suelo, seguido del ligero roce de una guerrera que alguien más se quitaba.

El cinturón y la guerrera de Lachlan.

O el cinturón de Lachlan y las calzas de él, pues aquel suave susurro también podría haberlo ocasionado sir Marmaduke al quitarse la prenda que le cubría las piernas.

—Ha sido la camisa de mi amigo. —La voz de él, profunda, había resuelto el misterio.

Y también había probado que él podía leer sus pensamientos.

A su lado, Rhona estiraba sus manos hacia el fuego.

—No es propio de ti, milady, que parezcas tan poco hospitalaria.

—¿Poco hospitalaria? —replicó Caterine encogiéndose de hombros y quitándose la capa—. ¿Habría echado nuestra preciosa lavanda y nuestros aceites de tomillo en el agua de los baños, y habría forrado las tinajas con nuestro mejor lino si hubiese querido ser poco hospitalaria? —La agitación creció en su pecho. Arrojó su capa sobre una mesa cercana—. ¿Es de personas poco hospitalarias colgar nuestras mejores toallas junto al fuego para que después del baño puedan envolverse en ellas?

—Hay otras formas de dar calor a un hombre además de ofrecerle toallas tibias.

Dime cómo, rogó una voz desde el rincón más secreto del corazón de Caterine.

Y como si la hubiera escuchado, la mirada de Rhona se posó en James.

—Mira cómo lo baño. Sería un detalle por tu parte si atendieras a tu protector de la misma forma.

—Ya he bañado a suficientes hombres —comenzó a decir Caterine, pero se calló al ver que su amiga se alejaba—. ¡Espera! Soy yo la que siempre ayuda a James...

Estaba sola. Sintió entonces que las antiguas leyes de la hospitalidad pesaban sobre sus hombros, un peso increíble, sagrado y que no podía ignorar.

Las atenciones que ahora debía ofrecer al caballero inglés bailaron en su conciencia, tan reales como si ya hubiera hundido los brazos en el agua del baño y hubiera recorrido con sus manos aquella piel mojada.

Pero él todavía estaba apoyado en la pared más alejada, mirándola en un silencio desconcertante, atravesándola con el calor de sus ojos. Marmaduke poseía una masculinidad pura, en tal extremo, que su mera presencia en la misma habitación originaba un cúmulo de sensaciones en cada centímetro del cuerpo de Caterine.

Se dio la vuelta y se alisó la falda.

No tengo nada que temer... He visto a muchos hombres desnudos.

De frente y de espalda. Las palabras surgieron en su boca como una pequeña letanía, mientras sus palmas se humedecían todavía más con cada latido de su corazón.

No tenía nada que temer

Muchos habían sido los caballeros y los nobles que habían sido objeto de semejantes atenciones.

—Es sólo una costumbre, milady. —Su voz volvió a escucharse. Profunda, suave y mucho más cercana—. Una simple cortesía que no significa nada.

Caterine tuvo que tragar saliva dos o tres veces ante aquella mentira. Se equivocaba. Aquella cortesía en particular habría de costarle mucho esfuerzo.

Y no de la forma en que él creía.

Sellada la aceptación de su destino, Caterine buscó la mirada de él. Estaba a unos pocos pasos, con un brazo alrededor de los hombros desnudos de su amigo, con su pecho igualmente desnudo.

Y tan perfecto. Le temblaron las rodillas sólo con mirarlo.

Sus fuertes y magníficos músculos, cada centímetro tenso y bien definido, la dejaban sin aliento envolviéndola en un halo de sorpresa que la dejaba aturdida.

Sentía oleadas de algo tan intenso, tan diferente de todo lo que había experimentado hasta entonces, que sólo podía quedarse quieta y mirar.

En la superficie esculpida y tensa de su abdomen, una sombra de vello negro y rizado formaba una flecha que apuntaba hacia abajo y que desaparecía más allá del cordón que sostenía sus calzas. Aquella prenda liviana de lana, todavía húmeda por la lucha entablada en la muralla, se adhería a sus muslos y a su virilidad de una manera tan desvergonzada que no ocultaba sus grandes proporciones.

Finalmente Caterine recuperó la voz y... suspiró.

Él sonrió.

Una sonrisa lenta y sosegada, capaz de derretirla hasta los huesos, que llegó hasta su alma, a aquel lugar secreto de donde procedían sus suspiros.

El lugar donde ella guardaba sus sueños.

Él no hizo nada.

Y tampoco nada podía detener las oleadas de aguda ilusión que la arrastraban cuanto más miraba aquella imagen.

—Por todos los santos —dijo finalmente, aunque su garganta estaba seca por completo.

—Todo lo que veis es mío, os lo aseguro —afirmó con su hermosa voz, que aquel acento volvía a estropear.

Su entonación inglesa volvió a romper el misterioso lazo que su galantería, tan seductora, había unido con los deseos de Caterine, dormidos durante mucho tiempo.

Esperanzas y sueños enterrados tan profundamente que casi los había olvidado.

Sir Marmaduke levantó una mano hacia su cara y se pasó un dedo por la marca de la cicatriz que surcaba su mejilla izquierda.

—Mi querida señora, los santos me dieron la espalda el día que recibí esta herida, pero ahora están conmigo, os lo aseguro.

Caterine apartó su mirada, llena de rubor.

—Y de la misma forma que ellos cuidan de mí, yo tengo que cuidaros a vos. —Rozó con los nudillos la curva de una de las mejillas de Caterine—. De vuestra persona, vuestro hogar y vuestros sentimientos.

—¿Mis sentimientos?

Él asintió.

—La ceremonia del baño es una costumbre muy apreciada entre los hombres de educación, pero yo no estoy tan viejo como para no poder atender mis necesidades.

No hay nada viejo ni debilitado en mí, reveló el corazón del caballero, reclamando la atención de Caterine.

—Tampoco estoy herido —dijo, tentado hasta el límite por la sensual promesa de sus labios—. Puedo bañarme solo.

—Lo lamento. —Ella se ruborizó, y aquel desconcierto hizo que sus ojos se volvieran más azules aún.

Un azul tan oscuro que él la soltó de inmediato, temiendo caer en sus profundidades de zafiro.

Le tocó el brazo y la respiración de Marmaduke se contuvo ante aquel contacto.

—¿De verdad no os importa?

—¿Y si me importara?

Caterine dudó un momento.

—Entonces me vería obligada.

—Pero no de buena gana.

—De buena gana, sí —replicó ella, sorprendiéndolo—. Pero no contenta.

La sinceridad de Caterine le provocó una punzada de amargura.

—Entonces tendremos que esperar.

—¿Esperar? —preguntó parpadeando—. ¿Esperar a qué?

Marmaduke se permitió sonreír.

—Hasta que me asistáis en el ritual del baño cuando sea por vuestra propia voluntad.

—¿Mi voluntad?

—Eso he dicho. —El caballero le acarició unos lánguidos mechones de cabello dorado pálido que le caían en la frente—. Vuestra voluntad y vuestro deseo.

Caterine levantó las cejas, pero antes de que pudiera decir una palabra él ya había tomado posesión de la última cuba disponible. Sin más ceremonia y sin ninguna vergüenza, soltó el cordón que sostenía sus calzas y las empujó hasta los tobillos.

Algo cálido e intenso dio un salto en el interior de Marmaduke. Una necesidad audaz y descarada de permanecer de pie un poco más de lo conveniente y de lo que correspondía a un caballero. Durante apenas un instante, pero lo suficiente para que ella notara aquella parte de su cuerpo que él sabía que no tenía defectos y que resultaba impresionante.

Sólo entonces dio una patada a sus prendas y se deslizó en la gran tinaja de madera.

El agua caliente se arremolinó a su alrededor cuando sir Marmaduke tomó asiento en la pequeña repisa que había en el interior de la cuba. Las esencias de baño rozaban sus hombros, dándole una sensación de bienestar que hubiera preferido que fuese causada por un abrazo de ella.

De su voluntad y su deseo. Cualquier otra cosa sería inaceptable. Reclinó la cabeza en el borde cubierto de lino, dejando escapar un largo suspiro que le liberó de la tensión.

Él era un hombre paciente.

Él haría que ella lo deseara.

Que ella lo amara.

A diferencia de los estúpidos que seguramente la habían cortejado anteriormente y habían fracasado, él poseía un corazón lo suficientemente profundo para ganar su afecto.

Intentó hacer desaparecer las dudas desoladoras que sus atrevidas suposiciones también generaban. Bajó las manos y cerró los ojos.

Entonces alejó toda incertidumbre, acallando a sus demonios uno por uno antes de que pudieran contradecirlo.

* * *

En aquel mismo momento, en un rincón oscuro y lejano de Dunlaidir, dos figuras cubiertas con gruesas capas estaban reunidas, rodeadas de frío y humedad, en la gran bodega del castillo.

Se trataba de una especie de cripta húmeda situada en una de las torres menos frecuentadas de la fortaleza, utilizada en mejores tiempos como almacén y ocupada ahora únicamente por el polvo y las telarañas.

Una luz tenebrosa entraba a través de dos rendijas de ventilación, iluminando con dificultad la cara enjuta de una de ellas.

—Tus disculpas llegan demasiado tarde —dijo ésta, apoyándose en la pesada puerta de roble de la estancia—.

Si te escapas y pronuncias mi nombre, haré que cada hombre, mujer o niño que tenga una gota de tu sangre sea atravesado por mi espada. —El que hablaba alzó un dedo en señal de amenaza—. Te doy mi palabra.

El otro, un hombre ancho, cuadrado y de baja estatura, que olía a letrina, hizo una mueca.

—Tenéis todo el derecho a estar furioso —repuso—, pero la tentativa estuvo desde el principio bajo una mala estrella. ¿Cómo podíamos saber que el joven señor estaría justo en ese momento cerca de la rampa de la letrina?

—Si quieres estar en paz conmigo y con tu señor, te aconsejo que no vuelvas a fallar.

El hombre bajo golpeó la empuñadura de su espada.

—Por mi vida, juro que no lo haré.

—Tu vida, sí —dijo el otro con sorna, y abrió la puerta sólo lo suficiente para mirar la mañana neblinosa. Después se dio la vuelta hacia la pestilente figura y continuó hablando—. Lo cierto es que ha traído una dispensa especial del obispo de Aberdeen que le permite casarse de inmediato. Trataremos de que jamás lo logre.

El hombre rechoncho arrastró los pies por el suelo de tierra bien apisonada.

—Se dice que los santos lo protegen, que nadie puede dañar su cuerpo.

El otro resopló desdeñosamente.

—Es astuto, nada más que eso. Y tan inteligente como para saber que tu señor estará pendiente de sus movimientos. Vigilará cuidadosamente las murallas cuando se acerque el día de la boda. Y sin duda también la aldea, por si sir Hugh y sus hombres aparecen por allí.

—¿Pero cómo le mataremos si no nos podemos acercar a él?

El hombre de la puerta respiró hondo y despacio.

—Podréis. Pero no como caballeros, tal como él espera.

El de la capa negra abrió la puerta un poco para que el otro pudiera salir, vanagloriándose con el presentimiento de la victoria.

—Di a sir Hugh que envíe a sus mejores hombres a esconderse detrás de cada árbol y de cada arbusto. Me aseguraré de que el maldito tuerto pase lo suficientemente cerca para que alguien le clave la espada.

El otro abrió la boca, pero antes de que pudiera hablar, la figura de la puerta le dio un violento empujón, arrojándolo a la penumbra del camino de una muralla.

—Vete —gritó el de la capa mientras el otro se alejaba—. Mis saludos a tu señor.

6

TENGO QUE REPETIRLO MIL VECES? —JAMES SE AFERRÓ al brazo de la silla de honor y lanzó una mirada iracunda a todos los desafortunados que estaban a su alcance—. Me han molestado antes del baño y ahora, aunque apenas he podido quitarme la pestilencia de encima, lo hacen de nuevo.

Con los ojos llenos de furia golpeó con la palma de su mano la superficie marcada de la mesa.

—Ya me han golpeado una vez esta mañana. ¿Queréis verme abatido también a causa de una lluvia de preguntas?

Los pocos hombres armados de Dunlaidir, tan escasos que casi no llenaban las mesas más cercanas, intercambiaron miradas significativas pero no dijeron nada. Los cuatro caballeros de Marmaduke, obligados por el joven a comer todos juntos en el otro extremo del gran salón, tenían los ojos clavados en las escudillas de madera o bebían de sus copas.

Una sombra de desconcierto flotaba en el aire, palpable y densa como el olor a madera quemada y a cerveza fermentada. Dos de los hombres de Keith fingieron toser. Otros se levantaron de sus asientos, nerviosos por la situación.

—Os lo digo por última vez, había sólo uno —gruñó James, y una oleada negra de ira escapó de su boca junto con aquellas palabras.

Sir Marmaduke lo observaba desde las sombras, cerca de las escaleras que conducían al exterior. Trataba de mantener la calma. Bajó los brazos, hasta entonces cruzados, y apoyó un hombro, cubierto con la cota de malla, en el tapiz de la pared.

La ira del joven no le sorprendía, pero sí que evitara mirar a los otros a los ojos. Esto hizo que el pulso de Marmaduke se acelerara con una sensación de alerta.

Un agudo instinto protector, avivado por la actitud defensiva de James, al asegurar a los hombres que le rodeaban que sólo había visto un intruso, en lugar de dos como había asegurado en un principio.

—Es triste y poco conveniente que el nuevo señor se resista a discutir temas de tanta importancia —se quejó un hombre de serio semblante en una de las mesas.

—Nuevo señor... ¡bah! —se burló otro—. El cachorro está más cerca de ofrecer su propia cama al inglés que de combatirlo con el acero.

—Se necesita algo más que acero para detener a un hombre tan astuto como sir Hugh de la Hogue. —Sir John, un noble de aspecto cansado que rondaba la madurez, miró hacia los hombres que criticaban—. No da tregua a quien se atreva a desafiarlo. El propio Dios estaría en apuros si tuviera que ayudar a alguien al que sir Hugh se haya propuesto destruir. —Clavó entonces los ojos en James—. Si el canalla lo desea, podría destruir estas posesiones con una furia tan devoradora que nada quedaría, sólo unas pocas piedras dispersas.

—Por eso resulta tan triste tener a un cobarde semejante como nuevo señor —sonó una voz desde otra de las mesas.

El rostro de James se puso muy pálido. Cuando Marmaduke vio que movía la mandíbula pero que no pronunciaba palabra alguna, se pasó una mano inquieta por su cabello todavía húmedo. Murmurando una maldición, miró al frente al mismo tiempo que Caterine se ponía de pie.

Con la espalda recta y un orgullo tan brillante como las trenzas relucientes de su cabello dorado, lanzó una mirada acusatoria a los hombres de Dunlaidir.

—¿No es más triste aún que necesitemos el brazo armado de un excelente caballero inglés y de sus hombres para evitar el caos y el desastre que teméis, señores míos?

Los pies de Marmaduke se congelaron.

¿Le había llamado «excelente»?

Su corazón se agitó, intentando comprender el significado de aquellas palabras mientras se adelantaba y dejaba atrás la sombra en la que se había escondido hasta entonces.

—¿Dónde están el honor y la lealtad cuando más de la mitad de nuestra guarnición nos abandona para que nos enfrentemos solos al peligro? —Caterine aún no se había dado cuenta de que Marmaduke se aproximaba, tan absorta estaba en desafiar a los hombres que habían deshonrado a James—. ¿Dónde estabais vosotros mientras James perseguía al intruso? Su osadía, señores, no fue fruto de la cobardía.

Algunos de los guerreros bajaron la cabeza, aparentemente disgustados; otros fruncieron el ceño con mayor enfado y continuaron quejándose entre ellos.

Sir John estaba serio; unas arrugas significativas surcaban su rostro demacrado. Sumido en sus pensamientos, arrojaba pequeños trozos de queso a los perros que merodeaban detrás de la mesa principal.

Leo, el más pequeño, se puso a gruñir, mostrando sus dientes a Marmaduke. Éste lo ignoró adelantándose hasta la mesa de los señores y puso una mano sobre el hombro de Caterine.

Ella lo miró con sus azules ojos, que aún refulgían por la agitación, pero para tranquilidad de Marmaduke no hizo ningún ademán de apartar el hombro.

—Los servidores desleales no se quedan con sus señores si en otros lugares pueden comer en plato de plata —le dijo Marmaduke a Caterine, pero haciendo un gesto hacia los guerreros—. Los buenos hombres permanecen aunque haya tormenta, tal como han hecho éstos sin dudarlo.

Tal como esperaba, sus palabras borraron en gran medida el malhumor de sus rostros.

—¡Estábamos cuidando de los caballos! —exclamó uno de ellos en tono afligido, que mostraba que el enfado se estaba disipando—. Algunos de nosotros pensamos que había luces en los establos. Somos muy pocos para estar en todas partes, milady.

—¡Está diciendo la verdad! —aseguró otro apoyándolo—. Nunca pensamos que un rufián podría entrar trepando por las letrinas.

Voces, inclinaciones de cabeza y resoplidos aprobaron aquellas palabras, y la tensión se fue aflojando poco a poco. Marmaduke miró a Caterine con satisfacción.

Al ver cómo resplandecía su hermosa figura, la respiración del caballero pareció detenerse. Ella estaba mirando un poco más allá, hacia los hombres de la guarnición. La luz parpadeante de una antorcha recortaba su perfil, dorando las elegantes líneas de su rostro y su mentón elevado y orgulloso.

Su dignidad le impresionaba, pero más aún la vulnerabilidad evidente de su corazón, delatada por el rubor de sus mejillas. Algo extraño y poderoso lo atravesó y se apoderó de su alma.

Él tenía la mirada fija en ella, y el corazón le palpitaba lentamente y con esfuerzo. El salón cargado de humo, y todo lo que en él se encontraba, se iba diluyendo entre las sombras, excepto ella, que permanecía clara y luminosa como un día soleado.

Los contrariados hombres de Keith, los que parecían divertidos e incluso las hileras de bancos y mesas... todo se disolvía menos la clara percepción que tenía de ella.

Allí estaba: de pie, alta y orgullosa, mientras el brillo del fuego la acariciaba y un juego de luces y sombras revelaba las elegantes líneas de su cuerpo. La agradable plenitud de sus pechos era para Marmaduke una dulce provocación, una tentación sutil y sensual que cualquier hombre sensible moriría por experimentar.

Y él era más sensible que la mayoría de los hombres.

El deseo lo atravesó e hizo que su cuerpo se pusiera tenso como respuesta apasionada a aquella insinuación. Un anhelo mucho más poderoso que el que podían provocar las caderas generosas y los grandes talles que él había preferido en los últimos años.

Los santos sabían que había evitado mujeres de cuerpos delgados, que durante años no había ansiado las curvas flexibles de los miembros ágiles de ninguna mujer. No desde...

Marmaduke frunció el ceño y levantó la mano para alejar la imagen que se alzaba en su mente, y el agudo deseo que le hervía la sangre. Un dolor vibrante más profundo que el simple deseo físico.

—Sí, y somos muy leales —exclamó una voz en alto, echando un jarro de agua fría a sus pensamientos y disipando recuerdos que hubiera sido mejor dejar enterrados.

—¡No todo puede quedar a merced de ese hijo de Belcebú! —dijo otro que quería mostrarse de acuerdo.

Algunos más se le sumaron. Aquella interrupción inundó a Marmaduke de alivio, devolviéndole rápidamente el juicio y sellando sus heridas más sensibles.

Aquellas que llevaban el nombre de su última esposa.

Inspiró profundamente y dio un leve apretón en el hombro de su nueva dama. Un instante después, sintió una profunda satisfacción al ver que ella inclinaba un poco su cabeza en señal de aprobación.

—Estos hombres leales valen el doble que los canallas que os han abandonado —le dijo Marmaduke con una voz más ronca que la habitual—. No os inquietéis por haberlos perdido. A veces es mejor ceder en una batalla si, con eso, obtenemos más tarde una victoria en la guerra.

James lo miró fijamente y le preguntó con ironía:

—¿Has venido a protegernos con tu fuerza física, señor, o te propones impresionarnos con la fuente inagotable de tu sabiduría?

Caterine quedó sorprendida ante la rudeza de las palabras de su hijastro. Su protector se puso tenso, pero, excepto por un músculo apretado en su mandíbula, su expresión siguió siendo de absoluta calma.

—Un hombre cabal hace uso de ambas cosas, de la fuerza y también de la sabiduría —dijo con su voz profunda, tan suave y tranquila como su expresión.

—¿Y estás sugiriendo que yo no tengo ninguna de las dos? —inquirió James, y su cara se oscureció.

—Por favor, James —comenzó a decir Caterine, pero unos dedos de acero hicieron presión en su hombro. Prestando atención a esta advertencia sin palabras, se abstuvo de hablar cuando James se puso en pie.

—No, señor, no te preocupes por contestar —exclamó enfadado, deteniéndose delante de Marmaduke—. Ya conozco la respuesta.

Su rostro se contrajo con furia y, apartándose de la mesa, se alejó cojeando más ostensiblemente que otras veces. Pero para sorpresa de Caterine, era la pierna sana la que iba arrastrando.

Marmaduke volvió a oprimir su hombro para que no se soltase.

—Dejadlo —dijo, sospechando que ella pretendía seguir a James—. Cuando se haya enfrentado a sus demonios y los haya vencido será capaz de levantarse por encima de sí mismo y de ganarse la admiración de sus hombres.

—¿Debo suponer que vos tenéis práctica en ganaros la estima de los otros?

El fantasma de una sonrisa se dibujó apenas en sus labios.

—Algunos dicen eso.

—También se gana la confianza de las mujeres —se jactó sir Alec, apoyando sobre la mesa su jarro de cerveza. El malhumorado escocés se pasó la manga por la boca—. Les roba el corazón antes de que sepan qué ha ocurrido, así lo hace.

—Los corazones y todo lo que le arrojan cuando se marcha —exageró otro con un guiño desvergonzado. Los demás se mostraron de acuerdo, dando voces, y también los hombres de Caterine se unieron a la grosería, hasta que los últimos restos de tensión se fueron disipando, con bromas de tono cada vez más subido.

—... la suya es tan gran... está tan bien dotado que las damas ni siquiera nos miran al resto de nosotros, después de que él...

—Por todos los cielos, Ross, cierra la boca —exclamó Marmaduke, y su voz de mando llegó hasta los rincones más oscuros del salón.

Aquel hombre de su grupo, un escocés de rostro rubicundo, se encogió de hombros, pero parecía de todo menos desconcertado.

—¡Es un seductor! —gritó, golpeándose los muslos para dar énfasis a sus palabras—. ¡Si conquistó a Arabella, es capaz de conquistarlas a todas!

Algunos de los presentes bramaron mostrando su aprobación, y el clamor se extendió, como si rodara a lo largo de la mesa e incluso más allá.

Marmaduke se había puesto pálido. Soltó de inmediato el hombro de Caterine.

—¡Por Dios, ya es suficiente! —Aquel bramido del caballero silenció a sus hombres y el calor de sus palabras.

Poniendo las manos en la cintura dirigió a cada uno de ellos su temible mirada.

—Quisiera recordaros que hay damas presentes —dijo, y pareció que hasta las paredes hacían una pausa para escucharlo—. Pensadlo bien antes de soltar esas tonterías de nuevo, amigos.

—Mis disculpas, milady —dijo un escocés barbudo, levantándose un poco de su banco—. Somos un grupo rudo, no siempre apropiado para el salón de una dama elegante.

Los otros estuvieron de acuerdo. Pero Caterine casi no escuchó aquellas excusas bienintencionadas, ya que otras palabras hacían eco en su corazón.

Algunas se clavaban, cálidas, en la base de su nuca; otras la pinchaban muy hondo, en una pequeña porción desconocida de vanidad femenina, y otras recorrían el centro de su cuerpo.

Grande, había fanfarroneado aquel hombre de MacKenzie de cara rubicunda.

Bien dotado, se había enmendado.

El rostro de Caterine estaba encendido por el rubor. Por lo que había visto, el caballero inglés poseía ambas cosas.

Con alarmante claridad, las palabras del escocés le trajeron a la memoria una vez más aquella imagen de Marmaduke desnudo que había visto en el momento antes de que él se deslizara dentro del baño.

Una espléndida muestra de masculinidad.

Y entonces él estaba tranquilo, con su virilidad en reposo.

El corazón de Caterine dio un brinco y su boca se secó. Algo dentro de ella se contrajo con un dolor apretado y hueco. La imagen del recuerdo, que le mostraba en su estado relajado, se deslizó por su vientre con un calor palpitante. Imaginarlo excitado, en pleno estado de deseo, completamente despierto, la llenó de una avidez y un hambre corrosivas que jamás había creído posible en ella.

—No prestéis atención a sus tonterías, milady. A veces hablan demasiado —declaró él finalmente, y la suavidad de su voz enardeció su alma igual que el recuerdo de su perfección masculina encendía su cuerpo.

Con la respiración entrecortada, volvió a imaginar aquella desnudez que se había quedado reflejada en sus sentidos. Parpadeó, como si despertara de una visión. *Él* la estaba mirando con una extraña expresión.

Todos en el salón la miraban con una extraña expresión.

Algunos reían con disimulo.

Eran risitas ahogadas, pero suficientes para rasgar la intensidad del aire que parecía unirlos en aquel momento.

La conversación se reanudó en las mesas, con los sonidos habituales de hombres hambrientos compartiendo las humildes viandas que Dunlaidir podía poner frente a ellos. Y la extrañeza que le supuso escuchar algo tan común, aquellos ruidos cotidianos, dejó al descubierto lo rápido que había cambiado su propio sentido de la normalidad desde la llegada del caballero inglés.

Sumamente consciente de su presencia, Caterine buscó una huella en su propio hombro. Aunque él ya la había soltado, todavía persistía el cálido hormigueo allí donde él había presionado con sus dedos.

Como si pudiera leer sus pensamientos, Marmaduke recorrió con sus dedos la mejilla de Caterine. Entonces un estremecimiento se deslizó por su espalda, en una sobrecogedora cascada de placer, llegando hasta sus pies.

—No debéis dejar que mis hombres os perturben —dijo Marmaduke, apartando la mano de su rostro.

¡*Tú* me perturbas!, hubiera querido gritar ella, pero un ligero brillo en la mirada del caballero hizo que se detuviera.

Y que se sintiera extraña.

Una mirada suficientemente atrevida para desafiar a las sensaciones que él había despertado en su interior.

Caterine se humedeció los labios.

—¿Son tonterías, milord?

—¿Qué son tonterías? —El brillo apenas perceptible se volvió un centelleo completo.

Ella lo miró con atención, agradecida de que Eoghann acabara de colocar sobre la mesa una bandeja con aves marinas asadas. El rico aroma de la carne sabrosa del alcatraz los salvó de miradas curiosas.

Con audacia, ella se acercó un poco más a él. Lo suficiente para sentir la intensa atracción que cada centímetro de los músculos de Marmaduke era capaz de desprender.

—¿Sois un hechicero? —Caterine inclinó la cabeza hacia un lado, y su mirada fue tan directa como sus palabras—. ¿Un seductor de mujeres como aseguran vuestros hombres?

Los labios de Marmaduke se curvaron en la más fina de las sonrisas. Cogió entonces la mano de Caterine y comenzó a masajearle la palma con la callosa punta de su pulgar.

—Eso deberíais decidirlo vos —dijo soltándola de inmediato—. Quizás algún día me concedáis el favor de estimarme, al menos un poco.

Caterine estaba demasiado asombrada por la sensación deliciosa y burbujeante que aún le recorría la palma de su mano. Sólo pudo parpadear, sin recordar qué otra cosa quería preguntarle.

Y antes de que pudiese recobrar el aliento, él cogió su mano de nuevo y la besó, tierna y cálidamente, en la parte interna de su muñeca.

Ella respiró profundamente; la piel alrededor de los ojos de Marmaduke se arrugó de satisfacción, y su sonrisa se hizo más intensa, revelando unos hoyuelos muy atractivos. Dos arrugas verticales corrían desde la mitad de las mejillas hasta la comisura de la boca, tan encantadoras como desalentadora era su cicatriz.

Pero desaparecieron tan pronto como habían aparecido. Sin decir más, Marmaduke se dio media vuelta y caminó hacia las sombras.

Sólo entonces recordó ella lo que había querido preguntarle.

Arabella.

La mujer que sus hombres decían que había conquistado.

—¿Quién es Arabella? —Sus labios formaron, al fin, la pregunta.

Tres palabras susurradas que parecieron mofarse de ella.

Un nombre para disminuir la excitación palpitante que habían dejado en su cuerpo su tacto y sus hoyuelos.

¿Quién es Arabella? Esta vez preguntó su corazón.

Y más importante aún: ¿por qué estaba Caterine tan deseosa de saberlo?

* * *

Un excelente caballero inglés.

Aquellas palabras daban vueltas a su alrededor mientras avanzaba a través del salón oscuro. Un halago dulce y persuasivo, una fórmula abierta a maravillosas posibilidades, un comentario rebosante de esperanza.

El mismo tipo de euforia vertiginosa que sentiría un hombre que se ahoga al saber que tiene una soga a la que agarrarse.

Excelente, había dicho ella.

El corazón de Marmaduke dio un vuelco.

Ninguna mujer le había dado semejante calificativo desde que tenía la cicatriz.

Aminoró el paso. Por un instante consideró la posibilidad de abandonar la búsqueda de James para curarle de sus dolores. Una urgencia irresistible le atraía de nuevo a la mesa principal y hacia ella, su nueva dama, para arrastrarla entre sus brazos y atender a sus propios dolores.

Y a los de ella.

Pero aunque sus palabras resultaban tentadoras, la expresión de Caterine, después de que él la hubiese besado en la muñeca, no había sido tan alentadora; por ello, Marmaduke volvió a acelerar el paso. Los ojos color zafiro de Caterine se habían llenado de sorpresa y desconcierto; aquel recuerdo pesó especialmente sobre los hombros del caballero y le empujó a continuar con su primer cometido.

Pero aquella sorpresa también le incitaba a pensar que, más tarde, su objetivo sería arrancar de alrededor de ella la fría moderación que parecía arroparla. Quería y debía despertar la feminidad de Caterine, no importaba cuánto besos le costara robarle el alma.

Aquel desconcierto señalaba que debía cortejarla con gentileza.

La pasión de Caterine Keith requería ternura, habilidad y una paciencia infinita.

Concentrado en estos pensamientos, Marmaduke siguió avanzando en busca de la sombra de James y tratando de que cada fragmento de su voluntad de hierro ignorase el desfile de conflictivos deseos que iba dejando tras de sí...

El perro de Caterine, aquel animalillo que parecía estar siempre gruñendo, también le seguía, olisqueando sus tobillos hasta que se dio la vuelta y le lanzó una mirada furiosa.

El pobrecito quedó petrificado, y la mandíbula que antes gruñía se paralizó como si el *sassunach* hubiera vaciado un cubo de agua helada sobre él. Durante un instante, el perro levantó la cabeza y lo miró con una sorpresa aturdida centelleándole en sus ojos redondos. Después se lanzó a correr sobre las alfombras que cubrían el suelo. Sus cortas patas daban brincos, saltando más rápido que si le persiguiera una jauría de perros infernales.

Le había ahuyentado sólo con una mirada.

Una temible mirada del rostro destrozado de un hombre que en otro tiempo, según se rumoreaba, había sido uno de los caballeros más apuestos de Inglaterra.

Marmaduke casi se echó a reír, pero su maldita vanidad eligió aquel momento para hundir en su corazón fríos retazos de amargura.

¿Tan pronto has olvidado
que tú y yo, fuera del mundo,
juntos una vez contemplamos la luna?

La canción, con sus rimas familiares, era el conmovedor recuerdo de un antiguo pasado. Aquellos versos lo atravesaron con toda la venganza de una espada que se curva en un ataque por sorpresa.

Giró hacia el extremo más alejado del salón, de donde parecían provenir aquellos inolvidables versos. La reconoció de inmediato, a pesar de la oscuridad del hueco de la ventana donde estaba sentada, cantando y tocando suavemente un laúd... como había hecho tantas noches durante su breve matrimonio.

Arabella.

Su delgado cuerpo estaba envuelto con la bata forrada de piel que él le había regalado una semana antes de su muerte, y su cabello oscuro y brillante le caía suelto sobre los hombros. Aquella mujer, la esposa que Marmaduke había enterrado mucho tiempo atrás, rasgaba su laúd y cantaba para él.

¿Puedes olvidar el día,
el día en que nosotros...?
Pero soy una tonta.
Ya está, mi amor,
ese día se ha ido para siempre.

Con la sangre bombeando con fuerza en sus venas, Marmaduke se encaminó hacia ella, perturbado al darse cuenta de que su corazón era capaz de cambiar aquellos largos cabellos negros y sueltos, alguna vez amados con locura, por los dorados bucles sedosos y brillantes de su nueva dama.

Incluso sus oídos lo traicionaban, pues le obligaban a escuchar notas más dulces y suaves que aquellos tonos ásperos, que sonaban cargados de humo, avanzando pesadamente desde aquel rincón en sombras.

También le consumía el deseo de que ella levantara la vista y le mirara con sus ojos azules de color zafiro. Pero los ojos con los que se encontró al llegar al pequeño hueco eran oscuros.

Oscuros y masculinos.

James le clavó una mirada amarga, se acurrucó en el cómodo asiento del hueco de la ventana y dio media vuelta, dando la espalda a Marmaduke, para mirar al exterior, hacia la gran extensión del mar gris plomizo.

En la ventana de enfrente, lady Rhona estaba sentada junto a su laúd.

—Señor —dijo saludando a Marmaduke con una sonrisa tan cordial como rígida y fría era la espalda que le había vuelto James.

—Señora. —El caballero inclinó la cabeza. Estaba demasiado desconcertado por aquella aparición, que no había sido más que un cruel engaño de la luz. Ése fue el motivo de que sólo pudiera responder con aquella formalidad.

La dama, no muy elegante ni tampoco tan bella como había sido Arabella, ajustó los pliegues de su vestido alrededor de sus muslos y sus caderas.

—Vuestro hombre, sir Lachlan, descansa cómodamente en los aposentos del difunto lord Keith —anunció ella—. Hemos agregado una pizca de jugo de algas a su vino para ayudarlo a dormir. Más tarde le pondré una nueva venda en la herida.

—Ten cuidado de no mimarlo en exceso. —James se volvió hacia ella, mirándola con ojos llenos de reproche—. No tiene más que una herida en el cuerpo.

—Puede ser, pero hay momentos en que los hombres necesitan cuidados especiales. —Ella lo observó, censurándole—. Como también hay veces que esos mimos están completamente fuera de lugar.

James no apartaba la mirada de ella; sus labios estaban tensos. Ni siquiera miró a Marmaduke, y él tampoco lo hubiera querido. En la piel de su nuca aún sentía demasiado frío como para prestar atención a las sutilezas que pudieran intercambiarse la dama de compañía de Caterine y el futuro heredero de Dunlaidir.

Mucho más perturbadora había sido aquella extraña y rápida visión de otra época, hasta entonces bien olvidada.

Marmaduke se tragó la amargura que subía por su garganta. Estudió entonces a Rhona, tratando de descifrar qué había en ella capaz de evocar aquellos dolorosos recuerdos de antaño detrás del soneto de amor preferido de Arabella.

Una extraña situación, pues nada en aquella mujer se asemejaba a su antigua esposa, excepto el color oscuro de sus cabellos.

—Es estupendo que hayáis venido, milord —dijo ella, pero el rubor de sus mejillas y la actitud reticente de James desmentían aquellas palabras y ponían de manifiesto un hecho innegable: que habían estado ocupados en otros asuntos distintos a tocar el laúd y cantar canciones, justo antes de que él los hubiera interrumpido—. Milady hace tiempo que necesita un protector —agregó, echando un vistazo a James—. Sabía que el esposo de su hermana enviaría a un hombre audaz, con la mejor armadura de un caballero y con hábil espada. Un protector sin temor...

—¡Por todos los santos! —exclamó James arrojándose a sus pies—. ¿Me llevarás hasta el límite de mi paciencia? ¡Valiente, robusto, un hombre de acero! —gritó, aferrando el laúd como si fuera a partirlo por la mitad—. ¿Qué debe hacer un hombre para ganarse tus favores?

James blandió el instrumento ante Rhona, como si quisiera amenazarla.

—Soy un idiota, pensé que querías seducirme con tus cantos, tus bes... —Pero se detuvo, lanzó el laúd sobre el asiento y, con su discurso interrumpido, dio media vuelta y se apartó de ella.

Lady Rhona se quedó de pie. Con una mano aferró el laúd mientras tendía la otra hacia James, pero éste se alejó antes de que ella pudiera tocarlo, con pasos decididos y pesados.

Perfectamente regulares.

Sin un atisbo de cojera.

Marmaduke miró con atención a Rhona y encontró en su rostro una gran sonrisa que alegró su corazón.

La amiga de su dama era verdaderamente astuta.

Si sus maquinaciones para atraerle a Dunlaidir no habían demostrado su talento al completo, ahora lo hacía su estrategia. Su osadía también dejaba entrever a quién pertenecía su corazón, y el propio corazón de Marmaduke sonrió ante aquella revelación.

James Keith necesitaría una joven fuerte a su lado cuando él y sus hombres regresasen a Balkenzie.

Dando un pequeño suspiro, Rhona volvió a hundirse en el asiento de los ventanales. Miró hacia el mar, pero no se dio la vuelta tan rápido como para ocultar a Marmaduke el centelleo húmedo de sus ojos.

Él la observó durante unos segundos, mientras percibía alguna sombra en su interior. Por primera vez desde su llegada a Dunlaidir, un verdadero fogonazo de esperanza surgió en su corazón.

Si pudiera convencer a Caterine de que su hijastro se quedara al mando de Dunlaidir, la fortaleza quedaría en buenas manos después de su partida. Esto, pensó, aumentaba mucho las posibilidades de que ella aceptara acompañarlo a Balkenzie.

—Señora, captáis mejor las cosas que muchos de los hombres que conozco —aseguró él con sinceridad—. Si no fuerais una mujer os haría caballero aquí y ahora mismo, en reconocimiento a vuestra sabiduría. James es muy afortunado al disfrutar de vuestra devoción.

—No cojea —dijo ella volviéndose para mirarlo—. Un caballo le dio una coz en la pierna derecha, pero creo que casi no sabe en cuál de las dos piernas recibió el golpe. Hace tiempo que la herida está curada. —Hizo una pausa para acariciar las pieles que le cubrían las rodillas—. Es una pena que él piense de otra forma. ¿Quizá vos podáis convencerlo de lo contrario?

—Eso es lo que pretendo —prometió Marmaduke, consciente de que un plan comenzaba a formarse en su cabeza.

—Lo conseguiréis, milord —predijo Rhona—. Con James y con Caterine.

Marmaduke le cogió la mano y la besó.

—Mi buena dama, haré que vuestras palabras se cumplan.

—Entonces id y procurad que así sea. —Rhona le sonrió y volvió a contemplar el paisaje de la ventana, dejándolo a él solo y libre de comenzar con su tarea.

Marmaduke se apartó, mirando hacia el salón, iluminado por una tenue luz. Descubrió a James empujando la puerta de hierro que daba a las escaleras exteriores.

Y, otra vez, andaba con una cojera exagerada.

El caballero llegó hasta él cuando abría la puerta.

—¿Tienes una herrería? —le preguntó cogiéndole del brazo.

James levantó las cejas en señal de sorpresa y le miró con extrañeza, como si le hubieran salido cuernos o hubiera ocurrido algún otro portento perturbador.

—¿Una herrería?

—Un herrero. Un artesano que trabaje el hierro.

James se echó el pelo hacia atrás con una sacudida de cabeza.

—No soy imbécil —dijo furioso, luchando para liberar su brazo—. Sé lo que es un herrero y no, no tenemos ninguno. Ya no.

Marmaduke le soltó, pero apoyó la espalda en la recia puerta de roble, bloqueándole el camino.

—Entonces tendremos que hacerlo nosotros mismos —dijo, cruzando los tobillos y en un tono jovial—. Podemos recompensar nuestros esfuerzos con una refrescante zambullida en las aguas frías del mar.

—¿El mar?

Marmaduke asintió.

—Después de visitar la forja.

—¿Nosotros? —La sorpresa de James fue en aumento—. No soy un súbdito al que se puedan dar órdenes.

Consciente de que todos los presentes en el salón estaban pendientes de aquella conversación, el *sassunach* se quitó una pelusa invisible de su brazo cubierto de acero. Con el tono más despreocupado del que fue capaz, dijo:

—He dicho nosotros, amigo mío. Pero no sería capaz de incumplir las reglas de la hospitalidad dando órdenes a mi anfitrión. —Satisfecho por la ráfaga de fuego que había cruzado por los ojos del joven, Marmaduke se apartó de la puerta—. Una sugerencia con buena intención, quizá, pero jamás una orden.

James echó un vistazo al oscuro hueco de la ventana donde Rhona aún estaba sentada, mientras una visible tensión recorría su cuerpo.

—No hay problema en visitar la forja. No tiene más que hierros oxidados y polvo. Nuestro herrero nos abandonó hace unos meses. Y por lo que respecta a bañarse en el mar... no sé nadar.

Una verdadera alarma había brillado en los ojos de James ante aquella confesión, de modo que Marmaduke se concentró en el tema que tenía entre manos: asegurar las salidas de las letrinas y reforzar la confianza de James.

—Cuatro fornidos brazos podrán compensar la ausencia de un herrero desleal.

James se pasó una mano por el cabello.

—Te llevaré a la forja, pero no esperes que te ayude. Como has visto esta mañana, no soy bueno para nadie.

—No servirás a nadie si persistes en seguir perdiendo el tiempo con la dama en lugar de venir conmigo. —Marmaduke extendió el brazo y apretó el de James en un gesto amigable—. Tienes fuerza suficiente para lo que necesitamos hacer.

Desde la mesa principal, Caterine observaba aquella conversación con creciente interés. En lugar de protestar porque el caballero había probado la fuerza de sus músculos, su hijastro se ruborizó un poco y se puso firme.

Y, por primera vez en bastante tiempo, se puso firme sin perder estabilidad.

Los dos hombres caminaron juntos hacia el vestíbulo de entrada, y Caterine hubiera jurado percibir una ligera sonrisa en el rostro de James cuando éste recogió su capa de un banco junto a la puerta.

Él esperó, mientras James se ajustó la capa, antes de ir a por la suya y ponérsela. Luego, con un gesto de buena camaradería, puso un brazo alrededor de los hombros del joven mientras salían del salón. Los pasos del guerrero eran seguros y potentes, los del hijastro, de menor confianza en sí mismo, pero no tan indecisos como su cojera habitual.

El corazón de Caterine se reconfortó.

Nunca había pensado que volvería a ver a James tan pronto caminar como antes.

Bebió un pequeño sorbo de su vino mientras observaba fijamente las sombras del vestíbulo de entrada. Y aunque ellos hacía tiempo que habían salido y cerrado la pesada puerta de roble tras de sí, ella continuó mirando.

El hombre que su hermana había enviado demostraba ser cada vez más merecedor de su título de protector.

Pero aunque su corazón se sentía inclinado hacia él, su mente luchaba con otras preocupaciones.

Graves y de una cierta importancia.

Porque ella había empezado a dejar de referirse a él como «el protector inglés» y pensaba ya en aquel caballero, simplemente, como *su* protector.

* * *

Otros ojos también contemplaron la partida de los dos hombres.

Eran ojos llenos de odio, escondidos en las sombras cercanas al pie de las escaleras exteriores.

Las cejas del observador se arquearon con desdén cuando ellos pasaron por delante.

Pronto, aquel intruso inglés habría de acabar en las entrañas mismas del infierno, empujado por una flecha también inglesa bien dirigida.

Aquella ironía curvó los labios del observador. Su figura, cubierta con una capa oscura, desapareció en lo más profundo de la penumbra húmeda y fría de la niebla que todavía envolvía la mayor parte de las murallas.

7

ESTÁ TAL COMO TE HABÍA DICHO —DIJO JAMES. ECHÓ un vistazo al interior húmedo y frío de la forja abandonada—. Aquí no hay nada que sirva.

Ignorándolo, Marmaduke retiró un taburete de las sombras tratando de abrir bien la puerta. El taller, en otro tiempo ruidoso, ahora necesitaba aire renovado.

La forja de Dunlaidir no sólo había sido abandonada, también olía mal.

A carbón vegetal húmedo y a hierro oxidado; a salitre del mar y a moho.

Y a cosas peores que no se preocupó en identificar.

Una rápida ráfaga de aire cargada de sal pasó por su lado, atravesando la puerta abierta y levantando, en el interior, asfixiantes nubes de polvo y cenizas del suelo de tierra apisonada.

—Salgamos de aquí. —James arrugó la nariz, disgustado por el olor. El destello de determinación que había mostrado en el salón se desvanecía. Se cruzó de brazos—. No pienso entrar ahí.

Marmaduke torció la boca en una sonrisa sombría.

—¿Vas a considerarte vencido antes de entrar en batalla?

—Este tipo de batallas son demasiado inútiles para pelearlas —respondió James, con palabras casi inaudibles—. Como intentar caminar recto o desafiar a dos hombres arma...

—¿Dos hombres armados? —Marmaduke pronunció la sospecha que albergaba hacía ya tiempo—. ¿Y por qué has cambiado tu historia? ¿Por qué afirmar que había uno solo?

James apretó los labios y se dio media vuelta.

Más allá de su silencio, el caballero pudo escuchar la frustración irritada de James, más alta y penetrante que los chillidos de las aves marinas que revoloteaban sobre sus cabezas.

Dio unos pasos hasta él y puso una mano sobre su hombro.

—Juntos podremos mantener bajo control a esos canallas —dijo—. Pero sólo si confías en mí.

El joven frunció el ceño; pero al ver que luego miraba al cielo y lanzaba un largo suspiro, Marmaduke supo que había ganado aquella partida.

—¿Y? —lo intentó otra vez, retirando la mano del hombro de James—. ¿Por qué has mentido?

—Porque cuando dije la verdad los otros se rieron y dijeron que yo exageraba el incidente, que insistía en que eran dos hombres porque no podía admitir que había sido vencido por uno solo.

—¿Entonces les dejaste creer lo que ellos querían para que te dejaran en paz?

James asintió.

—Quizá sea bueno que sigamos manteniendo esa mentira algo más de tiempo —sugirió Marmaduke, echando una ojeada a las gaviotas chillonas que remontaban el viento por encima y a los lados de la forja.

—¿Tú me crees? —La duda en los ojos de James hablaba por sí sola.

—Claro que sí —afirmó Marmaduke, apoyando su mano casi inconscientemente en el cinturón de la espada—. Pero los santos saben que hubiera preferido no tener que hacerlo —agregó, con una voz que de pronto pareció atravesada por el acero.

La sorpresa se borró de la cara de James.

—Disculpa mi confusión, pero ¿cómo aseguras que confías en lo que digo si quieres guardar silencio sobre el segundo intruso?

—Si es que era un intruso. El hombre se ha ocultado o ha recibido ayuda para salir —dijo Marmaduke, eligiendo con cuidado sus palabras—. Quizá las dos cosas.

—Eso es una locura. —James sacudió la cabeza—. No puede ser cierto.

El *sassunach* se encogió de hombros.

—Han buscado varias veces por todo el castillo, hasta en el último rincón, y no han encontrado ni una huella de ese escurridizo canalla. Los hombres de carne y hueso no se esfuman en el aire, amigo.

—¿Y tú crees que alguien de la casa le ha ayudado a escapar?

—Te daría mi palabra de que así ha sido —respondió Marmaduke—. Por eso es prudente que nadie sepa, excepto quizás lady Caterine, que puede haber un posible traidor aquí dentro.

James lo miró con la boca abierta, pero Marmaduke se dio media vuelta antes de que el joven pudiera seguir interrogándole.

Sabía demasiado acerca de intrigas en los castillos y de sus peligros.

Llevaba la marca de semejantes maldades en su rostro, y podía sentir la bilis de la memoria en la amargura que atenazaba su garganta.

Con un golpe de su brazo apartó una cortina de telarañas y entró en la humedad fría de la forja.

—Podemos hablar de eso más tarde —dijo, mirando por encima de sus hombros a James—. Ahora necesitamos unos buenos trozos de reja para sellar la rampa.

—Hablas como si la tarea fuese sencilla —dijo James desde el umbral.

—Nada es sencillo en la vida —respondió Marmaduke, y se detuvo junto a un sucio pilón de piedra, que alguna vez había estado lleno de agua para enfriar el metal y ahora se había convertido en un receptáculo de lo más desagradable—. Pero cada uno de los retos que se afrontan con valentía la hacen más valiosa.

James dio unas zancadas vacilantes hacia la forja, otra vez con paso firme.

—¿Tú crees?

—No lo creo, lo sé.

Marmaduke se inclinó y retiró del suelo una bolsa de cuero sucia, cerca del horno de fundido, frío desde hacía mucho tiempo. Le dio la vuelta y la sacudió con fuerza. Cuando de allí no surgió nada más que polvo, miró con severidad a su compañero.

James Keith le recordaba a sí mismo en su juventud, y más de lo que hubiera querido admitir.

—Ven aquí —le dijo. Al darse cuenta de que la cólera y la duda acosaban al heredero de Dunlaidir, se sintió conmovido por algo ferozmente elemental.

Ambas eran enemigas poderosas.

Y capaces de hacer tambalear al joven mucho más que una coz de caballo.

Tratando de combatir a sus propios demonios, Marmaduke sostuvo la bolsa de cuero.

—Esto está muy oscuro —dijo—. Tú tienes dos buenos ojos, yo uno solo. Para nuestro propósito es mejor que tú revises las esquinas, mientras yo procuro reunir lo que pueda de la zona cercana a la puerta, donde hay más luz.

—Y yo... —comenzó a decir James, pero se contuvo y avanzó para recoger la bolsa que Marmaduke sostenía.

Soltando imprecaciones para sí mismo, comenzó a guardar en el saco de cuero todo tipo de alambres, de distintos tamaños, que en algún momento habían servido para las cotas de malla, así como herramientas oxidadas.

Cerca de la entrada, Marmaduke sostenía una plancha de metal y examinaba los agujeros de diferentes tamaños que la configuraban. Aquella larga pieza era ideal para sellar la rampa de la letrina por su parte inferior, del lado de los acantilados. Pero en verdad no estaba tan interesado en aquella pieza del antiguo herrero como en observar lo que hacía James, al que miraba por el rabillo de su ojo sano.

A pesar de estar quejándose y farfullando, recorría el taller con soltura y no cojeaba como últimamente había sido habitual en él.

Tal como Marmaduke había previsto.

Pero aún lo veía demasiado preocupado como para no olvidar su cojera. Esta comprobación hizo estremecer su corazón, confirmándole que había sido enviado desde el otro lado de Escocia por alguna razón más que poner su capacidad guerrera y su apellido al servicio de una mujer en apuros. También James lo necesitaba.

Al pensar en ella, otras partes de su cuerpo se estremecieron. Pasó sus dedos por la gélida superficie de metal de la plancha, probando su dureza y dejando que su frialdad corriera a través de su cuerpo.

Los labios de Marmaduke se curvaron irónicamente.

Lo que su inquebrantable voluntad no podía conseguir, mantener a raya sus instintos más básicos, lo lograría fácilmente aquella pesada tarea.

Aquella desagradable empresa arrebataría el deseo a cualquier hombre. Y si no lo lograba, tendría que cumplir su promesa de bañarse en el mar.

El problema era que deseaba a su dama mucho más que con un pálpito persistente en la ingle. La anhelaba con todo su ser.

Cuerpo, corazón y alma.

Y ni su voluntad de hierro ni el golpe de frío de las aguas heladas del mar del Norte tenían la fuerza suficiente para mitigar una necesidad que ardía tan profundamente.

* * *

Aún desconcertada por la potencia del beso que su protector había estampado en su muñeca y por el modo persistente en que el nombre de Arabella continuaba martilleando en su interior, Caterine subió por las escaleras circulares de la torre hacia sus aposentos.

Las antorchas, protegidas por chapas de hierro y puestas en intervalos regulares a lo largo de las paredes de las escaleras, silbaban y provocaban sordos chasquidos mientras sus parpadeos parecían un reflejo del sonido discordante de sus nervios. Al llegar a la parte superior, su perrito *Leo* echó a correr por el pasillo oscuro hasta tropezar con la puerta cerrada de la habitación.

Cuando lo alcanzó, lo encontró con sus patas delanteras apoyadas contra la puerta de roble moviendo furiosamente el rabo.

Rhona.

Su entrometida amiga debía de estar en la alcoba. Nadie más conseguía saludos y atenciones tan entusiastas por parte de *Leo.*

Tomando aire, pues había esperado poder disfrutar de unos momentos de soledad antes de visitar a sir Lachlan, abrió la puerta.

Leo ladró contento y se precipitó hacia el interior.

Caterine se quedó asombrada.

Su amiga estaba en la habitación, pero en lugar de la cara bonita de Rhona, fue su trasero redondo quien la recibió.

Rhona había abierto el arcón de hierro forjado que siempre estaba ubicado a los pies de la cama de Caterine y revolvía en su interior, doblada hacia adelante.

—¡Rhona! —exclamó Caterine acercándose a ella—. ¿Qué estás haciendo aquí?

La joven se levantó de inmediato y dio media vuelta, casi pisando a *Leo,* que se movía en círculos alrededor de ella y ladraba nervioso.

—¡Por todos los cielos, sí que me has asustado! —Miró con ojos muy abiertos a Caterine; entre las manos tenía un amplio bulto cubierto por una tela.

Un recipiente de madera que sostenía un bulto cubierto por un paño.

La piedra del señor feudal.

Una piedra casi redonda, de granito gris oscuro, con incrustaciones de cristal de cuarzo.

Se trataba de una piedra mágica, de la que se decía que lloraba cuando moría el señor de Dunlaidir, tan copiosamente que llenaba el recipiente de madera... como también lloraba de alegría, cuando un nuevo señor pasaba a ocupar aquel mismo lugar.

Al menos eso decía la leyenda.

Caterine nunca había visto aquel fenómeno.

—¿Qué estás haciendo con eso? —exclamó mientras Rhona seguía mirándola sin moverse, ruborizada.

Estiró los brazos para alcanzar el recipiente, pero Rhona lo balanceó sobre su regazo, con un gesto protector.

—Quería saber si la piedra ya había llorado por James —dijo, retrocediendo hacia los asientos de la ventana.

—Por Dios, ¿cuándo te darás cuenta de que esos disparates son pura invención? —Caterine dejó escapar un suspiro de frustración—. Una estúpida leyenda, urdida por algún viejo inventor de historias para llenar las noches frías y negras del invierno.

—Pero si yo misma vi que derramaba lágrimas cuando lord Keith murió. —Rhona depositó el cuenco de madera sobre el asiento cubierto de almohadones junto a la ventana y se cruzó de brazos—. Tú también viste el agua del cuenco. Todo el mundo la vio.

—¡Después de que tú hubieras ido a por el cacharro! —dijo Caterine instantáneamente, casi perdiendo la paciencia—. Es posible que tú echaras el agua sobre la piedra.

—¡Ajá! Tú crees que yo me rebajaría a semejante truco.

—¿Y a quién tenemos que agradecer la artimaña de que un caballero *inglés* habite entre estos muros? Un *sassunach* con el que pronto me casaré... en gran parte gracias a tus argucias.

Rhona frunció el ceño.

—Pensé que empezabas a considerarle un buen hombre.

Caterine giró la cabeza antes de que su amiga pudiera leer las señales de su propio interior en el calor que había inundado sus mejillas. Buscó refugio a sus exaltadas emociones en la extensión familiar del mar y del cielo que se alzaba detrás de las ventanas.

Aquella visión la tranquilizó y el frío aire salado pudo calmar el ardor de sus mejillas.

—Si lo considero bueno o no nada tiene que ver con la piedra del señor feudal. La leyenda sigue resultando tan increíble como cualquier otra narración de los juglares —dijo ella con los ojos clavados en el mar azotado por el viento—. Sir Marmaduke Strongbow es y seguirá siendo un inglés.

Y yo no soy lo bastante mujer para escuchar los anhelos de mi corazón... los fantasmas de demasiados hombres ingleses me entorpecen el camino.

Caterine se puso firme y se dio la vuelta para encararse a su amiga.

—La tradición, ficticia o no, afirma que la piedra debe reconocer el mérito del nuevo señor antes de llorar. —Su mirada se clavó en Rhona—. Aunque la leyenda fuera cierta, ¿crees que la piedra reconocería a James como nuevo señor mientras *él* esté bajo nuestro techo?

Cuando Rhona se dispuso a protestar, Caterine alzó la mano para pedirle silencio.

—No creo en esas tonterías, pero tú sí. Pues bien, ¿cómo puedes esperar entonces que la piedra honre a James como nuevo señor de Dunlaidir si alguien tan valiente y audaz...?

—Así que estás empezando a apreciarlo.

—No, no estoy... —Caterine se interrumpió al ver que en el rostro de Rhona se dibujaba una sonrisa cómplice, de reconocimiento. Se cruzó de brazos y la miró sin parpadear.

—*Sí* que lo aprecias ya.

—Él... *me intriga* —concedió Caterine, pero no quiso admitir nada más.

Cogió a la joven por el brazo y la condujo hasta fuera, cruzando la habitación cubierta de alfombras. Sólo cuando cerró la puerta tras de sí soltó el suspiro que había estado reteniendo hasta entonces.

Al otro lado de la estancia, el recipiente de madera y su piedra envuelta en el paño parecían llamarla, pero en aquel momento hubiera metido la mano en un agujero lleno de víboras venenosas antes que echar un vistazo al cuenco, en apariencia tan inofensivo.

Después de todos esos años, si la piedra llegase a funcionar ante ella, anunciando a sir Marmaduke Strongbow como el nuevo señor de Dunlaidir, habría resultado un golpe mayor del que ella hubiera logrado soportar.

Rhona la conocía bien.

Era cierto que ella lo apreciaba.

Y aquel hecho la perturbaba casi tanto como sus razones de no desearlo.

* * *

—¿Con una cuerda? —James estaba pasmado mientras miraba cómo una soga, resistente y llena de nudos, desaparecía detrás de la muralla de Dunlaidir y colgaba hacia el mar—. Ni siquiera una horda de dragones alados lograrían que yo bajase por el acantilado por esa cuerda. El descenso es muy escarpado y casi no tiene asideros donde descansar.

Sir Ross dejó de hacer nudos en una segunda cuerda y lo miró con ojos divertidos.

—¿Me estás diciendo que prefieres la rampa de la letrina?

Los otros hombres se rieron entre dientes. Incluso sir John, casi siempre serio, se unió a sus risas.

—Sería un descenso muy rápido hasta abajo —admitió, mirando por encima la muralla—. Eso lo garantizo.

James permaneció en silencio, con la boca apretada en un gesto furioso.

—Sí, un descenso acelerado, seguro... pero un poco apestoso —exclamó otro de los hombres de MacKenzie, sir Alec, y el brillo bondadoso de sus ojos reveló, a todos menos a James, que se trataba de una broma inofensiva.

—Es suficiente. —Marmaduke recorrió sus rostros con una mirada de camaradería, pero también de advertencia.

—Estábamos bromeando, joven señor. —Alec le dio a James un golpe amistoso en el brazo—. Todavía tenemos la sangre revuelta de esta mañana, eso es todo.

—Y el día aún no ha terminado. Las bromas no harán que la rampa de la letrina quede sellada. —Marmaduke alzó la cabeza hacia la línea de nubes negras, de tormenta, que se avecinaban en el horizonte antes de dirigirse a Ross—. ¿Has acabado con la segunda soga?

—Sí —dijo el escocés tirando con fuerza de ésta—. Tiene los nudos suficientes para lo que debe servir y es tan fuerte como para sostener un buey.

Marmaduke echó un vistazo hacia las rocas dentadas de la base de los acantilados, decenas de metros más abajo, asomándose por una hendidura entre las almenas. Un frío viento marino se arremolinaba en su cabello y silbaba en sus oídos, pero estaba agradecido por aquel aliento cargado de sal.

El casco del bote de cuero que los intrusos habían utilizado se tambaleaba aún sobre las olas, mientras la espuma del mar golpeaba con fuerza en los acantilados. No había ni rastro del cadáver del agresor. Sólo la pequeña barca, el rumor de las olas y la soga que colgaba.

Marmaduke se apartó de la muralla, desenganchó el cinturón de su espada y se lo dio a sir John. El cuarto caballero de MacKenzie, sir Gowan, le ayudó a quitarse la cota de malla. Una vez liberado también de su guerrera, echó un vistazo a James, que se había quedado de pie a un lado.

El joven señor miraba por encima de la muralla.

—No pretenderás que baje por esa cuerda, ¿verdad? —Una angustia sorda comenzó a apretarle el cuello—. Yo... no sé nadar.

—Y tampoco nadie te lo pide —le aseguró Marmaduke, extendiendo los brazos sobre la cabeza y estirándose los dedos—. La segunda cuerda es para bajar la bolsa y la plancha de metal. Usaré la otra para descender por el acantilado. Tú y Ross sólo tenéis que sostenerlas.

—¿El muchacho sostendrá una de las sogas? Es mejor que antes reces tus plegarias, si le toca la tuya. —La voz sonó en el fondo del círculo de los hombres reunidos y fue seguida al instante por un coro de risitas y resoplidos.

Eran los hombres de Keith.

—Es mejor que te quites la vida con tus propias manos, Strongbow, antes de dejarla en las de él —gritó otro, y su voz rebotó en la gruesa pared de piedra de la muralla que daba al mar.

Marmaduke sofocó aquellas bufonerías con una mirada sombría. Se agachó sobre los adoquines para asegurar la bolsa de cuero y la plancha de metal en el extremo de la segunda cuerda, donde no había nudos.

—Ten cuidado al sostenerla —le dijo a Ross, y luego la lanzó junto a su pesada carga por encima de la muralla—. No tengo ganas de hacer esto dos veces.

Sus entrañas se retorcían sólo de pensarlo.

Y se encogían todavía más con la posibilidad de que James Keith no tuviera la resistencia suficiente para soportar su peso.

Pero en ambos casos ya había tomado su decisión.

Las expectación dibujada en los rostros de los caballeros de Dunlaidir no le dejaban otra opción.

Regresó entonces al punto donde la primera cuerda desaparecía entre las dos almenas, el mismo hueco por donde había caído su atacante.

El grito de muerte de aquel hombre resonó en su cabeza cuando se aferró a la soga anudada.

—No me decepciones —dijo, dando a James el otro extremo de la cuerda—. Aún no estoy preparado para abandonar este mundo.

Entonces, antes de que sus propias dudas sobre la capacidad de James pudieran detenerlo, se lanzó por encima de la muralla. Fuertes ráfagas de viento lo azotaron de inmediato, incesantes torbellinos cargados de sal golpeaban su espalda desnuda, haciendo que su cabello obstaculizara su visión y convirtiendo el descenso en más peligroso de lo que era.

Mantuvo los ojos fijos en la roca vertical que tenía enfrente. La roca brillaba, negra y mojada, alzándose desde el mar, apestosa y nauseabunda, con un olor que sólo podía tener relación con el lugar adonde Marmaduke se dirigía.

Cuando estuvo cerca del fondo, grandes oleadas de espuma blanquecina golpearon hacia arriba, envolviéndolo en una nube brillante y resplandeciente que humedeció su piel y alivió con aquel tacto frío sus brazos cansados y sus tensos músculos.

Por fin, sus pies dieron con el montón de rocas que conformaba la base del acantilado, pero una gruesa capa de limo oscuro y algas resbaladizas convertía en todo un desafío el simple hecho de mantenerse en pie.

Las olas heladas que golpeaban sus pantorrillas representaban otra prueba para su destreza y su equilibrio. La bolsa y la plancha de metal descansaban muy cerca y la apertura de la rampa estaba a sólo menos de dos metros más allá en las rocas, protegida de los embates continuos del mar por un nicho, similar a una cueva, excavado en los acantilados.

Amarrada a una de las grandes piedras, la barca de cuero subía y bajaba con el ritmo turbulento del mar. Marmaduke estaba ansioso por acabar con la tarea. Hundió su daga en el casco e hizo varios tajos alargados, cortó las ataduras y liberó la pequeña barca para que se hundiera entre las olas.

Después se incorporó y comenzó a avanzar hacia el frente del acantilado. Alguien antes que él ya había trabajado aquella roca, ampliando lo que debía haber sido una fisura natural. Un nicho de cierta envergadura, escudado de las ráfagas más violentas de viento, pero lleno de aire estancado y pesado.

Unos hierros retorcidos, oxidados hacía tiempo, sobresalían por los bordes de la entrada y eran testimonio de que alguna vez unas rejas bastante grandes habían resguardado aquella apestosa vía de entrada y salida a las entrañas de Dunlaidir.

La repulsión, pero también la clara confirmación de que pronto se rasgaría el cielo en una tormenta violenta, lo motivaron para ponerse manos a la obra de inmediato.

Por fortuna, la plancha de metal encajó perfectamente en el hueco.

Ningún otro canalla asesino usaría la rampa para sortear las murallas de Dunlaidir.

No al menos hasta que él pudiera poner a salvo a su dama, llevándola al otro extremo de Escocia. Se establecerían felizmente en la que pronto sería su fortaleza, Balkenzie, más protegida y mucho más confortable que aquella.

Pero más cercana que Balkenzie y, en aquel momento, de mucha mayor importancia, era la tormenta, que en un principio le había parecido lejana en el horizonte, pero que ahora avanzaba a un ritmo alarmante. El viento a su alrededor silbaba, atizándole la piel y erizando el vello de sus brazos.

Brazos que ya no estaban salpicados simplemente de sudor y sal, sino cubiertos de suciedad.

Sus manos estaban todavía peor.

Marmaduke respiró hondo y miró hacia las olas frías y violentas que se sacudían. No cabía duda de que le darían vigor y, al mismo tiempo, le limpiarían aquella porquería.

Y él había prometido una zambullida en el mar.

Varios metros más arriba, James se había asomado por uno de los huecos de las almenas y lo observaba. Su expresión atormentada no dejaba lugar a dudas de que esperaba ver si Marmaduke cumplía con sus promesas.

Si no conseguía hacer lo que le había prometido, el *sassunach* perdería un terreno que ya había ganado con James. Tomada la decisión, y antes de que prevaleciese el sentido común, se zambulló desde un saliente de las rocas.

El agua helada lo envolvió y el golpe de frío casi paralizó su corazón. Un retroceso del mar amenazó con arrastrarlo hacia las profundidades, pero antes de que la marea lo empujara a su centro, otra corriente se cruzó, más potente, sacudiéndolo por un costado y levantándolo cada vez más, antes de lanzarlo contra una roca sumergida.

Su cabeza y sus hombros salieron a la superficie cerca de la base del acantilado, donde pudo asirse a una de las rocas y balancearse hacia arriba para llegar a un lugar seguro.

Sus pulmones se agitaban en busca de aire, uno de sus costados le quemaba como si estuviese ardiendo, y el escozor que le produjo el agua salada casi lo dejó sin la visión de su ojo sano, pero había cumplido con su palabra.

Durante unos instantes no se movió y simplemente permitió que el agua le bañara los muslos. Respiró hondo varias veces para restablecerse, llenándose por completo los pulmones, después se quitó un poco de agua de los cabellos y se pasó las manos por la cara.

Tenía las manos limpias.

También los brazos.

Un cuerpo libre de todo resto de podredumbre, aquel era el resultado de la zambullida. Y, además, su virilidad había quedado tan apaciguada que ni siquiera la imagen de su dama desnuda y esperándolo hubiera podido estimularla.

Por el momento.

La comisura de su boca se curvó en una pequeña sonrisa.

Era el momento de enfrentarse a otro desafío.

Uno que requería un acto de fe mucho mayor que zambullirse en el mar.

Estaba a punto de descubrir si James Keith era suficientemente hombre como para ayudarlo a escalar el acantilado.

Y para gobernar como señor de Dunlaidir una vez que él y su dama hubieran partido.

8

UN CANDELABRO CON VARIAS VELAS, ALTAS Y DE PUra cera de abeja, y una lámpara de bronce de aceite que colgaba desde el techo por una cadena, iluminaban los aposentos privados de Niall Keith. Caterine estaba sentada en una silla, cerca de los cortinajes de la cama, respirando quedamente y tratando de sofocar la desagradable sensación de que alguien, *algo,* la espiaba desde las sombras.

Oscuras tinieblas llenaban los rincones, más allá del alcance del tembloroso resplandor de las velas y de la pequeña llama de la lámpara colgante.

Se trataba de un lugar oscuro y espeluznante, pensó, pero no habitado por espíritus.

De pronto se sintió un poco mejor, respiró profundamente y se soltó las manos del apretón en que las había mantenido. Su tensión era tan tonta como la creencia de Rhona en las piedras que lloraban.

En la estancia no había nada más estremecedor que polvo y aire estancado.

Aquella estancia había sido, en un principio, diseñada para ser el aposento principal, pero su último esposo había preferido dormir entre aquellas paredes con pinturas murales y dejar a Caterine otra habitación mucho más acogedora, aunque más fría, porque sus ventanas se abrían directamente al mar.

Echó de menos la protección de su alcoba, pero reprimió el deseo de regresar allí y, en su lugar, se inclinó para acariciar el lomo de *Leo.* El perrito yacía a sus pies, dándole calor en aquel opresivo silencio.

Un silencio pesado, apenas roto por el sonido de la lluvia golpeando contra las ventanas y los ocasionales ronquidos de sir Lachlan. El escocés descansaba, herido, en la cama de sábanas limpias, sumido en un profundo sueño a causa del poderoso elixir sedante que Caterine había preparado especialmente para él.

Había abierto una vez sus cansados ojos y le había sonreído, farfullando unas pocas palabras ininteligibles antes de volver a caer en el dulce sueño. Si los santos hubieran querido favorecerla, habrían hecho que sir Lachlan se despertara. Su cordial compañía sería un gran alivio para los recuerdos intranquilos que hervían en su interior desde que había cruzado el umbral de la antecámara.

Caterine estiró los brazos y acomodó las mantas del caballero. Su respiración regular y la falta de fiebre anunciaban que se recuperaría rápido, y eso era lo único importante.

Seguramente más importante que el fantasma de Niall observándola desde los rincones oscuros.

Mofándose de ella porque nunca había sido capaz de excitarlo.

Caterine frunció el ceño.

Niall no había sido un ogro. Ni siquiera había buscado su afecto después del primer año de matrimonio. Y ni una vez le había reprochado que no pudiera encender su pasión.

Había comprendido que la iniciación a la feminidad le había robado a Caterine todos los deseos de explorar los secretos de su propio sexo.

Paciente incluso en aquellos primeros doce meses, su esposo la dejaba muchas veces retirarse a sus habitaciones, prometiéndose que la próxima visita a su cama sería más provechosa.

Pero eso nunca ocurrió, y con el tiempo él dejó de requerir su presencia.

Y ahora que un nuevo matrimonio aparecía en el horizonte, las mismas paredes del antiguo aposento de Niall parecían conservar todavía su presencia.

Inquieta, Caterine se levantó de la silla que había traído de sus aposentos, pues no quería sentarse en aquella pesada silla de roble tallado donde su difunto esposo se reclinaba, durante los primeros intentos, para ver cómo ella se quitaba la ropa en nombre de algo que sólo él consideraba un placer conyugal.

Ella quería borrar aquellas imágenes. Alzó a *Leo* en su regazo, acurrucándolo bien junto a ella, y clavó la mirada en las tres ventanas de arco de la pared de enfrente.

A diferencia de su propia habitación, las ostentosas ventanas de aquella estancia estaban compuestas por vidrieras emplomadas, de un color indefinible y opaco. Era difícil ver a través de ellas, pero sin duda resultaban lujosas.

También había gruesas pieles forradas que se extendían sobre las frías piedras del suelo. Una extravagancia que Niall se había permitido y que daba a aquella alcoba un ambiente más cálido que el que había en la suya.

¿Pero por qué, entonces, nada podía detener los escalofríos que recorrían sus brazos?

Tampoco el calor palpitante que salía del fuego de la chimenea lograba hacerla entrar en calor.

Intentó evitar que sus dientes castañetearan, desviando la atención hacia el escocés. Se había dado la vuelta y había estirado un brazo musculoso sobre su cara. Pero aún dormía.

Aliviada, volvió a mirar por las ventanas. Se acercaba el atardecer y la luz, la poca que había en una tarde tan lluviosa, había cambiado, dando un extraño brillo lechoso a los cristales.

La piel de su nuca se erizó. El color de los cristales se asemejaba de pronto al pálido gris de los ojos de su último esposo.

¡Unos ojos que la observaban desde los cristales azotados por la lluvia!

Centenares de ojos de Niall.

El corazón golpeó contra su pecho y un grito subió por su garganta pero allí se quedó, cuando la imagen pareció transformarse, y las delgadas líneas de lluvia se volvieron lágrimas y los centenares de ojos reflejados, los suyos propios.

El golpe ensordecedor de un trueno sacudió la habitación e hizo temblar los frágiles cristales. Atemorizado, *Leo* saltó de su regazo y buscó refugio bajo la cama con dosel.

El retumbar de los truenos, cuyo eco aún se escuchaba, borró también la imagen.

Una vez más, las tres ventanas aparecieron como siempre habían sido, con la fina capa de polvo y la suciedad acumulada que las caracterizaban.

Un escalofrío recorrió la espalda de Caterine y llegó hasta sus pies. Era sorprendente, pero el joven escocés seguía durmiendo, sin ser consciente de la tormenta que se agitaba fuera, e ignorando también la que se libraba dentro del pecho de ella.

Sólo *Leo* conocía su malestar. La observó desde debajo de la cama con sus ojos redondos interrogantes y con una simpatía que ella no deseaba. Ni siquiera de su querido *Leo.*

Ella sola engendraba sus propias pesadillas y ella sola habría de vencerlas.

Para comprobarlo, paseó por la estancia y estudió con atención la gran silla de roble de Niall. Si algo en la habitación quería mofarse de ella, tenía que ser aquella monstruosa silla.

Pero la pieza estaba muda.

Era inofensiva.

Una enorme masa de madera oscura se encontraba en el rincón más apartado, bien cubierta por las sombras.

Pero allí tampoco aparecía ninguna imagen de un esposo de edad avanzada reclinado, ni una mirada esperanzada y ansiosa se manifestaba para atormentarla.

Su pulso se aminoró. Estaba a punto de darse la vuelta, pero la vacilante llama de la lámpara de aceite iluminó un poco más allá. Se detuvo como por encanto, viendo cómo la luz del candil se extendía por el tenebroso rincón, enredándose con los ecos de días y noches de otras épocas que volvían a la vida sobre aquella silla de roble macizo.

Pero su imaginación ya no invocaba la figura de Niall.

Era la de *él.*

Su protector.

¡Y sólo llevaba puesta una capa forrada con pieles y nada debajo!

Había levantado una pierna musculosa sobre el lateral de la silla y sostenía una magnífica copa con piedras preciosas contra sus labios. La capa caía a un lado y sus pesados pliegues se abrían lo suficiente para ofrecer a Caterine una visión tentadora de su cuerpo, con toda la gloria de su masculinidad.

Era su parte más gloriosa la que la capa revelaba.

Un magnífico esplendor viril, excitado por completo.

Y cada centímetro de él era tan imponente como lo que habían dicho bromeando sus hombres.

Caterine tragó saliva y escuchó cómo tronaba su corazón.

Más real, de carne y hueso y más completo de lo que podría haber sido en la simple imagen de un sueño, el caballero *sassunach* bebió un sorbo y después levantó su copa, brindando en silencio con alguien que ella no podía ver. Su expresión mostraba una riqueza de emociones indefinibles para Caterine, pues nunca había visto una mirada semejante en el rostro de un hombre.

Una mirada que su corazón reconocía, aunque ella no lo hiciera.

Una mirada de adoración infinita.

De amor, radiante, puro y verdadero.

Algo que ella dudaba que existiese, pero que estaba tentada a creer posible... si hubiera estado observando a un hombre de carne y hueso y no el rincón más oscuro de su propia alma.

Allí era donde residían sus deseos ocultos.

Una pasión feroz la consumía, una necesidad tan intensa que le provocaba dolor. La garganta se le secó, a pesar de que su cuerpo pareció ablandarse y alcanzar una cierta calidez.

Pero el estallido de otro trueno y un rayo plateado que iluminó la habitación también hicieron añicos esta imagen y luego, como si los elementos quisieran burlarse de ella, le pareció que la tormenta contenía la respiración, volviéndose tan silenciosa que Caterine casi pudo escuchar el violento golpeteo de su propio corazón.

Y no sólo eso, sino también un rugido, demasiado cerca para formar parte del eco dejado por la tormenta.

No, rugidos no... gruñidos.

En ese momento, volviendo a la realidad, se dio cuenta de que las protestas de *Leo* se habían convertido en una serie de agudos ladridos. Erizado, el animalito corrió de la cama hasta la puerta, alcanzándola justo cuando se abría para dejar paso a *él*.

Como una flecha cubierta de piel marrón y con su mandíbula lista para morder, *Leo* se abalanzó sobre los tobillos de sir Marmaduke. Los ladridos se hicieron ensordecedores, deteniéndose bruscamente cuando el alto caballero inglés lo miró con severidad.

Dando un aullido, *Leo* retrocedió hasta debajo de la cama. Caterine todavía temblaba; también hubiera lanzado un aullido y buscado un lugar donde esconderse, pero sus piernas parecían de plomo, demasiado pesadas para moverse, y tenía la garganta como llena de lana.

Lachlan lanzó un quejido y se revolvió en la cama. Aquella distracción permitió a Caterine recobrar el juicio. Aclaró su garganta.

—¿Qué estáis haciendo aquí? —le preguntó a su protector.

—¿En esta habitación o bajo el techo de vuestra fortaleza?

Se adelantó con paso firme y su presencia irresistible, de anchos hombros, pareció reducir las dimensiones de la habitación.

Caterine tragó saliva; su corazón palpitaba enloquecido.

El brillo de las velas hacía centellear la melena abundante de su cabello negro y se deslizaba por su musculoso pecho cubierto con la guerrera. Pero la luz temblorosa no iluminaba su rostro, y con sus rasgos semiocultos en la sombra, se hacía evidente que sir Marmaduke había sido muy apuesto alguna vez.

Caterine se incorporó, sorprendida de que sus piernas pudieran sostenerla. Sí, le temblaban las rodillas. No, *chocaban entre sí*.

—Yo... —empezó a decir, pero un rubor irrefrenable encendió su rostro.

—Sé lo que habéis querido decir. —Marmaduke apoyó las manos en los hombros de Caterine y miró hacia el bulto de la cama—. He venido a ver cómo está Lachlan. Oí que descansaba cómodamente, pero quise verlo con mis propios ojos.

—Oh —atinó a decir Caterine, parpadeando.

Nunca se había sentido tan tonta.

Claro, él había venido a ver a su compañero.

Pero después, Caterine descubrió un destello gracioso en su ojo sano.

Él cogió sus manos y las levantó hasta los labios.

—Y he venido a veros a vos —manifestó y la soltó.

Una verdadera cascada de placer la atravesó.

Para ocultar su incomodidad, echó mano de una bandeja donde descansaban unas rebanadas de pan negro con manteca, a medio comer, y tallos de algas marinas asados, que bien preparados podían ser un plato sabroso.

—Mi hijastro me ha traído un refrigerio —mintió ella, pero se sintió herida en su interior al ver cómo Marmaduke levantaba las cejas con un gesto escéptico ante aquellas pobres ofrendas—. Humilde, pero bueno si hay apetito —continuó, con una orgullosa inclinación de barbilla—. James me dice que os quedaréis poco tiempo entre nosotros —añadió, dominada por un deseo incontrolable de decir en voz alta algo que la atormentaba desde que su hijastro le había revelado lo que pensaba de los caballeros de MacKenzie.

Sir Marmaduke frunció el entrecejo.

—Parece que el joven James necesita instrucción para enlazar las palabras tanto como práctica para blandir una espada.

—¿Es mentira lo que me ha dicho? —La intensidad de su alivio la sorprendió—. ¿No estáis planeando marcharos?

Marmaduke miró hacia la cama. Su hombre dormía.

—No os mentiré —dijo después de un momento, y se cruzó de brazos—. Tu hijastro ha dicho la verdad, pero creo que ha sido un poco torpe.

El alivio de Caterine se esfumó, tan breve como las chispas que ocasionalmente saltaban del fuego. Sus propios planes, la seguridad de Dunlaidir, *todo* se arremolinaba a su alrededor para después hacerse añicos a sus pies, partiéndose en miles de fragmentos de esperanza.

Él quería marcharse.

Darle su apellido, y luego partir.

Un simple nombre no podría detener a Hugh de la Hogue, no sin el hombre y el brazo armado que le correspondían.

—Estuvisteis de acuerdo en protegerme, en ofrecernos vuestras habilidades guerreras —dijo ella finalmente, con el orgullo haciéndose espeso en la lengua.

—En efecto —concedió él—. Ofrecer mis habilidades a estas posesiones.

Una sospecha la envolvió, pesándole sobre los hombros como un manto demasiado pesado y difícil de sostener.

—Entiendo —replicó, girando la cabeza para mirar hacia los ventanales. La oscuridad los oprimía desde fuera y la luz de las velas se reflejaba en sus pequeños vidrios emplomados—. Vuestras habilidades y las de vuestros hombres son simplemente un préstamo.

Marmaduke se tragó una maldición tan negra como la joven noche que descendía más allá de los cristales.

—Es una forma bastante cruda de decirlo, milady —dijo él, resistiendo un urgente deseo de estrangular a su hijastro.

Ella volvió a mirarlo con sus ojos muy abiertos en aquella suave luz.

—¿Y entonces cómo lo diríais?

Marmaduke miró por un momento a la puerta, que deliberadamente había dejado sin cerrar. Buscaba las palabras correctas. Pero su oratoria, tantas veces reconocida, ahora le fallaba, hábilmente silenciado ante el pecho agitado de su dama, que parecía observarlo desde el escote de su vestido.

El *arisaid** echado sobre sus hombros había resbalado, revelando un fragmento de piel suficiente como para enfrentarse a deseos que él prefería mantener a raya... por ahora.

Más perturbado de lo que hubiera querido, Marmaduke rodeó la barbilla de Caterine con su pulgar y su índice.

—Prestaros nuestra fuerza no significa que vayamos a irnos mañana —dijo—. He cabalgado mucho para protegeros y soy consciente de la villanía de vuestro enemigo, al igual que mis hombres. No nos iremos hasta que esta fortaleza esté segura. Eso os lo juro.

Ella bajó la vista y comenzó a golpear las pieles del suelo con la punta de su zapato. El gesto le recordó a Marmaduke a Linnet, su hermana, que había jugado con su pie contra las piedras de la capilla en Eilean Creag la mañana en que había salido a buscarlo con su absurda demanda.

Una tibieza placentera recorrió a Marmaduke. Linnet MacKenzie deslizaba el pie contra el suelo sólo cuando había algo que realmente la preocupaba.

Algo importante.

Una costumbre que siempre, cada vez que la veía, quedaba impresa en el corazón del caballero.

Soltó la barbilla de Caterine y cruzando las manos en la espalda, reprimió la necesidad de sonreír.

—¿Qué os preocupa, milady?

El movimiento del pie cesó de inmediato.

---

* Término escocés para referirse a una especie de capa de tartán.

Ella levantó la cabeza y lo miró con seriedad.

—No estoy preocupada por n... —dijo, interrumpiéndose para aclarar la garganta—. Habéis venido aquí conociendo nuestros problemas. Ahora creéis que cumpliréis con vuestro cometido dándome vuestro apellido y marchándoos, dejándonos tan desprotegidos como antes.

—¿No me habéis escuchado prometer que dejaré esta fortaleza lo suficientemente fuerte como para permanecer segura y resistir cualquier embate antes de que nos vayamos? —Clavó su ojo sano en ella—. Yo cumplo mi palabra.

Caterine pareció considerarlo durante un momento, pero a juzgar por su entrecejo fruncido, no parecía realmente convencida.

—James no puede sostenerse por sí mismo y los hombres que quedan en nuestra guarnición son muy pocos. Nuestros arrendatarios y los aldeanos que aún no han huido están completamente desmoralizados, hartos ya de tratar de subsistir sin ningún apoyo nuestro. —Se dio la vuelta, recogió el *arisaid* de lana caído y volvió a ajustarlo alrededor de sus hombros—. Ni siquiera disponemos de provisiones suficientes para alimentar a aquellos que viven en el interior de las murallas, mucho menos podemos ofrecer a los aldeanos, que tiempo atrás dependían de nosotros.

Los labios de Marmaduke esbozaron una media sonrisa. Estiró las manos y flexionó los dedos. Todo aquello que había mencionado Caterine podría solucionarse. Durante muchos años había aprendido a enfrentarse a desafíos más graves, y siempre había ganado.

Había dominado a la mayoría, excepto a sus propios demonios.

Pero en aquel momento los ignoró y se volvió hacia ella.

—Ya trataremos y solucionaremos esos problemas —le aseguró y puso, una vez más, sus manos sobre los hombros de Caterine—. Hasta el último. Tal como he jurado protegeros con mi nombre, os juro solemnemente hacer lo mismo...

—Si sois capaz de realizar todas esas proezas, aunque lo dudo mucho —dijo ella, con la incertidumbre tiñendo sus palabras—, supongo que llevar vuestro nombre no será de gran ayuda. —Hizo una pausa, agachándose para buscar a su perrito. El animalito había salido de su escondite para acurrucarse alrededor de las piernas de Caterine—. No, milord, vuestro nombre por sí solo no me será de gran ayuda —prosiguió, poniéndose derecha—. Sobre todo cuando os hayáis marchado.

—Y vos creísteis que nunca habría de hacerlo —afirmó Marmaduke, pendiente del perrito que le clavaba los ojos.

—¿Y no es así?

Marmaduke sacudió la cabeza.

—Que los santos me destruyan ahora mismo si digo algo falso.

—Pero admitís que pretendéis iros. James dijo que antes de Navidad... —replicó Caterine. Marmaduke la acalló apoyando sus dedos, muy levemente, sobre la boca suave y temblorosa de ella.

—Mis pretensiones fueron y siguen siendo lo opuesto a lo que vos creéis —dijo él, sonriendo de aquella forma tan especial.

Un simpático gesto que había practicado en los últimos años.

Aquel que hacía aparecer los hoyuelos en sus mejillas.

—James ha oído bien —dijo él, acariciándola—. Nada me gustaría más que estar para Navidad en casa... con vos a mi lado. Y no sólo como la mujer que lleva mi nombre, sino como mi verdadera esposa.

—¿Vuestra verdadera esposa?

—Exacto —afirmó, mientras Caterine sentía cómo se le aceleraba el pulso—. En el más puro sentido del término.

* * *

—... acabar con él de la mejor forma que podamos —decía uno de los caballeros del castillo, en ese mismo momento, en el salón principal de Dunlaidir—. Ese maldito bastardo no merece vivir —añadió, dando énfasis a cada una de sus coléricas palabras golpeando la mesa con el extremo romo de su cuchillo.

—¡Tendríamos que colgarlo hasta que el viento le traspase los huesos! —exclamó otro desde una mesa algo más alejada, con una furia que casi podía palparse en el aire viciado del salón.

—No, la horca es demasiado buena para De la Hogue —apostilló un tercero, y su afirmación recibió aclamaciones y ecos de aprobación.

Aunque una humedad penetrante se extendía por la estancia, aquellas fuertes palabras y la energía que las alentaban hacían hervir la sangre de todos los hombres reunidos alrededor de las mesas.

En la más próxima al gran arco de entrada a las escaleras exteriores se hallaba el padre Tomas, un sacerdote vestido de negro en cuyo rostro se dibujaba la placidez. Estaba muy concentrado en untar con una pasta de algas marinas un pan negro de manteca y parecía no prestar atención a los gritos y maldiciones que aumentaban a su alrededor.

Cuando acabó de untar su pan, se dirigió al escocés que tenía a su lado, sir Gowan.

—Bendito sea Dios, menos mal que vos estáis aquí —dijo—. Con vuestra ayuda, tal vez podamos olvidar muy pronto las villanías que sir Hugh ha hecho con nuestra gente.

—¡Ja! —Un poco más abajo en la misma mesa, sir John resopló con elocuencia. Sacudió un dedo en dirección al sacerdote, diciendo—: No será tan fácil eliminar a ese canalla. No se ha ganado su mala reputación por nada. Su gloria consiste en arruinar a los demás, y tiene suficientes hombres armados como para conseguir que todos nosotros nos encaminemos velozmente a nuestras tumbas.

—Con más razón entonces tenemos que estar agradecidos de que los hombres de MacKenzie estén con nosotros —dijo el padre Tomas, volviendo a concentrarse en su pan.

Un extraño silencio se apoderó de los presentes, hasta que sir Ross se incorporó del banco donde estaba sentado y levantó su jarra de cerveza.

—¡Un brindis! —exclamó con su voz profunda—. ¡Para que hagamos desaparecer a sir Hugh y a los suyos de estas tierras, y por Strongbow y su nueva dama!

Entonces se escucharon aclamaciones de aprobación y voces que solicitaban más brindis, alzándose unas sobre otras, acompañadas por el ruido de los puños golpeando contra las mesas y de los pies contra el suelo.

—¡Ojalá que Dios lo proteja y que esta unión sea más afortunada que la última! —gritó Gowan, agitando su copa en el aire.

—¡Padre! —se escuchó otra voz entre las bromas—. ¿Cuándo unirá para siempre a la feliz pareja?

El estrépito de los hombres se acalló por un momento y todos las miradas se dirigieron hacia el sacerdote.

—Dentro de una semana —respondió el padre Tomas, masticando un pedazo de pan—. Dentro de siete días.

El clamor volvió a oírse, rodeado de exclamaciones de buenos augurios y también de algunas bromas más pesadas.

Pero poco después los ánimos volvieron a caldearse.

—¡Deberíamos destruirlo y enviarlo al infierno!

—¡Decapitarlo con un hacha oxidada!

—¡Colgarlo de cabeza con unas cadenas!

Y mientras los gritos se hacían más vehementes, las expresiones de todos se volvían feroces y los ánimos se agitaban, una figura se levantó entre ellos y abandonó el salón con sigilo.

Junto a la puerta que daba a las escaleras exteriores, se dio la vuelta para inspeccionar el ambiente que dejaba atrás... y sonrió.

Gracias a aquellos fanfarrones, al fin tenía algunas novedades que comunicar.

Interesantes y *valiosas* novedades.

Con satisfacción, se cubrió los hombros con la capa y salió a la noche fría y húmeda.

9

EN EL MÁS PURO SENTIDO DEL TÉRMINO.

Intensas oleadas de calor recorrieron las mejillas de Caterine cuando la excitación se desató en lo más profundo de su ser.

—No puedo ir con vos —replicó, tratando de ignorar aquella parte inquietante del discurso del *sassunach,* en la que ella se perfilaba como su verdadera esposa. Su percepción de las cosas se había alterado mientras trataba de buscar alguna excusa—. Me necesitan aquí. Estos dominios son...

Algo en la forma de mirar del inglés hizo que se in terrumpiese. Cautivada completamente por la extraña fascinación que ejercía aquel hombre, Caterine enmudeció al ver que Marmaduke alzaba una mano hacia su rostro.

Él la miró fijamente, recorriendo con el pulgar la línea de su barbilla.

—Estos dominios necesitan con urgencia una mano que los dirija —acabó de decir por ella, con una profunda voz que la envolvía y atravesaba. Suave, cálida y completamente irresistible—. James podría hacerlo bien si le permitierais salir de detrás de vuestras faldas.

—James... —Pero él deslizó su pulgar tan delicadamente por el labio inferior de Caterine que olvidó sus objeciones y suspiró.

Un suspiro tan claro que no pudo hacer nada por evitarlo, ni tampoco negar que su corazón palpitaba enloquecido.

—Vuestro hijastro no es la única razón por la que quiero que me acompañéis. —Él la miró profunda y atentamente a los ojos, sin esfuerzo al mantener su mirada—. ¿Creéis que yo no tengo mis necesidades, milady? ¿Creéis de verdad que podría casarme con vos sin desear que fuerais mía?

Caterine tragó saliva.

—Nadie ha pretendido nunca establecer semejante acuerdo —dijo ella tartamudeando, cautivada por la intimidad que crecía entre ellos, y que iba aumentando a medida que las sencillas palabras de Marmaduke parecían abrazarla.

Un verdadero seductor. Su proximidad envolvía a Caterine en un agradable círculo de deseos crecientes, lo suficientemente atrevidos para hacerle creer que su roce borraría toda la oscuridad de su corazón de mujer.

Desafiando a sus temores más profundos... para vencerlos.

Marmaduke se rascó la barbilla y la luz de la vela iluminó el rubí de su anillo. Aquella gran piedra lanzó un destello rojo fuego hacia Caterine, y de inmediato le hizo recordar la copa cubierta de gemas que él había levantado como brindis en aquella imagen, invocada por ella sobre la silla de Niall.

La nuca de Caterine se llenó de calor.

Se esforzó por sostener la mirada, tratando de ignorar el rubí que parecía parpadear y enviar señales.

—En el plan de traeros hasta aquí nadie había propuesto un matrimonio auténtico.

Marmaduke levantó las cejas.

—¿Eso creéis?

Caterine asintió.

—A veces los otros nos conocen mejor de lo que nos conocemos nosotros mismos, milady.

—Linnet y su esposo me conocen lo suficiente como para no comprometerme con... con un inglés.

—¿De veras? —dijo, pasando sus nudillos gentilmente por la mejilla de ella—. Pues fueron ellos los que sugirieron que os convirtiera en mi verdadera esposa.

Caterine no pudo ocultar su asombro.

—Entonces habéis hechizado a mi hermana.

—No, la buena lady Linnet me ha hechizado a mí —dijo él—. Si hubiera sabido que una de sus hermanas era tan atractiva, os juro que hubiera venido hace años a conquistar vuestro corazón.

—¿Como conquistasteis el de Arabella? —La pregunta salió de sus labios sin darse cuenta.

Avergonzada, trató de desviar la vista, pero él apretó los dedos bajo la barbilla, de modo que no le quedó más remedio que volver a mirarle.

El rostro de Marmaduke había empalidecido y los músculos de su mandíbula estaban apretados, pero su expresión no traducía la ira que ella había esperado.

—Sí, me gustaría cortejaros como hice alguna vez con Arabella —afirmó él, con una nota más grave de lo habitual en su voz—, y también hablaros de vuestra hermana... contaros por qué la respeto tanto. —Echó un vistazo a la puerta. Todavía estaba entreabierta—. Pero antes me gustaría hablar en privado con vos.

—¿En privado? —repitió Caterine. Sus sentidos aún estaban aturdidos por la intensidad de aquella cercanía, pero el nombre de Arabella formó un nudo de inquietud, pequeño y apretado, en algún lugar de su cuerpo.

—Tal vez necesite hablaros en privado —dijo Marmaduke. Se alejó entonces hacia la puerta, seguro de que ella le seguiría.

Y así fue, para su alivio.

El caballero trató de hacer oídos sordos a los murmullos etéreos que habían cobrado vida al pronunciar el nombre de Arabella. Salió al corredor iluminado por la luz de las antorchas, contento de cerrar la puerta de aquellos aposentos y dejar atrás los recuerdos de veranos pasados y noches antiguas, llenas de felicidad.

El perfume de su nueva dama se arremolinaba a su alrededor, fresco y luminoso, y desplazaba la oscuridad de otra fragancia ya marchita hace tiempo, atravesándolo con toda la fascinación de un nuevo día.

Una nueva vida. Al menos eso era lo que él esperaba.

Ella lo miró. Sus ojos de zafiro estaban llenos de interrogantes. Sus mejillas estaban teñidas de un tenue y delicado color rosa.

—¿Me hablaréis de ella? —insistió Caterine con una voz apenas audible; el viento soplaba en el corredor sacudiendo las ventanas—. ¿Quién era?

Marmaduke asintió con la garganta demasiado seca para hablar. Parecía como si una tenaza de hierro apretara fuertemente su corazón, para aflojarse de repente, arrastrándole en dos direcciones opuestas.

Una hermosa y oscura, pero tan fría como los acantilados golpeados por el oscuro mar de Dunlaidir; la otra igualmente hermosa pero inundada por la luz dorada y la calidez de los rayos de sol.

La segunda era viva y vibrante, y lo llamaba con más fuerza que los ecos de antaño, que se iban desvaneciendo.

El amor de otra mujer.

—Sí, os hablaré de ella —se forzó a decir—, pero no en este corredor.

—¿Dónde? —Ella inclinó su cabeza dorada hacia un lado y su *arisaid* se deslizó lo suficiente para tentar a sir Marmaduke con otra perspectiva de la parte superior de sus pechos, tan exquisitos como para dejarle paralizado.

—¿Tenéis un *squint?* —se escuchó decir sir Marmaduke. Esta pregunta, que sonaba tonta en un principio, salió de sus labios antes de que pudiera formular mejor sus deseos.

Casi logró hacer una mueca, pero su cicatriz se lo impidió. Ella lo miraba con extrañeza, frunciendo el entrecejo sin comprender.

Si gesticulaba de forma que se retorcieran sus rasgos y deformaran todavía más su rostro, sólo conseguiría perturbar a Caterine.

Ella parpadeó.

—¿Un *squint?*

—Un reservado del dueño del castillo —explicó Marmaduke, aclarando lo que significaba aquel término utilizado en las Highlands—. Un lugar secreto donde podamos hablar sin ojos ni oídos que puedan espiarnos.

Un lugar seguro donde pueda desahogar mi alma y donde la penumbra pueda ocultar los rasgos de mi cara.

Y mantenga a raya a mis fantasmas.

—Hay uno —respondió ella después de dudar un instante—. Está construido en la pared de la galería de los juglares. Se puede acceder por una escalera oculta.

—Entonces vayamos allí. —Marmaduke dio media vuelta, pero ella lo detuvo apretándole con fuerza el brazo.

En lugar de explicar por qué lo hacía, se humedeció los labios. Soltó aquel brazo que parecía quemar con el simple contacto. Entonces juntó las manos y con el ceño fruncido lo miró atentamente.

Haciendo uso de una paciencia infinita, Marmaduke apoyó un hombro en la pared, y se cruzó de brazos.

Y esperó.

—Soy consciente del peligro que corremos en estos tiempos —dijo ella con la respiración ligeramente entrecortada—. Pero no veo la necesidad de buscar una grieta diminuta para poder hablar en privado.

—Yo iré de todas formas —aseguró él, separándose de la pared.

Ella dio un respingo.

Por el borde de su vestido apareció la punta de un zapato que comenzó a rozar la piedra del suelo del corredor.

Marmaduke volvió a cruzarse de brazos.

Las mejillas de Caterine se colorearon con una sombra rosada.

—La puerta del pasadizo escondido está en la recámara de mi alcoba —explicó ella, revelando finalmente la verdadera razón por la que no quería conducirlo hasta allí.

—No importa —dijo él, tratando de que sus labios no sonriesen al pensar en las ventajas que aquella situación le deparaba.

Especialmente porque esa noche pensaba dormir en aquella recámara.

Y dentro de una semana, todavía más cerca.

—Pero...

Marmaduke sacudió la cabeza. Su firme resolución atajó toda protesta de Caterine, como si le hubiera arrancado las palabras de la boca.

—Venid —dijo, levantando un poco la voz por encima del golpeteo de los postigos—. Tened por seguro que no intentaría hablar con vos en un lugar tan pequeño y escondido si la medida no fuera necesaria. —Marmaduke conocía sus habilidades para ganar la confianza de Caterine. Por eso no prestó atención a la duda que apareció en los ojos de la dama, y estiró una mano—. Venid —repitió.

Lentamente, Caterine dio dos pasos hacia adelante y luego deslizó su mano entre las suyas. Una poderosa emoción envolvió el corazón del *sassunach* al sentir los finos dedos de Caterine entrelazados con los suyos, notando con una aguda consciencia todos sus sentidos.

—¡Ay! ¡Qué maravilla! —La voz de lady Rhona hizo añicos sus sueños.

La dama de compañía de Caterine se acercó a ellos con una cesta de musgo y barro bajo su brazo y un cacharro de madera lleno de un ungüento de olor penetrante en la otra mano.

—¡Santo Dios! —Rhona los miró con asombro y preocupación—. ¿No hace demasiado frío para estar aquí, en medio del corredor oscuro?

Echó entonces un vistazo a las manos de ambos, aún unidas.

—¿No deberíais ir a un lugar un poco más... privado?

—En estos tiempos no hay casi ningún lugar de Dunlaidir que no sea privado. —Los dedos de Caterine se pusieron rígidos en la mano del caballero—. A menos que tú estés rondando por ahí —agregó, mirando con severidad a su amiga—. Parece que estás en todas partes, milady.

Rhona abrió los ojos y fingió una mirada de afectación.

—Entonces me dirigiré a los pies de la cama del pobre sir Lachlan y cumpliré con mi deber.

Se dio la vuelta y se dirigió hacia la puerta con servilismo fingido. Pero el borde de su cesta había rozado el costado derecho de sir Marmaduke. Éste hizo una mueca de dolor, tratando de respirar profundamente, pues aquella parte de su cuerpo aún le ardía a causa del baño entre las rocas sumergidas, latiéndole con fuerza como si fuese una quemadura.

Apretó los labios y esperó a que la oleada de malestar cediera. Los santos sabían que en otros tiempos había sufrido cosas peores.

Sin duda, la regordeta amiga de su dama lo había pinchado con la cesta deliberadamente, utilizando aquella arma improvisada como un rastrillo contra sus costillas.

¿Pero por qué?

Conocía demasiado a las mujeres como para no reconocer una estratagema.

—¡Por todos los cielos! —exclamó Rhona—. James me contó que os habíais dañado un costado reparando la entrada de las letrinas, y ahora voy yo y lo empeoro. Qué torpe soy. —Con una expresión de satisfacción, le tendió a Caterine el pequeño cacharro con el ungüento maloliente—. Es una mezcla de hierba de San Juan y betónica —agregó—. No hay nada mejor para curar las heridas. —Posó sus ojos sobre el costado de sir Marmaduke—. Quizás este ungüento alivie vuestras costillas magulladas.

Antes de que Caterine pudiera responder, Rhona se deslizó hacia el aposento donde reposaba sir Lachlan y cerró con fuerza la puerta tras de sí.

—Vamos, quiero ver ese escondite ahora —dijo Marmaduke de inmediato, tratando de que la penumbra ocultara su euforia.

Miró entonces el recipiente de madera con el remedio que Caterine sostenía en su mano. Gracias a la travesura de su amiga, ahora no tenía más opción que echar aquel bálsamo sobre el cuerpo abrasado del caballero.

Las comisuras de la boca de Marmaduke luchaban por ampliarse formando una sonrisa de lobo, pero él resistió aquel impulso y en su lugar musitó su agradecimiento a los santos.

—Vayámonos de aquí —insistió—. Apreciaría mucho si pudierais ponerme el ungüento de lady Rhona en el costado.

—¿En el reservado? —Caterine lo miró con escepticismo.

Él asintió.

La comodidad de aquel pequeño espacio apartado presentaba de pronto una atracción de naturaleza muy diferente a la de ser un mero parapeto ante oídos ajenos.

—¿Lo haréis? —inquirió él, haciendo un gesto hacia su brazo estirado.

Ella dudó durante un segundo. Después unió su brazo al del caballero.

—Sí, señor, lo haré —concedió con un leve temblor en la voz.

Aquella sencilla aceptación llenó a Marmaduke de una agradable calidez.

—Entonces guiadme, milady —pidió.

Mientras avanzaban por el corredor oscuro, el caballero murmuró otra plegaria silenciosa para agradecer aquella pequeña victoria.

Todavía no había ganado la batalla, pero con aquel empujoncito inesperado había asentado con éxito el terreno desde donde conquistar el corazón de su dama.

* * *

Sir Marmaduke Strongbow atravesó la alcoba de Caterine como si se tratase del señor de la fortaleza, pero también con pasos largos y suaves, perfectamente consciente de conmover la esencia femenina de su dama, atrayéndola con su potencia seductora.

Sin mirar hacia la gran cama con dosel, con sus sábanas ya abiertas invitando al descanso nocturno, entró en la pequeña recámara del dormitorio.

—¿Detrás del arcón y del tapiz? —preguntó, arqueando las cejas satisfecho al ver dónde se hallaba la puerta secreta del escondite.

Caterine asintió con la cabeza.

Las palabras no eran necesarias.

Las paredes de la recámara estaban desnudas excepto por una serie de capas que colgaban de ganchos, unas pocas antorchas y dos ventanas muy estrechas que miraban directamente hacia la noche.

Con el corazón en la boca y el pulso en sus oídos latiendo más fuerte que el viento silbante, Caterine vio cómo sir Marmaduke apartaba el gran arcón de hierro y levantaba el pesado tapiz de Flandes para dejar al descubierto una puerta pequeña y redondeada, recortada en las gruesas paredes.

La puerta chirrió al abrirse y una bocanada de aire estancado se extendió por la recámara, trayendo un olor húmedo que suponía un verdadero desafío al que se atreviera a cruzar el umbral oscuro y subir por la escalera circular que se vislumbraba.

—¿No podríamos hablar aquí? —Caterine cogió el ungüento de Rhona mientras trataba de frotarse los brazos ateridos por el frío húmedo que entraba por las rendijas de las ventanas.

Era mejor congelarse que ahogarse en polvo viejo y moho.

Pero en lugar de responderle, Marmaduke cogió una de las antorchas de resina de la pared y, sosteniéndola hacia adelante, indicó los peldaños desgastados de la escalera, que se curvaban hacia arriba en las tinieblas.

—Mis disculpas por esta medida necesaria —dijo él, con una mirada que la obligaba a seguirlo.

Porque se trataba de un hombre con una presencia tan poderosa que incluso una escultura de piedra se derretiría a sus pies.

Una escultura de piedra femenina.

Caterine se recogió la falda y subió por las escaleras detrás de él. Marmaduke ya había sujetado la antorcha a la pared cuando ella entró en el estrecho escondite, mientras la luz temblorosa lanzaba sombras vacilantes por el recinto, dándole una atmósfera irreal.

Aquel escondrijo presentaba dos agujeros para vigilar, poco mayores que una grieta en la piedra. Desde el primero se veía el gran salón, ubicado exactamente debajo de la cámara, y el otro permitía espiar a los juglares, situados en una galería justo detrás de la pared más alejada.

El estrecho espacio hacía que el caballero pareciera más alto, sus hombros más anchos, y la escasa luz borraba la cicatriz de su mejilla y dejaba en sombras su ojo mortecino, dejando entrever únicamente las líneas masculinas de su rostro noble y apuesto.

Un rostro que siempre había querido mostrar a Caterine, pero jamás había podido a la luz del día o en el gran salón, con sus decenas de antorchas que tanto brillaban.

Pero podía hacerlo ahora, y lo que ella vio fue un semblante capaz de robar corazones.

El corazón de Arabella.

Caterine avanzó hacia el agujero que daba al gran salón; de pronto necesitaba aire. De puntillas intentó tragar grandes bocanadas de aquella corriente algo menos repugnante que entraba por aquella grieta.

Un aire aderezado con el olor fuerte del humo de la chimenea y de la carne asada, en lugar del aroma sofocante a piedra antigua y espacio cerrado.

Mucho más abajo, los hombres charlaban ante las mesas mientras cenaban. Estaban discutiendo, pues se escuchaban sus fuertes voces, y las más profundas provocaban ecos en las paredes y el techo de la pequeña cámara de vigilancia.

Pero Caterine apenas escuchaba aquel jaleo.

Ella sólo creía oír el nombre de otra mujer.

Dio media vuelta hacia Marmaduke.

—Pensaréis que soy una descarada, milord, pero no me consideran una mujer proclive a la cortesía exagerada —dijo con la mayor dignidad que logró mostrar—. Tengo poca paciencia para estos asuntos y preferiría hablar claro. Debo decir que no importa el propósito por el que me habéis traído hasta aquí, pero no seré buena compañía a menos que me digáis quién...

—¿Quién fue Arabella?

—¿*Fue*?

—Sí, fue, pues ya no vive. —Adelantándose, Marmaduke posó sus manos en el rostro de su dama. En lo más profundo de su ojo sano se reflejaban años de desgracias y vacío—. Arabella MacKenzie era hermana de mi señor, y fue mi esposa.

Caterine tragó con fuerza toda la vergüenza que le hinchaba la garganta. Se sentía culpable porque su respuesta la preocupaba y la aliviaba al mismo tiempo.

—¿Me hablaréis de ella? —preguntó, estremeciéndose interiormente al ver que una sombra de inquietud cruzaba el rostro del caballero.

La intranquilidad también se reflejó en Caterine, pues la intimidad del escondite y la calidez de las manos de Marmaduke despertaban emociones perturbadoras en lo más profundo de su interior, dejándola más expuesta y vulnerable de lo que jamás había estado.

Marmaduke deslizó sus manos por detrás de su cuello y comenzó a acariciar la piel sensible de su nuca. Caterine suspiró; su vergüenza se esfumaba con la felicidad de aquel contacto, con el calor hormigueante que producían en su cuerpo las caricias del caballero, que había comenzado a masajear su cuello.

—Fue una mujer orgullosa y apasionada —comenzó a decir. Sus palabras estaban impregnadas de un tono oscuro y hueco, como si hubieran sido arrancadas desde lo más profundo de su alma—. Murió porque se enteró de una conspiración para asesinar a su hermano. Los instigadores eran la propia esposa de mi señor y su hermanastro, el amante de aquella ramera. Envenenaron a Arabella para que no pudiera hablar.

Caterine se quedó boquiabierta.

—¿Fueron castigados? —preguntó con voz tensa y casi en un susurro. Su conciencia le recriminó por provocar en él más recuerdos. El dolor en el rostro de sir Marmaduke pulverizó la coraza con la que había cubierto su corazón mucho más que cualquier palabra.

—Los dos están muertos —contestó tras una pausa—, y no tengo ninguna duda de que han tenido que responder por sus fechorías ante un juez mayor que el de los hombres. —Dio un gran suspiro, mirando por encima de ella—. El enfrentamiento que causaron ha sido enterrado y olvidado, milady. La vida continúa y es privilegio de los vivos tratar de hacer lo mejor cada nuevo día.

—Hablas como un hombre santo.

—Pero no soy un monje, te lo aseguro —dijo él, con una pizca de picardía en la voz—. Y tampoco soy un ton to. —Se pasó entonces un dedo por la cicatriz que le cruzaba la cara—. Como ves, me dejaron con un vivo recuerdo de lo que ocurrió aquel día nefasto, pero aprendí de los errores que cometí...

—¿Fue entonces cuando te hirieron?

Marmaduke asintió con la cabeza.

—Mi propia inconsciencia fue tan responsable de ello como la habilidad de mi enemigo con la espada —dijo, dejando escapar un resoplido de frustración—. Yo estaba tan furioso que ignoré la regla más elemental del arte de la espada y dejé que mis emociones me hicieran vulnerable. Pagué un precio caro por el error.

—Lo lamento.

Caterine lo observó con aquella luz mortecina, sin ver a un hombre inglés, sino simplemente a un *hombre*.

Uno que había perdido muchas cosas.

—Lo sucedido ya no puede remediarse —declaró, revelando con su tono que no se refería únicamente a su propio pasado—. Y no todas las malas experiencias son funestas en sí mismas si aprendemos y crecemos con ellas. Las cargas que he soportado me han hecho una persona más sabia y más precavida. —Hizo una pausa al escuchar un clamor especialmente bullicioso que subía desde el salón al escondite, para luego desvanecerse con lentitud—. No voy a dejar que caigas víctima de las mismas maquinaciones ocultas que le costaron la vida a Arabella.

—¿Ésa es la razón de que quisieras hablarme aquí? ¿Para prevenirme porque temes que haya un traidor entre nosotros?

—No lo temo, estoy seguro —afirmó él—. James fue atacado por dos intrusos, pero te ruego que lo mantengas en secreto. Alguien de tu casa ayudó al segundo a huir.

Marmaduke dio unos pasos hacia atrás y Caterine quedó casi temblando ante la ausencia repentina de su calor y su fuerza.

Se cruzó las manos en la espalda y comenzó a pasearse por la pequeña estancia escondida.

—He sellado la salida de la letrina en el acantilado, de modo que ese acceso ya no puede utilizarse. Pero todas esas precauciones serán inútiles si alguien entre estos muros es capaz de abrir las puertas de par en par al enemigo.

—¿Y qué medidas sugieres que podemos tomar?

—El sacerdote proclamará los últimos bandos de nuestras nupcias en pocos días y me ha dicho que no podremos casarnos hasta dentro de una semana. —Dudando, la miró con atención—. Hasta ese día, incluida esta noche, dormiré en la recámara.

—Pero...

—Ambos hemos estado casados. Nadie se alarmará pensando que queremos conocernos un poco antes de que yo te otorgue mi anillo.

Los ojos de Caterine se desviaron hacia el rubí. El hecho de mirarlo y de saber lo que significaba hizo que un calor palpitante se enredara en la parte inferior de su vientre.

—No deseo llevar tu anillo. El matrimonio sólo será de palabra —dijo—. Fingido.

—Sólo podrás fingir bien si crees en ello.

—Tú no puedes dormir en mi recámara.

Marmaduke se cruzó de brazos.

—Sólo hasta que hagamos nuestros votos.

Caterine sintió una oleada de alivio y arrepentimiento.

Pero no durante mucho tiempo.

Sus ojos parecieron agrandarse.

—¿Qué quieres decir con *sólo hasta*?

—Eso exactamente —concedió, con una mirada de inocencia burlona que una secreta parte de Caterine sintió como... entrañable—. Una vez que estemos casados, dormiré en el lugar de todos los buenos esposos —le informó—. En la cama de mi mujer.

* * *

En una habitación de la torre ubicada en el extremo opuesto, a la que se accedía por un corredor distinto pero igualmente recorrido por el viento, James Keith estaba recostado en una silla ante el calor del fuego de la chimenea, que parecía aliviar su pierna dolorida y disipar un poco su malhumor.

En el otro lado de la alcoba, su cama estaba fría y vacía, como un centinela silencioso de sus oscuras meditaciones y de su incapacidad para llenar aquellas sábanas brillantes más que con su propio cuerpo solitario y con sus sueños disparatados.

Suspiró y se levantó acercándose a los ventanales. Aquel conjunto de ventanas con sus altos marcos de tracería, el más espectacular de Dunlaidir, seguía la curvatura de las paredes de la estancia ofreciendo unas magníficas vistas, no sólo hacia el mar infinito, sino también hacia los escarpados acantilados sobre los que se asentaba la fortaleza.

Pero ahora todo estaba oscuro. Los postigos se sacudían abrazando el viento frío y húmedo que empezaba a levantarse. Las ventanas abiertas miraban hacia una cortina de impenetrable oscuridad.

Eran el reflejo perfecto del propio James.

Sus perspectivas como señor de aquel macizo montón de piedras estaban suspendidas del borde mismo del mar.

La piedra del señor feudal aún no ha llorado por ti, le había recordado Rhona poco antes... como hacía todas las noches desde la muerte de su padre.

Pero lo hará, se apresuraba a asegurarle.

Como si aquella simple afirmación pudiera lograr que pronto se produjese aquel milagro.

James se pasó una mano por los cabellos y llenó sus pulmones del aire frío y salado que entraba por el ventanal. Si pudiera llenar igualmente su corazón con el valor que debería haber nacido con él, en los huesos de alguien de su estirpe, tal vez entonces la piedra se decidiría a reconocerlo como señor de la fortaleza.

Pero el valor y la habilidad no podían absorberse tan fácilmente como el aire salobre y fresco, ni tampoco los padres con puño de acero podían darse por satisfechos cuando sus hijos demostraban ser buenos pero no de los más capaces.

Y la piedra del señor feudal no lloraría por un fracasado.

James apoyó una mano en la moldura de piedra de la ventana y trató de no prestar atención a la palpitación de su pierna. Pero no podía borrar las punzadas de dolor ni ignorar el rumor del mar golpeando contra las rocas.

Ni dejar de oír los sutiles indicios de un sonido que esperaba todas las noches: el de los pasos de Rhona que se acercaban a su puerta, sosteniendo la jarra de vino.

Un ritual de cada noche.

Un juego inocente que ella había inventado para hacerlo sentir el señor que no era.

Es lo menos que el señor se merece, decía ella, asegurando que era lo que necesitaba antes de retirarse: una buena copa de vino.

Impulsado por la furia, casi hizo volar la copa vacía por la ventana. Pero sus dedos se aferraron a su fría base, hasta que recobró el juicio. No necesitaba vino para conciliar el sueño.

Necesitaba a... Rhona.

Sus brazos abiertos y sus besos conmovedores.

No las libaciones que ella le traía tan dulcemente cada noche.

No, dulcemente no.

Provocativamente.

Desde hacía poco tiempo, aparecía en su puerta con el escote de su vestido tan pronunciado, que hubiera jurado que ella reformaba la prenda a propósito... o incluso se soltaba los cordones.

Y todo para asegurarse de que él pudiera ver al menos la sombra de sus pezones.

Un vistazo y nada más.

Una recompensa ofrecida pero no servida.

Un sabroso manjar, sólo presentado para confundirlo.

Ensombreciéndose más que la propia noche, James se alejó de las ventanas y regresó a su silla. Se colocó sobre aquel asiento frío de roble con un carraspeo nervioso y enérgico, tanto como para llamar la atención de los cansados vigías.

Después hizo rodar la copa por la palma de su mano, mientras esperaba los pasos y el suave golpe en la puerta que anunciaban que podía echar otra mirada disimulada y dulce a los exuberantes atributos de la mujer que quería hacer suya.

También aguardaba el amanecer y su primera lección sobre cómo blandir la espada de un modo señorial.

Una instrucción de cómo ser un valiente señor escocés.

Pero sería una lección dada por un caballero inglés.

Esta ironía hirió su orgullo, aunque también le dio esperanzas.

Esperanzas de alejar su malhumor, e intentar agradecer a los santos la generosidad de los pechos de su dama y de sus provocativas visitas.

10

Haremos un trato, milady. —Sir Marmaduke examinó las caras talladas del considerable rubí de su anillo, fingiendo mayor interés en la piedra que en el rostro de lady Caterine, vuelto hacia él.

Ella tenía una expresión lo suficientemente distante como para no creer en aquella maniobra dudosa por parte de Marmaduke, cuyo propósito había sido ocultar la huella de la cicatriz, sacando algún beneficio de la penumbra de aquella estrecha estancia.

De hecho, lo miraba como si fuera más agradable besar a una decena de leprosos antes que dejarlo dormir en la recámara de su dormitorio.

Pero Marmaduke se enderezó y fue al encuentro de aquella mirada, convencido de que aquel brillo en los ojos de zafiro tenía más que ver con el propio orgullo pertinaz de Caterine que con una aversión real a que él cumpliera sus pretensiones.

—No me gusta hacer tratos —replicó ella finalmente.

—Entonces hagamos una promesa.

—¿Qué tipo de promesa? —Caterine lanzó un vistazo cauteloso al anillo.

Un enfoque perfecto de lo que él quería decir.

—Señora, no soy un joven inmaduro —empezó a explicar, poniéndose firme—. Soy un hombre, provisto con todos los atributos habituales, te lo aseguro. No te prometo una cama matrimonial casta, pues eso sería una mentira antes de que saliese de mi boca.

Alzó entonces una mano de Caterine hacia sus labios.

—Pero te juro que nunca te tocaré íntimamente a menos que lo desees.

La mirada de Caterine pareció hacerse más profunda.

—¿Quieres decir que podrás tocarme no íntimamente? ¿A tu antojo? ¿Cuándo tú quieras?

—No, milady, mi deseo es adaptarme a *tu* voluntad.

—Tal vez yo no quiero que nadie... se adapte a ella.

—Entonces, una vez que seas mía, tendré que convencerte de otra manera. —Soltó su mano—. Y satisfacerte.

Algo cruzó los ojos de Caterine, malhumor, desconfianza, o tal vez la sombra de un interés.

—¿Y crees que podrás hacerlo?

—¿Convencerte o satisfacerte?

Ella se humedeció los labios. Sus mejillas se habían puesto escarlatas.

—Las dos cosas.

—Lo que es seguro es que pondré todo mi empeño en cumplir con ambas. —Hizo de aquellas palabras una declaración franca—. Especialmente la parte de satisfacer.

Marmaduke levantó el anillo y tocó con él la punta de la nariz de Caterine. Después añadió:

—Lo mismo que tú me darás satisfacción a mí.

¡Puaj! Muy pronto ella se sentirá defraudada por el diablo, rumiaron sus demonios con maliciosa ligereza.

Por fortuna, aquella insolencia no hizo más que avivar su decisión, impulsándolo a desafiar aquellas dudas molestas que lo asaltaban, porque Marmaduke estaba a punto de emprender un camino más osado que le llevara a su objetivo.

Como hacer que ella extendiera sobre su herida el ungüento curativo.

En aquel preciso instante.

Estudió la penumbra de la pequeña estancia en busca del recipiente de madera, pero recordó entonces que ella lo había dejado en la recámara antes de subir.

Durante un minuto interminable, el silencio se extendió entre ambos, tan pesado que parecía inundar el aire. La noche también debía de haber avanzado; desde abajo subía una tranquilidad espesa.

Los habitantes de Dunlaidir, saciada su hambre y su sed, ya se habían incorporado a sus puestos de guardia o se habían retirado a descansar.

Excepto dos.

Y uno de ellos le observaba con tal atención, con tanta incertidumbre en aquellos ojos azules y luminosos como la que el mismo Marmaduke guardaba bajo llave, únicamente en lo más profundo de su alma.

—¿Crees que podré satisfacerte? —Las palabras salieron tan suaves que Marmaduke creyó que las había soñado.

Pero eran reales y habían fundido su corazón.

—Sé que lo harás. Nunca lo he dudado. —El timbre agradable de su voz y el encanto de sus palabras envolvieron a Caterine en un calor asombroso y lánguido.

La hicieron sentir... deseada.

Y casi no sintió vergüenza por ello.

Él la miró con una expresión intensa y deslizó sus dedos desde su barbilla hasta su nuca. La caricia, tan suave como una brisa de verano, provocó en ella un hormigueo que recorrió todo su cuerpo.

Una sensación de la que sólo había conocido breves trazos, pero nunca la realización completa... hasta aquel momento.

Él bajó la ojos hasta ella con una mirada que reconocía aquel sentimiento y la perturbaba intensamente, dominando sus sentidos y despertando con su tacto un estremecimiento en la parte inferior de su vientre.

Cerró los ojos, deleitándose en aquel calor y el aroma del caballero: el sabor fuerte y fresco del mar encrespado por el viento y los aires salados mezclados con el del acero pulido y limpio.

Un rastro también a humo, al almizcle de su masculinidad, y la magia de noches estrelladas y reflejos de luna.

¿Noches estrelladas y reflejos de luna?

Caterine abrió los ojos de pronto.

Se mordió el labio inferior... tratando de no respirar más aquellos perfumes.

Él sonreía.

Después apartó su mano y se alejó de ella, dejándola casi sin respiración.

Aturdida, muy confundida, y anhelando más que aquella pequeña muestra de magia que él le había otorgado.

La piel aún le hormigueaba.

Y su corazón todavía no había dejado de latir con furia en su pecho.

—¿Podrías aplicarme el ungüento ahora, Caterine? —Su voz llegó más profunda, con una nota de brusquedad—. ¿Tal vez abajo, junto al fuego, en tu alcoba?

Ella asintió, sin atreverse a decir una palabra.

De haberlo intentado, no hubiese conseguido formar ninguna frase coherente.

Pero *él* lo hacía mucho mejor.

Con toda la habilidad de un seductor, sus palabras y sus caricias habían logrado aquel hechizo. Poco a poco había desatado cada uno de los lazos que la protegían de los efectos de la seducción, dejándola sin defensas y haciendo volar en mil pedazos su resistencia.

Su origen inglés era lo único que Marmaduke no podía cambiar, pero, para sorpresa de Caterine, ni siquiera aquella mancha parecía entonces tan perturbadora... hasta el momento.

Mientras él la observara como lo hacía ahora.

Esperó a que Marmaduke se volviese y recogiera la antorcha de su soporte en la pared. El pecho de Caterine se puso tenso anticipando lo que habría de venir. Lo siguió mientras descendían por las escaleras, desembocando en la recámara, donde se detuvo un segundo para recoger la pomada curativa y continuar después hacia el dormitorio.

Marmaduke se dirigió inmediatamente a la chimenea. Aquella descarada toma de posesión de sus aposentos privados y la familiaridad con la que se movía en ellos hicieron que Caterine se viera invadida por oleadas de temor. Veía cómo el caballero invocaba todas sus esperanzas y sueños dormidos, rayos de deseo que enviaban señales desde el horizonte más lejano de su corazón.

Espontáneamente, una gruesa capa de años se fue deshaciendo, cayendo a un lado como si el tiempo no existiera y dejando al descubierto sólo a la agradable muchacha que ella había sido alguna vez, y a la mujer en que ahora, con toda rapidez, empezaba a convertirse.

Una mujer hechizada, y muy cerca de entrar en el dominio intacto de su propia feminidad, que la llamaba desde lejos.

Contenta simplemente con mirarlo, se detuvo en el umbral de su alcoba para saborear durante unos segundos a aquel hombre portentoso... antes de que otros recuerdos se entrometieran y ejercieran su poder sobre ella cerrando la puerta de su alma.

Una puerta que él había agrietado con la mayor facilidad.

Pero resultaba impensable que alguna vez pudiera abrirla por completo.

—Has dicho que mi hermana te había hechizado —exclamó Caterine, mientras los recuerdos nefastos golpeaban con insistencia en la puerta—. No te creo. Tú eres el encantador, el que atrapa, empujando a los otros hacia tu telaraña de palabras suaves y magia de hechizo de luna.

Marmaduke echó un vistazo escéptico hacia los postigos cerrados a lo largo de la pared opuesta. No había entre los resquicios de la madera ni un destello de luz de aquel astro.

Incluso el hueco bajo la ventana, con sus dos asientos enfrentados, estaba rodeado de oscuridad.

El caballero volvió a mirar a Caterine, alzando una sola ceja.

Aquel simple gesto resultó tan elocuente como un torrente de palabras.

—No hay luna esta noche —dijo—. Sólo tormenta.

—Soy muy consciente de esos dos hechos. —Caterine levantó su *arisaid* y envolvió mejor sus hombros—. En especial de la tormenta.

—Ya lo veo —dijo él en un tono más firme, pero no se refería a los golpes del viento ni a la lluvia desatada a través de la noche—. Yo también lo he notado —agregó.

Se refería a la tormenta surgida en el interior de su dama.

Igual que ella.

Los ojos de Marmaduke se posaron sobre el recipiente de madera con el ungüento que ella sostenía firmemente en una mano. Caterine tragó saliva, deseando no haber prometido que habría de extenderlo por el costado del caballero.

Sólo de pensarlo se sentía molesta.

Respiró hondo, mirándole con insistencia, completamente incapaz de moverse.

Una humedad que calaba hasta los huesos impregnaba el aire de la habitación, pero ella hervía con el calor de miles de antorchas llameantes. Alguien, probablemente Eoghann, siempre atento, había atizado el fuego de la chimenea, pero el calor que se extendía por la habitación no igualaba ni por un instante al que crecía en su vientre.

Tampoco el color de las brasas ni la dulce fragancia de la madera quemada lograban que Caterine se moviera.

El montón de leña ardiente chisporroteaba, como si quisiera advertirle de que se mantuviera a distancia, a menos que tuviera intención de demostrar que sus defensas resultaban irrisorias ante los encantos persuasivos de sir Marmaduke Strongbow.

Caterine se sintió seducida y atrapada por una atracción poderosa en el momento en que sir Marmaduke se acercó a la chimenea y comenzó a desenganchar el cinturón de la espada.

—He dicho que te contaría cómo tu hermana logró hechizarme —dijo él, dejando el cinturón y su espada sobre una mesa cercana—. ¿Me creerías si te dijera que no pude sonreír hasta que ella comenzó a perseguirme con sus pócimas curativas para relajar los músculos dañados de mi cara?

Caterine parpadeó. Pensar en su hermana la hizo sonreír.

—Linnet fue siempre buena para las hierbas y los remedios.

—También puede sanar corazones. Especialmente el de mi señor. —Marmaduke hizo una pausa para quitarse la guerrera—. Nosotros pensábamos que ya no nos quedaba corazón, pero ella nos convenció de que estábamos equivocados. Se deslizó en nuestras vidas, trajo luz y alegría a nuestro interior y nos hechizó a todos por igual.

Caterine también estaba hechizada por aquel relato. Sus pies intentaron avanzar hacia él.

Marmaduke estiraba sus manos hacia el fuego y flexionaba los dedos.

—Tu hermana hizo desaparecer a muchos demonios en Eilean Creag. —La miró—. Y yo mataré a los tuyos, milady —juró—, si tú me dejas.

Caterine se quedó petrificada. Demasiado sobrecogida por la imagen de su musculoso pecho —y por aquella dulce promesa que acababa de hacerle— como para pensar, y mucho menos para ser capaz de avanzar por aquel suelo cubierto de alfombras.

Respiró hondo.

—¿No te he mostrado ya mi agradecimiento por ayudarnos a librarnos de la tiranía de sir Hugh?

—No me refería a De la Hogue. —Sus palabras confirmaron lo que ella sospechaba—. Estoy hablando de los demonios que se alojan en tu propio interior.

Para sorpresa de Caterine, de pronto se encontró de pie demasiado cerca de él.

Se sentía ahogada por la fascinación que le provocaban los contornos del caballero, el intrigante remolino de vello rizado que desaparecía más allá de la línea de sus calzas y la mágica atracción de su dulce voz.

—¿Es verdad que no podías sonreír? —inquirió Caterine. Fue la primera cosa que le había venido a la mente.

Algo que desviara la conversación del tema de sus demonios y el mar de dudas en que estaba sumergida.

—No podía más que hacer una mueca porque la piel alrededor de la cicatriz estaba demasiado tensa —respondió él, acariciando con un dedo la huella que afeaba el lado derecho de su rostro—. Tampoco tenía muchos motivos por los que reír en aquellos días.

Los ojos de Caterine se iluminaron.

—Ahora estás sonriendo.

Una pequeña llama brilló en su ojo sano.

—Sí —convino él—. Los tiempos han cambiado. En estos días encuentro muchas cosas agradables para hacerlo.

—Puede que Linnet te haya encantado, pero apuesto a que tú también la hechizaste a ella.

Como estás hechizándome a mí en este momento. La certeza de aquella idea la sorprendió tanto como el hecho de estar hundiendo sus dedos en el ungüento curativo.

Hundiéndolos casi con ansiedad.

Marmaduke parecía satisfecho consigo mismo cuando exclamó:

—¿Has llegado entonces a la conclusión de que soy un seductor?

—Pienso que has echado sobre Linnet algún tipo de encantamiento. —Lo que decía estaba tan cerca de la verdad como se atrevía a formular—. Especialmente si le has sonreído como lo haces ahora.

Era aquella sonrisa, la que ahora se dibujaba en su rostro, capaz de derretir los huesos, mientras ella estaba a punto de pasar sus dedos con el ungüento por la piel magullada de su costado.

Sus dedos suspendidos en el aire, justo por encima de su piel.

Demasiado tímidos para tocarlo; demasiado cautivados para retroceder.

Marmaduke lanzó una carcajada.

—Señora, admiro mucho a tu hermana, pero nunca la he mirado como estoy mirándote a ti ahora. —Después echó un vistazo a los dedos de Caterine—. Y nunca he ansiado tanto el contacto con una mujer como ahora deseo el tuyo.

Caterine tragó saliva.

Y no lo hizo de manera delicada, como una fina dama que quiere recuperar su compostura, sino descaradamente y quizá poniéndose en evidencia.

Con gran esfuerzo, apartó la vista de la superficie plana y musculosa del abdomen del caballero y de sus propios dedos temblorosos untados de pomada. Entonces miró a Marmaduke para descubrir que él ya no sonreía, sino que la examinaba con atención, como si quisiera acceder al último rincón de su alma.

El inglés sostuvo la mirada, pero cogió la muñeca de Caterine, dirigiéndola en el último tramo hasta la piel de su torso. Hizo un poco de presión con sus propias manos para que las de ella se apoyaran en la piel y sus dedos se movieran en círculos, llevando alivio a sus costillas doloridas y a su estómago.

También procuró que las yemas de sus dedos se deslizaran por cada uno de aquellos músculos esculpidos de los que bien podía alardear.

Un grito sofocado de Caterine fue una buena recompensa a sus esfuerzos.

Él sonrió.

Su corazón estaba exultante, pues aquel suspiro nervioso sólo podía interpretarse como un signo evidente de absoluto aprecio femenino.

Una reacción que conocía, pues nada faltaba en sus músculos ni en su virilidad.

Su destreza podía igualar a la de los mejores hombres.

Muchas habían sido las noches en que había podido elegir a una mujer de entre un enjambre de jóvenes atractivas, cada una de ellas ansiosa por alzar sus faldas y por constatar los rumores de aquella destreza suya en dar placer.

Y hasta entonces, ninguna de ellas había dejado la cama de Marmaduke con el menor signo de decepción.

Pero él siempre había quedado insatisfecho, no físicamente, pero su alma necesitaba cada vez más, otra clase de sustento.

El tipo de cuidado que aquellas muchachas, por lo general serviles y de faldas ligeras, que ardían por probar a un noble, no podían proporcionarle.

Caterine suspiró profundamente. Se había dado cuenta de que él ya no le sostenía la muñeca y de que sus dedos ya no untaban el ungüento en el cuerpo del caballero, sino que exploraban el vello rizado que sobresalía de sus calzas.

—¡Oh! —exclamó, retirando las manos de inmediato. Marmaduke le lanzó una mirada divertida mientras sus mejillas se ruborizaban con un rojo intenso.

—Mi muy querida dama, seguramente no es la primera vez que tocas el cuerpo de un hombre, ¿no es cierto?

—No así. —Hizo un leve movimiento con sus brazos provocando que el *arisaid* resbalara de sus hombros. Hundió las manos en sus pliegues y se aferró a él como si fuera un escudo.

Pero no volvió a recogerlo para colocarlo en el sitio de donde había caído.

Le miró directamente a los ojos mientras se sorprendía diciéndole:

—Nunca he jugado con el vello del cuerpo de un hombre.

Marmaduke casi se ahoga ante aquella franqueza. Su candidez fue directa al centro de su cuerpo, sin poder ignorar aquel empuje insistente, ni mantenerse ajeno al goce que se extendía por su piel impregnada de ungüento, ahora expuesta por encima del escote del vestido de Caterine.

—Por todos los santos, verdaderamente eres una mujer directa —dijo con una voz más áspera de la que hubiera deseado.

Ella miró hacia las ventanas, donde la furia de la tormenta ahora batía rabiosa los postigos cerrados. El frío húmedo de la noche luchaba contra el calor agradable del fuego de la chimenea y desafiaba a las llamas temblorosas de las antorchas de las paredes.

Un aire helado se deslizó en la habitación. O quizá fuera otra cosa lo que hacía que sus pezones se elevaran y endurecieran hasta marcarse, orgullosos, nítidamente bajo la tela de su corpiño.

Eran para él como una llamada; estaban tan cerca, sobresaliendo por el borde del escote, que sólo con un pequeño tirón de sus dedos podría liberarlos.

Marmaduke tragó saliva espesamente, esperando que la parte frontal de su guerrera le cubriera aún la ingle... y la innegable evidencia de su excitación.

—¿Te ha gustado tocarme así? —preguntó de pronto, decidido a hablar tan directamente como ella.

—No me ha resultado del todo desagradable —respondió ella, con una voz tan suave que apenas pudo escucharse por encima de la lluvia.

¿No del todo desagradable?

La punta de la lengua de Caterine, que había humedecido sus labios, indicaba otra cosa.

Marmaduke reprimió un carraspeo de disgusto.

—Yo lo he encontrado muy placentero. —Se puso de pie, mostrando toda su estatura—. Tan placentero como para pedirte que lo hagas otra vez.

Caterine levantó las cejas.

—¿Jugar con el vello de tu cuerpo?

Aquellas atrevidas palabras parecieron llegar a su virilidad, presionándola.

Una presión firme, creciente.

—Ponme un poco más de pomada en el costado —pidió Marmaduke, sorprendido de que su voz profunda no se hubiera quebrado—. Y —agregó, urgido por el palpitar insaciable en sus partes íntimas, con ganas de probar mayor fortuna— puedes jugar con... lo que te plazca.

Especialmente con el ejemplar considerable de carne masculina que encontrará si te bajas las calzas para ella, le susurró el diablo al oído.

Marmaduke se aclaró la garganta.

—Señora, los buenos santos llorarían si supieran cuánto consuelo le han dado tus manos a mi cuerpo. —Estiró sus brazos e hizo un gesto con la cabeza, señalando el recipiente que tan inocentemente descansaba sobre la mesa cercana—. ¿No querrías continuar hasta que el ungüento se haya acabado?

Caterine todavía sostenía su *arisaid* con los puños apretados y sus nudillos se pusieron blancos; sus profundos ojos azules recorrieron los tensos músculos de los hombros y del pecho de Marmaduke. Entonces pareció considerar aquella petición.

Soltó su *arisaid* y cogió una buena cantidad de pomada, produciendo en el caballero una enorme oleada de placer.

—Sí —asintió—, sería una vergüenza no aprovechar el ungüento.

—Exacto, una vergüenza.

Caterine concentró su atención en el estómago de sir Marmaduke, deteniéndose expectante cerca del cordón que cerraba sus calzas, como si lamentara que él no hubiera desatado aquel pequeño obstáculo que le impedía seguir examinándole, igual que se había deshecho de la guerrera.

Aquella idea provocó en el caballero una nueva oleada de sangre hacia sus partes íntimas, haciéndolas peligrosamente visibles, de una forma que la delgada lana de sus calzas no fue capaz de ocultar.

Ella seguía estudiándolo, fascinada al parecer por los músculos tensos de su abdomen, mientras sus dedos extendían el frío ungüento con movimientos circulares cada vez más amplios sobre su carne herida.

Y durante todo el tiempo, su virilidad se fue hinchando y alargando más allá de la escasa protección que podían proporcionarle sus prendas.

Por fin ella bajó la vista, ya no estudiando su torso, sino a *él*... a la verdadera esencia de su masculinidad.

Una bestia traviesa que parecía no pertenecerle.

Los dedos de Caterine se detuvieron de inmediato.

—Por todos los cielos.

Es verdaderamente el cielo si lo atiendes como se merece, murmuraron risueños los demonios de Marmaduke.

Los ojos de Caterine se abrieron de par en par. Volvió a respirar con dificultad, pero esta vez con un jadeo terrenal, que enardecía la sangre. Del tipo que él jamás hubiera esperado oír de los labios de Caterine Keith, pues era más bien como los gemidos de las mujerzuelas, cuando descubrían la porción de masculinidad bien despierta que estaba a punto de satisfacerlas y llevarlas hasta el clímax.

No era la respiración entrecortada que una dama de alcurnia podía soltar ante los sermones monásticos contra los placeres de la carne.

Pero en ese momento Caterine Keith no era una dama.

Era una mujer que hablaba claro.

—Tus hombres han dicho la verdad —dijo ella, comprobándolo una vez más—. Es más grande de lo normal.

Demasiado confundido para hablar, Marmaduke inspiró una buena bocanada de aire fortalecedor pero tuvo que exhalarlo rápidamente, pues su cuerpo estaba tan tenso que sus pulmones apenas podían expandirse.

—¿Y tú estás muy versada en el arte de evaluar estos... dones? —dejó escapar con un resuello jadeante.

Se arrepintió de aquellas palabras en el mismo instante en que salieron de su boca, pronunciándolas en un tono incorrecto, dando una horrible apariencia de censura a algo que en verdad había sido una broma sin demasiado sentido.

Caterine no se sintió avergonzada; inclinó un poco la cabeza y aguzó la mirada para observarlo con mayor dureza.

Por suerte, a la cara.

Sólo lo miraba, pero...

No necesitaba palabras para contarle cómo había llegado a semejante conocimiento.

Aquella triste verdad estaba grabada en su rostro... y no habían sido precisamente caballeros de visita en su castillo, que se hubieran bañado ante sus ojos, ni hombres heridos, los que habían acelerado aquel aprendizaje.

El ardor de Marmaduke se apagó en un segundo. Resistió la necesidad de hacer una mueca, que hubiera salido tan cargada de preocupación como oscuras eran las piedras de granito en las que se asentaba la fortaleza.

Ojalá los santos, pensó Marmaduke, evitasen que Caterine llegara a pensar que era ella la causa de aquella aflicción, cuando su origen, en realidad, estaba en aquel pasado tan cruel que ella no necesitaba revelar.

Marmaduke trató de ahuyentar sus propios fantasmas, respirando hondo para borrar todos sus demonios.

—Señora, me has preguntado por Arabella —dijo con un tono tranquilo totalmente opuesto al nudo que le cerraba la garganta—. Te hablaré de ella, y de cómo llegué a renunciar a mi propia sangre.

Caterine levantó una ceja, con un gesto sincero que desvelaba que estaba dispuesta a escuchar. Entonces detuvo los dulces masajes, sellando el destino de Marmaduke por esa noche.

Él habría sido capaz de recitarle la *Canción de Rolando* completa si ella hubiera continuado deslizando sus suaves dedos sobre su piel, de forma tan encantadora.

—Mi relato no trata de caballeros —le advirtió—. Y es bastante desagradable. ¿De verdad quieres escucharlo?

—Estoy muy intrigada por conocer la historia de tu esposa —respondió Caterine, y sus manos se dirigieron hasta los hombros de Marmaduke, para comenzar a masajear aquellos músculos—. Y de cómo llegaste a jurar fidelidad al esposo de mi hermana.

—Pues entonces lo haré.

A pesar de que cada palabra habría de costarle un enorme esfuerzo, Marmaduke conoció una satisfacción más profunda que el deleite de aquellos deliciosos dedos, pues aunque su rostro parecía un poco más pálido de lo normal, de los ojos de Caterine había desaparecido la oscuridad anterior para dar paso a un interés brillante y azulado.

Miró entonces hacia la chimenea, viendo cómo su resplandor rojo intenso crecía, envolviendo los troncos en furiosas lenguas de fuego que los consumían.

Eran como inocentes situados en el lado equivocado de una frontera.

Una corriente de bilis subió por su garganta, obligándolo casi a renunciar a lo que había prometido, aunque luchaba con desesperación por romper el hechizo del pasado —y de las mágicas manos de ella—. Pero entonces, para su sorpresa, un segundo par de manos se unieron a las de Caterine. Gentiles y frías como las mañanas en las Highlands, lo recorrieron, ayudando a su dama a desatar las tensiones de sus hombros... y de su lengua.

Un roce familiar que también le permitía contar el relato.

Y lo liberaba de ocuparse de otros.

Un extraño temblor le recorrió la espalda. En aquel momento, pudo comenzar.

—Hace muchos años, en el verano en que me gané las espuelas, pronto aprendí que aquel símbolo de la caballería era lo único que compartía con mis pares. Eso, y quizás una dosis demasiado generosa de orgullo.

Las manos cálidas que lo acariciaban se detuvieron un instante.

—Es bien sabido que los caballeros ingleses son muy orgullosos.

—Sí. Orgullosos de su rango y su herencia, de los privilegios que pueden obtener y de la esperanza de poder amasar la cantidad suficiente de honores para cenar en vajillas de oro y plata.

Hizo una pausa para cerrar su ojo sano y dejar de ver al menos durante un minuto aquella pesadilla, mientras inspiraba una bocanada de aire que le ayudó a limpiar su alma.

Exhaló el aire para continuar su relato.

—Mis valores estaban en conflicto con los suyos. Yo honraba la virtud, la lealtad y la buena reputación, que consideraba sinónimos de Inglaterra. Pero en mi primera expedición a Escocia aprendí que ser una de las flores de la caballería inglesa significaba tener licencia para embarcarse en una carrera de atrocidades.

—¿Atrocidades?

Algo en su tono hizo que Marmaduke la examinase con atención.

Y vio odio reflejado en el rostro adorable de Caterine.

Caterine de Dunlaidir sabía exactamente a qué tipo de atrocidades se refería.

—¿Y trataste de detener esos... desmanes? —preguntó ella en su tono franco.

Y demostró una vez más las suposiciones de Marmaduke.

Él asintió.

—Rehusé a tomar parte en semejantes fechorías, en especial en la vejación de mujeres inocentes, algunas de ellas poco más que unas niñas. Al parecer, la caballerosidad de mis pares hacia el sexo femenino superaba los límites... y las clases.

—¿Y tú pensabas de otra manera?

Unos dedos fríos tocaron su cicatriz.

Dedos amorosos.

Dedos etéreos que debían dar coraje, pero en su lugar podían generar vacilación.

—Levanté la espada contra mis propios hombres. Hombres que hoy considero que eran unos oscuros hijos de Satán por las maldades que cometieron aquel día. Les hubiera cortado por la mitad hasta el último de ellos, pero estaban entre los más diestros del reino y yo era uno frente a todos.

—¿Qué sucedió? —preguntó ella con suavidad. La compasión en su voz hizo que aquellos dos pares de manos se fundieran en uno solo.

Y con la *bendición* de Arabella llegó la fuerza para enfrentarse a los otros fantasmas.

Los fantasmas ingleses.

Abrir viejas heridas le obligaba a revivir cada sacudida y golpe de látigo que habían marcado su espalda.

—¿No quieres hablar de ello?

Marmaduke cerró los ojos para volver a abrirlos de inmediato.

—No, no me importa. Fue así como conocí a mi esposa, y lo cierto es que pienso que lo bueno viene de nuestras desgracias e infortunios, aun cuando tengamos que buscar durante mucho tiempo y en muchos lugares para reconocer esta verdad.

Y a pesar de aquella verdad, un sabor amargo le llenó la boca. Después de tantos años todavía podía sentir los azotes del látigo desgarrando su carne.

El peor de todos los dolores había sido saber que manos inglesas empuñaban aquel látigo, pues a cada golpe que hería su espalda, uno de sus ideales de juventud se extinguía y moría.

Hasta que no quedó ni uno de ellos.

Incluso el ardiente amor a su patria le fue arrebatado aquel día.

—Me desnudaron y golpearon —dijo finalmente, ahorrándole los más viles padecimientos que habían infligido a su cuerpo—. Azotado y dado por muerto por mis propios hombres.

—¿Y te encontró Duncan MacKenzie?

—Su padre —la corrigió Marmaduke—. Aquel buen hombre me llevó hasta su casa, donde las mujeres me cuidaron hasta mi completa curación. Todo hombre, mujer y niño que vivía bajo su techo me acogió y se negó a dejarme morir. Curaron mis heridas, por dentro y por fuera, y desde entonces, servirles ha sido un gran honor para mí.

Marmaduke apartó la vista y la posó sobre el fuego de la chimenea, que ardía lentamente, para ver allí, una vez más, otras llamas... pero amigables esta vez. Eran los rostros evocados al recordar la enorme chimenea del gran salón de Eilean Creag.

Entonces una fuerte ráfaga de viento hizo temblar los postigos y las llamas, consiguiendo que los rostros se desvanecieran.

Quedaban los recuerdos.

Caterine deslizó las yemas de sus dedos por las clavículas de Marmaduke, hacia los costados, y después los dejó caer.

—¿Arabella fue una de las mujeres que te atendió?

—No, ella no era más que una niña en esa época. —Las imágenes que alguna vez le habían hecho sacudir la cabeza de risa, ahora le inundaban de dolor—. Ya por aquel entonces estaba dominada por sus pasiones... vivaracha, un diablillo. Me hacía muecas y me llamaba con nombres que muchos de los caballeros que conozco no habrían entendido.

—Pero después creció y se convirtió en una mujer hermosa que robó tu corazón.

—Eso fue lo que hizo, milady. —Marmaduke no podía mentir—. Y por todas sus travesuras de mis primeros tiempos en Eilean Creag, desde que nos casamos no pasó ni una noche en que no masajeara mi espalda castigada.

—¿Crees que le molestaría si ahora yo te doy esa satisfacción? —La pregunta llegó tan suave a los oídos del caballero que podría haber sido susurrada por el viento.

No, le gustaría.

Esta vez las palabras *sí* fueron traídas por la brisa húmeda.

Marmaduke sintió cómo se le erizaba el vello de la nuca. Iba a responder, pero su nueva dama ya lo había agarrado por los brazos y le daba la vuelta.

Para ver, al fin, su espalda.

Un temor que se introdujo hasta los huesos se adueñó de Marmaduke... el miedo a que ella gritara por el horror de encontrarlo repulsivo. O peor, que lo compadeciera, una reacción que causaría un daño mayor en su alma.

Contuvo la respiración.

Con un suave movimiento, Caterine lo hizo retirarse del lado del escaso fuego de la chimenea, que sólo despedía un tenue resplandor, y lo empujó suavemente hacia la antorcha de la pared.

La que ardía con mayor fuerza.

—Las viejas heridas ya no me duelen —musitó con voz ahogada. Podía percibir el calor de la antorcha llameante, muy consciente de que las llamas iluminaban con detalle el laberinto de marcas que atravesaban en ambas direcciones cada centímetro de su espalda desnuda—. No necesitas...

—¡Santo Dios! —La exclamación de su nueva dama deshizo su miedo de un solo manotazo.

Y su corazón se inundó de felicidad.

No había ni una pizca de repulsión en aquella exclamación.

Ni la menor señal de compasión.

Sólo indignación.

De inmediato comenzó a acariciar con sus dedos aquellas cicatrices, haciéndole sentir oleadas de satisfacción.

—¿Tus hombres te hicieron esto? —susurró con un horror que hacía referencia a aquellos malvados y no al estado de su espalda—. ¿Tus propios pares?

—Lores y barones de la tierra y caballeros armados, todos.

—Ojalá sus almas se calcinen en el último resquicio del infierno.

Marmaduke se dio la vuelta, perturbado por la ira de Caterine.

—Que los santos te bendigan —dijo él apoyando sus manos en los hombros de ella—. Mi espalda... ¿no te resulta repulsiva?

Caterine sacudió la cabeza y pasó la punta de su índice por la cicatriz que cortaba la cara de Marmaduke.

—Ya te lo he dicho otras veces, señor, tus cicatrices no me molestan. Cada una es una marca de honor, y el que así no lo vea es tonto.

Las esperanzas de él revivieron, pero volvieron a precipitarse hacia el suelo cuando el ceño de Caterine se frunció de tal forma que sólo podía significar algo malo.

Para él y, ante todo, para sus sueños.

Ella se liberó del leve apretón de Marmaduke, fue hasta la mesa y llenó dos copas con vino. Le tendió una.

—Me agradas mucho —le dijo, en ese tono franco que él tanto había admirado hasta ahora—. Y ya has visto que no digo palabras bonitas para engañar a nadie. —Hizo una pausa para dar un pequeño trago de vino—. Pero me agrades o no —continuó, mientras el corazón de Marmaduke caía en picado cada vez más profundamente con cada nueva palabra que ella pronunciaba—, debo decirte con sinceridad que no puedo acompañarte cuando te vayas.

Ya te hemos dicho que no lo haría, dijeron sus pequeños hijos de Belcebú con arrogante satisfacción.

Ignorándolos, Marmaduke tuvo en cuenta sus progresos.

Al menos, ella había olvidado prohibirle que durmiera en su recámara.

* * *

Varias horas más tarde, en la espléndida soledad de aquella misma habitación, sir Marmaduke Strongbow se encontraba ante las dos estrechas ventanas de la recámara, pidiéndole consejo a la luna.

Aquel cuerpo celeste, distante y frío, salió flotando de detrás de una nube. Una sola nube, dispersa y delgada, pues el viento de la noche finalmente había alejado la tormenta.

Del mismo modo que él tendría que alejar la desconfianza de su dama.

Hasta que eliminara y quitara del medio todos los demonios.

Como el cielo sin nubes, Marmaduke también alcanzó la paz de su propia noche. Apartándose de la pequeña ventana, se dirigió hacia el rústico jergón de la recámara.

Para dormir y dejar descansar a sus agotados huesos.

Y soñar con un porvenir mejor.

II

Sir Marmaduke se despertó al día siguiente mucho antes de que amaneciera.

Lo recibieron en aquella mañana una fina lluvia, un cuello tremendamente rígido y la respiración suave de su dama contra sus hombros desnudos.

Cuando sintió que ella le cubría el antebrazo de largos besos húmedos, como si lo lamiera, abrió su ojo sano... y se encontró directamente con un par de ojos redondos y castaños que no parpadeaban.

—¡Por la Cruz! —Se puso de pie, completamente despierto.

Leo ladró con furia, olvidando cualquier saludo amigable que hubiera tratado de sugerir en un principio. El perrito huyó de la recámara antes de que Marmaduke pudiera echarlo.

En su lugar, frunció el ceño a la oscuridad y fue en busca de sus calzas. Se puso la guerrera y las botas con toda rapidez, al igual que el cinturón de la espada, que enganchó muy deprisa.

Y durante todo aquel rato fingió no notar que tenía clavada en él la mirada de *Leo,* que lo estudiaba con atención desde la cama de lady Caterine. Aquel asqueroso chucho tenía el atrevimiento de enroscarse con toda comodidad contra el muslo desnudo de su dama.

Marmaduke se pasó una mano por el cabello y trató, con fuerza, de ignorar la lujuriosa maraña de rizos dorados de encima del muslo que parecía llamarlo. Aquel delicioso estímulo había quedado expuesto por un capricho del movimiento nocturno de las sábanas.

Una dulce atracción que las sombras no lograban esconder.

Un deleite que le cogió de sorpresa y le empujó fuera de la habitación, antes de que olvidase su deseo de cortejarla gentilmente y sucumbiera a la tentación de satisfacer sus necesidades más básicas allí mismo.

Gracias a todos los santos, ella seguía durmiendo.

Si hubiese despertado y lo hubiera observado con sus ojos azules y somnolientos, los labios algo hinchados, de color rosa dulce, aquel vello pajizo y lujurioso tan inocentemente a la vista, Marmaduke habría liberado su simiente antes de poder darle los buenos días.

Incómodo por la tensión que empezaba a sentir en su sexo oprimiendo su ropa, salió hacia el corredor que a través de las escaleras conducía al gran salón. Una vez abajo, se dirigió de inmediato a un pilón, ubicado detrás de la pared de un nicho cercano al vestíbulo de entrada.

Se sintió casi aliviado.

Subió hasta el cuenco de piedra, hundió las manos en el agua helada y se mojó la cara.

Después, con las facciones rígidas, bajo control, por si alguien lo estaba observando, estudió cada centímetro del salón.

Todos dormían.

Para su alivio, el variado coro de ronquidos, resuellos y otros sonidos indefinibles, procedentes de los hombres que aún descansaban en los jergones improvisados, atestiguaban lo profundo que era el desinterés colectivo por su persona.

Marmaduke se permitió sonreír con algo de dolor. Después se separó las calzas y echó agua helada sobre su músculo en plena expansión.

Una liberación urgente le inundó, rápida y dulcemente.

Una vez tranquilo, se reajustó las calzas a la cintura y continuó su camino, con una mirada temible en su rostro, que era una advertencia para cualquier tonto que se le ocurriese admitir que lo había visto atender a sus necesidades de aquella manera tan absurda.

Y si James Keith se atrevía a levantar una ceja al ver la mancha húmeda en la parte delantera de su guerrera, Marmaduke renunciaría a sus promesas de enseñarle a luchar con espadas sin filo e insistiría en instruir al desventurado joven con hojas de acero *reales.*

Del tipo tan afilado que podría partir por la mitad un cabello.

Una oscura maldición y el eco del acero golpeando contra la piedra fueron claros indicios para el *sassunach:* James se encontraba en la cámara inferior cuando llegó al final de la escalera húmeda y oscura que conducía al nivel subterráneo del castillo de Dunlaidir.

Aquel lugar estaba frío y apenas iluminado por un puñado de antorchas de resina y por la escasa luz grisácea que lograba atravesar unas cuantas grietas en las paredes. Era un sótano abovedado, un sitio seguro donde esconder las provisiones más valiosas de la fortaleza. Con sus paredes gruesas y su apartada ubicación, también servía como campo de entrenamiento privado para James, donde podría aprender el fino arte de la espada, en lugar de en la parte superior de las murallas, donde Marmaduke hubiera preferido practicar.

Tuvo cuidado de no derribar un montón tambaleante de flechas y cuadrillos; se detuvo después ante una sombra menos inestable, compuesta por una pared de barriles de vino amontonados. Sin saber que el caballero había entrado al sótano, James levantó su espada sin filo, rumiando malhumorado y arremetiendo con varias estocadas sobre un largo pedazo de carne salada colgada.

Atacaba con bastante torpeza, y no por falta de equilibrio. No, sus piernas y sus brazos de buenos músculos parecían trabajar correctamente.

Era la ira en sus rasgos demacrados la que arruinaba lo que podría haber sido un golpe perfecto.

—Si verdaderamente quieres vivir de la espada, mejor que entierres tu temperamento antes de desenvainar el acero —dijo Marmaduke avanzando hacia él.

James se detuvo en medio de una embestida y casi tropezó con una piedra que sobresalía del suelo.

—Estaba...

—... en el mejor camino para acabar cercenándote un brazo —concluyó Marmaduke por él, desenganchándose el cinturón de la espada y colocándolo sobre un montón de pieles de buey enrolladas.

Estiró los brazos por encima de sus hombros e hizo sonar sus nudillos. Después se dirigió hasta una espada que descansaba contra uno de los pilares que sostenía la bóveda.

Se quedó quieto un instante, probando el sonido de la hoja de acero.

—Una pasión como la que brilla en tus ojos es mejor agotarla en los brazos de una dama que en un campo de batalla. —Marmaduke dio media vuelta fingiendo interesarse por el hueco de la escalera, no lejos de donde ellos se encontraban—. Así, en el fragor de la verdadera batalla, podrás conservar tus entrañas en su lugar si conservas antes el juicio.

Apenas hubo pronunciado aquellas palabras, giró con rapidez hacia James mientras su hoja cortaba el aire con una velocidad que hubiera dado vértigo a cualquier observador desprevenido. En un parpadeo, la espada de James golpeó el suelo y el extremo sin filo de la de Marmaduke se colocó con firmeza bajo la barbilla del joven.

—Ésta es tu primera lección, amigo. Una cabeza fría... o te quedas sin cabeza. La elección es tuya.

James pareció ofenderse.

—Dios y todos los santos son testigos: si no quisiera aprender no estaría aquí.

—Me alegra oírlo —Marmaduke bajó su espada y usó el extremo para mover la de James, tirada en el suelo—. ¿Empezamos?

—Pensé que ya lo habíamos hecho —farfulló James inclinándose para levantar el arma.

—Será un mero intercambio de amabilidades hasta que hayamos arrancado la ira de tu cuerpo. Estudia bien la expresión en mi cara. Imítala.

—No hay ninguna expresión en tu cara —le espetó el joven— . Está impasible.

—Exactamente. —Marmaduke retrocedió unos pasos y se puso en posición de pelea—. Te recomiendo que hoy logres dominarte y parecer desinteresado al luchar, porque de lo contrario mañana tendrás público... una joven regordeta y morena cuya buena presencia te ayudará a aprender cómo ignorar las distracciones.

James se puso pálido.

—No lo harás.

El *sassunach* levantó una ceja.

—Ella también estará de acuerdo conmigo. Estoy seguro.

Apretando los labios, James clavó los ojos en el techo.

—Todo lo que haya entre tú y tu aprendizaje como hombre de espada es una motivación justificada —le señaló Marmaduke—. El deseo de ganar la admiración de lady Rhona te impulsará a mejorar tus habilidades.

—Tú ya sabes que la amo. —James le lanzó una mirada acusatoria. Se apoyó sobre la espada de práctica; su pecho subía y bajaba como si ya se hubieran peleado varias veces—. No la quiero aquí para que...

—Si no te tranquilizas, iré a buscarla ahora mismo.

—Verá mi torpeza.

—Verá tu triunfo —lo corrigió él—. Si tú así lo deseas.

James soltó una bocanada de aire. Después, para satisfacción de Marmaduke, una expresión severa apareció sobre el apuesto rostro del joven, que alzó la espada. Un ligero temblor justo debajo de su ojo izquierdo fue la única indicación de la agitación que hervía en el interior de su cuerpo.

Marmaduke sintió que James estaba más preparado que nunca; entonces le hizo una señal.

—Atácame —le provocó con su propia espada preparada—. Haz como si estuviéramos en una lucha, como si tu dama te mirara desde las gradas y acabara de lanzarte una cinta de su pelo... imagina que sus ojos brillan con la promesa de placeres posteriores.

—Eres cruel.

—Me han llamado peores cosas. —Marmaduke recordó la enorme cantidad de términos poco elogiosos que su señor, Duncan Mackenzie, había hecho llover sobre él durante tantos años. Siempre en broma, por supuesto, y siempre más groseros que crueles—. Concéntrate en esos placeres —agregó, decidido a que su amigo necesitaba una nueva provocación—. En los lascivos.

El truco funcionaba.

La expresión de indiferencia en la cara de James, que tanto le había costado, se desvaneció de inmediato. Se adelantó sin ninguna vacilación, haciendo frente a los embates de la espada del caballero con una habilidad sorprendente.

Hasta que una discusión en voz baja, procedente del hueco de la escalera, lo distrajo, y Marmaduke pudo arrinconarlo en una esquina.

—Estarías muerto ahora si yo fuese un verdadero enemigo. —Apartó la espada desafilada de práctica y se pasó el reverso de una mano por la frente sudada.

Jadeando, James lo ignoró. Su atención estaba dirigida únicamente a las sombras que se aproximaban por la escalera.

Las voces se acercaban, pero todavía eran un murmullo. Una profunda de un hombre, la otra de una mujer.

Y estaba claro que ella no era precisamente el colmo de la discreción.

—La carne salada está llena de gusanos —argumentó el hombre. El eco de su irritación repercutía contra las paredes del sótano.

—Tiene que haber *algo* —insistió la voz inconfundible de lady Rhona—. No podemos tener una boda sin un banquete.

Y entonces pudieron ver a los dos. Una expresión de entusiasmo apareció en la bonita cara de Rhona.

—Pensé que había escuchado una pelea de espadas, pero ha cesado tan bruscamente que casi la había atribuido a los fantasmas del castillo.

—Fantasmas —se quejó Eoghann—. Los únicos espíritus de por aquí, si es que hay alguno, deben estar demasiado débiles por el hambre como para entablar una pelea de espadas.

—Entonces tenemos que asegurarnos de que cada mesa del banquete de bodas rebose de comida exquisita, para llenar los estómagos de todos los residentes de Dunlaidir —dijo ella, y le sonrió al mayordomo—. Los presentes y los pasados.

Aquella sonrisa hizo que James arrugara de furia la frente.

Hasta que Marmaduke le pisó el pie y le murmuró:

—Una expresión de aburrida indiferencia te sentará mucho mejor.

—¿La misma indiferencia con que miras a mi madrastra cuando crees que nadie te observa? —respondió James sin mirarlo, con la atención todavía puesta en el objeto de su admiración.

Marmaduke reprimió una sonrisa y le apretó el brazo.

—Si lo que acabas de decir hubiese sido un golpe de espada, me habría dado en el corazón —le murmuró a James en los oídos—. Cuando seas capaz de utilizar esta misma precisión en nuestros ejercicios, pronto te ganarás las espuelas de oro.

Rhona se acercó hasta ellos, con Eoghann pisándole los talones. Ella sonrió a James.

—Hacía tiempo que no te veíamos empuñar una espada.

—Quizás haya decidido enmendar ese descuido —dijo él, apartándose de la escalera. En su apresuramiento tropezó, mientras la espada de ejercicios se le escapaba de las manos.

Entonces se quedó petrificado con la mirada clavada en el extremo de la hoja sin filo.

Se trataba del instrumento de aprendizaje de un escudero, no de un hombre.

El corazón de Marmaduke pareció encogerse al darse cuenta de la torpeza de James. A toda prisa, usó su pie para alzar de un impulso la espada y aferrarla con su mano. Si Rhona notaba la inutilidad de su acero, aumentaría la vergüenza del joven.

Tan pronto como la tuvo en su poder, la lanzó hacia una esquina oscura, en donde aterrizó retumbando con un ruido metálico sobre un montón de ballestas.

Después se aclaró la garganta.

—Yo necesitaba un contendiente, y como buen señor de Dunlaidir, James me ofreció sus servicios haciendo gala de una gran hospitalidad. Señora —dijo, dirigiéndose a Rhona—, aprecio vuestras opiniones sobre una boda suntuosa, y seguro que, al menos yo, la disfrutaría mucho, pero debido al estado de vuestros suministros, un gasto semejante es realmente inviable.

Eoghann hinchó el pecho.

—Eso es lo que le he estado diciendo. Si no hay vituallas, no hay banquete. —Dio un bufido—. A menos que podamos hervir a fuego lento la neblina cosechada en las nubes que siempre nos trae el mar. De eso estamos bien abastecidos.

Ante aquellas palabras, Marmaduke sintió un hormigueo, que le hizo ponerse muy contento a causa de... el surgimiento de una idea.

El esbozo de un plan.

Tres trozos de carne con aspecto rancio colgaban del techo. Debían de ser la única reserva de alimento animal en todo el sótano.

Excepto unas pocas y escuálidas aves marinas que estaban todavía sin limpiar.

—¿Habéis tenido alguna vez un impresionante rebaño de ganado? —Marmaduke lanzó una mirada penetrante a James—. Mi señor tuvo que avanzar entre los animales durante días antes de llegar al castillo cuando hizo su última visita. Juró que jamás había comido carne mejor.

—Sí, decían que era la mejor carne de vaca en un radio de varias leguas —confirmó James—. Pero ahora, con nuestro ganado pastando en las tierras que De la Hogue le usurpó a sir John, apenas si tenemos reservas suficientes para satisfacer el estómago de un solo fraile peregrino. —James apoyó la cadera en el borde del hueco de la escalera; parecía haber envejecido de pronto—. En los tiempos de mi padre, esta fortaleza era la más poderosa de esta parte de Escocia —prosiguió con voz sombría—. Después, sir Hugh nos aplastó con su puño de hierro, sin someter nuestras murallas pero haciendo estragos en nuestras tierras y robando nuestro ganado.

—Y atemorizó a nuestros aldeanos —agregó Eoghann mientras unas profundas arrugas de amargura se dibujaban en su rostro severo.

—El más maldito de todos los canallas —convino James.

Marmaduke guardó silencio, fijando su atención en el montón de pieles de buey.

Y finalmente supo lo que había que hacer.

—Vos queréis ofrecer un banquete de bodas —le dijo a Rhona—. Yo lo acepto humildemente, pero —agregó, mirando a Eoghann—, tendremos entonces que celebrar dos.

Detrás de él, James hizo un ruido extraño antes de hablar.

—¿Dos?

—Un banquete después de haberse celebrado la boda, en donde serviremos lo que tengamos a mano —explicó—. Y el segundo algunas noches más tarde, con la mejor carne de vacuno de los alrededores.

—Estás completamente loco. —Una expresión de incredulidad recorrió el rostro de James.

—No, y además espero que mi noche de bodas sea oscura y sin luna —le corrigió Marmaduke—. El primer banquete será nuestra cortina de humo.

—¿*Cortina de humo*? —exclamó Eoghann.

Marmaduke asintió.

—Una estratagema para que algunos de nosotros entremos en las antiguas tierras de sir John y recuperemos el ganado perdido.

—Aún no comprendo —dijo James atónito.

—Yo sí —reconoció Eoghann—. No puedo creer que no se me haya ocurrido.

James parecía confundido.

—¿No lo ves? —Un brillo apareció en los ojos del mayordomo—. ¿Quién esperará que un hombre en su noche de bodas haga una expedición en busca de ganado?

—Oh. —El rostro de James empezó a revelar que comprendía—. ¿Y qué pasa con la noche del segundo banquete de bodas?

—Eso, amigo mío, ya lo veremos —mintió Marmaduke por segunda vez aquella mañana.

Sabía exactamente lo que iba a ocurrir.

* * *

Mariscos y productos del mar.

Comida de pobres.

Y pronto serían el plato principal de un banquete de bodas del que ella acababa de enterarse aquel día.

La segunda celebración era todavía más absurda, pero de una naturaleza completamente diferente.

Había todo un baile de inquietantes perspectivas desfilando por su mente. Caterine sacudió otro puñado de algas marinas, mojadas y chorreantes, en una de las tantas nasas alineadas a lo largo de la estrecha costa, allí donde los acantilados de Dunlaidir se unían al mar.

Respiró una profunda bocanada de aire cargado de sal y apretó los dedos casi congelados contra la parte inferior de su espalda dolorida, deseando estar en cualquier otra parte menos allí... en la pequeña franja de playa accesible a los habitantes de la fortaleza.

Se llegaba hasta allí a través de un estrecho sendero que se había excavado hacía siglos, en la roca viva del frente del acantilado. Estaba protegido por la profunda curva de una bahía escondida, provista de un buen terreno acuático en donde proliferaban una excelente variedad de algas marinas y otros tesoros de las profundidades.

Alimentos maravillosos que ella y los miembros de mayor confianza de la fortaleza habían estado recogiendo durante horas.

Pronto les sorprendería el atardecer, después de un largo día de trabajo y esfuerzo.

Y de preparación de ocultos planes.

Caterine cerró los ojos y volvió el rostro hacia el viento frío y tempestuoso, dudando del buen juicio de hombres maduros disfrazados con pieles de bueyes.

Para ella era una idea absurda, pero para los que planeaban llevarla a cabo era una estrategia brillante.

Especialmente para su protector, que había convencido de aquella ocurrencia al resto, explicando que el rey anterior, Robert Bruce, también había utilizado alguna vez aquel mismo truco: cubrirse con pieles de bueyes y amparados por la oscuridad internarse en una manada, para acercarse a una guarnición cercana sin que los detectasen.

Caterine se burló de la idea. Ella jamás había escuchado que el rey y héroe de Escocia anduviera escondiéndose por ningún lado.

Y si alguna vez lo había hecho, seguramente no habría sido camuflado como... ¡una vaca!

—Hay muchas ventajas visibles en los trabajos poco gratificantes de este día —le susurró una voz familiar en el oído.

Caterine abrió los ojos.

Una sinfonía de trompetas no podría haberla sorprendido tanto como aquella voz.

Miró fijamente a su amiga.

—Reconozco esa expresión —dijo—. Habéis estado recogiendo lapas de las rocas al otro lado de la playa. ¿Qué *ventajas* te obligaron a venir hasta aquí tan silenciosamente que me has asustado?

—Me hieres. —Rhona soltó un gran saco de moluscos que llevaba cargado sobre la espalda—. Éste es el sexto que lleno. Y respecto a las ventajas...

Echó un vistazo hacia los músculos tensos de la espalda desnuda de sir Alec, que en aquel momento levantaba una red repleta de brillantes algas marinas sobre su hombro para subirla escaleras arriba hacia la fortaleza.

—Milady, ¿has visto en algún otro lado tantos músculos viriles reunidos en un solo lugar?

Caterine miró hacia el agua donde los hombres de MacKenzie y algunos de los mejores de Dunlaidir avanzaban lentamente en las pozas poco profundas, con sus redes llenas de algas flotando a su alrededor.

Era cierto. Se habían quitado las guerreras y algunos se habían despojado también de las calzas enfrentándose a las aguas heladas abrigados sólo con sus calzones.

Podrían haber estado desnudos, pues eso es lo que parecía.

Todos, incluido *él*.

—Sí, lo he notado. —Caterine no necesitaba ser reservada.

También había notado de qué calzones sobresalía el abultamiento más grande y, por lo visto, más grueso.

Y aquella confirmación había llenado la parte inferior de su vientre con un hormigueo palpitante y cálido.

Después desvió la vista hacia la playa donde James, también con la espalda desnuda, trabajaba en una de las charcas rocosas.

—¿Crees que James aprobaría la avidez con que miras a otros hombres?

Rhona se encogió de hombros.

—No hago ningún daño al mirar. Sospecho que James Keith perdería todo interés en mí si pensara que no soy capaz de apreciar los instrumentos de placer bien formados de otros hombres. Especialmente cuando están tan bien provistos de...

—*¿Instrumentos de placer?* —Caterine casi se atraganta al pronunciar aquella expresión.

—Es así como los llamo, pero hay otras formas de denominarlos.

—¿Cómo puedes ocuparte de esas tonterías sabiendo perfectamente por qué estamos aquí? —dijo Caterine, echando un vistazo a los hombres con las cestas.

Aunque, al igual que su amiga, la atención de Caterine también buscó y se detuvo donde no debía.

Había algo de sublime despertar en la forma en que los calzones flotaban pegados a aquella parte del cuerpo de los hombres. El lino mojado se moldeaba tan bien contra la piel que no sólo se podía determinar el tamaño de su miembro y el volumen de sus redondeces, sino también la abundancia de vello espeso que protegía aquella masculinidad.

De pronto, una densa tensión comenzó a palpitar en lo más profundo de su vientre, volviéndose más insistente cuando posó su mirada en las partes viriles expuestas del hombre que sobresalía por encima de los otros: su protector.

—Te dará mucho placer, milady —declaró su amiga en voz baja.

—Yo no tengo ganas de que me dé placer —negó Caterine, sorprendida por la ranciedad de aquella declaración.

Y falsedad.

Su cuerpo entero clamaba por conocer el placer.

Rhona lanzó su saco de lapas sobre un montón de sacos cargados.

—Yo obtengo placer donde quiero y cuando puedo encontrarlo —dijo, dándose media vuelta para dirigirse hacia James y la poza rocosa en donde se encontraba.

Aun así estaba siendo dominada por las pasiones.

Sin querer, la descripción de la esposa de Marmaduke se le apareció en la mente.

Más que aparecérsele, pareció burlarse de ella.

Las mejillas de Caterine se pusieron tensas por aquella desazón. Como Arabella, sospechó que su amiga también era una mujer apasionada.

Ella no lo era.

Pero no significaba que no supiera lo que era la pasión... sí lo sabía.

Especialmente desde la llegada de *él.*

Ella nunca había estirado la mano para retenerlo.

Pero tal vez debería hacerlo.

Con la decisión tomada, agarró otro puñado de algas dejándolo caer en la red que sostenía. Ella había enterrado a dos esposos —el primero había muerto bajo una espada inglesa cuando tenía apenas pocos años más que James, el segundo de ancianidad— y ella no necesitaba uno más joven.

Nadie la culparía si aprovechaba la atracción que sentía por el *sassunach*... y tampoco si ella dejaba que éste le enseñase lo que significaba ser una mujer dominada por la pasión.

Y mientras que mantuviera el corazón alejado de semejantes reconocimientos íntimos, tampoco ella podría culparse a sí misma.

12

HORAS MÁS TARDE, EN LAS PROFUNDIDADES silenciosas de la noche, Caterine se deslizó fuera de su cama y se dirigió a la recámara de su dormitorio. *Él* todavía no había ocupado aquel jergón, preparado sobre el suelo cubierto de esteras de la pequeña alcoba, y sólo los santos sabían dónde podría estar a aquellas horas.

Era probable que estuviera vigilando las murallas.

O quizá había encontrado consuelo en los brazos de una sirvienta de la cocina, ansiosa por levantar las faldas a cambio de una de sus extrañas sonrisas y un par de palabras elegantes.

Más molesta por aquella posibilidad de lo que hubiera querido, Caterine frunció el ceño mientras miraba el jergón vacío, que con un escaso relleno de paja parecía abandonado, pero con la figura de aquel cuerpo impresa tan evidente como si el caballero reposase sobre él con todo el esplendor de su imponente figura.

Molesta por la tensión en el pecho que parecía acosarla cada vez que él se cruzaba por su mente, se apresuró a salir de la recámara. Pero pronto tuvo que reconocer que la presencia de aquel hombre inundaba hasta el último rincón de sus aposentos.

No sólo aquella pequeña parte de la que se había adueñado.

Ni siquiera los límites cubiertos con las cortinas de su cama eran capaces de ofrecerle un santuario de soledad, pues era precisamente allí donde la presencia del caballero se volvía palpable y persistente.

Y por eso, eligió volver a refugiarse entre aquellos desolados confines mejor que en cualquier otro sitio.

Y se atrevió a hacerlo tan desnuda como dormía habitualmente.

Se sorprendió de su propio atrevimiento. A pesar de que el fresco viento nocturno que se colaba por los postigos abiertos besaba su piel con ráfagas heladas, un calor incontenible subía poco a poco por su cuerpo.

No le resultaba extraño que los hombres la vieran desnuda; le habían robado la timidez de muchacha a una época temprana. Arriesgarse a pensar que él podía verla así desató unas campanadas de alarma en su interior de naturaleza más comprometedora.

Enviando oleadas de excitación vibrante por todo su cuerpo.

Era muy consciente de la tensión punzante que se estaba generando muy cerca de sus muslos. Recogió de un manotazo la camisa que había dejado sobre el arcón a los pies de su cama y la deslizó con cuidado por su cabeza.

Aunque el fino lienzo no pudiera protegerla de la evidente excitación que crecía en su interior.

Un torbellino de sensaciones, que nacía ante la idea cada vez más evidente de que, pronto, ella estaría desnuda frente a él, y a pesar de las objeciones de su corazón, su cuerpo, hambriento de caricias, lo disfrutaría plenamente.

Ya sentía el goce de aceptar que él aliviase un dolor que ella ya no necesitaba negar.

Las sensaciones cedieron un poco. Caterine estaba de pie frente al arcón. Quiso ver entonces, desde los asientos de las ventanas, cómo la noche huía detrás de los vidrios, pero no pudo moverse.

Su pecho, tenso como si lo hubieran atado con tiras de hierro, la paralizaba e impedía que sus pies se moviesen, acaparando su atención.

Llamándola.

Era el nudo de granito que habitaba en su pecho el que la llamaba.

La piedra del señor feudal.

La sangre subió a sus oídos. Miró fijamente el baúl, que parecía tan inocente. La leyenda decía que la piedra medía la capacidad y el coraje caballeresco al reconocer a un nuevo señor de Dunlaidir. Entonces, la proximidad de Marmaduke, su desfachatez al haberse instalado tan cerca de la alcoba de Caterine, ¿no deberían influenciar a la piedra?

¿Inspirarla a llorar?

Si es que podía llorar.

En lugar de detenerse y apartarse del arcón, se puso de rodillas, abrió a tientas el frío candado de hierro y levantó la tapa.

No era que creyese en semejantes tonterías.

Pero si había una remota posibilidad de que la leyenda fuese real, el llanto de la piedra significaría que sir Marmaduke permanecería en Dunlaidir como el señor de la fortaleza y que su indudable fuerza les aseguraría el bienestar a todos, lo mismo que su presencia física aplacaría las necesidades ardientes que había despertado en ella.

Necesidades *corporales* que ella podría perdonarse sin arrepentimientos.

Caterine echó un vistazo a la puerta, que había dejado deliberadamente entornada. Trató de escuchar si alguien se aproximaba, pero el único sonido que pudo reconocer fue el crepitar del fuego en la chimenea y el palpitar sordo de su propio corazón.

La gran fortaleza estaba en silencio, sus muros exteriores e interiores en paz.

Incluso *Leo* dormía. El pequeño animal descansaba enroscado sobre la cama, tan ajeno a la confusión de su ama como el viento negro que se colaba por las ventanas.

Caterine dejó escapar un suspiro.

No habría ningún testigo de su estupidez.

Utilizando todo su coraje, alzó la piedra de su escondite en el arcón.

Seguía ignorando las pequeñas voces que la acusaban de tonta. Se puso de pie y llevó el pesado recipiente de madera hasta la lámpara más cercana. En medio de la brisa nocturna, el candil de bronce se balanceaba en su cadena, pero la llama seguía firme y capaz de iluminar... con intensidad suficiente como para que Caterine examinase la piedra.

Si se atrevía.

—Santa Virgen María —murmuró, enfadada consigo misma por la indecisión que no le permitía mirar.

Entonces, reuniendo todo el valor posible para hacer que su corazón se volviera osado, enderezó la espalda y levantó la tela que cubría la piedra.

Estaba seca.

Seca como un hueso, con una fina capa de humedad que hacía brillar su superficie de cuarzo y que mojaba apenas la arenilla esparcida en el fondo del recipiente de madera.

Confundida por el golpe cruel de la decepción, Caterine miró la piedra del señor feudal, que tantas reverencias recibía, y tuvo ganas de llorar ella misma.

Por ser una tonta.

Y especialmente por haber imaginado, aunque sólo fuera un momento, que un trozo de piedra podía llorar.

* * *

A la misma hora, pero en la parte inferior del castillo, las frías paredes de la capilla de la familia Keith ofrecían un lugar reservado para sir Marmaduke y un puñado de hombres selectos.

Los suyos.

Los cuatro escoceses de MacKenzie de Kintail.

Y el anciano padre Tomas, presente por necesidad y por respeto hacia él.

Cada uno de los hombres era consciente de la naturaleza secreta de aquel encuentro cuando se reunieron junto al crucifijo de madera. Conversaban en voz baja, ignorando el frío que les calaba los huesos, que subía por la suela de sus botas y les enfriaba hasta la punta de las orejas.

Resistiendo la tentación de golpear el suelo con los pies para contrarrestar el aire helado, Marmaduke se frotó las manos y miró con atención la silueta de la *corona lucis* suspendida sobre sus cabezas, fascinado con el brillo de aquella docena de velas encendidas.

Los finas candelas de cera lanzaban extrañas sombras sobre los rostros serios de los caballeros, proyectando perfiles temblorosos de luz pálida que ondeaban sobre las paredes del oratorio, bellamente adornadas con pinturas.

Ninguna otra cosa se movía en la quietud de la noche; era una atmósfera inquietante, casi irreal, sobre la que flotaban el peso de los años y los aromas empalagosos a polvo, piedra antigua e incienso.

—Yo no me arriesgaría tanto si De la Hogue no quisiera saber cada uno de nuestros movimientos —decía entonces Marmaduke, dirigiendo su atención al sacerdote, que parecía muy preocupado.

El anciano no había parado de temblar desde que Marmaduke le había planteado que quería celebrar la boda en la iglesia de la aldea, y no tras las seguras murallas de Dunlaidir.

Y que lo haría con todos los hombres disponibles del castillo, que no sólo estarían presentes, sino pertrechados con sus cotas de malla y las armas que en aquel momento acumulaban polvo en el sótano de la fortaleza.

—Mis queridos compañeros, estoy completamente seguro de que el día de la boda sir Hugh hará algún movimiento. —Miró al pobre anciano, a quien le temblaban las manos—. El padre Tomas nos ha dicho que el canalla ha jurado que estará allí. Lo haga o no, estamos seguros de que sus hombres se infiltrarán entre la muchedumbre.

—Entonces ¿por qué provocar un altercado utilizando la iglesia de la aldea?

Todos los ojos se dirigieron a sir Lachlan. Todavía estaba un poco pálido a causa de la herida; reclinado sobre un pilar de piedra, parecía tan perplejo como el padre Tomas ante la estrategia de Marmaduke.

Olvidando el carácter sagrado de aquel lugar de reunión, sir Alec resopló.

—Si tuvieras un poco más de experiencia en el arte de las armas, sabrías por qué —dijo e inspiró una orgullosa bocanada de aire.

—No soy un gallito recién nacido —le reprochó Lachlan. Los nudillos de sus puños brillaban blanquecinos a la luz de las velas—. Ya he participado en batallas.

—Escaramuzas de escoceses.

Un guiño amistoso suavizó el aguijón de la observación de sir Ross... y el calor de los ojos de Lachlan.

—Tal como yo pensaba —se precipitó a explicar Alec—, una boda en la aldea conducirá a esos malnacidos a nuestras manos, que es exactamente lo que queremos. Un movimiento en falso, y caeremos sobre esos bastardos.

Los otros hombres asintieron con las cabezas, mostrándose de acuerdo.

Sólo el viejo sacerdote parecía inseguro.

Sir Gowan retiró un alto candelabro de un altar cercano y alzó la vela ante su cara barbuda.

—Todo lo que necesitamos es apresar a uno de ellos —dijo, lanzando una mirada hacia Lachlan—. Vamos a desatar la lengua del villano con un toque de persuasión de las Highlands hasta que escupa quién es el hombre de sir Hugh en esta fortaleza.

—Ten cuidado, puedes quemarte tú también. —Marmaduke cogió la vela encendida de la mano de Gowan y la puso de nuevo en el altar—. Necesitaremos a todos los hombres que podamos reunir.

Echó una ojeada penetrante al brusco escocés.

—Incluido tú.

El padre Tomas levantó nerviosamente las manos y su mirada llena de preocupación se fue deteniendo en todos los presentes, uno por uno.

—¿Creéis que sir Hugh intentará un ataque sorpresa?

—No exactamente —dijo Marmaduke, tratando de calmar el temblor desatado en la barba canosa del cura—. Enviar a una tropa a caballo para atacar en la celebración de una boda es una medida demasiado osada incluso para un canalla de la calaña de sir Hugh.

—Eso no es lo que...

Marmaduke silenció a Lachlan con una mirada fulminante.

—Conocí bastante bien a De la Hogue en la corte inglesa —continuó, dirigiéndose al sacerdote, pero observando a Lachlan por el rabillo del ojo—. Ejecuta su villanía con intriga y sigilo, y evita el honor de la batalla en campo abierto.

Marmaduke caminó hasta la pila bautismal sostenida sobre un pilar de piedra, oculta en un rincón oscuro de la capilla cercano a la puerta. Después recorrió con sus dedos la fría piedra labrada de la cara anterior... y rogó en silencio que el viejo sacerdote se tragara aquella verdad a medias.

Pocos conocían mejor que él las traiciones de las que era capaz De la Hogue. Las maldades oscuras de aquel villano eran famosas a lo largo y ancho de toda Inglaterra.

Por eso quería armados a todos los hombres disponibles.

Y porque consideraba que aquel riesgo en particular constituía la menor de las dos calamidades posibles.

—Tú has dicho que incluso la saliva de ese bastardo hace agujeros ardientes en la tierra, entonces ¿por qué...? ¡Uf!

Marmaduke se dio la vuelta en el momento justo para ver cómo Alec le clavaba dos dedos en la espalda a Lachlan. Respiró una bocanada del aire viciado de la capilla, juntó las manos a su espalda y regresó a donde estaban los demás.

Se aclaró la garganta.

—Padre, me habéis dicho que los aldeanos están atemorizados pero no son desleales. ¿Se enfrentarán a sir Hugh si están provistos de las armas apropiadas y tienen garantizada nuestra protección y refugio entre estos muros si lo necesitan?

Durante un largo rato el padre Tomas los miró como si esperase que algo lo arrancase de su destino, pero después asintió con la cabeza.

—Sí, lo harán —afirmó—. Estoy seguro de ello. Están hartos del bandidaje de sir Hugh.

—Entonces así será. —El tono de acero de Marmaduke desafió a que alguno de sus hombres le contradijera.

—¿Les daremos armaduras y lanzas a los campesinos? —se atrevió a preguntar Alec.

—Vamos a ganarnos su confianza y a hacer que recuperen la fe en sí mismos —dijo Marmaduke, expresando de otro modo su idea—. De esta manera conseguiremos afianzar también esta fortaleza.

Su declaración se topó con ojos escépticos.

—¿Y si vuelven esas armas en nuestra contra? —Aquello provenía de un Gowan lleno de dudas.

Marmaduke puso los brazos en jarras y se limitó a observar con atención al barbudo caballero de las Highlands.

La expresión de su cara fue suficiente para que lo entendiera.

Los hombres murmuraron algunas imprecaciones e intercambiaron una o dos miradas reticentes, pero nadie pronunció ninguna otra protesta.

No directamente.

Y eso, también bastaba.

Satisfecho, Marmaduke relajó los hombros y dejó escapar algo de la tensión de su cuerpo.

—Sólo faltan unos días para la boda —dijo dirigiéndose al padre Tomas—. Vos, padre, informaréis a los aldeanos de que recibirán cotas de malla y cualquier arma que les sea útil. El día de las nupcias tendrán que llenar las calles y la iglesia, pero tapando las armaduras con su ropa normal y llevando las armas tan ocultas como les sea posible.

Sir Alec dejó escapar un carraspeo pomposo y burlón, ganándose de inmediato un codazo en las costillas por parte de sir Ross.

Sofocada aquella distracción, Marmaduke se dirigió una vez más al sacerdote.

—Aseguradles que Dunlaidir está de nuevo en manos fuertes y que así permanecerá. Una vez que tengamos arreglado el asunto de sir Hugh, haremos todo lo posible para devolverles de inmediato sus casas y sus campos.

—Vistiendo a cualquier bribón de acero, llenando sus campos...

—Decidles que les doy mi palabra de caballero —dijo Marmaduke. Su voz profunda fue una advertencia al comentario de Gowan—. Haced saber que cualquier aldeano temeroso puede buscar refugio detrás de estas murallas hasta que se sienta seguro y dispuesto a volver a su casa.

—Tus palabras son buenas, inglés. —Sir Ross habló finalmente, y sonaba como Duncan MacKenzie. Marmaduke giró sobre sus talones para ver si en verdad era aquel pendenciero quien estaba detrás de él.

Sonrió con algo de amargura, pues, de pronto, sintió la poderosa necesidad de ver a su viejo amigo.

Un deseo ardiente de volver a casa.

A su casa en Balkenzie.

Y estar allí junto con su nueva esposa.

Con un parpadeo de su ojo sano borró aquella inesperada emoción. Enderezó los hombros y se encaró a los caballeros.

—Vosotros transportaréis las cotas y las armas —anunció, confundido por la sustancia espesa que aún se deslizaba por su garganta—. Por discreción, trabajaréis de noche, entre los maitines y las primeras luces del alba. Esconderéis todo en lugares seguros hasta que el padre Tomas se haya reunido con los aldeanos.

—¿Y cuándo comenzaremos con esta noble tarea? —Era Gowan de nuevo quien hablaba.

Un demonio interior, pero no uno de sus habituales, hizo que Marmaduke mirase hacia las estrechas y altas ventanas de la capilla. La más negra de las noches se reflejaba en ellas, robándole el color a la bonita combinación de sus pequeñas vidrieras... y cubriendo el mundo exterior con un manto de oscuridad.

Una noche perfecta para actuar con sigilo.

Alec siguió la dirección de aquella mirada.

—No, Strongbow, no estarás pensando en esta noche.

Marmaduke casi rio al ver la expresión sorprendida en la cara del otro hombre. Pero en lugar de eso, le dio un golpe amistoso en el brazo.

—Eres más rápido de lo que pensaba. —Con un tono jovial, añadió—: Os recompensaré mil veces y aún más cuando regresemos a casa.

Algunos pusieron los ojos en blanco y otros farfullaron su malhumor: ésa fue la acogida a su propuesta. Pero, uno por uno, los caballeros fueron abandonando la capilla. Marmaduke sabía que antes de que saliera el sol ya habrían cumplido con la tarea.

—Que Dios os acompañe —murmuró el viejo cura cuando sólo quedaba la estela de su retirada, incapaz de aclararse y dominar su voz. Y una vez que se hubo desvanecido el eco de los pasos, se volvió con ojos agradecidos a Marmaduke.

—Sois un buen hombre —dijo—. Los aldeanos no os fallarán.

—Ni nosotros les fallaremos a ellos, os lo aseguro. —Marmaduke cogió la mano del padre Tomas, dándole un apretón para asegurar aquella confianza.

Después, él también salió de la capilla sin ninguna otra ceremonia. Pero a diferencia de sus hombres, que habían descendido a las entrañas de Dunlaidir, subió por una fría escalera hacia la habitación de su dama, con una sonrisa especial en sus labios.

Un *buen hombre;* así lo había llamado el cura.

Pero no aquella noche.

No, aquella noche estaba muy lejos de serlo.

Aquella noche pretendía ser malo.

Verdaderamente malo.

* * *

Para sorpresa de Marmaduke, los únicos ojos que lo recibieron desde la parte más oscura de la cama de su dama eran redondos y acusatorios. Definitivamente no se trataba de los de zafiro que había esperado encontrar, entrecerrados por gruesos párpados y cargados de sueño.

Tampoco los gruñidos procedentes de las profundidades del pecho de *Leo* sonaban nada dulces, en comparación con la exclamación de sorpresa que había esperado después de descorrer los cortinajes de la cama.

Pero pronto, muy pronto, ella lo fascinaría con suspiros suaves, *saciados.*

Aquellos que él haría reales.

Sin embargo, antes tenía que dar con su futura esposa... y a ser posible sin la ayuda de su minúscula sombra, el perrito gruñón.

—Mis disculpas, jovencito, pero no me apetece tener tu vista clavada mientras trato de ganarme los favores de tu ama. —Acercándose, le devolvió aquella expresión airada con una más feroz y ardiente—. Si eres inteligente, volverás a dormirte y soñarás con almohadones de cuatro patas y me dejarás para mí a tu hermosa dueña.

Su expresión o sus sabias palabras parecieron surtir efecto, ya que tras las cortinas corridas obtuvo un espeso silencio como respuesta y un apagado roce del animalillo que se acomodaba para regresar al sueño.

En la boca de de Marmaduke se dibujó una sonrisa. Dio media vuelta. Nada más que el aire frío lo separaba de su primer verdadero intento de introducir a su futura esposa en los misterios y encantamientos del amor, que esperaba poder compartir con ella.

Incluso sus demonios habían desaparecido esa noche, difuminados en el deseo abismal de no dejar que nada le impidiera arrancar al menos un dulce gemido de placer de los suaves labios de Caterine.

Sus ojos se habían acostumbrado a la penumbra de la habitación y examinando las sombras... pudieron hallarla al fin. Descubrió su refugio, el hueco de la ventana, cuando el siseo y el chisporroteo de la mecha ardiente del candil que tenía a unos metros llamó su atención.

La lámpara de bronce se balanceaba en su cadena, y sus llamas lanzaban extraños perfiles de sombras hacia las paredes del pequeño hueco. Caterine estaba acurrucada sobre el asiento de almohadones, con una manta forrada de pieles alrededor de sus piernas y su *arisaid* bien sujeto alrededor de los hombros, bañada por el pálido resplandor plateado de la luna.

Por suerte, ella miraba al mar oscuro de la noche, de espaldas, sin poder verlo... La misma espalda que se había inclinado tantas veces durante el trabajo de recogida en la playa aquel día.

Una espalda que suponía dolorida por el esfuerzo.

La excusa que él necesitaba para tocarla.

La sonrisa de Marmaduke había vuelto, esta vez con un extraño sesgo.

Empujado por la poderosa necesidad de borrar todos aquellos años de noches vacías —y también de atacar algunos de los demonios de ella— cruzó la alcoba hasta detenerse a pocos centímetros de su dama.

Apenas se atrevía a respirar; su sangre llena de deseo galopaba por sus venas con estruendo. Le llevó un minuto reconocer que aquel rumor en sus oídos no procedía de sí mismo, sino de las olas rompiendo contra las rocas de los acantilados.

Sin detenerse a considerar que sus maniobras de acercamiento podían ser acogidas con desprecio, Marmaduke flexionó sus dedos y mantuvo la respiración para reforzar también la esperanza en su corazón.

Entonces, sintiéndose demasiado ignorante y salvaje para alcanzar sus objetivos, buenos o malos, puso las manos sobre los hombros de ella.

Masajeó los tensos músculos, conmovido por el maravilloso color de la luna sobre Caterine, distraído por la calidez de sus sedosas trenzas rozando sus dedos.

Caterine se movió de inmediato y le regaló el suave suspiro que él había anhelado cuando subía por las escaleras hacia la habitación. Después se dio media vuelta y le deleitó con una sonrisa somnolienta.

—Gracias —dijo con sencillez, apartando sus trenzas. Los dedos de Marmaduke sintieron aquella pérdida, pero fueron sorprendidos más aún cuando Caterine se sacudió el *arisaid* de los hombros.

El profundo jadeo de Marmaduke al ver que ella aceptaba gustosa aquellos masajes —aquel *contacto*— no sorprendieron a Caterine.

El caballero no podía saber que ella se había percatado de su presencia desde el momento en que había hecho crujir la puerta de la alcoba y había entrado; tampoco podía saber que ella había estado esperando su llegada.

Ni que había escuchado las palabras susurradas por Marmaduke a *Leo.*

A decir verdad, desde que había entrado, Caterine se había quedado muda y quieta como una piedra, pero ardiendo por dentro, rogando en silencio que él se acercara al banco de la ventana para poner sus manos sobre ella.

Sentada muy recta sobre el asiento de almohadones, adelantó la cabeza para dejar más al descubierto su cuello y sus hombros, a merced de los deliciosos dedos de Marmaduke.

—Estás sorprendido al ver que disfruto de tu contacto. —Aquellas suaves palabras eran una declaración.

Otra de sus francas verdades establecidas.

Pero esta vez se trataba de una declaración que había atravesado a Marmaduke para clavarse directamente en su ingle.

—Me agrada —dijo él, optando por ser igualmente cándido, y maravillado por haber conseguido que aquellas palabras salieran de su boca, tan fuerte era la tensión palpitante de su miembro viril.

Tan grande el arrebato en su corazón.

—Sabía que tu espalda... —Marmaduke se interrumpió al instante.

Estaba masajeando sus hombros a través del lino de la camisa, no su espalda, y alguna magia especial en el aire denso y acariciado por el color plateado le había hecho pensar que sus deseos, aquella noche, podían producir extraños resultados.

Y pronunciándolos, consecuencias más nefastas aún.

Como cuando ella le pidió que hiciese descender las manos por su cuerpo y que masajease también su espalda dolorida.

El problema era que la urgencia creciente que se hinchaba contra sus calzones no podría aguantar semejante tentación.

Todos sus atributos exaltados y su resistencia desafiados por la curva suave de una espalda bajo una camisa.

—Me duele más la espalda que los hombros —declaró ella.

Antes de que cerrara sus manos alrededor de las muñecas de Marmaduke y las levantase de sus hombros, él ya sabía lo que ella estaba a punto de hacer.

Marmaduke contuvo la respiración, plantando cara al desafío al que estaba a punto de enfrentarse, miró a través de las altas arcadas y esperó.

En la línea de alta mar, a lo lejos en el horizonte, la luna en forma de cuerno huía de una nube, dejando sobre las aguas negras de la noche una pequeña estela plateada, pero arreglándoselas, de alguna manera, para iluminar cada centímetro de piel clara que se revelaba ante sus ojos.

Y gracias a la ventaja de la altura del caballero, aquella fascinante contemplación se completaba con la de las redondeces desnudas de sus pechos exuberantes... incluidos sus deliciosos pezones apuntados.

—¡Por todos los santos, José y María! —suspiró Marmaduke, tomando prestado el clásico juramento de Duncan MacKenzie, sin temer que ella se diera cuenta de que lo había dejado atónito al tirar hacia abajo de la parte superior de su vestido, descubriéndose hasta la cintura.

—Te he sorprendido de nuevo —dijo ella, levantando la vista hacia él sobre su hombro desnudo, con aquellos ojos azules tan inocentes como un amanecer y sus pechos rebosantes, gloriosos y bañados por la luna.

Anhelando ser acariciados.

Los pezones endurecidos reclamaban un tipo de atención que haría pedir disculpas al mismísimo diablo.

—¿No tienes frío? —Marmaduke se estremeció al escuchar el sonido afectado de su propia voz. ¡Un eunuco podría haberle hablado con menor suavidad!

—¿Y tú?

Estoy encendido ante el deseo de tu cuerpo, le respondió su miembro en su plenitud.

—Como creo que ya sabes, podría tener de todo menos frío —respondió él, acomodando sus palabras a la sinceridad que ella prefería, dejando incluso caer su mirada, para demorarse en los pezones —. Estoy anonadado.

Ella levantó la barbilla. Marmaduke hubiera jurado que en aquel gesto había una sombra de... *¿decepción?*... que cruzaba su bonito rostro cuando él apartó los ojos de sus pechos desnudos.

—Sólo quería que me tocaras. Que masajearas los tensos músculos de mi espalda. —Ella volvió a mirar hacia el mar—. Me sentiría mejor si me quitases la camisa que está obstruyendo tus dedos.

Marmaduke aguzó el ojo sano al contemplar su hermosa nuca. El deseo del caballero de ganar sus favores y su amor, con cuidado deliberado y calculado, luchaba con la bestia que ella había despertado en él con su blanca desnudez.

—Eres muy franca —dijo él finalmente con la voz tensa por el esfuerzo de reprimirse.

—Ya te he dicho que soy una mujer de palabras claras —le recordó Caterine—. También soy una mujer práctica. —Se inclinó hacia adelante, y un rayo de luna se deslizó despacio por su espalda desnuda—. Por favor —lo instó. La falta de aire al pronunciar aquella palabras era tan hechizante como la piel satinada esperando ser atendida—. Me duele la espalda y tu tacto es... como un bálsamo.

Marmaduke tragó saliva.

Sus manos se afanaron en aquel cometido.

Acariciando, apretando, masajeando.

Le regalaban hasta la última pizca de placer que sus dedos errantes eran capaces de generar, llevando al propio Marmaduke al borde de la locura.

—¿Crees que puedo hacer esto sin desear tocar los pechos que también has desnudado? —*Aquella* parte de él había pronunciado esas palabras—. Ten cuidado, señora, no soy un jovencito inexperto de quien puedas mofart...

—Tampoco es mi deseo provocarte. No me molestaría si me tocaras los pechos —dijo ella, y el músculo del caballero volvió a estirarse otro centímetro, completo y doloroso.

Marmaduke se quedó en silencio, incapaz de hablar. O de moverse.

Sus manos aún se apoyaban sobre la espalda de Caterine; todo su cuerpo estaba más tenso que un puñado de cuerdas de arcos galeses listos para disparar.

Caterine volvió a torcer la cabeza y le miró por encima de sus hombros.

—Quieres saber por qué no me molestaría. —Ella podía leerlo tan claramente como si él llevase sus pensamientos escritos en la frente—. No me molesta —continuó ella con los ojos de zafiro tan serios como su tono de voz—, porque me sentí muy bien cuando los contemplaste hace un instante.

La virilidad de Marmaduke se hinchó hasta un punto tan doloroso que casi tuvo que avergonzarse de sí mismo.

Un hombre menos curtido lo hubiera hecho.

—¿Has disfrutado mientras los contemplaba? —Marmaduke apenas pudo lograr que las palabras vencieran la sequedad de su garganta.

Ella asintió con la cabeza; su hermoso rostro estaba medio cubierto por la luz de la luna.

—No he conocido mucho el placer corporal. Me gustaría reparar esa falta —dijo ella apresuradamente.

Como si, a pesar de su franqueza, hubiera buscado pronunciar la frase antes de tener que decirla.

Marmaduke inclinó la cabeza. Sus manos volvían a moverse, pero masajeaban menos y acariciaban más. Deslizándose en círculos cada vez más íntimos arriba y abajo por la espalda de Caterine, sus dedos ardían deseosos de curvarse alrededor de sus costillas y avanzar hacia aquellos pechos rebosantes y exuberantes.

Marmaduke se moría por hacerlos deslizar entre los pliegues de su falda y peinar la espesa maraña de rizos dorados que sabía que lo aguardaban más allá de los muslos cerrados.

Un delicioso nido de dulzura embriagadora que ansiaba explorar en toda profundidad y con toda la dedicación.

Un gemido le subió por la garganta, pero se lo tragó completamente. Necesitaba todo el aliento para formular la pregunta que le serpenteaba en la punta de la lengua.

—¿Quieres conocer el placer? ¿El *placer carnal?* —Las palabras salieron como meros chirridos, apenas audibles, pero se extendieron con tal fuerza por el aire que unía a la pareja que ni siquiera las ráfagas de viento podían borrar su significado.

Ella se dio media vuelta para mirarle a la cara, exponiendo por completo sus magníficos pechos desnudos, mostrándolos de una forma desvergonzada, como si sólo estuviera extendiendo una mano en un saludo casual.

—Sí, milord, quiero experimentar esas cosas, y en todas sus formas —afirmó. Esta aceptación, y la vista de aquel cuerpo, fueron como rayos de fuego que atravesaron al caballero—. *Deseo,* es lo que ha dicho lady Rhona que yo necesitaba.

—¿Te ha dicho eso?

Ella volvió a asentir y el movimiento provocó una pequeña sacudida de sus pechos.

—Lo sugirió el mismo día en que me dijo que debía buscar un protector.

—Y tú lo hiciste.

—*Ella* lo hizo.

Esta vez Marmaduke asintió.

—Y ahora tienes uno.

—Sí, lo tengo. Un protector, un futuro esposo, un... hombre.

Marmaduke volvió a sacudir la cabeza, demasiado aturdido para examinar las areolas rosadas, las puntas duras y turgentes de sus pezones, para poder respirar, y mucho menos para hablar con coherencia.

—He decidido que necesito tanto el tercero como los dos primeros, un hombre, también necesito un hombre —explicó ella, apoyándose en las palmas de sus manos, de tal modo que sus pechos se movieron hacia arriba y hacia delante con los pezones en línea recta ante los ojos de Marmaduke. Los ojos de *ella* centelleaban tan desvergonzados como los de Betsabé—. Para bien o para mal, no soy una mujer tímida —continuó, cogiendo entre las suyas las manos de Marmaduke, entrelazando sus dedos—. Mi cuerpo ha sido visto y... *usado*... por demasiados hombres para que me esconda detrás de pretensiones de falsa modestia. Ahora creo que de verdad disfrutaré explorando los deleites de la carne cantados por los bardos cuando las mujeres abandonan el salón.

Ella guió las manos de Marmaduke hacia sus pechos, sosteniéndolas a sólo unos centímetros de los pezones endurecidos.

Tan cerca que él creía sentir el calor que despedían.

—¿Me darás semejante placer?

Marmaduke apenas la escuchaba, tan densa era la carga de su excitación, tan poderoso el arrebato enloquecido de su deseo.

—¿Podrás perdonarme sabiendo que quiero dejar toda emoción fuera de cualquier... *intimidad física* que practiquemos?

Eso sí lo había oído.

Pero sus protestas murieron en la garganta, tapadas por un gemido cuando ella acercó sus manos todavía más a las puntas de sus pechos.

Caterine había interpretado aquel gruñido como una señal de aceptación, de modo que puso en contacto las yemas de los dedos de Marmaduke con sus pezones.

—Por Dios Jesucristo. —El juramento salió de sus labios en el mismo momento en que se desbordó su pasión.

—Entonces ¿estás de acuerdo? —La voz de ella, tan segura, perforó la niebla que daba vueltas alrededor de él.

Marmaduke no pudo más que asentir, incapaz de negarle nada en aquel instante.

Ni siquiera la absurda propuesta que ella acababa de hacerle.

Una que no pensaba respetar.

Pero ahora, en *aquel* momento, tenía otros problemas de los que ocuparse.

Como, por ejemplo, evitar que ella notase la mancha húmeda y delatora en sus calzones y en la parte anterior de su guerrera.

Pues él, sir Marmaduke Strongbow, protector de damas gentiles y asesino de demonios, acababa de equipararse a los hombres débiles.

13

ENCANTADOR DE MUJERES.

Un seductor de extremada habilidad y finura.

Capaz de terminar con la virtud de una santa virgen mártir... o eso decían sus compañeros.

Entonces, ¿por qué había retirado las manos de su cuerpo, de los pezones tensos, y se había arrodillado en el suelo?

De rodillas ante ella con su cabeza oscura un poco inclinada, parecía cualquier cosa menos un hombre experimentado en el fino arte de ganarse corazones femeninos.

Parecía verdaderamente derrotado.

Peor aún, parecía... *afligido.*

Caterine jugueteó con los pliegues suaves del *arisaid* que reposaba sobre su regazo; no dijo una palabra, pero quería que él levantase la cabeza y la mirase a los ojos.

Que la tocase de nuevo.

Quería reavivar el torrente de placer que la había recorrido en el instante en que los dedos de Marmaduke habían rozado sus pechos. Sólo había empezado a acariciarlos suavemente cuando él retiró las manos. Aquella reacción inesperada había desatado en Caterine una corriente de vergüenza que la paralizó.

¿Lo había hecho porque ella se había desnudado?

Aquel pensamiento atormentó su orgullo, haciendo desvanecer cruelmente los últimos vestigios del cálido estremecimiento que él había despertado con su caricia, extendiendo por el interior de su vientre una frialdad extraordinaria causada por su perplejidad.

Caterine clavó sus ojos en él. Una parte de ella admiraba el brillo plateado que la luna dejaba en aquel cabello espeso, la otra lloraba por dentro, al ver aquellas manos tensas e inmóviles, lejos de su cuerpo.

A la vista de sus nudillos blancos, el peso de su voluptuosidad pareció descargarse completamente sobre sus hombros. Y el hecho de que hubiera disfrutado de semejante lascivia acrecentaba aquel peso.

Pero Caterine se enderezó, echando sus hombros hacia atrás y levantando la barbilla en señal de desafío ante su propia vergüenza. Ya había comprobado que él no se avergonzaba de mostrarle su desnudez... había estado de pie, tranquilamente frente a ella, completamente desnudo, junto a la tinaja del baño la mañana en que había reparado la rampa de la letrina.

Y él había sido perfectamente consciente de que ella lo observaba y examinaba. En aquel momento Caterine había vislumbrado una sonrisa de orgullo en su cara.

¿Por qué entonces ella no debería gozar al saber que él la observaba desnuda?

Su estómago se encogió ante aquella sensación de locura que empezaba a generarse en su interior. Entonces estiró una mano y deslizó sus dedos, sin titubeos, entre la densa cabellera de Marmaduke, que le llegaba hasta los hombros.

—¿Te he impresionado, milord? —Caterine tradujo su inquietud con palabras, que salieron de sus labios apenas más audibles que un suspiro, pero teñidas de preocupación—. ¿Te ha ofendido mi... *atrevimiento?*

Marmaduke alzó la cabeza. El músculo apretado de su mandíbula de granito proclamaba claramente que así había sido, o todavía peor.

—En el nombre de todos los santos y apóstoles —exclamó, más para sí mismo que para ella—. ¿Es eso lo que piensas?

En su profunda voz había una nota de censura, pero su cara estaba surcada de arrugas producidas por la más pura agitación, y la cólera reprimida era más elocuente que cualquier negativa.

De la misma forma que lo hacían los tensos músculos de sus anchos hombros.

Marmaduke la observó con esa tranquilidad intensa que todo lo veía.

No necesitaba atravesarla con sus ojos para saber la verdad.

La ira de Caterine ardía tanto que podría haber clavado cada centímetro de aquella certeza en el pecho musculoso de Marmaduke.

Se humedeció los labios y asintió con la cabeza.

—Si realmente quieres saberlo, pareces no sólo ofendido, sino irritado, como si acabaras de enterarte de que te han excomulgado.

Una expresión de incredulidad cruzó el rostro del caballero.

Caterine le devolvió su mirada asombrada.

—Sí, condenado para toda la eternidad —continuó ella, insistiendo en el tema—. Como si hubieras... muerto.

—Algunos lo llaman la *pequeña muerte.* —Caterine pensó que lo había escuchado murmurar esta frase.

—¿Y ahora? —Ella estuvo segura de que le había oído.

Marmaduke se adelantó. Tan cerca que su calor estimulaba sus pechos desnudos.

—¿Cómo me veo ahora, milady?

Como si me desearas, exclamó su cuerpo, respondiendo al cambio en la expresión de Marmaduke, de dolorida a... apasionada.

Del tipo que todo lo consume, del que hace temblar.

—Pareces... intrigado —dijo ella, eligiendo, por una vez, una frase menos franca.

Lo cierto es que daba la sensación de que iba a superar los pocos centímetros que los separaban para lanzar sobre sus pechos una lluvia de maravillosos besos. Aquella idea encendió un calor lánguido y denso en el interior de Caterine.

—¿Intrigado? —Marmaduke levantó una ceja—. Yo diría satisfecho —dijo él, con una mirada dulce—. Muy satisfecho, pues tu atrevimiento es un regalo dichoso.

Caterine parpadeó.

—¿Un regalo?

Él asintió.

—Un regalo más precioso de lo que tú crees —murmuró él con una nueva aspereza en su voz.

Un intenso propósito pareció dibujarse en su rostro; apoyó entonces el gran rubí de su anillo sobre uno de los pezones, después en el otro, y allí lo mantuvo.

—Un regalo que pienso recompensarte muchas veces, amor mío.

Los ojos de Caterine se abrieron desmesuradamente ante aquella expresión de cariño, pero la superficie de la gema hacía una presión tan firme sobre el sensible pezón, que no pudo objetar nada.

Abrió la boca en el intento, pero antes de lograrlo, Marmaduke se levantó y cerró los postigos, bloqueando la entrada al aire frío, pero también la extraña magia de la noche bañada por la luna de plata.

Volvió junto a ella, la cogió entre sus brazos, acunándola, con el *arisaid* y la manta de pieles alzándose contra el fuerte muro de su pecho.

—Señora, juro ante Dios que será mucho lo que te daré. Me gustaría mencionarte alguno de esos dones ahora, pero primero necesito saber que estás abrigada y protegida del frío de las ventanas —dijo él—. Estás temblando.

Además, si hubiera tenido que soportar la visión de sus pechos desnudos tentándolo bajo la luz de la luna durante un minuto más sin tomarla, tomarla realmente, sus testículos se habrían endurecido tanto que podría haberse quedado lisiado de por vida.

De modo que se contentó con darle suavemente un solo beso en la frente. Después avanzó por la habitación, sin soltarla hasta haber llegado al calor que emanaba del fuego casi extinguido de la chimenea.

—No te muevas —le pidió. Ella quedó inmóvil muy cerca de su cuerpo. Su contacto fue de puro placer, sin ninguna intención.

Marmaduke se arrodilló ante la chimenea para echar más leña al fuego. Después usó un atizador para avivarlo hasta que llamas nuevas, dulces y humeantes, comenzaron a hacer desaparecer el intenso frío.

Satisfecho, se estiró, atento a ajustar bien el *arisaid* de Caterine al pasar por su lado en busca de la capa en la recámara. El nuevo fuego chisporroteaba alegremente cuando él regresó, como también lo hacía una nueva luz que brillaba en lo profundo de los ojos azules de ella.

Marmaduke apretó la manta de pieles alrededor de su dama. Sus miradas se encontraron. El ángulo provocativo en que ella había inclinado su bonita cabeza era una indicación de que cualquier cosa que la estuviera atormentando era, también para él, una seria amenaza.

—No creo que sea conveniente que pienses que deseo tus regalos, milord —dijo ella, confirmando así la sospecha de Marmaduke—. Estoy segura de que voy disfrutar de los *placeres carnales* contigo, tal como hemos hablado, pero aceptar cualquier otro tipo de presentes implica una intimidad que no puedo darte.

La mentira oculta en sus palabras causó un leve temblor en su voz, y dio a Marmaduke la fortaleza para colocar con toda tranquilidad la capa, con las pieles hacia afuera, sobre una silla cercana a la chimenea.

Se sentó sobre ese abrazo cálido con tanta calma como pudo, para después estirar las piernas y cruzarlas a la altura de los tobillos.

—Entonces ven, milady, y al menos déjame darte un poco de calor —dijo él estirando los brazos—. Te hablaré de mi hogar en Kintail, de Balkenzie.

—Ésta puede ser tu casa.

Sin desalentarse, Marmaduke le regaló una de sus sonrisas especiales.

Uno de aquellos gestos que le había costado años de ejercicios dolorosos.

Para aprender a dar forma a su boca alrededor de la cicatriz.

Y amplió el poder de aquella sonrisa dejando que un brillo desenfadado pudiera verse en su ojo sano.

Una tranquilidad combinada con el tenso palpitar de su corazón.

Tenía planeado mucho más que *hablarle* simplemente de Balkenzie.

Esperaba poder convencerla para que ella quisiese vivir allí.

—Ven —intentó otra vez, extendiendo su mano—. No hablaremos de ninguna otra intimidad que el ancho de las murallas de Balkenzie, su ubicación imponente en el extremo sur del lago Duich, o de cuánto me gusta que muchas de sus ventanas estén encastradas con finos paneles de cuerno pulido.

Ella lo miró con el ceño fruncido. En la base de su cuello podían notarse unas fuertes pulsaciones, señal de que Marmaduke había elegido las palabras incorrectas para calmarla.

—Me gustaría que te quedases —dijo ella, colocando su mano sobre la de él—. Aquí te necesitan, lo mismo que a mí.

Marmaduke deseó poder mentir.

En su lugar, lanzó un gran suspiro y puso a Caterine sobre su regazo.

—Sólo prestaré mis servicios aquí durante un breve período de tiempo —dijo, acomodándola para que la espalda de ella reposara contra su pecho. Después echó sobre sus piernas la capa de piel—. El objeto de tu estancia aquí, milady, hace mucho que ha expirado, provocando más daño que bienestar.

Ella se dio media vuelta para mirarle fijamente. Aquel movimiento hizo que la manta que le cubría los hombros se deslizase hacia abajo.

—Soy la señora de este castillo, yo...

—Tú *eras* la señora aquí —le recordó Marmaduke, tratando de no notar que la manta había descendido bastante, dejando a la vista la mitad superior de sus pechos.

Éstos temblaban un poco a causa de su agitación. Lo suficiente para que Marmaduke vislumbrara ligeramente sus pezones. Ahora estaban relajados. Los grandes círculos de sus areolas despertaron un deseo violento en la ingle del caballero.

—Por Dios, mujer —exclamó, incapaz de dejar de mirar el borde de la manta, fascinado al comprobar que aquellos dos círculos de piel rosa oscuro empezaban a contraerse, elevándose firmemente.

Haciendo un gesto que hubiera sido del agrado de San Jerónimo, aquel santo que se horrorizaba ante los placeres terrenales, Marmaduke ajustó la manta para cubrir aquella exuberancia. Después volvió a apoyar el cuerpo de Caterine contra su pecho, aunque esta vez deslizó uno de sus brazos, sin causarle incomodidad, alrededor de su fino talle.

Se aclaró la garganta, decidido a hablar, tuviera a la vista o no aquellas grandes areolas de los pezones turgentes.

—Como estaba diciendo —recomenzó, recostando la cabeza de Caterine sobre uno de sus hombros para que ella no pudiera lanzar más fuego azul desde sus ojos—, tú *eras* la señora aquí.

—¿Y eso qué significa? —El hielo en la voz de Caterine tuvo su efecto.

—Significa que mientras sigas en Dunlaidir serás una simple silueta en las escaleras de la torre. Una presencia palpable en la mesa principal aunque no estés físicamente ahí —trató de explicar Marmaduke—. Tu fuerza siempre irá detrás de James, arrojando un sombra de duda sobre todo lo que él haga o diga mientras residas entre estas murallas.

—Pretendes echarme con algún señuelo —lo acusó ella, poniéndose tensa entre sus brazos.

—Sólo busco lo mejor para ti. —Marmaduke había hablado con la verdad tal como él la percibía—. Para ti y para tu hijastro.

—Que coincide perfectamente con tus pretensiones.

—Sí, efectivamente es también lo que yo deseo —admitió después, moviendo sus dedos hasta los de ella, frotándolos para hacerlos entrar en calor—. Piénsalo bien, milady, en cada principio de un hombre está su final, y a veces lo alcanzamos demasiado pronto.

Hizo una pausa para besar suavemente su frente.

—Algunas veces tenemos la esperanza de que nos acompañen, pero algunos se quedan en el camino o eligen otro, dejándonos solos.

—¿Y eso qué tiene que ver conmigo? —le preguntó ella en voz baja, en un tono que revelaba que ya conocía la respuesta.

—Detrás de mí hay muchos años de soledad... años amargos —dijo, arrastrando con esfuerzo cada palabra honestamente cruda—. Y ahora veo un nuevo camino por delante, una orgullosa fortaleza que aguarda mi regreso y, sí, un corazón ansioso por amar de nuevo.

Caterine no dijo nada, pero sus dedos, ahora cálidos, se entrelazaron con los de él... dándole una nueva esperanza.

—Te amaré, Caterine, si tú me lo permites. —Marmaduke rozó delicadamente con sus dedos la mejilla de ella, y su corazón dio un vuelco al sentir que había una cálida humedad sobre su rostro—. Y por último —agregó, con voz fatigada—, deseo disfrutar de tu compañía y admirarte, como señora de Balkenzie, todos los días de mi vida.

Ella dejó escapar un largo suspiro.

Marmaduke se limitó a sostenerla, hasta que el viento cesó de golpear los postigos, mientras el fuego, que ardía plácidamente en la chimenea, dejaba de arrojar una lluvia de chispas al aire.

—¿Sabes lo que pasará con James si me voy? —Caterine habló primero, pero el silencio de la noche volvió a instalarse entre ellos.

Miró a Marmaduke, sintiéndose casi desarmada por una extraña nostalgia. Un deseo urgente de alejar sus preocupaciones y desligarse de todo, buscando refugio en las palabras de su futuro esposo.

En su abrazo.

Él miraba por encima ella hacia el alféizar de la ventana, con la cicatriz oculta entre las sombras, mientras los suaves destellos del fuego iluminaban el lado indemne de su rostro y la luz temblorosa recortaba el perfil del hombre apuesto que había sido antaño.

El corazón de Caterine dio un vuelco al pensar en lo que él había perdido, que no era solamente su hermosa apariencia. Con un parpadeo, trató de alejar las lágrimas que hacían arder sus ojos y respiró hondo una buena bocanada del aire cálido de la chimenea. También se esforzó en disipar otras tormentas y sombras que oscurecían su propio corazón.

No podía dejar que esas tormentas se desatasen, ni tampoco quería que las sombras oscureciesen las vidas de las personas que amaba.

O podría amar en el futuro.

—¿Sabes cuánto...? —volvió a empezar, pero él le cerró los labios con dos dedos, silenciándola.

—James crecerá más allá de tu sombra —dijo él. Aquellas palabras hicieron sospechar a Caterine que él, verdaderamente, era capaz de ver dentro de su alma. La seguridad de su voz estuvo a punto de convencerla—. Tu hijastro tiene un camino difícil ante él, pero no insuperable.

—Sir Hugh... —dijo ella, tratando de hablar a través de sus dedos.

—... nos ocuparemos de eso luego, te lo aseguro.

Marmaduke deslizó un pulgar por la mejilla de Caterine, secándole las lágrimas. El corazón de ella tembló ante la ternura de aquel gesto, capaz de sosegar todos sus temores.

Levantó la mano para tocar el lado herido del rostro del caballero; su respiración casi se detuvo por la emoción que nacía en su interior. Pero también había otras sensaciones que se arremolinaban en lo más profundo de su cuerpo.

Unas completamente diferentes, inspiradas por aquellos a quienes más quería.

Por ejemplo, el hosco mayordomo de Dunlaidir, Eoghann: sobre sus hombros cansados había reposado demasiada responsabilidad durante mucho tiempo. Sir John, el amigo de su difunto esposo, y un hombre a quien sir

Hugh había destrozado el corazón. E incluso lady Rhona, a pesar de su costumbre de entrometerse en todo.

Pero sobre todo, James.

Con excepción de sus hermanos, a quienes no veía desde hacía años, su hijastro era el único hombre que había cuidado realmente de ella.

Sólo su amabilidad había logrado que Caterine pudiera sobrevivir a las épocas más difíciles en Dunlaidir... la había ayudado a recomponer su orgullo herido y a recuperar de nuevo su dignidad.

A pesar de las tinieblas que cubrían su alma.

No podía abandonarlo ahora, justo cuando más la necesitaba.

—Creo que has vivido demasiado tiempo lejos de los ingleses, Marmaduke Strongbow —dijo ella cuando pudo finalmente recuperar el habla.

Pasó una vez más las yemas de sus dedos por la cicatriz del *sassunach*, con la esperanza de que aquella caricia aliviara la amargura que había escondida en sus palabras.

—Tus caballeros son como granos de arena en la playa —comenzó a decir Caterine—. Echar a sir Hugh traerá un época de paz y tranquilidad, pero una vez que nos hayamos acostumbrado vendrá otro a reemplazarlo. —Su protector no habló, pero su silencio corroboraba su conocimiento de la verdad—. Por eso, mi buen señor, te pido que te quedes. James jamás será lo suficientemente fuerte para enfrentarse a semejante poder. —Caterine desvió la mirada hacia el fuego de la chimenea, para que Marmaduke no viera que sus ojos se habían humedecido—. Ahora la guarnición te respeta. Pero si te vas, volverán a perder el valor y caerán derrotados antes de que sea asestado el primer golpe.

—Te equivocas —murmuró él.

Ella sacudió la cabeza, desviando la mirada.

—Sí, te equivocas y mucho —dijo él de nuevo, esta vez en voz más alta—. Y acabas de mencionar la poderosa razón por la que debo marcharme. Mi honor me lo exige.

Caterine lo miró; ya no le importaba que él notase la confusión en su rostro.

—Querido señor, yo sólo veo razones por las que deberías quedarte.

Marmaduke cogió con su mano una de las trenzas de Caterine y acarició la punta con su pulgar... igual que antes lo había deslizado por su mejilla.

—Entonces no has mirado con la suficiente atención como para ver las otras razones. —Soltándole el cabello, le levantó la barbilla y alzó su cabeza—. O estás viendo sólo lo que quieres ver... un cobarde incapaz de sostenerse por sí mismo.

—Eso no es verdad.

Marmaduke levantó una ceja en señal de interrogación.

—Por supuesto que es cierto que James no es un cobarde —dijo él—. Sólo está confundido, y supongo que sabrás que la diferencia entre ambas cosas es grande. Aprende rápido y es muy hábil, como me ha demostrado a mí y a Lachlan, con quien se ejercita a menudo.

—Le estás abriendo un camino hacia ninguna parte con tanto entrenamiento... los hombres de aquí no le seguirán. —Sus ojos se encontraron. La mirada rígida de Caterine desafiaba a Marmaduke a contradecirla—. Te siguen a ti.

Marmaduke suspiró y la estrechó con más fuerza, atrayéndola hacia él.

—¿No te das cuenta de que continuarán haciéndolo mientras yo esté aquí? Tu guarnición sólo aceptará a James cuando se haya probado a sí mismo que es merecedor de su confianza y no lo podrá hacer mientras nosotros estemos en su camino.

—¿Nosotros?

Él tuvo la audacia de asentir.

Caterine se puso rígida; se hubiera zafado de aquel abrazo si no fuera porque las manos de Marmaduke se movían tan suavemente por su espalda.

Aquellas manos querían arrullarla, tratando de ganar su aprobación.

—Sí, nosotros —murmuró él por detrás de su oreja—. Tú, por consentirlo. Yo, porque...

—Porque puedes blandir una pesada espada —dijo ella con rapidez, llena de rebeldía por el hecho de que alguien la estuviera *arrullando.*

—James también podrá. —Fue la tranquila respuesta—. Con práctica. Y si tú le dejas.

—¿Dejarle? —tartamudeó ella a causa de la indignación que entorpecía su lengua—. No hay nada que yo no haría por...

—Me agrada escucharlo. —Las manos se detuvieron por un instante—. Pues cuando verdaderamente amamos a alguien, milady, a veces también tenemos que dejarlo libre.

Marmaduke comenzó a masajearle nuevamente los hombros, como lo había hecho antes, y del mismo modo, un torbellino de cálido placer inundó su cuerpo ante aquel contacto.

Su tacto mágico.

Caterine suspiró y sus párpados parecieron volverse más pesados.

—Duerme, querida mía —murmuró él. Las maravillosas manos de Marmaduke aflojaron sus músculos, y sus preocupaciones, uno por uno, trasportándola a un estado similar al sueño donde el aire era suave, neblinoso y cálido.

Donde los brazos que la acurrucaban eran más tentadores que todas las almohadas de su lecho.

El ritmo de la respiración del caballero, su aliento regular y cálido, e incluso sus suaves ronquidos, le transmitían la sensación más acogedora que jamás había conocido.

¿Ronquidos?

Caterine abrió los ojos.

Una luz grisácea se filtraba por las rendijas de los postigos anunciando la llegada del nuevo día.

Las brasas frías de la chimenea parecían burlarse de ella... como una evidencia irrefutable de que había pasado la noche en brazos de sir Marmaduke Strongbow.

Y que había dormido bien allí.

Al igual que *Leo*.

El animalillo yacía enroscado a los pies del caballero... y parecía muy contento.

Un quejido subió a su garganta, pero no llegó a materializarse. Era evidente que tanto ella como su perro se sentían muy bien al despertar arropados por el calor de su protector.

Pues cuando verdaderamente amamos a alguien, a veces también tenemos que dejarlo libre.

Recordó casi sin querer las palabras que él había pronunciado, como si hubieran sobrevivido a la noche, flotando en la oscuridad... esperando.

¿Habrían estado al acecho en el umbral de algún mágico lugar al que la noche habría tratado de llevarla, con la esperanza de rescatarla a la salida del sol?

A veces también tenemos que dejarlo libre.

¿Podría?

Desligarse de todo aquello que conocía y amaba... ¿incluso de la oscuridad dentro de ella?

¿Podría su protector matar a sus enemigos ocultos, tan fácilmente como pensaba salvarla de otras amenazas más tangibles?

Con los ojos puestos en el naciente día gris, acurrucada contra Marmaduke en la oscuridad, Caterine no dejaba de hacerse preguntas.

* * *

Lo que corresponde al señor feudal.

Para la mayoría, una fortaleza, un título, poderes.

Para James Keith, una jarra de vino vacía, una copa igualmente seca, y un dolor penetrante en las sienes.

Su *obligación* como señor consistía en observar desde la ventana de su aposento la estrecha franja de tierra que conectaba las murallas de Dunlaidir con los acantilados en tierra firme, en una vigilia que había durado toda la noche, como atestiguaba el escozor en sus ojos.

Le habían asignado una misión de cobarde.

La tarea de un tonto, tan asquerosa como intentar tragarse una infusión de estiércol endemoniado.

Una indignidad que sólo era tolerable por la delicada presencia de lady Rhona.

Ella había decidido pasar la noche junto a él, pero no en su cama, tal como le habría gustado a James, sino vigilando las altas murallas a su lado, inspeccionando los movimientos de los escoceses y del padre Tomas, en un continuo ir y venir por el estrecho pasaje trasladando mercancías y armas para los aldeanos.

Horas perdidas escudriñando entre la neblina y la oscuridad.

Espiando a través de las grietas modeladas por el viento.

Empapados en vino rancio.

—Señor de Dunlaidir —bufó, echando a Rhona una oscura mirada, mientras caminaba de un lado a otro—. Que sólo sirve para mirar a la lejanía desde unas estúpidas ventanas.

Rhona le cogió del brazo, obligándole a detenerse. Trató de calmar su ira levantando la frente en señal de simpatía.

—¿No te parece que ellos necesitan también tu aguda vista?

—Eso es lo que ellos dicen —declaró soltando su brazo—. Pero lo único cierto es que tratan de consolarme.

—La verdad —dijo ella mientras se acercaba para deslizar un dedo por su brazo— es que nadie entre estas murallas tiene mejores ojos que tú.

—O una mejor perspectiva desde la alcoba.

—Efectivamente, creo que la perspectiva es bastante buena —le respondió ella con un tono asombrosamente amable, aunque su mirada dejaba traslucir que se estaba refiriendo al amplio panorama de mar y tierra firme que habían estado observando desde las primeras horas.

—Por todos los santos —juró James, sonriendo a su pesar—. Estoy seguro de que podrías hacer sonreír incluso a una roca.

—Sería feliz si viera llorar a una —dijo ella, y su propia sonrisa se desvaneció por un instante.

—Y *ver* es exactamente lo que se supone que estamos haciendo —replicó James, y la nota de arrepentimiento en la voz de Rhona le obligó a enderezarse e intentar, al menos, parecer un poco más señorial. Posó una mano sobre la espalda de Rhona, conduciéndola hasta las altas ventanas—. Ven, sigamos utilizando este nido mío —agregó, atrayéndola hacia él.

Estaría dispuesto a vigilar lo que quedaba de noche si ella continuaba apretándose suavemente contra él, tal como lo hacía en aquel momento.

—Ahí, ¿los ves? —James señaló el sendero de los acantilados, que conducía a la aldea—. Ya casi están en la entrada.

Apenas había dicho esas palabras, cuando los escoceses salieron del camino. Se trataba de figuras cargadas moviéndose en la oscuridad, con grandes bultos balanceándose sobre sus hombros y las cotas de malla resplandeciendo tenuemente en la luz grisácea. Llevaban un verdadero arsenal de puñales y otro material de guerra, envueltos y ocultos en las botas y en los cinturones.

Tras ellos iban unos cuantos caballos con trote cansino y paso lento, con sus cabezas ladeadas, reflejando lo arduos que habían sido los trabajos de la noche.

James frunció el ceño tratando de examinar más profundamente la oscuridad, para saber si les seguía algún intruso.

Pero nadie merodeaba en las tinieblas, salvo los propios hombres de Marmaduke, que ahora, con las primeras luces de alba en el horizonte grisáceo, hacían, sin duda, el último trayecto, ansiosos por deslizarse hacia el calor del salón en busca de la comodidad de sus alojamientos improvisados.

Hasta la siguiente noche, en que volverían a realizar el mismo recorrido.

Y él estaría vigilando una vez más.

Cumpliendo como corresponde a un señor.

Y en el caso de que Rhona volviera a deleitarle con su compañía, se prometió a sí mismo que haría más esfuerzos para comportarse de forma más señorial que esa noche.

* * *

Sir Marmaduke estaba de pie frente a una de las dos angostas ventanas de la recámara, mirando con atención hacia el mar plomizo. Deseaba que las horas de aquella noche extraña y mágica no hubieran pasado tan rápido.

Tener en brazos a Caterine mientras dormía le había causado una dicha sin límites.

Pero ahora el gris frío de la nueva mañana se acercaba sigilosamente a la alcoba, y aquella gélida humedad amenazaba con despojarle de los maravillosos acontecimientos nocturnos, desvaneciéndolos antes de que pudieran tomar verdadera forma y crecer.

Para él había llegado el momento de ocuparse de algunas cuestiones. La primera era el charco sospechoso que había encontrado en medio de su jergón. Aquella mancha húmeda le llamó la atención de inmediato, apenas se hubo deslizado en la recámara unos instantes antes.

Aunque en realidad no se había deslizado, sino *cojeado,* ya que dejar que la mascota de su dama durmiera enroscada entre sus tobillos le había adormecido los pies.

Y no sólo uno, sino los dos.

Marmaduke acercó su nariz a la mancha mojada.

El perrito tenía una extraña manera de mostrar gratitud. Marmaduke tenía ganas de reprender al animalillo, pero tenía otras ocupaciones más urgentes, y era mejor tenerlas preparadas antes de que ella se despertara y lo descubriera atareado en esos menesteres.

Algunas cosas no podían ser vistas por una mujer.

En especial cuando la mujer en cuestión era aquella a quien el hombre quería impresionar.

Marmaduke trató de no sentir aquel hormigueo, como si una legión de insectos con aguijones desfilara por las plantas de sus pies. Se agachó junto a la gran bolsa de cuero que tenía junto al jergón.

En ella se encontraban sus posesiones más preciadas.

Marmaduke cerró la boca, apretando los labios en un gesto adusto, y revolvió en su interior hasta encontrar lo que estaba buscando: un antiguo espejo de bronce de gran belleza, que una vez había rescatado del fango de una turbera en las Highlands, y un recipiente de barro con el ungüento especial de hierba cana de Linnet MacKenzie.

Ella llamaba a aquel emplasto amarillo «tratamiento de belleza».

A él le gustaba pensar que era una pomada para curar cicatrices.

Sea cual fuere su nombre, después de años de utilización diaria, aquel bálsamo curativo, tan efectivo, había atenuado los efectos más desagradables de su herida, relajando los músculos faciales hasta permitirle aprender de nuevo el inestimable arte de la sonrisa.

Y aunque jamás había logrado recuperar su apuesto semblante, del que alguna vez había estado tan orgulloso, gracias a los efectos milagrosos del ungüento de lady Linnet ya no tenía la apariencia de un sapo.

Marmaduke cogió el tarro con profundo agradecimiento.

No iba a ningún lado sin su cargamento y no había día en que no echase un poco de aquella preciosa maravilla en su cara destrozada.

Aquella mañana no había escatimado el producto.

Hizo acopio de todas sus fuerzas para enfrentarse a la imagen que nunca dejaba de atormentarlo y se puso de pie con sus tesoros, buscando cualquier rayo de luz próximo que entrase por alguna hendidura.

Sostuvo el espejo con una de sus manos, colocándolo de forma que recogiera la poca luminosidad que entraba por la estrecha ventana y comenzó a extenderse la pomada sobre la cicatriz.

Dentro de dos días volvería a casarse y necesitaba de todos los milagros posibles, ya que los mismos músculos que le permitían sonreír le proporcionaban también elasticidad para besar bien.

Y quería besar a su esposa estupendamente en la ceremonia nupcial.

Ya se había ganado buena parte de su confianza, e incluso accedido a su dulce cuerpo.

Pero quería más.

Quería su corazón.

Y un beso que le llegara hasta la punta de los pies y le robara el corazón le parecía a Marmaduke una buena forma de comenzar a ganar terreno en aquel territorio que ella había declarado inalcanzable... el de sus sentimientos.

Su amor.

Los santos sabían que Caterine ya tenía el suyo.

Con mucho cuidado y apretando la mandíbula con determinación, Marmaduke untó su piel con la brillante pomada hasta que fue absorbida por completo. Después inspiró una buena bocanada del aire del amanecer.

Dos días.

Dos oportunidades más para obtener mejores resultados con el ungüento embellecedor de Linnet MacKenzie.

Y entonces su ataque empezaría seriamente.

Con besos que roban el alma y hacen tambalear las rodillas.

Con cuidado infinito, incontenible.

14

Dos días más tarde, en el otro extremo de Escocia, una capa de escarcha brillante congelaba las murallas exteriores de Eilan Creag, la fortaleza insular del clan MacKenzie. Un viento penetrante, frío y negro, atravesaba con toda su fuerza los huecos de las almenas y agitaba tempestuosamente las aguas del lago Duich, alrededor del castillo.

Pero en el interior de las murallas, en la atmósfera cargada y cálida del gran salón en penumbra, todo era quietud ante la llegada del nuevo día.

Ni un soplo de aire se atrevía a mover las esteras esparcidas por el suelo... o a molestar a la pareja que dormía, haciendo algo de ruido, en la voluminosa cama ubicada en el lugar de honor, sobre el estrado, en el otro extremo del salón cavernoso.

Incluso los ronquidos de los hombres de MacKenzie, que dormitaban alrededor de la cama, sonaban *amortiguados*. Y aquellos que querían conservar su cuello ni siquiera roncaban.

Ni se agitaban en sueños.

Duncan MacKenzie, el Venado Negro tan temido en Kintail, había dado instrucciones precisas. El sueño de su esposa no debía ser perturbado bajo ningún concepto.

Ella tampoco podía abandonar el lecho.

La razón por la que había desmontado la cama y la había hecho transportar hasta allí había sido que ella, desobedeciendo aquella orden y atentando contra el sentido común, se había levantado. La gran cama, en todo su esplendor, estaba a la vista de todo el que habitara dentro de las murallas de Eilean Creag.

Y todos sin excepción había recibido la orden de vigilar a su dama.

Pero aquella mañana el corazón de Linnet MacKenzie se había despertado acuciado por una temible determinación.

Una poderosa necesidad de subir las escaleras de la torre, desafiando al viento gélido que aullaba sobre las murallas y saludar al nuevo día con alegría y una atención especial.

Y lo haría, si el volumen de su vientre todavía se lo permitía... y si su vigilante nocturno más ardiente no dificultaba sus movimientos rodeándola con sus fuertes brazos y colocando su robusto muslo sobre sus piernas.

Tratando de no despertar a su rudo y apuesto esposo, Linnet le lanzó una mirada y calibró las posibilidades de zafarse de aquel abrazo lleno de buenas intenciones.

—Ni se te ocurra intentarlo —le advirtió Duncan MacKenzie, sin abrir los ojos.

Su abrazo se hizo más fuerte.

—Hoy es el día —dijo su esposa de cabellos rojos, con un extraño tono de voz y una profundidad de sentimientos que sólo ella y un cierto patán inglés de rostro desfigurado podían conseguir.

Y aquel sonido, junto a aquellas crípticas palabras, desvaneció los últimos vestigios del sueño de MacKenzie, dando paso a un frío despertar.

—¿El día de qué? —Se apoyó sobre los codos, examinando a su esposa mientras entrecerraba los ojos, y sintiendo cómo su corazón y todo su ser oscilaban entre la calma y la preocupación al contemplarla.

La luz de una antorcha se deslizaba entre las cortinas de la cama, iluminando el pálido rostro de ella, y haciendo brillar sus ojos moteados de dorado... y mostrando un ligero temblor en su labio inferior.

—¡El bebé! —Duncan saltó de la cama, sin percatarse de su desnudez y sin que le importara que ahora su lecho estuviera en un lugar público.

—Por todos los santos, María y José —rugió, pasándose una mano por el cabello—. ¡Por la Cruz! Es demasiado pronto —bramó como una bestia herida, pues lo recorría un miedo helado como jamás había sentido—. Madre de Dios, protégenos...

—Te lo ruego, esposo mío, cálmate. —Linnet sonrió, sacudiendo la cabeza.

Aquella sonrisa estaba destinada a infundirle tranquilidad. A él y a todos los MacKenzie que los miraban, adormilados todavía, con una expresión de terror estampada en sus caras estupefactas.

—Todos nos observan —dijo ella, apretando las mantas de la cama contra sus tiernos pechos—. Los has despertado a todos con tus exclamaciones, y sin ninguna necesidad. El bebé aún tardará unas cuantas semanas.

—¡Y es así como debería ser! —Se dio la vuelta y se encaró a sus hombres, desafiando a cualquiera que quisiese entrometerse.

Las risitas le hicieron percatarse de que estaba desnudo.

En aquel momento se dio cuenta también de que las palabras maravillosas de su esposa habían conseguido deshacer el nudo que se había instalado en sus entrañas.

El bebé aún tardará unas cuantas semanas.

Un frío entusiasmo sobre sus nervios ardientes.

Un bálsamo calmante para atenuar su miedo de perderla a ella... y a su hijo.

El primero que ella había logrado en todos aquellos años.

Respirando con fuerza, Duncan deslizó su mirada por todos aquellos que se habían quedado boquiabiertos.

—Esta cama está aquí con un solo propósito —exclamó, y su voz profunda se elevó hasta el techo—. Vosotros habéis sido reunidos a su alrededor para alertarme si mi mujer quiere abandonarla... o procurar que no cometa una tontería similar si yo no estoy aquí.

Miró por encima de su hombro con ojos sombríos.

A ella.

Él había tenido que enfrentarse a varios intentos de desafío, y seguiría haciéndolo hasta que diera a luz a un niño sano, tal como ella misma había pronosticado.

Ahora, sus hombres habrían de saborear un poco de su cólera.

—A menos que queráis vestir sacos rotos y cenar sobre hollín y cenizas durante el resto de vuestros días, volved a vuestros jergones. Ignorad lo que ocurre alrededor de esta cama... a menos que mi esposa quiera abandonarla.

Cruzó los brazos y esperó a que se acallasen aquellos gruñidos y murmullos. Después dio media vuelta para enfrentarse a su esposa, que tenía los ojos húmedos.

Si el bebé no era la razón de aquella expresión sensiblera, él empezaba a sospechar cuál podía ser.

La única persona con un corazón tan grande —un corazón tan suave— como la misma Linnet.

Duncan se situó en el borde de la cama y cogió una de sus manos, ocultando el disgusto de encontrar sus dedos fríos tras un largo suspiro.

—¿Qué pasa con el gran truhán? —le preguntó, casi tan preocupado por su amigo como podría haberlo estado por ella o el niño—. ¿Has tenido una visión? ¿Está en peligro?

Linnet volvió a sacudir la cabeza, y la sonrisa que aleteaba en su corazón también le hizo mover la lengua.

Su marido frunció el ceño, con una mirada que podía parecer temible para cualquiera que lo conociese menos que ella.

—¿Es tu hermana? —Duncan le apartó el pelo de la frente, con un gesto que desmentía aquella terrible expresión de su rostro—. ¿Está en peligro?

—Sólo de perder su corazón —aseguró Linnet finalmente, con una felicidad que casi la superaba—. *Él* ya ha perdido el suyo —agregó, mientras una gruesa lágrima surcaba su mejilla.

Su esposo desvió la mirada.

Cuando volvió su rostro a su esposa, un brillo insólito humedecía sus propios ojos.

—¿Son felices? —preguntó en voz baja, casi gruñendo—. ¿Te ha sido revelado gracias a tu don?

—Sí, mi don, pero también mi corazón —dijo ella, deslizando su mano por la mejilla de su esposo.

Duncan la agarró para posar un cálido beso sobre su palma.

—¿Ese tuerto bastardo ha vuelto a enamorarse realmente? —insistió, como si considerara que aquella posibilidad fuese del todo improbable. Aunque el tono áspero de las palabras revelaba cuánto le complacía aquella perspectiva—. ¿Y ella le ama?

De pronto, Linnet pareció cansada. Retiró la mano y se recostó de nuevo en las almohadas. Pasando sus dedos por el vientre como gesto de protección, le ofreció una pequeña sonrisa.

—Dudo que lo sepa hasta ahora pero, sí, le ama.

Una expresión pícara se extendió por el rostro de Duncan.

—Por todos los santos, la verdad es que ya estoy deseando volver a ver a ese bastardo —aseguró—. Tendría que maldecirlo desde aquí hasta las puertas del purgatorio, varias veces, por haber sido tan testarudo cuando le propusimos que fuese en ayuda de tu hermana.

Alguien en las sombras dejó escapar un gruñido.

—¿Cuándo volveremos a ver a ese tonto enamorado?

Linnet amplió la sonrisa al reconocer la voz.

Duncan arrugó la frente y rebuscó entre la penumbra a Fergus, el viejo mayordomo de Eilean Creag, y la única alma en todo Kintail que se atrevería a romper aquel decreto de silencio.

El viejo hombre de cabeza gris adelantó su barbilla afilada en el mismo momento en que Duncan lo descubría.

—Me estoy cansando de sus perifollos y baratijas que inundan mi salón —se quejó el viejo de barba canosa, excusando su atrevimiento con un guiño hacia el montón de enseres de sir Marmaduke, acumulados justo en la entrada.

Una verdadera montaña de objetos caseros, armas y, tal como Fergus había reclamado, baratijas y chucherías que sólo un caballero inclinado al romanticismo como sir Marmaduke Strongbow podría apreciar.

Una gran cantidad de utensilios que Duncan y sus hombres habían empezado a transportar, desde hacía unas semanas, por el lago Duich hasta Balkenzie, la residencia que Marmaduke todavía no había ocupado.

Y sin embargo aún no habían recogido ni una mínima parte de los bártulos acumulados por el *sassunach*.

—Es tiempo de que regrese y que la vida en esta casa se normalice —gruñó Fergus—. Después se apartó hacia el jergón improvisado que ocupaba con su mujer, también entrada en años. Había estirado un brazo, y aquella era la señal de que no perdería más tiempo ni palabras en aquel tema.

Y si había alguna duda, sus ronquidos tan particulares —adornados de múltiples resoplidos— pronto anunciaron el final de su intervención.

—Y bien, querida —murmuró Duncan, volviéndose hacia su mujer—, ¿cuándo volveremos a ver a ese desgraciado patán? ¿Será pronto? ¿Es a lo que te referías cuando has dicho «hoy es el día»?

—No —respondió Linnet con voz trémula, y sus labios volvieron a temblar—. No sé cuándo volverán. Debes tener en cuenta que no tengo visiones sobre todas las cuestiones.

Hizo una pausa y echó una rápida ojeada al montón de bártulos que llenaban el extremo opuesto del salón.

—Pero rezo para que sea en Navidad, en Balkenzie, tal como esperamos.

—¿Y entonces qué día es hoy?

—El día de su boda —respondió ella, y Duncan no dudó ni por un instante de que ella decía la verdad—. Hoy es el día en que se casan.

* * *

El día de su boda.

Caterine se detuvo al final de las escaleras exteriores y miró hacia abajo, al gentío arremolinado que llenaba la zona externa de las murallas del castillo. Aquella insólita actividad encendió un extraño calor en su corazón, zambulléndola precipitadamente en un lugar extraño suspendido entre la alegría y el malestar.

—Han llegado, milady —dijo Rhona entusiasmada detrás de ella, sin apenas contener su propia euforia—. Han venido tal como dijo él que lo harían.

Caterine estaba demasiado conmovida para hablar. Buscó entonces la mano de su amiga y la apretó con firmeza.

Era cierto, los aldeanos habían venido, como había predicho su futuro esposo, y por lo que ella podía apreciar, habían traído a todos sus amigos y familiares consigo.

Las emociones de Caterine iban aumentando hasta un grado peligroso. Forzó la vista para tratar de ver a través de las gruesas capas de neblina que se arremolinaban por los adoquines de aquel patio exterior.

Un océano de caras familiares le devolvió la mirada.

Caras radiantes llenas de orgullo y de... esperanza.

Rostros conocidos a los que Caterine no había visto en muchos meses, pero que ahora la observaban desde abajo, al pie de las escaleras, o gritaban sus deseos de felicidad desde lejos.

Soltó la mano de Rhona para respirar el aire helado, luchando por recuperar la voz.

—¿Son tantos en verdad? —dijo finalmente después de haber conseguido deshacer el nudo que atenazaba su garganta.

—Más que las estrellas en el cielo de la noche —le respondió Rhona, con su propia voz entrecortada—. Te apuesto a que también vienen por el sendero que va a tierra firme, y dan la vuelta por el camino de la aldea... si mis ojos no me engañan. Y —continuó, inclinando la cabeza y golpeándose con un dedo furiosamente la barbilla—, si mis oídos tampoco me engañan, ¿no es ésa la campana de la iglesia?

Sí lo era.

Amortiguados y tenues, aquellos repiques parecían golpear con fuerza en el corazón de Caterine.

Aquellos sonidos y el entusiasmo de su compañera la arrancaron del terreno de la incertidumbre para lanzarla a los arriesgados brazos de la alegría.

Y de la esperanza.

Pero, para ser honestos, la alegría había ganado terreno desde el instante en que *él* había entrado en el patio, se había puesto de rodillas y le había dado un galante beso en la mano.

La esperanza había llegado más tarde, pero crecía día a día.

—Ven, milady —la instó Rhona entonces, arrastrándola escaleras abajo mientras le decía—: Ha llegado el momento.

Sí, ha llegado, y muchas bendiciones para ti...

La voz, femenina, oscura y sensual, se alzó sobre el bullicio de la multitud, suave como la neblina que la rodeaba, pero tan clara como si las palabras hubieran sido susurradas directamente al oído de Caterine.

Se dio media vuelta para preguntar a Rhona si ella también había oído aquella frase, pero James ya había cogido del brazo a su amiga y la acompañaba hacia un caballo dispuesto para montar.

Y ninguno de los festivos gritos de los aldeanos alcanzaba el poder de aquella nota tenue y melancólica de aquella voz de mujer que hacía un segundo la había bendecido.

Un escalofrío, ajeno a la tarde helada y nublada, le recorrió la espalda, pero Caterine alzó su barbilla desafiando al misterio, apretó su manto contra el viento y dejó que Eoghann la ayudara a subirse a su cabalgadura.

De pronto se encontró ansiosa por llegar a la iglesia, en la cima de los acantilados, y ver al protector que allí la aguardaba, pero apenas se hubo reconciliado con su espíritu, un movimiento furtivo cerca de las murallas que daban al mar llamó su atención.

Allí había una mujer sola, de una belleza inolvidable, morena como Rhona, pero alta y esbelta.

Extrañamente silenciosa.

Y parecía más abrigada por la niebla que la rodeaba que por el manto que llevaba puesto. Cuando Caterine la miró, la mujer levantó una mano en señal de saludo, después se pasó el dorso de sus dedos por delante de la cara, justo por debajo de sus ojos sombríos.

Como si se enjugara las lágrimas.

A Caterine se le erizó la piel del cuello. Trató de que su caballo avanzara hacia ella, de alcanzarla, pero en ese mismo momento, Eoghann arreó a su yegua y James dio la orden de ponerse en marcha.

Los cascos retumbaron en el patio y cuando atravesaron la primera puerta del rastrillo, aún dentro del castillo. Pero antes de que su yegua pudiera sumergirla en la oscuridad del túnel, se dio media vuelta para mirar.

La mujer se había ido.

Nada se movía cerca de las murallas junto al mar, sólo una nube de niebla que se iba disipando.

Entonces la muchedumbre se puso en marcha, haciéndolos avanzar más rápido. Cada uno de los integrantes de aquella marcha estaba arrebatado por la excitación de aquel día, lo mismo que las palabras de la mujer las había arrebatado el viento.

Un viento frío siguió a Caterine por el túnel profundo al igual que los alegres aldeanos.

Ámalo con todo tu corazón, lady Caterine, imploró la voz.

Te ruego que lo ames con todo tu corazón.

* * *

Lejos de estar tranquilo, sir Marmaduke Strongbow esperaba a la novia bajo el pórtico de la iglesia de la aldea. A corta distancia de él se ocultaba una figura cubierta con un manto oscuro.

Aquella parecía una situación difícil. Los escoceses se agrupaban alrededor del *sassunach* para protegerlo, aunque el secreto vigilante no pudo evitar un gesto de desprecio ante aquellas posiciones defensivas y el poderío físico de aquellos hombres armados y con la bravura brillando en sus ojos de acero.

Como si estuvieran dispuestos a atacar de inmediato, con la ramera y su cortejo a punto de llegar. Estuvo a punto de soltar una risilla de sorna, pero la ocultó astutamente tras una tos.

Por alguna razón que no comprendía, su señor aún deseaba a aquella mujer. Tampoco quería que se desencadenara ningún tumulto entre los aldeanos, que, inexplicablemente, habían vuelto a rendir obediencia al castillo.

La figura del manto destacaba entre la multitud.

Eran todos unos estúpidos, pero su señor necesitaba aquellas espaldas y los sometería para que trabajaran sus tierras.

Dirigió su mirada al *sassunach*.

Por la sangre de Cristo, aquel bastardo tenía su orgullo.

Su estómago se revolvió, pero no notó aquel malestar. Estaba esperando a que el *sassunach* saliera después de la ceremonia nupcial; entonces podría actuar. Y ni su habilidad con la espada ni sus escoceses lo salvarían.

Y menos aún aquellos simples que miraban embobados a lo largo del camino.

El hombre se ajustó la capucha, como si quisiera proteger sus oídos de las insistentes campanadas de la iglesia, al tiempo que ocultaba su rostro oscuro, concentrándose en la llegada de la novia y su cortejo.

Pero en realidad sus ojos recorrían cuidadosamente las filas de aldeanos que flanqueaban el camino de la aldea.

Buscaba entre la multitud a un hombre.

Pero parecía que los santos se habían puesto en su contra, porque grandes capas de una espesa bruma se habían desplazado desde los acantilados tierra adentro, arrastrándose sobre los techos y entre las casas de piedra.

Eran cortinas ondulantes de niebla enviadas desde el mar, como un gigantesco sudario blanco para envolver a cualquier observador, impidiéndole localizar el rostro que buscaba... y poniéndole de mal humor.

Sabía que, a una distancia considerable, sobre una colina próxima, sir Hugh de la Hogue y sus hombres vigilaban todo el proceso.

A una distancia segura, porque De la Hogue no quería mancharse las manos aquel día.

Aquella tarea le había sido confiada a él.

Y a su vez, él se la había encargado a un bastardo que parecía haber desaparecido entre la multitud.

Estaba harto de jugar al cortesano, fingiendo interés por la boda de dos personas que él en verdad aborrecía. El hombre de la capa dio rienda suelta al mal humor que había estado tratando de controlar hasta el momento y abandonó discretamente su posición cerca de la iglesia para mezclarse entre las masas.

En su rostro apareció una mueca de disgusto por la indignidad de tener que codearse con las clases inferiores. Pero continuó avanzando... en busca del asesino de sir Marmaduke Strongbow.

* * *

—¿Los dispersamos? —Sir Alec se situó un poco más cerca de los otros, sobre las escaleras de la iglesia.

Había arrancado a sir Marmaduke de la contemplación de la llegada de la novia. El noble caballero miró en la dirección que indicaba su amigo, hacia la colina donde De la Hogue y su contingente de villanos observaban con odio a los hombres de Kintail.

Aquellas miradas, más presentidas que reales entre la espesa niebla que se arremolinaba, atravesaban incluso el manto de piel de Marmaduke, su resplandeciente guerrera protectora y el entramado de acero de la cota de malla que llevaba puesta debajo.

Con una mano sobre el cinturón de la espada, echó una rápida ojeada a su dama, que se acercaba a la aldea. Iba muy recta sobre la montura, con la barbilla levantada, intuyendo ya aquella presencia no deseada sobre la colina. Tenía la suficiente entereza como para ignorarlos.

Con el pecho hinchado de orgullo, Marmaduke la miró fijamente, admirando cada detalle de su aspecto. El brillo de los pliegues del velo de novia de su hermana... uno de los pocos regalos que Linnet había enviado para ella. La suavidad de las trenzas enrolladas sobre sus orejas, su reluciente perfección, lo tentaban a través del velo transparente.

Y le recordaban el oro más oscuro de su *otro* pelo.

De inmediato, un calor que podía rivalizar con los hornos del infierno invadió su cuerpo.

—¡Por todos los santos de Cristo! —Aquel juramento salió de sus labios en un tono más alto de lo que hubiera deseado.

Marmaduke frunció el ceño en dirección hacia el cerro distante.

La idea de que De la Hogue se hubiera atrevido a cortejar a Caterine extinguió el fuego que aquella llegada había hecho expandir en sus entrañas.

—Tenemos arqueros con una excelente perspectiva muy cerca de esa colina —dijo Gowan detrás de él, malinterpretando la razón por la que Marmaduke había perdido de pronto la compostura—. Unas cuantas flechas bien disparadas...

—No.

—¿No?

Marmaduke se volvió hacia su amigo.

—Ese bastardo sólo está tratando de provocarnos —dijo, intentando infundir un poco de paciencia a los inquietos escoceses—. Si le permitimos que lo haga, sería como si nos postrásemos a sus pies.

Una expresión de incredulidad cruzó el barbudo rostro de Gowan.

—¿Desde cuándo te resistes a un buen baño de sangre?

—Quizá desde que no quiero que mi futura esposa sea testigo de una masacre en el día de su boda.

—Quizá desde que te has enamorado y te has convertido en un tarro de miel —farfulló Gowan, y Marmaduke no se tomó la molestia de contradecirlo.

Sí que se había enamorado.

Dio un golpe amigable a su compañero y dijo:

—Quizá desde que me niego a dejar que un desgraciado eche a perder mi propio placer.

Gowan giró rápidamente en dirección a sus compañeros.

—Ya os había dicho yo que la ama —afirmó, riéndose a carcajadas, dando una palmada en la espalda de sir Ross, el escocés que tenía más cerca.

Aquellas bromas bienintencionadas disolvieron por el momento la tensión.

Marmaduke los dejó continuar con sus burlas. Apretó con los dedos el anillo que tenía depositado en la palma de su mano y recorrió con su mirada a la muchedumbre, que iba entrando poco a poco en la iglesia.

Camuflados entre ellos había hombres fuertemente armados de la guarnición de los Keith, aquellos que habían permanecido allí desde la llegada de Marmaduke a Dunlaidir, y unos cuantos hombres de la aldea que habían sido reclutados en los últimos días.

A diferencia de los aldeanos, que ocultaban con habilidad el equipamiento que se les había distribuido, los hombres de la guarnición llevaban las armas a la vista y tenían gran destreza en su manejo.

Algunos otros leales estaban en los alrededores de la aldea, ocultos y silenciosos. Se trataba de expertos en los métodos más oscuros del arte de la guerra.

Un grupo de bribones, pero leales.

Dispuestos a poner en práctica sus repugnantes técnicas sin pestañear en caso de que fuera necesario.

Sólo los hombres de Marmaduke se movían nerviosamente; sus bromas dieron paso a asuntos más importantes. Con la expresión irritada en sus rostros, típica de las Highlands, echaban continuas miradas a la colina.

—Todos están preparados —exclamó sir Ross al oído de Marmaduke—. Una palabra y...

—Hoy no. —Aquel laconismo no dio lugar a otras opiniones.

Inclinando la cabeza, Marmaduke señaló al sacerdote, que sudaba copiosamente, paseando de un lado a otro por el lado interior de la puerta de la iglesia, rezando y retorciendo sus manos.

Al ver aquello, Marmaduke dejó escapar un largo suspiro.

—Hay momentos en que me siento casi agradecido de tener la sangre fría de los ingleses —murmuró, más para sí que para quienes lo rodeaban—. El cura no va a tardar mucho en salir corriendo, pero antes es mejor y más sabio darle la posibilidad de que celebre este matrimonio —añadió, levantando la voz para que el sacerdote lo escuchara—. Ya sacaremos más tarde nuestros aceros... cuando no haya inocentes que puedan verse involucrados en la reyerta.

Un suspiro de alivio llegó desde el interior de la pequeña iglesia, iluminada por las velas.

Un coro de protestas se alzó a su espalda.

Pero ambos, el alivio y las quejas, pronto dejaron paso al estruendo de alegría que se alzó entre la muchedumbre cuando, finalmente, el cortejo de la novia entró en el patio de la iglesia y lady Caterine avanzó en su caballo hasta detenerse ante su futuro esposo.

15

En el nombre del Padre, del Hijo y del Espíritu Santo —dijo sir Marmaduke, deslizando el anillo de rubí en el pulgar, el índice y el dedo corazón de la mano izquierda de la novia.

Impresionado por la emoción que surgía en su interior, tomó aire y contuvo la respiración durante un segundo —una eternidad para que sus demonios pudieran bramar y aullar—. Pero ninguno de ellos levantó su horrible cabeza. Nada se movía dentro de él, sólo el martilleo desesperado de su corazón.

Por una vez sus demonios parecían compadecerse y dejarlo en paz.

Entonces, en el pórtico frío y húmedo de la pequeña iglesia de piedra, antes de que aquellos espíritus maléficos cambiaran de opinión, soltó la bocanada de aire que había estado reteniendo y pronunció las palabras que convertían a Caterine en su esposa.

—Con este anillo te desposo —declaró, ajustando la reliquia en el dedo de ella.

Sorprendida por la profundidad de la voz de su nuevo consorte, Caterine sostuvo el gran anillo, que le quedaba demasiado grande, con el pulgar, y se asombró ante la intensa oleada de emoción que bloqueaba su garganta.

Algo suave y delicado comenzó a florecer de pronto en su interior, y mientras ella se mantenía allí inmóvil, saboreándolo, él se acercó para levantarle el velo. La expresión del rostro de Marmaduke, su intensidad ardiente, la inundó de una satisfacción inesperada... haciendo desaparecer todas sus preocupaciones.

E hizo enmudecer a todos los que había a su alrededor, acallando incluso los lloriqueos emocionados de Rhona, y la voz zumbona del padre Tomas, que pronunciaba el sermón que ella había escuchado ya tantas veces.

Todo se desvanecía, menos la ternura y el orgullo del rostro de su protector... y la estimulante percepción de que estaba a punto de besarla.

En aquel preciso instante. Cuando James mencionaba todo lo que ella aportaba a la unión como su dote.

Con el corazón retumbando, Caterine alzó la barbilla cuando sir Marmaduke apartó el velo de seda brillante que había recibido de su hermana, ofreciendo sus labios para honrar públicamente la galantería de su caballero.

Y para acelerar aquel beso que estaba ansiosa por recibir.

Un beso que los presentes parecían desear igualmente, pues el estrépito en el patio de la iglesia había llegado a su auge. Caterine parpadeó, y un intenso deseo abrasó su interior dejando la huella de una esperanza arrolladora que recorrió su cuerpo hasta la punta de los pies.

—Voy a besarte —anunció él, hechizándola con aquellas tres palabras.

Y una vez que te haya besado, jamás te dejaré ir.

Estas palabras flotaron entre ellos, vivas y palpitantes, tan inaprensibles como el aire frío de su respiración.

Caterine no supo discernir si habían sido pronunciadas de verdad o sólo imaginadas en su corazón; pues él, en ese momento, ya estaba levantando su mano hacia el rostro de ella.

Reclamándola como suya con aquel roce.

—Esposa mía —dijo él, y la profunda emoción de esa pequeña frase provocó una intensa vibración en los ojos de Caterine—. Que Dios se apiade de cualquiera que intente arrancarte de mi lado.

Puso los brazos a su alrededor y los cerró en un fuerte abrazo. Era una afirmación tan posesiva, tan exigente, que las anillas de acero de su cota de malla hicieron presión contra ella, marcándola.

Nunca te dejaré marchar. Las palabras regresaron, esta vez más leves que un suspiro, más dulces que una caricia, e inundaron el corazón de Caterine de luz y calor.

Durante un momento interminable, él clavó su mirada en lo más profundo de sus ojos, y aquella intensidad fue más convincente que cualquier palabra etérea escuchada o imaginada por ella.

Marmaduke le sostuvo la nuca con una mano, y puso el otro brazo alrededor de su cintura para acercarla todavía más hacia él, moldeándola con aquella fuerza.

Ella se inclinó hacia el caballero, pasando las manos por encima de sus anchos hombros. Se alegró de ignorar aquellas sombras de duda, que tanto la alertaban sobre la posibilidad de perder el corazón una vez que hubiera dado aquel beso.

Pero el peligro no era nada en comparación con la excitación de aquel abrazo. Caterine cruzó las manos detrás del cuello del caballero y, adelantándose, fue al encuentro de sus labios. El atrevimiento fue recompensado con habilidad por su caballero.

El roce de los labios de Marmaduke la traspasó, alcanzando su esencia. Totalmente inapropiado para aquel ambiente sacro, pero con una energía que inundaba lo más profundo de su ser, el beso y la pureza de su goce le robaron el aliento.

Ella se tambaleó un poco, pero los brazos de Marmaduke se tensaron para sostenerla y la levantaron, un poco más íntimamente hacia él.

—Eres mía —afirmó él, echándola un poco hacia atrás para, de inmediato, sellar aquella afirmación sobre los labios húmedos y cálidos de Caterine—. Ahora y siempre —susurró, inclinando su boca sobre la suya, para robarle toda la dulzura una vez más.

Era una ofrenda que ella le daba libremente. Caterine entreabrió sus labios, invitándolo con descaro a que su lengua entrara en su boca. Después fue al encuentro de ésta con la suya, deslizándola suavemente.

Un frenesí sensual, un abrazo lascivo demasiado ardiente como para ser aceptado ante una iglesia, antes de la bendición final y a la vista de todos los que habían vociferado durante horas para verlos casarse.

Finalmente, Marmaduke retiró su boca de la de Caterine, pero no la soltó por completo, sellando una vez más sus votos con un tierno beso.

El más delicado roce de labios, el contacto más suave que la lengua de él podía dejar en la punta de la de su flamante esposa. Tan dulce como un susurro, pero tan poderoso como para arrancar un gemido desde lo más profundo del alma de Marmaduke, cuando al fin se apartó de ella.

Un gemido tan manifiesto en el silencio que los rodeaba que él no pudo seguir manteniendo aquel pétreo semblante, tan apropiado para las batallas.

Ni siquiera el sordo estruendo que en la lejanía produjo la retirada de sir Hugh y sus hombres de la colina logró ensombrecer el humor del guerrero.

Con el corazón palpitando, se pasó una mano por el cabello. Una extraña quietud se extendía en torno suyo, y la atención de todos se había concentrado en ver la pasión de Marmaduke, su pérdida total de control.

Incluso el viento parecía haber contenido la respiración para observar aquel estallido de sensualidad.

Un calor inesperado, poco habitual, le subió hasta el cuello. Se volvió hacia el gentío curioso y atónito, más conmocionado de lo que hubiera admitido. Desafiando la expresión de asombro en la cara del sacerdote, cogió a su esposa de la mano y la empujó hacia el interior de la iglesia para escuchar la misa nupcial antes de que la multitud desenfadada se hiciera oír de nuevo.

Pero sus hombres no eran tan fáciles de distraer.

—¡Por Dios! ¿Habéis visto algo parecido alguna vez? —rugió sir Gowan, y su voz profunda rasgó el silencio—. ¡Ojalá estuviera Duncan aquí para ver cómo el *sassunach* capitula por un beso!

El grupo de escoceses dejó escapar un clamor tan jubiloso que ni la solemnidad de la nave sacra, con su aire rancio, pudo detener aquella intrusión.

Respetuosos, una vez dentro del recinto sagrado guardaron silencio, y sus bribonadas se limitaron a resoplidos impacientes, algunos codazos y algunas muestras exageradas del arte de dejar los ojos en blanco.

Marmaduke estaba dispuesto a ignorarlos; cogiendo con firmeza la mano de Caterine se arrodilló junto a ella, frente al sacerdote, para recibir la bendición final. Y si esa bendición llegaba con un ligero temblor en la voz del cura a causa de su apasionado beso, a él no le importó ni lo más mínimo.

Aunque un destino peor que el de ser blanco de las pullas de sus hombres y el de poner a prueba la sensibilidad del padre Tomas lo esperase al amanecer, se consideraba a sí mismo un hombre afortunado.

Con la cabeza aún inclinada, lanzó una mirada a su nueva esposa. En sus mejillas había huellas de rubor oscuro, sorprendentes para alguien de una piel tan clara, y los rodetes de su cabello brillaban con la luz de las ventanas.

Sus labios se movían en una plegaria silenciosa... que le recordaron el agudo estremecimiento que había recorrido sus entrañas cuando ella los movió tan dulcemente bajo los suyos en el primer beso compartido.

El primero de muchos.

Al pensarlo, una euforia inundó su interior.

Una alegría tan tempestuosa que ni siquiera sus propios demonios se atrevieron a cuestionar el derecho de disfrutar de ella.

Marmaduke volvió a mirar hacia el suelo de piedra, contuvo una sonrisa y finalizó su plegaria.

Era un hombre bendecido.

* * *

Algo más tarde, con la caída del sol en aquel día casi perfecto, la pareja de recién casados y su gente regresaron de los festejos atravesando el inmenso portón principal sobre el que estaba situado la torreta de vigilancia. Las antorchas brillaban dentro del túnel de entrada, dando una sensación de refugio, pero eran las nubes bajas, del mismo gris plomizo que el mar, las que complacían más aún a Marmaduke.

Aquellas masas en movimiento casi tocaban las aguas agitadas, enturbiando el límite del horizonte, y envolviéndolo todo con una suave neblina. Eran una garantía de que aquella sería una noche sin luna.

Una bendición para el pequeño grupo que él habría de dirigir, atravesando el páramo dormido, silenciosamente y sin que nadie los viera.

Pero el palpitar insistente en sus sienes poco tenía que ver con aquel tipo de bendición. Mirando fijamente hacia adelante, Marmaduke dejó escapar un suspiro de alivio al ver que la columna de alegres alborotadores empezaba a cruzar las rejas levantadas.

Sus ojos percibieron algún extraño movimiento en el arco de entrada, pero la luz chisporroteante de las antorchas no reveló nada más peligroso que sombras danzantes. No había por qué alarmarse, pero sentía una cierta intranquilidad, con sus nervios a flor de piel como un enjambre de mosquitos diminutos.

Un extraño cosquilleo en su nuca que le hacía acariciar con insistencia la empuñadura de la espada.

Y mantener sus sentidos alerta.

Sir Ross se puso a su lado, aparejando su lanudo caballo al imponente corcel de Marmaduke.

—Esto me gusta menos que si una horda de infieles cayera desde la torreta de vigilancia —exclamó—. Así al menos podríamos saber hacia dónde dirigir nuestras flechas.

—Crees que no podemos... —comenzó a decir Marmaduke, pero se interrumpió de pronto al percibir un ligero movimiento entre los arbustos de su derecha.

Dio un rodillazo a su caballo para que se adelantara y se pusiera a la altura de su esposa, desenvainando de inmediato su espada justo cuando una flecha pasó siseando muy cerca de su hombro y se hizo pedazos contra un pedrusco detrás de él. Habían errado el tiro sólo por un centímetro.

—¡Por los discípulos de Cristo! —gruñó, y giró sobre su grupa hacia el bosquecillo de matorrales y fresnos.

Con las espadas empuñadas, sus hombres se adelantaron para formar un cordón protector alrededor de Caterine y Rhona. Entonces, el chirrido metálico de otras armas al ser desenvainadas inundó el aire, mientras a lo largo del camino de los acantilados los aldeanos tomaban posiciones de lucha, preparados para utilizarlas frente a cualquiera que se avecinara.

Pero nadie se aproximó.

Nada rompió el silencio salvo el desesperado ladrido de los perros en la lejanía, y un frenético entrechocar de armas en el bosquecillo.

Invadido por un espesa furia, Marmaduke miró a su esposa. Una vez que se aseguró de que estaba protegida, espoleó los flancos de su caballo y avanzó hacia la escaramuza.

Una segunda flecha pasó siseando mientras se acercaba a los arbustos, esta vez desde otra dirección distinta. El proyectil voló entre los árboles; un golpe sordo y un ronco juramento revelaron que había encontrado un destinatario.

Pero sólo uno... pues la lucha y las maldiciones continuaban.

Jaleó a su cabalgadura para avanzar con mayor velocidad. Se detuvo ante los árboles justo cuando un sujeto de mirada feroz y de respiración jadeante salió disparado, con una maza enrojecida en una mano y un hombre colgado sobre el hombro.

Un hombre muerto con la punta de una flecha saliéndole por la espalda.

El gigante que llevaba aquel cuerpo se arrastró hacia adelante, algo vacilante bajo el peso del hombre muerto. Marmaduke lo reconoció. Era Black Dugie, el herrero de Dunlaidir que acababa de regresar.

Un servidor que él había considerado leal... aunque tal vez un poco corto de entendederas.

Desmontando, Marmaduke acortó la distancia que los separaba a grandes zancadas.

—¡Por todos los santos! ¿Qué demonios está ocurriendo?

El herrero dejó caer al hombre y... escupió.

—Lo vi arrastrándose entre los árboles y lo seguí —explicó Black Dugie resollando mientras miraba al cadáver.

Golpeó la bolsa de las flechas con la punta de su desgastada bota.

—Cuando sacó una flecha, me apresuré para detenerlo, pero... —Dio un paso atrás cuando James y sir John aparecieron de pronto, con las caras tan sombrías como la noche que descendía, apresuradamente, sobre todos ellos.

Entraron con tanta violencia que sus corceles levantaron las patas delanteras y las mantuvieron así, para luego enterrarlas a sólo unos centímetros del cuerpo del hombre muerto.

Con un tirón enérgico, James pudo controlar su cabalgadura con una destreza sorprendente.

—¿*Pero qué*? —le espetó al herrero, adelantándose para estudiar al gigante, con una sombra de desconfianza en sus ojos.

Black Dugie levantó su mandíbula barbuda.

—Pero no fui lo suficientemente rápido para frenar a ese bastardo *sassunach,* eso es lo que ha ocurrido.

Marmaduke cogió al gigante por el brazo.

—¿Era inglés?

El herrero asintió.

—Lo oí hablar cuando me maldijo al desviar su segundo tiro. Estaba apuntándoos de nuevo a vos, o quizás a lady Caterine. No sé, pero salté...

—¿Cómo sabemos que no fuiste tú quien lanzó la flecha que casi alcanza a Marmaduke? —rechinó sir John, con un brillo de sospecha en sus ojos.

Todavía montado, miró primero el cuerpo sin vida y después la maza de guerra sangrante, aún en la mano del herrero.

—¿Quizás mataste a golpes a este pobre diablo para inculparlo de algo que tú habías hecho?

Black Dugie dejó caer la maza y cerró los puños de sus gruesas manos.

—Reconozco que le golpeé varias veces pero no hasta matarlo.

Se volvió hacia Marmaduke.

—La consigna era no matar a nadie porque queríais interrogar a los sospechosos —dijo un poco más calmado—. La segunda flecha lo mató, no mi maza.

—Una flecha que tú mismo podrías haber disparado —insistió James esta vez.

—No, no pudo haberlo hecho —intervino Marmaduke con el ceño fruncido ante aquella acusación—. La flecha vino más allá de esos árboles.

Y quienquiera que la haya lanzado trató de acallar al bastardo antes de que Black Dugie pudiera traerlo hasta mí.

Pero Marmaduke no reveló aquel pensamiento. Envainó la espada; ya no necesitaba preocuparse, seguramente no habría un segundo asesino en los alrededores del bosque.

Su instinto —y el frío que le recorría la espalda— le confirmaron que el peligro acechaba más cerca.

Era tan consciente de la traición que se aproximaba que casi podía paladear su podredumbre en el aire gélido. Agarró al herrero por el hombro ensangrentado.

—Estoy en deuda contigo —dijo simplemente, pero enfatizando cada una de aquellas palabras—. Me gustaría verte de nuevo al frente de la forja de Dunlaidir, pero si así lo deseas, estás invitado a acompañarme a Balkenzie cuando me vaya. Necesitaré un buen herrero.

El gigante inclinó la cabeza, desacostumbrado a los elogios.

James se ruborizó. Sir John empezó a farfullar algo sobre insolentes y villanos.

Marmaduke los ignoró a ambos.

—Haz algo con ese cadáver y luego date prisa y ve a buscar a Eoghann —le ordenó a Black Dugie, levantando la voz para que se oyera por encima de la diatriba de sir

John—. Asegúrate de que te prepare un baño y te dé ropas nuevas. Después ven al salón a participar en el banquete de bodas. —Soltó entonces el hombro del herrero, pero volvió a cogerle del brazo—. Serás bienvenido, te lo prometo.

Volvió a montar sobre su corcel. La expresión de su rostro ya había vuelto a la normalidad. Entonces miró a los otros dos.

James.

Sir John.

Uno de ellos era un traidor.

¿Pero por qué?

Quería descubrirlo y lo haría, pero primero se tomaría su tiempo. Un enemigo vigilado de cerca era un enemigo inofensivo.

También tenía otros problemas que ocupaban su mente.

—Vamos, mi esposa nos aguarda —dijo, atendiendo al asunto más urgente de todos—. Y a nosotros, mis buenos hombres, nos espera una larga noche por delante.

* * *

Pocas horas más tarde, aunque parecía que había transcurrido mucho tiempo desde las escalinatas de la iglesia y la excitación del beso de su protector, Caterine se encontraba de pie en la fría penumbra de la cripta de Dunlaidir. Trató de ocultar su turbación cuando su nuevo esposo se quitó la guerrera azul por encima de la cabeza.

Marmaduke dejó caer la prenda resplandeciente sobre el suelo de piedra y después se deshizo también de su cota de malla. Llevaba sólo unos calzones de cuero, botas hasta las rodillas y una camisa de lino. Aquella magnificencia dejó sin palabras a Caterine.

Estaba rodeado por un aire de atrevida confianza en sí mismo, una tranquila determinación de acero. Ella esperaba que aquella confianza no saliera dañada con los planes de aquella noche.

Su propio coraje pareció disminuir al ver que él cogía de manos de Eoghann un grueso traje de lucha de estilo inglés y lo hacía deslizar sobre sus hombros con la seguridad del que ha visto muchas batallas... y no retrocedía ante una nueva.

Ella sí que se estremecía ante aquella idea. La larga camisa de cuero bien acolchada le provocó un escalofrío que recorrió todo su cuerpo.

Los caballeros ingleses —bien equipados— llevaban aquellas prendas de cuero bajo sus cotas de malla para mitigar los efectos de los golpes más fuertes.

O para impedir que penetrasen las flechas bien dirigidas.

Pero Caterine nunca había visto armar tan sólidamente a un caballero dispuesto a robar unas cuantas cabezas de ganado escocés de forma clandestina.

Un oscuro temor le oprimió el corazón y la hizo avanzar entre las sombras.

—Me gustaría hablar contigo —dijo ella—. En privado.

Marmaduke levantó una ceja. El peligroso brillo de su ojo sano se transformó en uno de... tierna picardía.

—A menos que quieras hablarme de lo que haremos a mi regreso, no hay nada que no puedas decir delante de mis hombres.

Detrás de ella se oyó la risita de uno de aquellos guerreros, que no eran tan galantes como él.

Los otros se le unieron.

Con las mejillas encendidas, Caterine lanzó una mirada a Black Dugie.

El herrero vigilaba la salida del sótano, bloqueando las escaleras con su enorme corpachón y el ceño más fruncido y oscuro de toda la comarca.

Caterine apoyó los puños en sus caderas y se encaró a su esposo.

—No todos los que están aquí son tus hombres.

—Tal vez no, pero confío en los corazones de todos los presentes.

Caterine apretó los labios.

Él se cruzó de brazos... pero claudicó primero.

Se encogió de hombros y se acercó para cogerle de la barbilla.

—Pensé que me había casado con una mujer de claras palabras.

—Así es.

Sin dejar de observarla, cogió una de sus manos y se la besó.

—Entonces compláceme aquí como lo haces cuando estamos a solas, y di lo que piensas.

Un nuevo coro de risas volvió a levantarse.

—¿Y? —preguntó él, aún sosteniendo su mano y deslizando el pulgar por el anillo.

Pero el anillo estaba en el dedo de su esposa.

Distraída, giró la cabeza y miró a su alrededor en el sótano... y al ver a los hombres de Marmaduke volvió a recordar la causa de su inquietud.

Los escoceses también estaban, en mayor o menor medida, semidesnudos, y cada uno de ellos se afanaba en pertrecharse con diversas vestimentas de guerra. Todos excepto sir Lachlan, a quien se le había ordenado quedarse para hacer más creíble el embuste de que sir Marmaduke había desaparecido escaleras arriba para llevar a la cama a su nueva esposa cuando él y sus hombres hubieran abandonado el gran salón.

—¿Y? —preguntó su esposo nuevamente, deslizando sus dedos por el brazo—. ¿Todavía estás agitada por el incidente en el camino?

—No hay nada privado en eso —intervino sir Gowan. Las palabras habían salido con dificultad, amortiguadas por la guerrera de cuero que se estaba poniendo—. Todos sabemos lo que pasó.

Sir Ross levantó la vista, interrumpiendo su labor de colocar cotas de malla y casquetes acolchados para la cabeza en una bolsa de cuero.

—Ese maldito canalla no volverá a ensombrecer los caminos de Dunlaidir.

Entonces miró a Caterine con una expresión que intentó infundirle confianza, pero la visión de aquellas protecciones de acero que sir Ross tenía entre las manos y que protegerían más tarde a los caballeros resultó ser más desconcertante que reconfortante.

El problema era... *hablar*.

Y describir el motivo por el cual Caterine sentía un malestar interno.

—No estoy preocupada por el hombre muerto —dijo ella—. Sólo me preocuparía si su flecha hubiera dado en el blanco.

—¿De veras? —Sir Marmaduke ahuecó la mano bajo la barbilla de ella, clavando intensamente la mirada en las profundidades azules de sus ojos.

—Sí, de veras —respondió ella sinceramente, y la frustración se enroscó en su vientre como una serpiente. Se liberó e hizo un gesto con el brazo señalando a las armas dispersas alrededor de los hombres—. ¿Desde cuándo es necesario cubrirse con tanto metal para ir en busca de unos cuantos animales?

Desde que nos hemos propuesto ir en busca de carne para servir en tu mesa.

—Desde que alguien se atrevió a dirigir sus flechas contra ti o contra mí a nuestro regreso de la iglesia —contestó Marmaduke, y rogó porque aquella verdad a medias la calmara.

Pero no fue así.

Caterine se puso firme; un brillo de comprensión resplandeció en sus ojos de zafiro.

—Mi señor, creo que sólo estás tratando de tranquilizarme.

—¿Y no se supone que eso es justamente lo que hacen los protectores? —Marmaduke dio un tono de galantería a sus palabras—. Eso, y matar demonios.

Algo indefinible, pero lo suficientemente desconcertante para llegar al corazón de Caterine, se vislumbró en su rostro.

—Dudo que alguien pueda matar a los míos. —Las palabras fueron pronunciadas tan débilmente que Marmaduke apenas las oyó—. No a todos ellos.

—Te equivocas, milady. —Marmaduke deslizó un brazo alrededor de sus hombros y la condujo hacia un rincón, alejándola de los hombres—. Estás muy equivocada.

Ella se había quitado el velo de su hermana. Marmaduke tocó sus trenzas recogidas y brillantes. Sintió un enorme deseo de desatar aquellos cabellos y hundir su rostro en ellos, pero el sonido de las espadas a su alrededor mantuvo su mente fría.

Más tarde podría explorar las delicias de su pelo dorado.

Todo su pelo dorado.

—¿Y en qué me equivoco? —dijo ella en un suspiro, desarmándolo con una simple mirada azul.

Marmaduke capituló con satisfacción. La atrajo hacia sí y sintió que le llegaba la verdadera paz cuando ella le rodeó el cuello con los brazos y apretó una mejilla contra su hombro fornido.

—Te equivocas, porque no sólo voy a matar a cada uno de tus demonios, sino que esparciré sus restos a los cuatro vientos para que nunca más vuelvan a ensombrecer tu corazón.

Hecha la promesa, Marmaduke levantó la barbilla de su esposa y la besó.

No fue aquel beso apasionado que le había dado en la escalinata de la iglesia, sino uno mucho más tierno. Una caricia suave y delicada, un simple roce de sus labios, hasta haber absorbido la dulzura suficiente que lo mantuviera en pie durante las horas venideras.

Y también con la esperanza de que llegase hasta el corazón de ella, despojándolo de incertidumbre.

Al fin se separó. Pero no pudo resistirse, y rozó con su cara la mejilla de ella.

—Hasta el último de los demonios, milady. Empezaremos la tarea tan pronto como regrese.

* * *

Tan pronto como regrese.

Aquellas palabras la habían tranquilizado y le habían proporcionado una oleada de seguridad, reconfortando su alma. Amparada en la fe que suponía aquella promesa de sir Marmaduke, Caterine se sentó junto a su esposo en el banquete de bodas —si es que tal nombre podía recibir el caos que reinaba en el gran salón—, tratando de olvidar las horas que pasaban lentamente.

Pronto llegaría la hora en que Marmaduke debía marcharse, tal como estaba reflejado en las exclamaciones de los presentes, en las antorchas casi extinguidas, y en el número creciente de hombres que se desplomaban exhaustos sobre las mesas.

Algunos de ellos habían empezado ya a roncar.

Alborotadores demasiado concentrados en sus copas como para darse cuenta de que su valiente protector y sus seguidores se retiraban.

O, como era evidente en algunos rincones oscuros del salón, demasiado ocupados en intereses lascivos para prestar demasiada atención.

Caterine buscó con la mirada a Rhona. Al igual que muchos de los invitados, a los que la cerveza ya se les había subido a la cabeza, su amiga y James se habían entregado a sus escarceos amorosos durante casi toda la noche, pero ahora el nicho donde habían dado rienda suelta a su pasión parecía vacío.

Excepto por Rhona.

Estaba reclinada sobre la tracería tallada en la piedra de la ventana, semioculta entre las sombras, tocando su laúd y cantando una canción de amor. Pero cuando se encontraron sus miradas, abandonó el laúd sobre el asiento como si fuese una señal que sólo Caterine podía entender.

Era una confirmación de que James la había dejado para unirse a sir John en la esquina más oscura de las murallas exteriores, donde esperarían con caballos ensillados hasta que los otros hombres aparecieran.

Había llegado la hora.

Hasta el último de los demonios.

Aquellas palabras, y la mano del aniquilador de esos monstruos, que se deslizaba sobre la de ella, le dieron la fuerza para continuar con el juego.

Echó hacia atrás el banco que compartían y pronunció unas palabras ensayadas de antemano.

—Por mi fe, si como otro pedazo de ave marina, saldré volando.

Los dedos de su esposo oprimieron delicadamente su mano, para asegurarle que todo iría bien.

Uno de sus hombres, sir Gowan, el barbudo, miró a Caterine con atención... e inclinó la cabeza. Entonces, poniéndose de pie, atravesó a grandes zancadas el salón lleno de humo para de pronto... desaparecer.

Los otros, uno por uno, harían exactamente lo mismo.

Cada cual jugaba su papel, tal como lo había hecho la misma Caterine, ofreciendo durante horas a su esposo ciertas delicias bastante sospechosas de las agotadas despensas de Dunlaidir. Y tragando más algas marinas y aves de lo que podía soportar su estómago.

Y todo el rato sonriendo.

Había bebido de la misma copa del novio y había permitido que los invitados se regocijaran al ver cómo él besaba sus labios humedecidos por unas gotitas de aquel fuerte vino. Incluso había pasado su lengua por la barbilla de Caterine.

Eso había enloquecido a los presentes.

Caterine había accedido a aquello, preguntándose cuántos demonios podría hacer desaparecer aquella provocativa lengua.

Pero ahora, la posibilidad de tales goces se perdió en el rincón más oscuro de su mente, diluyéndose ante la salida de otro MacKenzie. Sir Ross, un hombretón con poca gracia, se había deslizado fuera del salón como si jamás hubiese estado allí.

Y se había llevado consigo a sir Alec, ya que el lugar que había ocupado aquel veterano caballero, al final de la mesa principal, también estaba vacío.

Sólo sir Lachlan permanecía en su sitio... y allí seguiría estando.

Para declarar con gran empeño que sir Marmaduke Strongbow había llevado a la cama a su esposa, si todavía quedaba alguien consciente para darse cuenta de su ausencia.

O de atreverse a preguntarle.

—Es hora de que nos vayamos. —Las palabras, murmuradas apenas por encima de sus oídos, la paralizaron por un momento. Sin darse cuenta, Caterine se movió, poniéndose en pie, mientras el brazo de acero de Marmaduke la sostenía por la cadera.

Nadie se opuso.

Nadie gritó.

Sólo Marmaduke pareció vacilar, mirándola con una intensidad que atravesó su cuerpo, llegando directamente al corazón. Pero la cogió del codo y comenzó a llevarla fuera del salón. Tras haber dado unos pocos pasos se detuvo.

—*Por todos los demonios del infierno* —murmuró él. Entonces la alzó en sus brazos, sosteniéndola con fuerza contra su cota de malla. La condujo así a través del salón y por las escaleras.

Pero no se trataba de las escaleras que iban a la torre donde estaban sus aposentos, sino otras más oscuras, húmedas y frías.

Una torreta poco utilizada, escasamente iluminada, que daba al mar, y desde la que podía accederse por diversos corredores. Incluyendo el que le llevaría a reunirse con sus hombres en el lugar acordado.

Hizo una pausa en el primer descansillo y poco a poco la fue soltando, hasta que Caterine quedó de pie. Pero no la dejó marchar, sino que la volvió a abrazar y puso su boca sobre la de ella para darle un beso ensordecedor. Ella pasó sus brazos sobre los hombros del caballero cuando aquel contacto perturbador hubo terminado.

—Me apena tener que dejarte —dijo él acariciándole la espalda—. En especial aquí, pero no tengo el coraje de llevarte hasta tu habitación y no quedarme contigo.

Entonces volvió a besarla, pero esta vez en la frente, y después la apartó unos centímetros para mirarla.

—Te llevaré como a una verdadera esposa cuando regrese. Eso te lo prometo. —Dio un paso hacia atrás, le cogió la mano y se la llevó a los labios para un último beso—. Te veré mañana por la mañana, cuando el ganado de los Keith haya sido rescatado.

Caterine sacudió la cabeza.

—Sé que vas buscando algo más que carne de vaca para nuestra mesa —dijo con sinceridad, levantando la cabeza con la barbilla en señal de desafío, para ver si él se atrevía a negárselo.

Marmaduke no lo hizo, y el estómago de Caterine se contrajo ante aquel acto de honestidad. Tocó entonces las anillas de acero de la cota de malla, sintiendo debajo de ella la protección de cuero.

Él salía a luchar y esperaba hacerlo.

O tal vez se aseguraba frente a otra posible emboscada.

Tomar conciencia de este hecho hizo que su cuerpo se estremeciera.

—¿Volverás?

Para su sorpresa, una lenta sonrisa se dibujó en el rostro de Marmaduke.

Una sonrisa de confianza.

—Siempre vuelvo —dijo él, inclinándose para besarle la punta de la nariz—. Los santos no permitirán que me ocurra nada.

Después se dio la vuelta y desapareció.

Su hombre de acero, experimentado y bien armado, se había desvanecido como un espectro entre las sombras antes de que ella pudiera seguir interrogándole.

Esperó a que los pasos dejaran de oírse y sólo entonces se giró, alejándose de allí, rezando a medida que descendía los peldaños.

Por el éxito de aquella misión cualquiera que fuera su verdadero propósito.

Por el regreso, sanos y salvos, de sus hombres cuando todo hubiera acabado.

Pero, sobre todo, para que los santos sonrieran una vez más a sir Marmaduke Strongbow.

16

EN AQUELLA NOCHE VENTOSA Y SIN LUNA, SIR MARmaduke, los hombres en quienes más confiaba y un canalla traidor que todavía no sabía quién era cabalgaron por la ladera de la colina hasta la cumbre, por encima del castillo de Kinraven, propiedad de sir John, que en aquel momento se encontraba en manos de los ingleses.

Las murallas de la fortaleza se levantaban oscuras y orgullosas sobre la costa de un lago estrecho y alargado, rodeado de pequeñas colinas que parecían extenderse hasta el infinito.

Suaves colinas cubiertas de hierba.

Pastos de primera calidad, en los que destacaban un gran número de *bultos* oscuros que deambulaban de un lado a otro con una pasmosa lentitud.

El ganado de Keith.

La mejor carne de vaca que podía conseguirse en toda la comarca.

—¿*Aquí*? —Sir John espoleó su caballo a través de la maleza cubierta de arbustos espinosos para llegar hasta donde estaba Marmaduke—. ¿No me has escuchado? Allí...

Se interrumpió para extender el brazo en dirección al principio del lago, donde se levantaba el castillo de Kinraven entre la neblina.

—Allá en las praderas es donde pasta el ganado.

Ignorando la irritación del otro hombre, Marmaduke miró en aquella dirección sobre las aguas oscurecidas por la noche. En algunas ventanas angostas de Kinraven todavía había luz, y sobre las murallas, en los parapetos, podían sospecharse algunas sombras.

—Estás completamente loco si piensas que encontrarás un solo buey pastando en este lado de la colina —insistió sir John con la voz acalorada.

—Alguien podría decir que estás loco al decir eso. —Sir Ross se giró hacia el lord escocés, que parecía molesto—. Hay algunos que han perdido su lengua por menos —agregó, golpeando nerviosamente con sus dedos un puñal enganchado en su cinturón.

Los otros dos escoceses de Kintail se acercaron con sus caballos; un brillo amenazador se reflejaba en sus ojos entrecerrados. James jaleó a su corcel para interponerse, con la cara tensa por la cólera.

Pero no a causa de sir John. James miró más allá del grupo de hombres, a los bultos oscuros dispersos por la colina distante.

Irradiaba tensión, espesa y caliente.

—Me produce náuseas saber que mi gente se ha ido a dormir durante tanto tiempo únicamente con pescado y algas en sus estómagos.

Exhaló una gran bocanada de aire.

—Ahí está todo nuestro ganado —dijo a Marmaduke con la sangre hirviendo—. No me digas que hemos hecho todo este camino para buscar un solo buey de este lado de la colina si tan cerca tenemos a otros.

—Esta noche necesitamos sólo uno, pero dos sería mejor —respondió Marmaduke con toda la tranquilidad que había conseguido después de combatir durante años a sus propios demonios—. Sé paciente, amigo, que ya recuperaremos los otros.

Porque si bajamos ahora en su busca, encontraremos que nos esperan algo más que bueyes y niebla.

Sir John dejó escapar un resoplido burlón.

—No encontrarás más que maleza y arbustos sobre este terreno empinado.

—¿Tú crees? —Marmaduke se enfrentó con su mirada arrogante y después desmontó. Desató la piel de buey del costado de su montura y miró a sir Alec—. Dile a sir John dónde has estado hace dos noches.

—Dando vueltas por estos mismos montículos. Es ahí donde he estado —respondió Alec, descendiendo también para coger su propia piel de buey atada a su caballo—. En busca de bueyes y cerdos.

Desenrolló la piel gastada y se la puso sobre los hombros.

—He visto ganado más que suficiente pastando entre los arbustos, pero ningún cerdo.

Sonrió a sir John sin una pizca de alegría.

—Pero hoy por la noche esperamos atrapar a uno.

Una ráfaga de irritación cruzó la cara de sir John.

Irritación y... algo más.

—Bueno, pues dejémonos de tonterías y empecemos por aquí —dijo bruscamente, y también desmontó—. No entiendo por qué me habéis pedido que os acompañara si no prestáis atención a mis consejos sobre cómo llevar adelante este robo...

—¿Robo? —Con un solo movimiento, James se deslizó de su montura y acortó la distancia que los separaba con una enorme soltura.

Sin un tropiezo y sin detenerse.

Marmaduke dio media vuelta para esconder una sonrisa.

Los escoceses hicieron lo mismo.

Detrás de ellos, James se dirigió al amigo de su padre.

—¿Cómo te atreves a pronunciar semejante palabra cuando Kinraven está ocupado delante tuyo? Si esta noche fuéramos a recuperar esas murallas, ¿también lo llamarías robo? —exclamó—. ¿Dónde está la diferencia?

Marmaduke se volvió hacia ellos, y vio que James aferraba el brazo de sir John... y que parecía una cabeza más alto que unos minutos antes.

Entonces se aclaró la garganta para intervenir.

—Mis buenos hombres —empezó, utilizando la palabra *hombres* a propósito—, los gritos alertarán a cualquiera que nos aguarde en esta colina.

—¡Que Dios nos ampare! —explotó sir John, soltándose de la mano de James. Se volvió hacia Marmaduke—: Primero quieres vernos merodear con pieles de buey sobre los hombros, ¿y ahora resulta que también es posible que nos ataquen?

—Quizá lo que me gustaría es escucharlo de tu boca —lo desafió Marmaduke, y se echó a los hombros su piel de buey como una capa—. ¿Están por aquí los hombres de sir Hugh? ¿O la emboscada estaba sólo planeada si avanzábamos más allá?

Marmaduke indicó la orilla del lago, con sus aguas moviéndose en la noche, visibles en la base de la pendiente de la colina.

—Tal vez donde el camino se hace tan estrecho que sólo es posible cabalgar de uno en uno, ¿verdad?

—Estás loco. —Sir John se apresuró a poner una mano en su espada—. Eres un maldito hijo de...

—Y tú eres hombre muerto si mis sospechas son fundadas —dijo Marmaduke agarrándolo del cuello por su cota de malla y tirándolo al suelo antes de que pudiera desenfundar su arma—. Conténtate con que tengo el honor suficiente para esperar a asegurarme —agregó soltándolo.

Sir John se restregó el cuello, clavando los ojos en Marmaduke.

—Esto te costará...

Un crujido entre los arbustos lo hicieron detenerse.

Ruidos de pasos... y el chirrido del acero desnudo de los hombres que acababan de desenvainar sus armas. Todos menos sir John. Con la cara roja de rabia se quedó mirando hacia la espesura de los matojos de donde provenían los ruidos.

Una interrupción que fue recibida con asombro y sonrisas relajadas cuando descubrieron el origen de aquellos sonidos.

Se trataba de un espléndido buey.

—¡Por la Cruz! —Gowan bajó el arma y sonrió abiertamente a la bestia—. Es tan grande que podrá alimentar a todo Dunlaidir y también a la aldea.

Inmediatamente, el viento que soplaba trajo otros sonidos. Más crujidos, pero esta vez acompañados de un coro de funestos chasquidos metálicos de armas y el trote hueco de las herraduras en el terreno húmedo.

—¡A los caballos! —Echando la piel de buey al suelo, Marmaduke subió a su montura—. ¡Espadas! —exclamó con la suya ya en alto. La hoja de acero brilló en la oscuridad.

—*¡Cuidich' N' Righ!* ¡Dios salve al rey! —exclamaron sus hombres. Era el grito de guerra típico de los MacKenzie. Se les escuchó vociferar por encima del tronar de las herraduras que se aproximaban.

Con aquellos gritos y el relinchar de los caballos nerviosos, el buey se retiró con ojos asustados hacia los arbustos. En aquel mismo instante, una tropa de caballeros montados surgió de los árboles. Pronto se desató el caos.

Los jinetes, empuñando las armas, irrumpieron en medio del claro, cercando a Marmaduke y a sus hombres.

Las espadas lanzaban destellos plateados contra el gris pálido de la niebla.

Con una calma y un control de sí mismo del que no disponían los escoceses de sangre caliente, Marmaduke se irguió sobre las espuelas, levantó su arma por encima de su cabeza y esperó a que los caballeros avanzaran hacia él, en un ataque rápido y enfurecido. En el momento en que el primer asesino quedó a su alcance, Marmaduke dejó caer su espada en un movimiento fatal, golpeando a su oponente con tal ferocidad que casi lo parte en dos.

—¡Strongbow! ¡A tu izquierda! —le advirtió uno de sus hombres. Se dio la vuelta para detener un golpe infame que venía del otro lado.

Aquel canalla se repuso para dar un segundo golpe. Las espadas se encontraron con un ruido ensordecedor, y toda la fuerza de aquel cruce de aceros repercutió en el brazo de sir Marmaduke.

Bloqueó el siguiente intento con la parte plana de su espada, logrando que el otro cayera al suelo.

Sir Alec apareció a su lado. Su gran espada de escocés ya estaba ensangrentada.

—Hay más —gritó intentando hacerse oír por encima del ruido de los aceros entrechocando—. Una oleada de bastardos que llegan desde el bosque.

Marmaduke parpadeó para aclarar su ojo sano, que se había llenado de sudor, y lanzó una mirada hacia el límite del claro.

Alec no exageraba.

Una verdadera marea de jinetes armados se aproximaba hacia la colina. Avanzaban a paso seguro para cercar a Marmaduke y a sus hombres en medio de aquel caos, haciendo uso únicamente de su superioridad numérica.

—¡Por todos los cielos! —exclamó Marmaduke, y esperó que los santos estuvieran protegiéndole.

—¡Aquí, muchacho, mi hacha! —gritó sir Gowan en algún lugar a su izquierda. El apremio en la voz del escocés hizo que a Marmaduke se le helara la sangre.

Giró para ver cómo sir Gowan extendía su hacha hacia James. El joven había perdido su espada y combatía contra un caballero con yelmo y armadura, resistiendo con valentía y la ayuda de su escudo los ataques del contrincante.

Marmaduke aguzó su ojo sano entre el caos y contuvo la respiración. El corazón le dio un vuelco al ver que el hacha pasaba de largo, sin que los dedos de James pudieran aferrarla.

El mismo James lanzó un grito salvaje de cólera ante aquella pérdida. Su cara parecía una máscara oscurecida. Se puso de pie e hizo descender con fuerza el borde de su escudo contra el brazo extendido del enemigo, golpeando con tanta furia que el hueso de aquel se partió con un chasquido audible.

El hombre dejó caer la espada y se desplomó del caballo. Sus gritos de dolor fueron tragados por el alboroto poco agradable de los aceros que se cruzaban.

Pero aún no había tocado el suelo cuando otro atacante se precipitó hacia James, con la espada en alto y lista para dejarla caer en un golpe fatal.

—¡Por la madre de Dios! —gritó Marmaduke y clavó las espuelas, pero sir Ross, más cerca de James, con enorme habilidad y rapidez, puso su espada de guerrero de las Highlands a modo de lanza.

—*¡Cuidich' N' Righ!* —exclamó una vez más y dio alcance a James primero, para después ensartar al atacante antes de que éste pudiera asestar su mortífero golpe.

Sin hacer ninguna pausa retiró la espada del cuerpo y con rapidez se unió a Marmaduke y a Alec en el centro de la contienda, mientras James lo seguía pisándole los talones.

Se reunieron en una especie de tensa falange y siguieron peleando en medio de un estruendo ensordecedor.

El olor de sangre derramada emponzoñaba el aire, llenando los pulmones con su dulzura metálica.

Un poco apartado, Gowan, de pie sobre las espuelas, hacía girar su espada con las dos manos con tanta destreza que ningún oponente trataba de acercársele.

Y si alguno lo hacía, el fornido guerrero lo derribaba con un único golpe desde un ángulo preciso... y una sonrisa en su barbudo rostro.

Un grito estridente recorrió el aire teñido de rojo, más alto y más agónico que todos los anteriores. Marmaduke se volvió para ver a sir John, lejos del centro de la batalla, cayendo a tierra... con el costado izquierdo teñido de rojo carmesí.

Lo mismo que estaba teñida la espada del guerrero inglés que lo había asesinado.

Marmaduke estaba tan sorprendido que ni siquiera parpadeó. Miró a través del tumulto, completamente paralizado, y pudo ver cómo el caballo suelto de sir John se desbocaba hacia la oscuridad de la noche.

El cuerpo ensangrentado de aquel, que había ganado impulso con la violencia de la caída, comenzó a rodar por la ladera dejando un rastro rojo tras de sí.

—Con esto no contábamos —dijo Ross con un resoplido. Su propia mejilla estaba salpicada de sangre.

Pero no suya.

—Entonces nos equivocamos...

—Por el amor de Dios, ni lo menciones —le interrumpió Marmaduke, levantando el arma para rechazar a otro atacante. Tenía la garganta tan llena de bilis caliente que apenas si podía respirar.

Sus sospechas sobre el viejo escocés lo azotaban tanto como el hombre armado que se le avecinaba. Dio un viraje brusco sobre su montura para evitar el golpe del atacante, pero no la aguzada punta de su propia vergüenza.

Toda la cólera de la noche y el aumento creciente de su culpabilidad lo invadieron con una nueva fuerza, con la que se volvió para enfrentarse al hombre de la espada.

Y como si el contrincante hubiera visto al diablo en su rostro, trató de apartarse dando la vuelta a su caballo, pero, con un gruñido enfurecido, Marmaduke rompió la inmovilidad que lo había detenido, levantó el brazo y descargó su espada sobre el enemigo de un solo golpe.

Eres hombre muerto.

Si mis sospechas se confirman...

Un hombre muerto.

Durante el resto de aquella larga noche, en medio de aquella carnicería y de los gritos, esas palabras estuvieron rondando en su cabeza.

Una compañía constante, un triste peso en su honor.

Y un enemigo mayor que todos los secuaces armados de sir Hugh juntos.

* * *

Por encima y alrededor de la ladera de la colina soplaba un viento frío, y su propio lamento acompañaba como un fúnebre eco a los gemidos de los agonizantes... almas que pronto habrían de dejar la lucha que parecía no tener fin. Y aunque Marmaduke hubiera jurado que, finalmente, los santos lo habían abandonado, en su lugar habían enviado a un ángel para que le vigilara.

Aunque él no podía verla, había una mujer de pie junto a un espino. Alta, oscura como la noche sin luna y silenciosa.

Tampoco se movía.

Envuelta en un manto con capucha y en la neblina que se arremolinaba, ella seguía cada movimiento de Marmaduke a través de la penumbra, con orgullo profundo en sus ojos oscuros.

Un raudal de amor para mantenerlo a salvo.

Y aunque el peso de la tristeza fuera dueño de su corazón, ella no lo mostraba.

Él miró hacia donde estaba aquel arbusto y por un momento creyó verla; entonces ella levantó una mano, forzando una sonrisa. Una sonrisa para asegurarle que aquella noche, también, habría de pasar. Y aunque su tiempo ya se había ido, él aún tenía muchos años por delante.

Días luminosos y noches llenas de placer.

La sonrisa se borró poco a poco. Le miró a través del silencio, reconfortándolo lo mejor que pudo, maravillada por su valor y entereza.

Como siempre lo había estado.

Después de horas interminables, la furia de la batalla finalmente fue apaciguándose, dejando vislumbrar una salida a aquel encierro al aire libre. Con un profundo suspiro por aquellos días que conformaron su pasado, sonrió una vez más a Marmaduke y después se deslizó entre las sombras a las que ahora pertenecía.

Un mundo de neblinas y oscuridad.

Hasta que él la necesitara de nuevo.

* * *

—Así que crees en la piedra del señor feudal...

Caterine dio un grito de sorpresa y bajó la tapa del arcón depositado a los pies de la cama al escuchar aquel susurro condescendiente de Rhona.

—¿Desde cuándo vagas por los salones en medio de la noche para husmear con tu nariz en donde nadie te ha llamado? —Se puso una mano en el pecho—. Además —añadió, haciendo una pausa de énfasis—, no estaba mirando a hurtadillas esa estúpida pieza de granito.

Rhona se cruzó de brazos.

—¿Entonces por qué no estás en la cama?

Porque pronto vendrá el alba y nuestros hombres están a punto de regresar.

Porque tengo miedo por él.

—No podía dormir —reconoció, diciendo la verdad, pero sin darle la razón.

Un negro presentimiento se había agitado durante toda la noche en su vientre, y aún la azotaba con una furia incontenible. El corazón le palpitaba con fuerza. Lanzó una mirada penetrante hacia la penumbra de la recámara donde, ignorando la comodidad de su propia cama, *Leo* yacía enroscado sobre el jergón.

Hasta hacía poco rato, él también había estado vagando por la habitación, dando interminables paseos con sus cortas patitas entre la recámara y el hueco de la ventana para acabar frente a la puerta cerrada, donde se había sentado finalmente para alzar sus ojos expectantes ante aquellos paneles de roble.

Esperando al protector.

Lo mismo que las largas horas de oscuridad habían hecho con ella, obligarla a esperar.

—¿Puede ser que no logres dormir por la misma razón que yo? —le preguntó Rhona con una mirada inquisitiva, mientras se golpeaba la barbilla levemente con un dedo.

Caterine se ajustó la bata más firmemente alrededor de los hombros para protegerse del frío helado que se colaba por las rendijas de los postigos. Pero ante todo para que Rhona no viera cómo los nervios hacían que su pecho subiera y bajara en permanente agitación.

—Estás equivocada si te empeñas en querer que te reconozca cosas que no existen —dijo ella, necesitando con urgencia que Rhona acabara con aquel golpeteo.

Y así lo hizo.

Pero su amiga levantó una ceja, otro gesto tan molesto como su otra costumbre.

—Estás tan intranquila por él como yo por James —dijo Rhona—. Estás preocupada porque aún no han regresado, y ese miedo te ha quitado el sueño y te ha obligado a ir en busca de la piedra y comprobar si llora.

—Sí, me preocupo por él —admitió Caterine, pasándose una mano por sus cabellos sueltos—. Es un hombre galante y de corazón noble. Pero no estaba examinando la piedra del señor feudal. Sólo estaba quitándome el anillo.

—¿*Quitándote el anillo*? —Caterine levantó la mano y movió los dedos libres de todo adorno—. ¿Pero admites que estás preocupada por él?

—Me he quitado el anillo *porque* estoy preocupada por él —dijo Caterine, optando por la mejor defensa contra las molestias persistentes de Rhona: hablar claro—. Me he quitado su anillo porque le respeto demasiado para seguir llevándolo cuando no puedo darle mi corazón.

Rhona la observó con escepticismo.

—Algo en la forma de decirlo me sugiere que ya se lo has dado.

—No, no se lo he dado. —La negativa sonó hueca incluso en los oídos de Caterine.

Con la paciencia casi agotada, fue hasta el alféizar de la ventana y de un tirón abrió los postigos. Necesitaba con urgencia la ráfaga de viento helado que se coló en la habitación.

Rhona la había seguido y se detuvo junto a ella, resoplando.

—Si aún no le has dado tu corazón, yo soy una inocente virgen.

—Mi corazón es y será siempre mío —le respondió Caterine, dejándose caer en el asiento de la ventana—. Ya se lo he dicho también a él.

Volvió a arroparse en su bata, aferrada a la franqueza que la protegía de la locura.

Y del dolor.

—Tendrá todo lo que desee, menos eso —dijo, sorprendida por la punzada de deseo que la recorría cuando pensaba en él. Un anhelo tenso y agobiante por la fuerte pasión de la que sólo ahora comenzaba a vislumbrar los contornos.

Y quería más, mucho más que los besos y las caricias que habían compartido hasta entonces.

—¿A qué te refieres con ese «todo» que quieres otorgarle? —insistió Rhona—. ¿Admiración? ¿Respeto? ¿Compañía?

—Mientras esté con nosotros, sí, todas esas cosas y... mi cuerpo.

Rhona abrió la boca con asombro.

—¿Tu cuerpo?

Caterine asintió.

—Ya le he dicho que quiero explorar el deseo.

—¿Explorar el deseo?

—No tienes por qué estar tan sorprendida —dijo Caterine, mirando fijamente a su amiga con ojos de reproche—. Si no me equivoco, has sido tú la que me has dicho que yo lo necesitaba desesperadamente.

—Pero, milady, yo nunca hablé de una cosa sin la otra. —Rhona se arrodilló y cogió las manos de Caterine. La imagen era muy parecida a la de *él* cuando se había puesto de rodillas en aquel mismo nicho frente a ella.

Qué fácil y rápido había logrado que ella lo desease. Rhona le apretó las manos.

—Yo esperaba que en tu protector encontrases ambas cosas, amor y deseo.

—¿En un caballero inglés? —Caterine se asombró de que aquello le importara tan poco ahora.

—No creo que aún te moleste que sea inglés —dijo Rhona, presionándola.

—No, no me molesta —aceptó Caterine—. Lo que me apena es que otros hombres ingleses me hayan atormentado... tú deberías saberlo.

Sus fantasmas y el ultraje que éstos dejaron.

Caterine hundió los dedos en un confortable cojín cubierto de terciopelo que se había puesto sobre el regazo, mirando hacia la espesa niebla del mar que avanzaba.

Una barrera tan impenetrable como la entrada a su corazón.

Con poco esfuerzo pudo concentrarse en los fuertes deseos físicos que su protector había despertado en ella... y trató de hacer desaparecer el frío que otros ingleses habían puesto en su alma.

Aquella no era tarea tan sencilla.

—¿Se lo has contado? —preguntó Rhona, apretando aún más las manos de Caterine y masajeándole los dedos—. ¿Le has contado cómo abusaron de ti ante los ojos de tu primer esposo y cómo después lo mataron ante los tuyos?

Caterine siguió concentrada en la neblina.

—No con tantas palabras, pero es inteligente para deducirlo. Le he dicho que no conocía mucho el placer físico, y que me gustaría explorar esas intimidades. —Ante el silencio de Rhona, Caterine se irguió en el asiento—. Ya no soy joven —prosiguió, cansada de pronto. La noche de insomnio caía sobre sus hombros con todo su peso—. ¿Por qué no probar lo que otras mujeres disfrutan?

Sus ojos se encontraron con los de Rhona, que apretaba los labios.

—Él se ha mostrado de acuerdo, así que no tienes que poner esa cara de desaprobación.

—¿De acuerdo con qué? ¿Con darte placer?

Caterine asintió levemente con la cabeza.

Su compañera frunció el entrecejo.

—¿Y por qué no habría de hacerlo? —Caterine ni siquiera trató de ocultar su incomodidad—. Es un hombre con una naturaleza llena de deseos. Te lo puedo decir por sus besos. Te apuesto a que atendería a cualquier mujer que estuviera anhelando experimentar esas cosas.

—No, no, no, milady —dijo Rhona. Soltó las manos de Caterine, poniéndose de pie—. No a cualquier mujer. ¿No te has dado cuenta de la manera en que te mira?

Caterine apretó los labios y alisó los pliegues de su bata. No era capaz de creer que su valiente protector escondiera semejante pasión por ella.

—Sí que lo hace, milady —exclamó Rhona, como si hubiera leído el pensamiento de su amiga—. Él hará cualquier cosa por ti. Sólo le importas tú.

—Estuvo de acuerdo en algo más que... en la parte del placer —dijo Caterine. La parte más profunda de su corazón rápidamente entró en conflicto con la otra parte que había aceptado.

—¿Qué otras cosas habéis acordado?

Caterine respiró hondo.

—Que cualquier intimidad que compartamos será solo eso... actos puramente físicos sin ataduras emocionales.

—¿Ataduras emocionales? ¿Y tú le has creído? —dijo Rhona levantando la voz—. ¿Que te dará placer sin exigir tu corazón?

—¿Y qué hay de malo en permitirle que me dé placer?

—Nada, excepto que si le niegas tu corazón será sólo eso... placer físico. —Rhona enredó sus dedos en las puntas de sus trenzas mientras un rubor le subía por las mejillas—. Eso, milady, es lo que yo he hecho con los hombres de la guarnición. Obtienes un placer rápido, pero igualmente rápido se va.

—Tú reservaste tu corazón para James. —Caterine trató así de cambiar de tema—. ¿Con él también estás disfrutando de un simple «placer rápido»?

—Yo no le he negado mi corazón, él es quien me lo niega —dijo Rhona acalorada—. Él puede solicitar todo mi amor el día que quiera, y tengo la esperanza de que ese día llegue pronto. —Se estiró la falda, miró hacia el cielo y suspiró—. No, todavía no hemos estado del todo juntos, pero él sabe que yo tengo experiencia. Estoy reservándome esa parte de mí. —Miró a Caterine con ojos soñadores—. Por ahora.

—Pero tú quieres... acostarte con él.

Rhona asintió. La incomodidad había desaparecido.

—Sí, claro.

—Yo también lo deseo —suspiró Caterine—. Estoy harta de sentirme fría y vacía. Quiero conocer el placer intenso. Placeres deliciosos y excitantes.

—¡Milady! —Las mejillas de Rhona volvieron a colorearse, pero muy pronto apareció en su rostro una sonrisa cómplice—. ¿Qué tipo de excitantes placeres?

Caterine se levantó para susurrarle al oído sus deseos más secretos.

Rhona se quedó boquiabierta. Después dijo:

—Eso es algo más que excitante. —Las puntas de las orejas se le habían puesto rojas—. Un acto de lascivia.

—Creo que más bien será apasionante. *Increíble.* —Un calor lánguido y un deseo tenso y palpitante recorrieron el cuerpo de Caterine cuando pensó en aquellos goces sensuales. Volvió a recostarse en el asiento—. Creo que se podría hacer muy bien en este asiento de la ventana.

Rhona echó un rápido vistazo hacia la puerta y avanzó hacia Caterine.

—¿Tú crees que él haría semejante cosa?

—Si esos actos es lo único que podemos compartir, seguro que lo hará. —Caterine especulaba y esperaba que así fuera—. Quizá si se lo pido, me ayudará a acostumbrarme a... esas intimidades.

—¿Temes por él esta noche, milady? —espetó Rhona. Finalmente había pronunciado la razón por la que ambas estaban aún despiertas a aquellas horas—. ¿Estás tan preocupada por él como yo por James?

Caterine parpadeó para contener su propia turbación. Estaba demasiado cerca de sus ojos, caliente, quemando; su sombra era la razón por la que se había aferrado a aquellas imágenes de placer durante toda la noche.

Pero trató de ahuyentar el peligro de caer en un miedo desconocido y miró hacia el mar. Todavía estaba cubierto de niebla, pero el incesante golpear de las olas contra las rocas señalaba su proximidad.

Y también el aire frío y salpicado de sal.

—No tenemos por qué preocuparnos —dijo finalmente, y las palabras parecían provenir más de la neblina que cruzaba por delante de la ventana que de sus labios—. Regresarán pronto, ilesos.

Una convicción extraña que ella, simplemente, sabía que era cierta.

Como si un ángel se lo hubiera susurrado al corazón.

17

AL CAER LA TARDE DEL SIGUIENTE DÍA, UN VIENTO fuerte y una lluvia de granizo azotaban las murallas de Dunlaidir. La oscuridad empezaba a caer cuando sir Marmaduke y sus agotados compañeros finalmente llegaron al desierto patio de la guardia de Dunlaidir.

No sonaron las trompetas, nadie acudió a recibirlos ni a aclamarlos. Ni siquiera oyeron una exclamación de sorpresa por el gran buey y la vaca lechera, también de gran tamaño, que arrastraban a su paso.

No se movía ni un alma, y una profunda quietud, casi de mortaja mortuoria, colgaba pesada sobre el aire frío. Un momento y un lugar fantasmagóricos, impregnados de silencio, que se resistían a ser molestados.

Como si todo el castillo durmiera.

O lloraran la muerte de alguien.

Por el rabillo de su ojo sano, Marmaduke vio cómo sir Alec se santiguaba. Sir Gowan, el más bravo y rudo de todos sus hombres, también parecía confundido y hacía volar la mirada por la muralla vacía.

—No saben que hemos regresado —dijo Marmaduke, desmontando para caer sobre los adoquines oscurecidos por la lluvia. Echó hacia atrás su yelmo y se pasó una mano por su cabello húmedo.

Una extraña premonición le recorrió la espalda. Pero contuvo su propio malestar lo suficiente para poder pasar revista a todos sus compañeros, dándoles ánimo con su tranquilidad para que volvieran a ser ellos mismos y se recompusieran.

—Pensé que vendrían corriendo por las escaleras en el momento en que entrásemos en el castillo —dijo James y clavó los ojos, con ceño fruncido, en las escaleras exteriores vacías.

Fríos y mojados, los escalones conducían a la puerta principal, que tampoco les daba la bienvenida, quieta y cerrada firmemente.

—Habría jurado que esperarían todos junto a esa puerta —declaró James mientras desmontaba.

Marmaduke le dio una palmada en el hombro.

—¿No crees que yo también hubiera preferido una cálida bienvenida? —Forzó un tono jovial—. Ven, veamos qué hacemos con estos animales, lavémonos la cara y vayamos después en busca de lo que retiene a nuestras damas.

Pero se detuvo al escuchar unos fuertes pasos.

De Black Dugie.

El gran oso humano corrió hacia ellos con los ojos muy abiertos y llenos de asombro. El pecho le bajaba y le subía muy rápido cuando al fin los alcanzó.

—¡Por el fantasma de César! —exclamó, realmente como si acabara de ver algún espíritu.

O, más bien, como si en ese mismo momento estuviera viendo una tropa de almas regresando del más allá.

—¡Pensamos que estabais muertos! ¡Todos! —exclamó confundido.

—¿Muertos? —bramó Gowan—. Muertos de cansancio y listos para bañarnos en cerveza más que en este granizo, pero vivos y bien vivos —dijo limpiándose el agua que goteaba de su frente con el reverso de su fornido brazo.

—Se necesitan más que un puñado de *sassunachs* armados para hacer morder el polvo a los MacKenzie. —Sir Alec se acercó a ellos. Mojado y manchado de sangre como estaba tenía todo el aspecto de un hombre muerto.

—Pero... —dijo Black Dugie boquiabierto. Su ancho rostro seguía cruzado por la sorpresa.

—Puede que parezcamos muertos, pero te aseguro que estamos bien vivos —replicó James dirigiéndose al herrero, pero con los ojos aún clavados en la puerta cerrada—. ¿Dónde están nuestras damas? ¿Por qué no están aquí para recibirnos?

—Porque seguro que nos están preparando una buena recepción en el salón. —Marmaduke pasó un brazo por los hombros de James... deseando que fuera verdad—. Debes estar contento de...

—Oh no, no es eso lo que están haciendo —dijo Black Dugie. Algo en sus palabras había logrado que todos le prestaran atención—. Están reunidas en la mesa principal tratando de encontrar la forma de pagar plegarias perpetuas para todos vosotros.

—*¿Plegarias perpetuas?* —La sorpresa de Marmaduke no podía haber sido mayor—. ¿Tan poca fe tenían en nuestro regreso?

Black Dugie arrastró los pies.

—Perdón, milord, pero, ¿cómo iban a pensar otra cosa si sir John nos ha dicho que habíais muerto todos?

—*¿Sir John?* —Marmaduke miró con atención al herrero, con la más pura expresión de incredulidad.

No podía ser.

Ellos habían visto cómo el viejo escocés había sido asesinado.

—Tiene que haber un error. —Ross puso voz al asombro de Marmaduke—. Sir John no puede haberos dicho nada. Ese hombre está muerto. —Lanzó una mirada a Marmaduke y después se volvió hacia el herrero—. Vimos cómo lo tiraban del caballo con un golpe de espada.

—Entonces su espíritu ha venido con todo el ímpetu hasta aquí para mentirnos. —Black Dugie señaló la puerta del salón—. Está ahí ahora. Tratando de consolar a las mujeres.

—¡Por la Cruz! —juró uno de los escoceses de Kintail. La maldición fue acompañada por el chirrido del metal de su espada, que acababa de desenvainar.

—Pero... —dijo Gowan desconcertado, frotándose la barba perlada de lluvia—. Lo hemos visto muerto.

—No, amigo mío —dijo Marmaduke, comprendiendo al fin—, lo vimos caer de su caballo y rodar colina abajo.

—Para después llegar hasta aquí y anunciar nuestra muerte —completó Ross, y Marmaduke asintió.

—Así debe haber sido —dijo en voz alta, poniendo una mano en la espada—. Vamos —les apremió, mientras la soltaba del cinturón—. Ahora ya no tenemos ninguna duda.

Era hora de arrinconar a un cerdo.

* * *

En el instante en que la puerta de roble del salón se abrió, Caterine se dio la vuelta y contuvo un sollozo. Con el corazón casi paralizado de alivio, vio con ojos de sorpresa cómo los hombres cruzaban el umbral.

Un viento helado entró con ellos, y sus ráfagas inesperadas hicieron danzar las llamas de las antorchas más cercanas. La luz, que tembló con violencia, lanzó extrañas sombras sobre sus rostros, similares al granito.

Rhona se reclinó hacia el centro de la mesa y tomó a Caterine de la muñeca.

—Señora, están vivos —susurró con voz trémula. La alegría y el asombro reflejados en aquel tono eran los mismos que en el corazón de Caterine.

Tenía la garganta demasiado seca para hablar. Abrazó al perrito, que estaba en su regazo, apretándolo contra ella, y envió al cielo unas oraciones de agradecimiento.

Él destacaba por encima del resto con una tremenda rabia contenida, que parecía rodearle. La intensidad de aquel sentimiento era palpable al otro lado del salón. Y cada centímetro de su cuerpo estaba vivo... al igual que los otros.

Con las frentes oscurecidas por la luz humeante de las antorchas, avanzaron hacia la mesa principal sin pronunciar una palabra de saludo. Tenían las mandíbulas apretadas y los rostros duros; su vestimenta externa estaba empapada de barro y la cota de malla debajo de ésta manchada de sangre.

Black Dugie venía con ellos; no parecía tan irritado como los otros, pero también estaba mojado y traía el rostro curvado en una mueca. Y con una daga de larga hoja aferrada en la mano.

—¡Bendito sea Dios! —exclamó Caterine, encontrando al fin un hilo de voz. Una oleada de alivio la recorrió, el calor le picaba los ojos, cegándola. Hasta aquel momento no había reconocido la amenaza en la mirada de los hombres.

Y lo extraño de que hubieran entrado con las armas en el salón.

—Un milagro —dijo sir John a su lado—. ¡Por Lucifer! Quién hubiera dicho...

—No trates de reparar tu traición con más mentiras —le interrumpió tajante sir Marmaduke, hablando lo suficientemente alto para que todos lo escucharan, con la voz tan fría y lúgubre como el brillo de su espada. Clavó sus ojos en sir John—. Ven —le dijo, haciendo una seña—. Hablas de Lucifer. Pues aceleremos tu viaje a sus dominios.

—Por Dios, habéis perdido la cabeza —se burló sir John.

Ignorando aquella calumnia, sir Marmaduke desvió la vista hasta Caterine.

—Mis disculpas, señora. Tengo que desacreditar el nombre de un amigo de la familia, pero este hombre es un traidor —dijo, y Caterine le creyó de inmediato, pues la verdad estaba escrita en aquel rostro—. Es un hombre de sir Hugh.

Su expresión se volvía más gélida a cada minuto que pasaba. Era la primera vez que Caterine veía aquel enfado en la cara de sir Marmaduke.

—¿No es así? —preguntó hacia los hombres que le rodeaban, que asintieron sin dudarlo.

Incluso James.

Black Dugie también asintió.

—¡Mentiras! —exclamó sir John poniéndose de pie. Su cara había adquirido un tono rojo escarlata. Mirando a Marmaduke, levantó las manos—. Eres un mentiroso y un mal caballero, pues estás desafiando a un hombre desarmado.

Se escucharon varios murmullos coléricos como respuesta, que fueron intensificándose al pasar de mesa en mesa.

—¿Desarmado? —exclamó uno de los guerreros de la guarnición—. Eso se remedia fácilmente—. Avanzó y depositó su acero sobre la mesa principal.

Casi sin mirar el arma, sir John recogió su capa.

—No quiero participar en semejantes conductas iracundas —dijo poniéndose el manto sobre los hombros—. Tal vez cuando esta estúpida noche haya pasado, los habitantes de estas murallas recobren el sentido.

Con la cabeza en alto, avanzó hacia adelante mirando al frente hasta que llegó a la altura de Marmaduke. Entonces, con una velocidad sorprendente para un hombre de sus años, tiró la capa hacia atrás y, dando un giro repentino, embistió por la espalda al *sassunach*. Una daga malvada brilló en su mano.

El grito de alguien —de ella misma o de Rhona— llegó a los oídos de Caterine cuando su esposo, con mayor agilidad aún, se volvió para enfrentarse a sir John y aferrarlo de la muñeca que empuñaba el arma.

La daga cayó al suelo, pero en el momento en que el traidor se dio la vuelta se encontró con la punta de la espada de Marmaduke, hundiéndose en él. Gritó al mismo tiempo que en su torso aparecía una mancha carmesí, esta vez una herida verdadera, y fatal.

Su aullido de dolor se convirtió en un horrible gorgoteo. Miró hacia su propia muerte roja y líquida, con asombro en los ojos, y cayó al suelo.

El caos y el ruido invadieron el salón cuando los hombres se apartaron de sus puestos junto a las mesas, incorporándose casi al unísono. Todos se apresuraron a rodear a sir Marmaduke y a sir John, que no tardaría mucho en morir.

—Un final bien merecido —exclamó alguien en medio del estrépito.

—Un canalla que se destruyó a sí mismo con un movimiento en falso —coincidió otro. Las palabras, pronunciadas con indignación, crecieron hasta extenderse por todos los rincones de la enorme estancia.

Mientras, sir John soltaba algunos gemidos apenas audibles que escapaban con dificultad de sus labios. Sus párpados se movían frenéticamente tratando de mirar a los hombres que lo observaban desde arriba.

Marmaduke contuvo su propia rabia y levantó la cabeza de su enemigo.

—Descarga tu alma de todos los pecados antes de que se te acabe el aliento —dijo, alzando la voz para acallar los zumbidos de la confusión alrededor, el oleaje creciente de murmullos enardecidos y de blasfemias oscuras, así como el agudo ladrido del perro de su esposa.

Miró entonces al grupo de hombres que empezaba a rodearlos y alzó una mano para detener sus quejas. Después recogió la guerrera de sir John, manchada de sangre, y con cuidado tiró del borde.

La herida, un corte virulento y rojo justo bajo las costillas del traidor, era la única que tenía. Ningún otro rasguño o hematoma mancillaba la blancura de su piel.

—Pero si lo hemos visto manchado con su propia sangre —se escuchó la voz de Gowan cerca del oído de Marmaduke—. Vimos cómo...

—No era su propia sangre. —Ross se adelantó, arrastrando los pies sobre las alfombras—. El bastardo se manchó a propósito. Para hacernos creer que alguien lo había derribado.

Marmaduke miró al experimentado escocés y le hizo una seña de que guardara silencio.

—Milord de Kinraven —dijo sir Marmaduke. Bajó la guerrera y se inclinó hacia el suelo para que el hombre pudiera escucharlo—. Tu traición te ha costado todo. Te hubiéramos ayudado a recuperar tus posesiones si nos los hubieses pedido.

Los labios de sir John se movieron, pero nada, ni una palabra que explicara su traición pudo salir de ellos.

Sólo un espumarajo rosado.

—Nun... nunca perdí Kinraven... —Había sido sólo un suspiro, que pudo salir de los labios porque lo había empujado la muerte.

—¿Nunca perdiste Kinraven? —Aquel era James. Clavó los ojos en la cara de cera de sir John, con la suya también pálida—. ¿Qué significa esa tontería? Todos sabemos... —Pero se interrumpió al ver que Marmaduke le hacía un gesto, y al sentir que Alec le daba un codazo en las costillas.

Con los párpados temblando, sir John se enfrentó con la sorpresa de James lo mejor que pudo.

—Era Dunlaidir lo que él quería... todo... prometió que dejaría Kinraven en pie... si... si...

—... si le ayudabas a conseguir Dunlaidir —acabó de decir James en su lugar. Al ver que sir John asentía, temeroso, con la cabeza, se puso de pie nerviosamente.

—¡Por todos los santos! —gritó James en un arrebato de ira—.¡Y pensar que le recibí con los brazos abiertos y le di cobijo! —Entonces se dio media vuelta y abandonó el salón, con pasos tan firmes y derechos como la fina línea roja que le cortaba el vientre a sir John.

—Mis disculpas... perdón... —murmuró éste con los ojos vidriosos clavados en un punto distante más allá del hombro de sir Marmaduke.

Tal vez más allá de este mundo.

Un segundo después ya se había ido, intentando obtener una débil paz y con los ojos preocupados, ahora inmóviles, habiendo agotado el último aliento.

También con preocupación, Marmaduke apoyó la cabeza de sir John en el suelo y luego se puso en pie. Sus ojos buscaron y encontraron los de su esposa. Se quitó el manto, lo colocó sobre el cuerpo muerto del hombre y fue hacia ella.

Caterine también avanzó a su encuentro, con los brazos extendidos mientras se abría paso entre la multitud. A su vez, él abrió los suyos... y esperó. Su coraje, tan atrevido en la batalla, no se mostró tan fime a la hora de creer si ella se entregaba a aquel abrazo de un manera plena.

Pero sí lo hacía, y en aquel delicioso momento el mundo pareció moverse bajo sus pies.

El encanto de su presencia y su alegría desenfadada ante su regreso hicieron tambalear su estabilidad de guerrero mucho más que cualquier acero inglés.

Su corazón estaba tan emocionado que apenas si podía respirar. Cerró los brazos alrededor de ella y dejó que los de su esposa le rodearan el cuello, maravillado de que así fuera, cuando estaba cubierto de sangre y en su rostro quedaban aún las huellas de la cólera.

—Milady, definitivamente te amo —murmuró estas palabras contra la sien de ella, demasiado conmovido para preocuparse de que se hubiera puesto tensa al oírlas. Entonces la apartó y colocó las palmas de las manos alrededor de aquel rostro, uniendo su frente con la de ella—. No lo digas —murmuró con los ojos cerrados—, sólo *déjate llevar* y deja que me regocije en abrazarte.

Pasó un brazo por su espalda y la alzó antes de que ella pudiera oponerse... o arruinar aquel momento.

El más precioso que había tenido en muchos años.

—El demonio que quería matar en tu interior no era la desdicha, corazón mío —dijo él, llevándola a través del salón—, y creo que ha llegado el tiempo de que desafiemos a los verdaderos enemigos.

Ella se echó hacia atrás para observarlo, con sus ojos de zafiro llenos de asombro.

—¿No estás...?

—Sí, mi amor, estoy demasiado cansado incluso para ese goce —respondió honestamente, deseando que no fuera así. *Deseando desesperadamente que no fuera así*—. Pero —se enmendó mientras comenzaba a subir las escaleras circulares hasta las habitaciones—, he traído un hermoso buey para tu mesa, y una vez que el verdadero banquete de bodas se haya celebrado, cumpliré todas mis promesas.

Hizo una pausa para besarla. Profundamente, con toda la exaltación feroz que ella despertaba en su corazón. Se apartó sólo cuando hubo acabado con el último rastro de rigidez en su cuerpo y cuando sintió que ella se aflojaba en sus brazos, dejando escapar un suspiro.

Suficiente por el momento.

—Esta noche, corazón mío, un baño y una cama tibia serán suficientes —dijo él, satisfecho porque que ella no había reaccionado negativamente frente a su uso deliberado de la palabra *cama.* Cama, no jergón—. Sólo te pido que me dejes abrazarte —prosiguió, mientras acababa de subir la empinada escalera—. Abrazarte, y saborear tu calor.

* * *

Algo más tarde, en la hora más silenciosa de la noche, Caterine se encontraba de pie junto a su cama observando al hombre que dormía, tan profundamente, ajeno a todo. Apretó una mano contra la otra, como si quisiera combatir una creciente frustración.

Quería algo más que un abrazo.

Quería *sentir.*

Su corazón latía lentamente y con esfuerzo. Miró cómo el resplandor del fuego serpenteaba por la espalda desnuda de sir Marmaduke. Los bordes plateados de sus cicatrices parecían retorcer su alma; sus anchos hombros y el brazo musculoso sobre la almohada provocaban en ella un cierta tentación atrevida.

De atender al deseo que palpitaba dentro de sí.

Una necesidad firme, sinuosa y jadeante, tan dulce y extraña como la noche clara y brillante que se extendía más allá de las ventanas de su habitación.

Una superficie refulgente, tan infinita e inaprensible como el mar.

Una noche mágica.

Sorprendentemente, las nubes y la niebla se habían disipado, dejando el cielo cubierto de estrellas, infinitas y parpadeantes, que en la fría lejanía parecían inclinarse hacia ella con una sonrisa.

Su luz azul animaba a Caterine a pensar que podía atreverse a despertar a su esposo dormido y decirle que ella, aquella noche, quería algo más que dormir.

Sintió en su interior una punzada de necesidad, expectante y aguda. Un dolor sordo y absorbente que reclamaba ser satisfecho. Mirando por encima de su hombro hacia el alféizar de la ventana, tragó saliva espesamente.

¿Sería posible tal atrevimiento?

Las estrellas le hicieron un guiño... sí.

Su sangre se aceleró, y antes de perder el coraje echó una última ojeada a su esposo dormido y luego cruzó la habitación, sentándose sobre uno de los bancos tallados en el hueco de la ventana.

—Mi... milord... —Fue casi un gritito.

No podía haberlo escuchado ni un ratón; un pequeño chillido apenas, poco atrevido.

Se humedeció los labios.

—¡Milord!

Eso sí que lo oyó.

Caterine jamás había visto que alguien abandonara tan rápido una cama.

Ni que recobrara tan rápido el sentido.

—¡Por todos los cielos! —Marmaduke le clavó los ojos, respirando fatigosamente—. ¡Por todos los santos, mujer, pensé que estábamos sitiados!

Yo estoy sitiada, afirmó su feminidad incipiente.

Pero no dijo nada. Ver aquel cuerpo duro y musculoso, magnífico con sus calzas, le dejó sin habla. Y despertó deliciosas oleadas de excitación en su cuerpo.

Él se dirigió a ella sin preocuparse de su propia desnudez, inconsciente de los propósitos descarados de su dama. Se detuvo ante Caterine y se pasó una mano por el cabello enredado.

—¿No sabías que no conviene despertar a un hombre tan bruscamente? Podría haberte hecho daño al salir de la cama.

—Quería que vieras el cielo de la noche —explicó ella sin prestar atención a las estrellas, sino a la ingle de su esposo... y a la firme cabeza de su falo, aún hinchado por el sueño profundo y haciendo presión contra la tela de sus calzas.

—Tú no estás observando las estrellas, milady —dijo él con voz baja y ronca.

Caterine lo miró directamente a los ojos y comenzó a levantarse los bordes de su camisola. Despacio, sin afectación y de una forma tan natural como le fue posible.

—¿No quieres que nos sentemos aquí un momento? —preguntó—. No consigo conciliar el sueño.

Marmaduke levantó una ceja, pero se acercó al hueco de la ventana, sentándose en el banco opuesto al de ella... tal como su esposa esperaba.

—¿Para admirar el cielo de la noche? —La voz de Marmaduke tenía un tinte divertido. Pero se giró hacia la ventana, como correspondía a aquella charla, y en aquel momento Caterine cruzó las piernas... y se alzó la camisola hasta las rodillas.

Lo suficiente para que, si cambiaba un poco su posición y separaba un poco los muslos, la camisola levantada se deslizase para dejar ante los ojos de Marmaduke la ancha línea de su vello dorado y rizado entre sus piernas.

Él se dio media vuelta.

—¿Es verdad que me has despertado para sentarnos aquí y contemplar las...? ¡Por la Cruz! —Marmaduke se quedó paralizado ante aquella muestra de feminidad—. Señora, no soy un monje y lo que estoy viendo me impulsa más allá de toda moderación —dijo él, sin apartar la mirada de allí—. ¿Eres-consciente-de-lo-que-me-estás-enseñando?

—Sí que lo soy —contestó ella, y su atrevimiento se iba convirtiendo en rayos de excitación blanca que la atravesaban—. Te he dicho que deseaba explorar todas las formas de intimidad, y pensé que era bueno... acostumbrarnos el uno al otro *viéndonos* antes... antes de...

—*¿Quieres que nos sentemos aquí y nos miremos mutuamente lo que tenemos entre las piernas?*

Aquellas francas palabras inflamaron el calor palpitante que había surgido en medio de sus muslos, haciéndole sentir una punzada en el vientre.

—Me ayudaría a superar mis miedos frente a... a... a decir verdad, señor, creo que será excitante.

—Seguro. —Él aún no había apartado la vista de ella—. Pero debo advertirte que si lo hacemos, no me quedaré sólo mirando.

—¿Podemos empezar? —susurró Caterine, deseosa de poder probar su osadía. El placer ya la embargaba, casi demasiado gozoso para soportarlo—. Me gustaría verte a ti también.

—Mujer, vas a desarmarme esta noche. —Se bajó las calzas con toda rapidez, dejándolas a un lado—. ¡Bueno! —dijo mientras se sentaba en el borde del asiento—. Aquí me tienes, milady. ¿Cuál es tu deseo?

—Sólo quiero mirarte —murmuró Caterine, casi incapaz de respirar.

—¿En reposo o en posición de ataque? —Alzó su mano hasta la ingle y sus dedos comenzaron a rozar su virilidad ya hinchada—. Si prefieres lo primero, no podré aguantar en ese estado durante mucho tiempo.

—Me gustaría verlo en los dos... *estados*, por favor.

Marmaduke alzó una ceja.

—¿Primero relajado?

Ella asintió. Una ráfaga de palpitaciones deliciosas recorrió sus partes más íntimas al ver que él cerraba la mano alrededor de su pene hinchado. Lo estiró hasta aflojar la excitación.

—Tal como deseabas —dijo él, abriendo las rodillas para que su falo colgara, largo y ancho, ante la mirada escrutadora de Caterine—. Piensa que va en contra de la naturaleza de los varones que se mantenga fláccido si el calor de una mujer está palpitando tan cerca —añadió al cabo de unos pocos minutos, con la voz profunda, mientras el miembro volvía a hincharse—. Ahora me gustaría complacerte... y mirarte a ti también para sentir placer.

—¿Cómo? —Caterine abrió mucho los ojos, pues aquel coraje adquirido por el control de la situación se diluía, ahora que él adquiría aquel poder—. Pero...

—No te preocupes, querida —murmuró, poniéndose de rodillas ante ella—. Sólo abre tus piernas y relájate.

Esa parte de ella latió con urgencia creciente, llegando casi hasta un extremo inaguantable cuando él le empujó las rodillas hacia los lados y comenzó a acariciar suavemente la parte interior de sus muslos.

—Tranquila, querida mía —dijo y logró que ella abriera aún más las piernas—. Respira hondo y sólo siente lo que te hago. —Jugó entonces con los rizos íntimos de Caterine y, ahuecando la mano, comenzó a masajearla con la palma. Después pasó un dedo por la hendidura de aquel monte—. ¿Te gusta esto, Caterine? —preguntó, comenzando a recorrer su abertura verdaderamente, haciendo presión con movimientos lentos y perezosos—. ¿Sigo tocándote así?

—Sí —musitó ella con voz entrecortada—. *Por favor.*

—Entonces abre las piernas tanto como puedas —le insistió—. Quiero ver y tocar todo lo tuyo.

Caterine dejó escapar un pequeño gemido, avanzando hacia adelante con el vientre hasta que sus nalgas quedaron en el borde del asiento. Las caderas parecían pronunciar una súplica silenciosa, más elocuentes que cualquier palabra.

—Relájate —dijo él, apretando la palma contra el fuego de ella—. Disfrutarás más si permaneces relajada... y abierta.

Volvió a gemir y cerró los ojos, abandonándose al fin. Marmaduke cogió su miembro con una mano y usó la otra para complacerla a ella. Todavía recorría aquella hendidura, pero ahora explorando cada uno de sus pliegues, frotándolos suavemente, pellizcándolos y jugando con ellos hasta que Caterine gritó su deseo.

Cerca de su propio clímax, Marmaduke respiró hondo ante la excitación de ella, saciándose con aquellos perfumes de mujer y apretando aún más la mano alrededor de su falo. Comenzó entonces a tirar de la hinchazón, satisfaciendo discretamente su propia necesidad, aun cuando seguía jugando, cada vez con mayor determinación, con los rizos húmedos y el cálido brillo de ella. En el momento en que llegó a su orgasmo, recorrió con un dedo, en círculos, el capullo hinchado del sexo de Caterine, hasta que aquellos roces la llevaron también a ella a su propia satisfacción.

—¡Por todos los cielos! —jadeó ella, cayendo hacia atrás contra los cojines, sin que quedara en su cuerpo fuerza alguna.

Aliviado también, Marmaduke pasó los brazos alrededor de la cintura de Caterine y dejó descansar la cabeza contra la parte interior de sus muslos, suave y cálida. Los rizos íntimos de ella le acariciaban la mejilla. Aquel calor palpitante, aromático y dulce fue tan tentador que se acercó aún más, hasta que no sólo inhaló más profundamente su aroma, sino que acarició su sexo con cada respiración.

Excitado nuevamente, la tocó con la lengua.

Ligerísimos movimientos sobre aquella dulzura.

Eran leves contactos con la punta de la lengua sobre aquellas tiernas intimidades, tan suaves que él dudó de si ella sentía algo, pero a él lo embriagaban cada vez más. En realidad, ella dormía. Él también lo haría... pronto.

Pero antes quería aferrarse un poco más a la satisfacción. Una sonrisa de felicidad, lujuriosa por la paz conseguida, se dibujó en las comisuras de sus labios.

Y todo porque ella había querido mostrarle el cielo de la noche.

En su lugar, él la había llevado a las estrellas... adonde exactamente ella había querido ir.

Y qué glorioso había sido aquel viaje para ambos.

* * *

A muchas millas de allí, al otro lado de Escocia, un nuevo día amanecía, radiante y fresco. Ni una ola agitaba la tersa superficie del lago Duich y una fina capa de escarcha cubría las montañas alrededor de la costa. Incluso las fuertes murallas de Eilean Creag parecían tranquilas e inofensivas bajo la luz clara y celeste de la fría mañana.

Pero detrás de esas murallas el señor de la fortaleza se agitaba con furia, dispuesto a descargar su ira sobre cualquier estúpido, hombre o bestia, que se atreviera a cruzarse en su camino.

Con las manos en las caderas, Duncan MacKenzie estaba en el salón vacío y miraba con dureza y la frente arrugada por el gesto a su alrededor. Tenía el corazón enfurecido.

—*¡Fergus!* —bramó, sabiendo que sólo el impertinente mayordomo de flacos hombros podía ser el responsable del aspecto ordenado del salón.

Su cama había desaparecido y su querida esposa brillaba por su ausencia.

—Ven aquí de inmediato, maldita cabra de piernas flacas, si no quieres que...

—¿Si no quiero qué, jovencito? —dijo el objeto de su cólera erizada desde las sombras ocultas del corredor.

Uno de sus escondites favoritos.

Donde, sin duda, había estado camuflado por el mero placer de observar la angustia de Duncan.

Tomándose su tiempo, el viejo caminó al frente con la barbilla levantada y una expresión de descarado desafío.

—¿De lo contrario echarás abajo estas murallas con tus gritos?

—*¿Dónde está mi mujer?* —En la voz de Duncan se notaba todo el temor de su corazón.

Su preocupación por ella, su *miedo,* le roía por dentro. Apuntó con un dedo al estrado, que sólo sostenía la muda mesa principal.

—¿Qué has hecho con mi cama? —bramó. Ni siquiera trataba de contener su furia.

Fergus cruzó sus flacos brazos, mirándolo con atención.

Y no dijo una palabra.

Duncan alzó la vista hacia el techo del salón y empezó a contar.

Al fin, adquiriendo un poco de autocontrol, se dirigió de nuevo al mayordomo de cabellos canosos.

—La cama, y mi esposa, estaban aquí hace sólo una hora, cuando salí a hacer mi ronda —dijo con su profunda voz más tranquila.

Un poco más tranquila.

Pero no lo suficiente como para sacarle una respuesta a Fergus.

Duncan suspiró ruidosamente.

—Bueno, Fergus, has dejado el salón ordenado estupendamente —admitió, tratando de imitar las formas de cierto tuerto cuando se dirigía a los sirvientes, intentando halagarlos. Puso entonces una mano sobre el hombro del mayordomo—. Y veo que has bajado ya todas las pertenencias de Strongbow a la barca para hacer un último viaje a Bal...

Pero se interrumpió para mirar con mayor atención la esquina vacía del salón.

No había ni un mueble, ni un bolsa que bloquease la entrada.

Lo habían quitado todo... amontonándolo en la barca más grande de Eilean Creag en espera de ser transportado.

Una sensación de malestar en la punta del vientre de Duncan se combinó con un calor tenso que le rodeó las costillas. Empezaba a comprender, mientras el frío y el calor le invadían en oleadas alternas.

Apartando la vista del vestíbulo de entrada, miró otra vez a Fergus.

Un pequeño temblor en las mandíbulas del viejo le confirmaron la verdad: su cama y su esposa estaban, en aquel momento, protegidas en aquel barco, en medio de las pertenencias de la casa de Strongbow.

Esperando el viaje al castillo de Balkenzie.

Y desafiando abiertamente sus órdenes.

—¡Por-todos-los-santos-y-los-apóstoles! —Duncan liberó toda su cólera en una única y estridente maldición.

—Fue obra de ella —se atrevió a decir Fergus, tratando de evitar cualquier responsabilidad en aquella oscura maniobra—. Ya sabes lo persuasiva que puede llegar a ser. Además juró que había llegado el momento...

—¿El momento? —Aquellas palabras revolvieron la sangre de Duncan—. ¿La llegada del niño? ¿El momento de que mi hijo nazca en un barco?

Fergus sacudió la cabeza.

—No, que ya era el momento en que el inglés tenía que regresar.

—¿Y ella piensa esperar ese día glorioso en Balkenzie? —Duncan se pasó una mano por los cabellos—. ¿Y tú has participado en esta locura?

—Me dijo que si no la ayudaba, ya encontraría otra forma de llegar hasta ahí.

Con gran esfuerzo, Duncan trató de calmarse.

—¿Y el niño?

Por primera vez en aquella mañana, el mayordomo sonrió.

Era una expresión bastante temible... una gran sonrisa casi sin dientes, no muy aceptable para los de noble corazón.

—El niño, que será bueno y saludable, aunque ella me hizo prometer que no te lo diría, nacerá en Balkenzie —declaró Fergus, hinchando los mofletes orgulloso de ser portador de aquellas noticias tan privadas—. Gracias a su don ha podido ver todo el parto por anticipado —añadió. Tenía los ojos húmedos, complacido porque Linnet MacKenzie lo había elegido a *él* para contarle sus secretos—. Jovencito, pronto tendrás un niño fuerte y robusto.

Duncan dejó caer los hombros, mientras su corazón se llenaba de una enorme felicidad. Un bebé fuerte y robusto, varón o mujer, era premio suficiente para atravesar en barca el lago Duich.

También merecía la pena, aunque quedara como un idiota al ignorar sus propias órdenes.

—Muy bien, ven aquí, viejo halcón —Duncan admitió su derrota—, no hagamos esperar a la dama.

Y entonces Duncan MacKenzie, el temible señor de Eilean Creag, y su mayordomo, sonriendo como tontos, se dirigieron al pequeño embarcadero de la fortaleza, lugar de salida para cruzar el lago en dirección al castillo de Balkenzie.

Pero no antes de que Duncan transformase la expresión de su rostro, cambiando aquel feliz embobamiento por su habitual ceño fruncido, más acorde con su formidable reputación.

18

En la calma previa al amanecer, Marmaduke se despertó y descubrió sobre sus piernas un muslo delgado, elegante, cálido y suave. La cabeza de su nueva esposa descansaba en su hombro, con el cabello suelto, extendido en magnífico desorden, y su tacto de seda le acariciaba la barbilla... con un aroma a días soleados de verano, delicado y liviano, que reavivaba sus sentidos.

Y le aceleraba el pulso.

Reactivando igualmente otras partes de él. Necesidades más oscuras, urgentes y bestiales, pues otra parte cálida del cuerpo de Caterine hacía presión contra él. Tan cerca que resultaba casi desvergonzada, infinita y deliciosamente suave y caliente.

El calor más femenino de su esposa.

Los recuerdos de su encuentro durante la noche, de tocarla y acariciarla, le recorrieron como una llamarada de fuego líquido.

Todos los vestigios del sueño que aún inmovilizaban sus sentidos se diluyeron, dispersados fácilmente por el ardoroso resplandor de su carne de mujer y la maraña exuberante de rizos que rozaba con tanta intimidad su cuerpo.

Un deseo crudo y palpitante invadió su ingle. Eran oleadas de una acuciante necesidad, un despertar puro e incontenible de la sensualidad.

Un deseo desbocado.

Pero a pesar de que su sangre hervía, Marmaduke pudo disfrutar de sentir simplemente cómo le llegaba el aliento de Caterine y le acariciaba el hombro.

Ambos placeres, el carnal y el de la ternura, se combinaron para tejer un invisible hilo de emociones alrededor de su corazón.

Cadenas de amor y esperanza que ataban su alma a la de ella y lo embriagaban de una felicidad inigualable.

Una valiosa y rara alegría a la que no estaba dispuesto a renunciar.

Echó un vistazo a través de las cortinas entreabiertas y las comisuras de sus labios se curvaron con una sonrisa de satisfacción. La mañana que llegaba aún no había traspasado el profundo nicho de las ventanas.

El resto de la habitación todavía estaba oscuro y silencioso. Podía deleitarse en aquella calma del alba y disfrutar con la intimidad del suave calor de Caterine, que lo envolvía con tanta dulzura.

Un placer que también había saboreado en las primeras horas, después de haberla alzado en brazos y llevado, durmiendo, del asiento de la ventana hasta la cama.

En algún lugar del esplendor de la noche algo mágico se había desatado. Y aquel prodigio había cerrado la puerta a todos los dolores y temores de días pasados, desvaneciendo el vacío de innumerables noches solitarias.

Un momento, un roce de su piel... su cuerpo delicado y flexible junto a él... y todos los demonios se habían esfumado.

Al menos eso era lo que Marmaduke creía.

O *deseaba*.

Una alegría violenta, arrolladora, que ya había considerado imposible de recuperar. Pero lo había hecho, y el milagro de su buena fortuna lo sobrecogió. Inspiró hondo el aire frío de la mañana y sonrió de nuevo.

Una amplia y genuina sonrisa, surgida desde el fondo de su alma para inundarle con un calor inesperado.

La amaba.

Las palabras que había pronunciado, apasionadamente, en lo alto de la escalera, no habían sido frívolas, huecas y banales... sino que su corazón había hablado con la voz de la verdad.

Él, sir Marmaduke Strongbow, caballero de Duncan MacKenzie, amigo y mentor de muchos hombres, defensor acérrimo de mujeres y niños, futuro señor del castillo de Balkenzie, se había vuelto a enamorar irrevocable, asombrosa y perdidamente.

Con cada fibra de su ser, con cada uno de sus rostros: el apuesto que había tenido alguna vez, el desfigurado actual, que lo acompañaba en sus horas de vigilia, y aquél, aún desconocido, que llevaría en los años venideros.

Sí, la amaba, y la grandeza de aquel descubrimiento le hizo desear salir de la cama, correr a las ventanas y gritar su júbilo al horizonte lejano.

Que ella yaciera a su lado, llamándolo con la calidez satinada de su piel y el encanto reluciente de su pelo dorado, hacía que nuevos mundos, de distinta naturaleza, se abrieran ante él.

Y aquel era un momento que deseaba ardientemente saborear con todo su esplendor, tan propicio como cualquier otro para continuar lo que había empezado aquella noche mágica de estrellas.

Con toda la delicadeza que pudo reunir, deslizó su mano por el costado de Caterine en una caricia suave, casi imperceptible. Ella abrió los ojos en el instante en que los dedos de Marmaduke recorrían la curva de su cadera, para que sintiera un anhelo creciente de estrechar su delicado cuerpo con mayor entusiasmo contra él.

Ella respiró con dificultad, mientras la dulzura de aquella confusión soñadora le llegaba al corazón.

—¿Qué... qué estás?

—Intentando eliminar alguno de tus demonios —mintió él. *Saciando sus deseos, más bien*—. Anoche sólo los desafiamos por primera vez —continuó, acariciando el encantador trasero de Caterine, como si quisiera convencerla... y también encenderle la sangre con la misma intensidad que Marmaduke sentía en la suya—. Esta mañana deberíamos intentar un asalto completo —prometió, hundiendo su mejilla en el cabello suelto de ella, mientras depositaba en él pequeños besos—. Pero tú también tienes que querer que desaparezcan, milady. —Rozó con los labios la suave línea de su cuello—. ¿Quieres?

—¿No te he demostrado anoche que estoy deseando expulsar... a ciertos demonios? —le respondió ella, ahora completamente despierta. Y sin ninguna vergüenza, incluso ladeó la cabeza para que él accediera mejor a su piel—. ¿Y no has comenzado ya a alejarlos? —Sus palabras salieron en medio de un susurro suave y sensual—. Me gusta que me toques.

—Pero no hablaba de darte placer con mis dedos, querida mía, y creo que lo sabes bien.

Aquella voz suave y profunda la traspasó, rodeándola, tan seductora como la punta de su lengua, que comenzaba a moverse con rapidez en un punto muy sensible detrás de su oreja... tentadora como sus dedos, que acariciaban sus nalgas con insistencia, moviéndose en círculos.

Se atrevió, incluso, a pasar un dedo por su abertura, y aquella oscura intimidad fue como un relámpago de deseo caliente que la atravesó.

—Pronto todos tus demonios estarán muertos, milady. Eso te lo aseguro —dijo él en un susurro, mordiéndole apenas el lóbulo de la oreja—. Y es el demonio que habita aquí... —deslizó la mano entre sus muslos y, muy despacio, pasó la punta de un dedo por el centro de su calor—, el que muero por alcanzar en este momento.

Caterine jadeó, retorciéndose, pues aquel contacto íntimo era tan arrebatador e intenso como el que recordaba de la noche pasada. Las caricias encendieron un dolor palpitante en lo más profundo de su vientre. Una fuerte tensión, tan potente como para despertar enormes oleadas de hormigueos en toda su carne de mujer, hasta llegar al centro de su cuerpo.

El nacimiento agudo y ardoroso del verdadero deseo.

Y la necesidad de aquel deseo que comenzaba a desgarrarla, fuerte, insistente y extraordinario.

Embriagador y sublime.

—Ésos son los demonios que *yo* quiero que mates —dijo ella finalmente, abriendo los muslos sin que él se lo pidiera, como una invitación silenciosa para que continuara tocándola.

Y para asegurarse de que seguiría siendo así, aferró la mano de su amante e hizo que sus dedos presionaran contra aquel dolor. Allí, donde ardía por ser acariciada. Él reaccionó de inmediato. Presionando, tocando, *frotando,* hasta conducir a Caterine a una espiral de placer exquisito y fulgurante.

Una agonía de placer. Sus dedos volaron sobre la carne palpitante, tiraron juguetones de su vello íntimo, y aquel roce mágico terminó de embriagarla.

Con desenfado, ella abrió los muslos un poco más... aceptando gustosa, buscando más caricias.

—Provocas en mí una extraordinaria excitación —susurró ella, con su voz ronca por la pasión y su mirada más profunda y azul. Lo miró con los ojos entrecerrados—. Jamás he conocido tal abandono, una felicidad tan pura y visceral. Ya has matado a este demonio, milord —dijo ella, arqueando su cintura hacia los dedos de él—. Me gustaría seguir explorando estos placeres contigo... todo el tiempo que te quedes entre nosotros.

Aquellas palabras fueron un golpe frío a la excitación de Marmaduke. En algún lugar de las profundidades de su ser surgió una astilla de inquietud, enturbiando la alegría que había sentido al tocar a Caterine tan íntimamente.

Alegría por darle aquellos primeros ejemplos de pasión carnal, y que ella los aceptara.

Trató de oponerse, advirtiéndole que él se iría muy pronto... y ella con él, pero Caterine había comenzado a pasar sus manos por el pecho y el abdomen del caballero. Antes de que éste pudiera protestar, sumergió los dedos más abajo, en el espeso nido de su vello, rozando una y otra vez la rigidez caliente de su miembro erguido.

Eran caricias muy suaves, quizás no deliberadas, pero tan excitantes como para hacer saltar de la cama a cualquier hombre que no tuviera control de sí mismo.

Marmaduke se sentó muy recto, con el corazón tan agitado y palpitante como su sexo. La cogió de la muñeca, obligándola lentamente a abandonar el oscuro nido de su ingle y pasar a una zona más segura, al estómago. Hizo que apoyara la palma de la mano sobre su piel tirante, presionándola contra la carne levemente antes de soltarla.

Se trataba de una advertencia silenciosa de que no debía volver a vagabundear con su mano por esas zonas.

No en aquel momento.

Aquella intimidad mayor llegaría más tarde, cuando estuviera seguro de que ella lo aceptaría por completo, y no sólo deseara el arte de sus dedos habilidosos.

Los de Caterine exploraron en detalle cada una de las protuberancias de los músculos de su abdomen, empujándolo cada vez más hacia el borde de su resistencia.

Él se miró el vientre y siguió con su mirada las caricias de ella.

—¿Realmente crees que me iré de aquí sin ti, Caterine? No soy un blando con el que se pueda jugar tan fácilmente con mis sentimientos y mis pasiones. Soy un hombre, un hombre que te ama, y es demasiado tarde para...

Pero se detuvo y observó aquella mano de su esposa. La desnudez de uno de sus dedos en particular fue como un chorro de agua helada que congeló sus esperanzas y su creencia en que ella habría de acompañarle y cuidar de él.

Extinguió el fuego de su sangre.

Cogió su mano y observó el dedo desnudo donde debería haber estado el anillo. Unas ráfagas de duda atravesaron su corazón y abrieron sus puertas, para que los demonios pudiesen regresar con toda facilidad a habitarlo.

¿Pensaste realmente que ella te quería para algo más que un engaño?, le dijeron.

Es el tamaño de tu miembro y tu habilidad en darle placer, no tu corazón simple... ¡ni tu anillo!, exclamaron llenos de júbilo, riendo con la misma intensidad que sus bromas aniquilaban el ardor de Marmaduke.

Intentando ignorar aquellas palabras, Marmaduke tiró de las mantas de la cama para cubrir mejor la evidencia de su consternación y dominó sus facciones, adoptando aquella expresión de perfecta cordura e indiferencia. Después se volvió para encontrarse con la mirada azul y sincera de ella.

—Sabía que el anillo no te sentaría bien —dijo él con la voz más ronca y más agitada de lo que hubiera querido. Pues aún tenía la esperanza de que fuera la anchura excesiva de aquella reliquia de su familia la razón de que ella se lo hubiera quitado—. Te he traído una bonita cadena de oro para que lleves el anillo colgando del cuello hasta que lleguemos a Balkenzie —se apresuró a decir, sin darle oportunidad a que ella lo contradijera. Y tampoco lo hizo—. Una vez que estemos en casa, haré que modifiquen la sortija para que te siente bien. Pensaba darte la cadena de oro tras el segundo banquete de boda... pero iré ahora a buscarla.

Ella lo agarró por la muñeca cuando Marmaduke se disponía a levantarse y lo miró con una expresión de infinito remordimiento, aumentando una inquietud que ya se había instalado en su interior.

—No quiero una cadena de oro —dijo ella. El corazón de Marmaduke casi se detuvo—. Me quité el anillo porque no deseo llevarlo.

Cada palabra dicha con aquella honestidad representaba un nuevo golpe a la esperanza destrozada del caballero.

—Milord, me siento honrada con tu compañía —declaró Caterine, con una sinceridad similar a una enorme piedra, capaz de sepultar el alma de su esposo—. Pero mi propio honor no me permite llevar tu anillo. Ni en el dedo, ni en una cadena alrededor del cuello.

Marmaduke decidió tragarse la dignidad.

—¿Y por qué no? —logró preguntar con una voz que no era la suya. Tenía que saberlo.

—Porque me importas demasiado como para hacerlo —respondió ella. Una tropa entera de demonios se colocó sobre sus hombros.

Sin decir una palabra se puso de pie.

No prestó atención a su desnudez ni se fijó en que su miembro estaba, todavía, algo erecto.

Tampoco le importaba si ella y todos los hijos de Lucifer se reían de su debilidad. La miró desde arriba y encontró unos ojos enormemente abiertos, que contemplaban su lamentable estado.

—¿Te preocupo demasiado como para llevar mi anillo? —Marmaduke se forzó a sí mismo a hacerla hablar. Aquella voz cascada era apenas un débil escudo para su vulnerabilidad—. Milady, creo que no comprendo tu lógica.

—Te doy mi palabra, milord, me importas. Demasiado. —Caterine también se puso de pie... desnuda ante él, con su mata exuberante de rizos dorados, tan seductora y espesa, aún húmeda a causa de sus caricias.

Marmaduke pudo reconocer un cierto aroma de excitación en ella. Entonces su miembro volvió a hincharse, sacudido por el deseo renovado.

—¿Y? —consiguió preguntar, pero su valor le había abandonado y su humillación era tan completa que había adquirido un tono tan oscuro que podía compararse con las peores blasfemias de Duncan MacKenzie.

Con mucha calma, Caterine se deslizó un poco más allá, dejando el rastro de un perfume tan encantador y de una promesa carnal tan evidente que ningún hombre en sus cabales podría haberse resistido. Se detuvo ante un cofre forjado a los pies de su cama.

—Tu anillo está aquí —dijo ella, indicando el gran baúl—. Lo he puesto en este lugar porque no quería ser injusta contigo, haciéndolo mío cuando no puedo darte mi corazón como te he dado mi cuerpo. —Caterine levantó la barbilla y lo miró a los ojos. Su expresión no era la de una damita coqueta, sino la de una mujer que nunca mentía—. Eres un hombre demasiado excepcional, y no mereces menos que esto —añadió ella... o así creyó escucharlo Marmaduke.

Pero casi no pudo oírla en medio de los silbidos y aullidos de sus propios demonios, que habían regresado, y parecían venir acompañados de un auténtico regimiento de refuerzo.

* * *

Eres un hombre demasiado excepcional, y no mereces menos que esto.

Aquellas palabras todavía resonaban, furiosamente, en el fondo de su corazón cuando Marmaduke se dirigió a la cima de las murallas de Dunlaidir. Allí de pie, azotado por las ráfagas de viento helado, miraba a la lejanía. Grisáceo y frío, aquel mar infinito parecía devolverle la mirada.

Ajeno a los sufrimientos del caballero, y de todos los hombres, su rumor incesante parecía amortiguado por las nubes bajas y pálidas... y por la primera nevada del invierno.

Demasiado excepcional, había dicho ella.

Demasiado destrozado, lo corrigió su propia incertidumbre, pues ella también había regresado a atormentarlo.

Apretando la mandíbula contra el viento, y la amarga ironía de su vida, sir Marmaduke Strongbow, en otro tiempo deseado por las mujeres, gallardo y elegante, codiciado incluso por sus besos, sufría la injusticia de poseer una habilidosas manos para hacer suspirar a un ángel, pasión suficiente para complacer, pero un rostro demasiado desfigurado para ganar el corazón de una mujer.

Para ganar el corazón de su propia esposa.

Se dio media vuelta intentando que el viento enfriara el calor que le quemaba las mejillas. La izquierda —surcada por la cicatriz— estaba todavía un poco húmeda por la pomada de Linnet MacKenzie.

Su tratamiento de belleza.

Acababa de cerciorarse de que era una estúpida ilusión.

Ni siquiera se había dado cuenta de que la cantidad que había esparcido sobre la herida era demasiada hasta que Ross hizo un comentario al respecto, confundiendo, afortunadamente, su color amarillento con una mancha de suciedad.

Sus labios dibujaron una amarga sonrisa.

La mancha de su cara no era suciedad, y no podía quitarse tan fácilmente.

De hecho, jamás desaparecería.

Marmaduke se ajustó el manto forrado de piel sobre el pecho y miró hacia abajo al perrito marrón dorado que, por una razón que él desconocía, lo había seguido desde los aposentos de Caterine hasta la muralla. La minúscula criatura apretaba su cuerpecito contra sus botas y lo miraba, a su vez, con ojos bien abiertos y fijos.

Ojos tan francos y graves como los de su dueña.

—¿Y? —preguntó Marmaduke hacia el viento lloroso—. No hay ni una pizca de belleza en esta cara devastada, ¿no es cierto?

Para su sorpresa, *Leo* inclinó la cabeza hacia un lado. Hubiera jurado que en los ojos castaños del perro había una huella de comprensión.

No, de comprensión no.

De *compasión.*

—Ésa no era la respuesta que esperaba —dijo Marmaduke, inclinándose para alzar al perrito en sus brazos.

Colocó al trémulo animalillo entre los pliegues de su manto, disfrutando al sentir que el animal se estiraba para darle algunos lengüetazos de agradecimiento en la barbilla.

—¿No te molesta mi cicatriz, pequeño? —logró decir, venciendo con dificultad la sequedad de su garganta.

No quería compasión.

Tampoco quería adoración canina.

Pero esta última demostró ser más agradable que los gruñidos y las meaditas habituales.

Retorciéndose en los brazos de Marmaduke, *Leo* se acurrucó mejor entre los pliegues del gran manto de piel. Un gruñido de satisfacción confirmó que se había acomodado, indicando claramente la verdadera razón de aquella demostración de cariño.

El perrito tenía frío y buscaba solamente el calor del cuerpo y el manto del caballero.

Necesitaba aquella protección de la capa contra la nieve, que comenzaba a arremolinarse a su alrededor.

Al igual que su dueña, que buscaba calor en sus brazos, aunque se trataba de un calor de una naturaleza completamente distinta.

Con el corazón encogido, abrazando la mascota de su esposa, Marmaduke dejó de mirar el mar y se dio la vuelta en dirección a Kintail y, mucho más allá, hacia Eilen Creag.

En dirección a su hogar... el castillo de Balkenzie.

Estaba demasiado distante para verlo, incluso con el tiempo despejado; sin embargo, él sabía que estaba allí. Balkenzie lo llamaba, arrastrando su corazón en aquel momento con mucha más fuerza que en todas aquellas semanas desde su partida.

Lo esperaba, a él... y a su esposa, quisiera ella o no.

Él lograría que ella lo amara.

Lograría que le aceptase tal como era.

Aun cuando tuviera que emplear todos los trucos de su sensualidad, cada caricia y cada beso que le hubieran enseñado. Eran secretos que había aprendido de prostitutas de la corte en su juventud. Actos vulgares que había disfrutado con ciertas amantes y que él también había puesto en práctica, ante todo con aquellas muchachas de faldas ligeras que había frecuentado en los últimos años.

Se trataba, sin duda, de medidas oscuras y lascivas, pero lo suficientemente atrevidas y excitantes como para derretir los huesos de cualquier mujer y para vencer la más firme de las resistencias.

Por primera vez desde que había abandonado la cama de Caterine, una tímida luz de esperanza brilló en el pecho de Marmaduke. Se había dado cuenta de que en aquella solicitud de explorar el deseo, su esposa también le estaba concediendo la oportunidad de ganarse aquella parte que, en verdad, ella quería reservarse para sí misma: su corazón.

Ciertamente, era un camino innoble para ganarse el amor de una dama, pero el único que ella le dejaba libre.

Y Caterine no sabía que con cada gemido, dulce y carnal, en cada liberación tumultuosa de deseo, Marmaduke le estaría robando un pedacito pequeño de su alma.

* * *

Pasadas algunas noches, las antorchas de pino resinoso volvieron a arder con viveza en las paredes, iluminando a todos los presentes en el salón de Dunlaidir. Aquella luz temblorosa esparcía un alegre resplandor sobre la multitud entregada al festejo, pero dejaba rincones de sombra para aquellos que prefiriesen entretenimientos más amorosos, en lugar de apretujarse entre la gente, comer todo lo posible y cantar canciones obscenas.

Los deliciosos olores del humo de la madera, del vino especiado y de las carnes asadas coloreaban el aire del salón, alejando el aroma de las aves marinas y las algas cocidas, tan habituales en los últimos tiempos.

En medio de aquel estrépito, Caterine se hallaba ante la mesa principal, sentada muy recta. Tenía la esperanza de que los invitados, todos de buen humor, saciándose con las buenas carnes asadas de la comarca y emborrachándose con la cerveza helada, estuvieran lo suficientemente ocupados como para no fijarse en sus mejillas ardientes.

Y si se daban cuenta, deseaba que atribuyeran su rubor a la multitud y al calor del salón, que no la observaran con detenimiento a ella —o a su esposo— para descubrir la verdadera razón de su inquietud, pues el calor que coloreaba sus mejillas no era nada comparado con el fuego embravecido que serpenteaba en su vientre.

Un fuego puesto allí por los dedos de su esposo... que la acariciaban. Se trataba de un juego bajo los manteles, a través de los pliegues de su falda, ejecutado con una habilidad tan grande que sólo un enorme control de sí misma le impedía retorcerse de placer sobre la silla.

Y aunque estaban a salvo de las miradas de los presentes, él conocía aquella tirantez y también su causa... y estaba segura de que disfrutaba atormentándola.

Eran escalofríos de una sensación exquisita, muy inadecuados para aquel momento, que la recorrían una y otra vez. Ella lo miró de reojo. Una mirada agitada que no pareció afectarlo.

Seguro y orgulloso, Marmaduke estaba sentado con toda tranquilidad junto a ella y conversaba con sus hombres, ofreciéndole de vez en cuando algún trozo de carne del plato que compartían, o saboreando un trago de vino... mientras movía sus dedos en círculos contra su esencia de mujer.

Caterine recogió la copa que compartían y tomó un trago reconfortante. Dejó que aquel vino dulce y especiado bajara por su garganta... y agradeció que aquellos dedos curiosos no pudieran romper la tela de su falda.

Marmaduke la miró con una luz diabólica en el ojo sano y, durante un instante, apretó el dedo anular contra el capullo hinchado del centro mismo de su feminidad.

Ella se movió bruscamente, cerrando los muslos como reacción inmediata ante aquella sacudida de placer que se arremolinó dentro de ella ante aquel efímero contacto.

El caballero le ofreció una sonrisa cómplice y después se giró hacia sus hombres. Y en un gesto de lascivia, ella abrió los muslos, admitiendo desvergonzada que ansiaba aquellas atenciones, que quería más.

Incluso en aquel lugar: el asiento de honor de la mesa principal.

Marmaduke lo entendió, asintió con un movimiento casi imperceptible y de inmediato reinició aquellas sencillas presiones, combinándolas con los roces sensuales bajo la mesa.

Y ella lo dejó.

Sin duda, habría gritado si él se hubiese detenido, pues en las noches anteriores había aprendido el significado de la *esencia de placer.*

Su protector había demostrado ser un verdadero artista al conseguir darle placer en aquel lugar misterioso que parecía ser el culmen del éxtasis carnal.

Marmaduke se inclinó de pronto hacia ella y le rozó la sien con los labios, aprovechando la excusa para susurrarle al oído.

—Cuando nos hayamos retirado a tus aposentos, te besaré en ese mismo lugar —dijo al mismo tiempo que ejercía una dulce y fuerte presión sobre aquel capullo enardecido.

Con determinación, comenzó a girar el dedo... para levantarlo justo antes de que la invadiese la delicia liberadora que, ahora lo sabía, llegaba muy rápido después de esos jugueteos.

¿Besarme ahí? Caterine casi susurra aquellas palabras; pensar en ello casi la llevó hasta el clímax.

Seguro que no había escuchado bien.

—Sí que me has escuchado bien —murmuró él. Su aliento le calentaba el cuello y el movimiento de su lengua sobre la piel le enardeció la sangre—. Quiero decir que te *lameré* toda la noche. Y ni se te ocurra tratar de detenerme.

Caterine disfrazó una dificultosa respiración con un trago generoso de vino, bebiendo tan rápido que sus ojos se llenaron de lágrimas.

Luchó para no toser al llevarse la servilleta de lino hacia las mejillas, observando con atención las caras de los reunidos alrededor de la mesa. Se sintió aliviada al comprobar que nadie la estaba mirando.

No parecía que ninguno hubiese visto nada que le llamase la atención.

A aquellas horas de la noche, muchos de los comensales, después de haber comido y bebido en abundancia, ya dormían con las cabezas apoyadas en sus brazos, mezclándose sus ronquidos con el alboroto general.

Otros, incluido el joven caballero Lachlan, e incluso James, se habían retirado para acompañar a los más osados a bailar con gran vigor en el otro extremo del salón.

Y algunos, entre ellos los escoceses más rudos, hablaban con mucha seriedad sobre el problema de sir Hugh y qué hacer con Kinraven.

—... después de que haya reconocido que ha sido derrotado, ¿volveremos a Kintail?

Volver a Kintail.

Las palabras, que habían sido pronunciadas por uno de los escoceses, atravesaron la neblina del placer sensual de ella, como si unas manos rasgaran un paño de seda por la mitad. Escuchó también que los otros guerreros admitían aquella posibilidad... pues todos querían saber cuándo volverían a casa.

El corazón de Caterine martilleaba con furia. Miró a su esposo. Como si no se percatara de su desazón, Marmaduke enderezó la espalda y sonrió al escuchar la pregunta de sus hombres.

—Para Navidad, compañeros —les aseguró, alzando la copa de vino para subrayar aquella promesa. Aquellas palabras no necesitaban más florituras. La convicción con que habían sido pronunciadas produjo en Caterine un terrible escalofrío, como si un trozo de hielo hubiese recorrido su espalda.

Como si hubiera presentido su malestar, Marmaduke retiró la mano del medio de sus muslos y, deslizando los dedos por su cara, apartó algunos mechones de cabello de su frente.

Pero a pesar de toda aquella ternura, algo en la mandíbula de él le decía que sus planes de retornar a Kintail eran serios... aunque le prodigara aquellas intimidades apasionadas tras la puerta de su alcoba.

La percepción de que él pensaba irse la atravesó con su fría certeza, tan real como sus caricias físicas. Ella miró hacia otro lado antes de que él pudiera reconocer en su expresión que había decidido retenerlo a su lado a cualquier precio.

En Dunlaidir.

Caterine miró a través del aire cargado de humo del salón hasta dar con los bailarines y ver cómo James tropezaba al hacer un giro. Incapaz de seguir el paso de aquel baile agotador, chocó, cayendo al suelo.

Unas carcajadas acompañaron el incidente cuando los bailarines siguieron danzando, pasando por encima de él. Con el corazón agitado Caterine siguió mirando cómo su hijastro se ponía de rodillas; su cara parecía sombría. Las bromas crueles de unos cuantos que habían bebido demasiado le recordaron a Caterine por qué debía convencer a su esposo de permanecer en el castillo.

Al otro lado de la mesa, sin percatarse de la vergüenza por la que pasaba James, el padre Tomas tosió discretamente.

—¿Y cómo conseguiréis que sir Hugh se considere vencido? —quiso saber—. Su brazo es largo y su traición muy grande.

—La traición de sir John fue aún mayor —exclamó James, acercándose a la mesa. Tiró de la silla del señor feudal haciéndola crujir y se dejó caer pesadamente entre los brazos de roble—. Estoy seguro de que fue él quien arrojó la flecha a la espalda del villano que atacó a Strongbow y lady Caterine la tarde de la boda —añadió, haciendo un gesto de agradecimiento a Eoghann cuando éste apoyó un nuevo plato de carne asada sobre la mesa—. Sin duda, trató de silenciar a aquel canalla antes de que Black Dugie pudiera arrastrarlo hasta nosotros.

En la mesa principal los hombres asintieron y murmuraron mostrando su acuerdo.

James se pasó una mano por la frente húmeda; era evidente que la deslealtad de sir John lo irritaba mucho más que haber perdido el paso de danza.

—Ese hombre rompió todas las reglas de hospitalidad que durante tanto tiempo han sido sagradas en estas tierras, y todo estos meses estuvo aliándose con el diablo a nuestras espaldas.

—Y ahora el desgraciado está donde debe estar —dijo sir Ross, después de beber un largo trago de cerveza—. Su amigo sir Hugh le acompañará muy pronto, a menos que tenga la suficiente inteligencia de montar de inmediato en su corcel más veloz y marcharse hacia el sur.

—Hugh de la Hogue ha aprendido que no somos un grupo de jovencitos inexpertos que se puedan apartar como un nube de mosquitos —dijo Marmaduke, apoyando su mano sobre la de Caterine en la mesa. Su corazón latió enloquecido por aquel nuevo contacto.

Él le clavó la mirada; un brillo de reconocimiento alumbró su ojo sano antes de dirigirse de nuevo a sus hombres.

—Cuando volvamos a buscar el ganado a Kinraven, más le vale que haya regresado a Inglaterra. De lo contrario, puede ir haciendo las paces con Dios —prosiguió, sirviéndose una buena copa de vino especiado—. Con pocas esperanzas, me temo, porque no creo que el Buen Señor lo reciba con los brazos abiertos.

—¿Y Kinraven? —preguntó James.

Marmaduke sorbió un poco de vino, intercambiando miradas significativas con sus hombres.

—Kinraven dejará de existir —dijo—. Será reducido a escombros y cenizas. Si lo dejamos en pie será sólo una invitación para que otro de la calaña de sir Hugh ocupe su lugar.

—¿Y cómo harás para convertir una fortaleza tan firme como Kinraven en una pira ardiente? —Caterine enmascaró su preocupación con cierto tono molesto.

¿Qué haré si esta vez de verdad no regresas?, preguntó su corazón.

—No me gusta verte preocupada —dijo él, mirándola como si pudiera penetrar en su alma—. No tienes por qué inquietarte. Volveré sin un rasguño, igual que todos.

—Pero...

—No te preocupes, querida mía —aseguró, mientras cogía una de sus manos para llevársela a los labios y besarla atrevidamente en el centro de su palma—. Tomaremos Kinraven como hemos hecho con otras posesiones ocupadas, en tiempos aún más turbulentos del pasado. —Entonces soltó su mano y la cogió por la barbilla—. Con sigilo.

—Sigilo, una noche oscura y aceros bien afilados —exclamó sir Gowan, adelantándose con la silla y disfrutando, al parecer, ya del momento que habría de venir—. Eso, y una buena cantidad de hombres capaces de escalar las murallas y prender fuego a todo, antes de que esos bastardos...

—No, compañeros —objetó Marmaduke con rapidez. Observó a cada uno con atención y gravedad. Una señal de advertencia—. No debemos mancillarnos utilizando sus mismos métodos infames. —Levantó una mano para acallar el coro de protestas que le siguieron, procedentes de las mesas más grandes y cercanas—. Los hombres de esa guarnición no son distintos a nosotros. Es sólo que pelean bajo la bandera de De la Hogue —continuó, hablando lo suficientemente alto para que todos lo escucharan, con una voz de autoridad y de calma en medio del caos. Miró hacia ellos, esperando a que guardaran silencio, para luego continuar—: Les daremos a elegir: volver a Inglaterra con sus familias, jurando por su honor de caballeros que nunca volverán a cruzar la frontera... o quedarse junto a De la Hogue y morir con él.

La única respuesta fue el silencio, y algunas caras de desaprobación.

—¿Y De la Hogue? —La voz del padre Tomas se alzó demasiado fuerte en medio de aquel mutismo—. ¿Qué pasará con él?

—Voy a desafiarlo —respondió sir Marmaduke—. Puede morir por la espada, erguido, como corresponde a un hombre de honor... o entre las murallas de Kinraven como un cobarde.

Sus labios se habían apretado tan rígidamente que formaron una única línea. Entonces se levantó, cogiendo a Caterine consigo.

—Ésas, señores, serán sus dos posibilidades. —Pasó un brazo alrededor de la cintura de su esposa—. Ese hombre ha forjado su propio destino.

—¡Y por lo que parece, tú estás a punto de cumplir con el tuyo! —gritó una voz achispada desde una mesa cercana. Aquel grito burlón rompió la densa tensión que se respiraba en el salón principal.

La preocupación también desapareció de los rostros de sus hombres. Hacia las vigas del techo oscurecido por el humo se elevaron todo tipo de bromas jocosas.

—Habrá vino y cerveza toda la noche —exclamó sir Marmaduke, con una voz profunda que se alzó por encima del tono de las burlas—. Disfrutad del banquete.

Y enlazando sus dedos con los de Caterine, alzó las dos manos unidas para que todos las vieran.

—Milady y yo... tenemos otros planes, y os damos las buenas noches.

Caterine permaneció inmóvil junto a él, pero su corazón latía con fuerza. Estaba feliz de que hubiera levantado las manos y ahora la llevase en brazos.

Estaba feliz, entregada a aquellos pequeños destellos de cálida excitación que la recorrían, ahora que la noche llegaba a su fin.

O, mejor dicho, empezaba.

Te besaré en ese lugar, había dicho su protector.

Por un momento se olvidó de sus preocupaciones, esbozando una pequeña sonrisa mientras él la conducía en brazos fuera del salón.

Besarla *ahí.*

Lamerla.

Un temblor delicioso la atravesó sólo de pensarlo. Y él había temido que ella no le dejara.

Palpitando de deseo, Caterine suspiró y comenzó a contar cada escalón que subían por las escaleras circulares.

Por supuesto que le dejaría.

Casi no podía esperar a que comenzara.

19

¿De verdad lo harás?

Esas palabras, tan delicadas como susurros, pero provocadoras con el calor suave y oscuro de una mujer en el culmen de su pasión, penetraron en Marmaduke con toda la fuerza de un invierno violento y ventoso que hubiera descendido de golpe sobre él.

En ese invierno no soplaba un viento frío, sino calor puro y fundido que fue directo a su ingle.

A medio camino, en el corredor que conducía a los aposentos de Caterine, Marmaduke se detuvo y separó un poco el cuerpo de ella para que la luz temblorosa de una antorcha cercana, que estaba adosada a la pared, la iluminara mejor.

No porque no hubiera entendido lo que ella había dicho.

Tampoco dudaba de que ella fuera deliciosa; ya había probado un poco de esa carne, aunque fugazmente.

Esta vez él se proponía saciarse con ella.

Sí, él sabía lo que ella deseaba con cada fibra de su cuerpo, con cada latido de su corazón de guerrero. Ella lo llevaba escrito en la piel.

Sus ojos se encontraron. Parecía que su excitación extrema se había hecho palpable en el aire que los unía y la prueba era que los generosos pechos de Caterine subían y bajaban, agitados por la pasión.

—¿Si haré qué? —preguntó Marmaduke finalmente, sorprendido de lograr pronunciar aquellas palabras, tan seca como tenía la garganta a causa del deseo que se arremolinaba en su interior.

Le acarició el rostro, pasando un dedo por la línea de su mentón... y esperando en silencio que ella tradujera en palabras su deseo.

Caterine parpadeó, infundándose de valor.

—¿De verdad me besarás... *ahí*? —musitó finalmente.

—¿Dónde, amor mío? —le obligaron a preguntar sus demonios cuando volvió a ponerse en marcha, esta vez a grandes zancadas, pues estaba ansioso por llegar a la alcoba.

Ella no dijo nada; se mordía el labio inferior cuando alcanzaron la puerta. Alguna alma previsora la había dejado sin cerrar, de modo que una ligera patada fue suficiente para que se abriera.

—¿Si te besaré dónde? —continuó aguijoneando mientras cruzaba la habitación a paso rápido. Necesitaba y quería que ella pronunciara aquellas palabras—. ¿Dónde quieres que te bese? —dijo, rozándole la sien con los labios—. ¿Aquí? ¿O en otro lado?

A Caterine le sacudió un temblor, él pudo sentir cómo recorría su espalda, aleteando entre sus muslos.

—Entre mis piernas —soltó ella; dos manchas rosas le colorearon las mejillas—. Quiero que me beses y me lamas entre las piernas... como dijiste que harías.

Al escuchar aquellas sinceras palabras, Marmaduke también se vio recorrido por un escalofrío que acabó por henchir y estirar su miembro hasta un punto doloroso.

—Milady —dijo él, con la voz ronca de deseo—, si tú quieres, recorreré todo tu cuerpo con mis labios durante toda la noche hasta el amanecer.

Corrió entonces las pesadas cortinas y la depositó suavemente en el borde de la cama.

Aquella cama ya estaba ocupada por un animalito, que también solicitaba la atención de Caterine.

—Vete, pequeño, esta noche tu señora es mía —sugirió, y frunció el ceño con la expresión más severa de la que era capaz cuando sus palabras no hicieron efecto.

El truco funcionó.

Con un pequeño gruñido de disgusto, *Leo* saltó de la cama y trotó en busca de la suya.

Alguien, amablemente, había alimentado el fuego que, junto a las antorchas de las paredes, inundaba la habitación con tanta luz y calor que Caterine podría yacer completamente desnuda sin tiritar.

Marmaduke se aclaró la garganta.

—Caterine, estoy dispuesto a amarte durante toda la noche. —La miró entonces fijamente—. Quiero absorber toda tu esencia, y darte toda la mía. —*Una unión de nuestros cuerpos para ensamblar tu alma, tu corazón, de forma irrevocable con la mía*—. Pero antes debo decirte algo. —Apoyó sus manos sobre los hombros de ella, apretándolos tiernamente.

Ella asintió con la cabeza y los ojos serios.

Le tocó las trenzas enrolladas sobre las orejas.

—¿Te desato el cabello mientras hablamos? —preguntó, y ella volvió a inclinar la cabeza afirmativamente—. Cuando un hombre besa las partes íntimas de una mujer —comenzó, retirando los prendedores de su pelo—, cuando apoya su lengua sobre ella, o abre su boca como haré yo contigo, se enciende tanto que no puede contenerse durante mucho tiempo.

Los ojos de Caterine se entrecerraron, pero siguieron mirándolo. En su expresión no había repulsión sino interés verdadero; Marmaduke se sintió aliviado.

—¿Me estás preguntado si estoy lista para recibirte por entero?

Marmaduke asintió.

—Hasta ahora te he dado placer con las manos y los labios —dijo él, depositando un puñado de prendedores sobre la mesa junto a la cama—. Una vez que te bese como pienso hacer esta noche, te desearé completa. —Le alzó la barbilla—. Quiero que lo sepas antes de que empecemos.

—Te recibiré —aseguró ella, y el resplandor en sus ojos fue una prueba de que lo haría—. Imagino que lo desearé todavía más si realmente pones tu boca...

—Claro que lo haré, querida mía. No lo dudes.

Retiró los últimos prendedores de su cabello para que finalmente le cayese como una oleada de seda hasta las caderas. Aquella belleza lo dejó boquiabierto. Encantado con la visión, deslizó sus manos en aquella masa dorada, pasando los dedos entre los lisos mechones.

Estaba completamente aturdido.

Levantó las manos hacia su rostro y hundió la nariz y las mejillas en aquellos bucles fríos y satinados.

—Un hombre podría perder el alma en tu cabello, pero esta noche tengo otros encantos tuyos que explorar.

Y un corazón que planeo conquistar.

¿Y cómo piensas lograrlo, inocentón?, dijo uno de sus demonios escondido entre las sombras.

Amándola, respondió una voz suave... preciosa y bella, pero apenas audible. Un mero susurro en el viento que se levantaba en la noche fría más allá de las ventanas.

Él es muy bueno para el amor... ganando y conservando el corazón de una mujer.

Y aún mejor cuando entrega el suyo.

Marmaduke se giró hacia las ventanas cubiertas por la oscuridad; el vello de su nuca se había erizado. Trató de oír más, concentrándose en ellas, pero no escuchó otra cosa que el agua del mar golpeando las rocas y el eco del viento.

Y luego la brisa se hizo más fuerte para alcanzar otra esquina de la noche... llevándose consigo su eco y, tal como *ella* le había prometido, algunas de las dudas de Marmaduke.

Sintió cómo un escalofrío le recorría la espalda, pero trató de ahuyentarlo... y lo consiguió muy fácilmente. Pronto reconoció que un calor asombroso lo atravesaba, la señal de que tenía que conquistar el corazón de su dama.

Supo que conseguiría su amor.

Y con algo más que sus célebres habilidades.

Marmaduke se encargó de clavar aquel dardo en un rincón particular de sus propias sombras... como una reprimenda a sus demonios.

Entonces, antes de que las dudas pudieran volver a dominarlo, se hincó sobre una rodilla y comenzó a descalzar a su nueva esposa.

—¿Estás lista para ser amada, Caterine? —preguntó él. No se refería al acto físico que estaba a punto de llevar a cabo.

—Estoy lista para ser... *besada*, sí —fue la respuesta equivocada.

Renunciando a enfrentarse a una derrota, Marmaduke le quitó las tiras de cuero que cubrían sus pies.

—¿Y cómo te gustaría que te besara? ¿Quieres que me hunda en ti y respire en la profundidad de tu ser?

¿Y cómo puedo ganar tu amor?, fue el eco de su alma. *¿Debo derribar tus barreras con una pasión tan fuerte que toda resistencia sea inútil?*

Levantó entonces sus faldas y comenzó a desatar las ligas de sus piernas.

—¿O prefieres sólo pequeños roces con mi lengua en la línea de tu dulzura? ¿Besos como plumas que te enloquezcan de felicidad hasta que no puedas más y sucumbas a ella?

¿O debo ganarme tu corazón cortejándote con ternura? ¿Acosarlo con las caricias más suaves hasta que se derrita en mis propias manos?

—¿Tú qué prefieres? —preguntó ella, con el pecho agitado por el extraño modo en que él la miraba.

Como si hubiera querido decir mucho más que aquellas palabras.

Y como si las que no había pronunciado tuvieran un efecto mágico y embriagador en su ser.

—Prefiero un poco de ambas cosas —respondió él. La única mentira en la declaración era que, en verdad, deseaba mucho más de lo que había dicho.

Habiendo determinado el rumbo, con firme voluntad levantó las caderas de Caterine y deslizó sus prendas íntimas hasta los tobillos. Mirándola fijamente, la puso de pie.

—Quítate el resto de la ropa, Caterine —le pidió—. Quiero verte completamente desnuda.

Una oleada de exquisito deseo la recorrió. Desató los lazos de su corpiño, liberó las mangas de sus brazos y dejó que el vestido cayera al suelo, alrededor de sus pies como un charco.

Pronto llegó el turno de su ropa interior.

Tranquila en su desnudez, Caterine se detuvo frente a él, con los brazos estirados a ambos lados del cuerpo.

—¿Y ahora?

Marmaduke pasó los dedos de una mano por sus pechos.

—Aunque me encantaría, supongo que esta noche no jugaré demasiado con tus pechos —dijo él con una mirada apasionada que hizo palpitar fuertemente el sitio húmedo alojado entre los muslos de ella.

Pasando ambas manos por debajo de los pechos, los levantó y pareció sopesarlos. Después dibujó círculos lentos alrededor de los pezones, con los pulgares presionándolos ligeramente pero sin llegar a tocar las puntas endurecidas y turgentes.

—Si pospones y retrasas el momento de la culminación, puedes obtener mayor placer. Pero aunque tus pechos me fascinan, quiero besarte, recorrer con mi lengua otro lugar esta noche —dijo él. Esas palabras y sus caricias despertaron en Caterine descargas de placer hormigueante—. Me muero por lamerte hasta que pierdas el sentido. —Al fin llegó a apretar las puntas de los pezones. Los frotó y tiró un poco de ellos con cierto deleite, antes de hacerla tenderse en la cama—. Tienes unos pezones muy grandes —continuó, pasando una mano por la curva de su cuerpo, que cruzó por encima de su vientre y fue a dar al nido de su vello púbico... tirando sutilmente de los rizos dorados—. Tus areolas también son grandes. Lo encuentro muy excitante. Pero es la carne *aquí* oculta —dijo, hundiendo una mano entre sus piernas para después recorrer con un dedo la hendidura—, lo que ahora me llama.

Caterine se humedeció los labios, casi incapaz de respirar por el deseo palpitante que empezaba a consumirla. Era una tensión que se arremolinaba en lo más profundo de su cuerpo y que, seguramente, muy pronto habría de desatarse.

—Ábrete a mí, Caterine. Muéstrame de nuevo tu dulzura, como hiciste en el asiento junto a la ventana. Déjame verte.

Caterine tuvo que contener un gemido de pasión pura y desbocada que le subía por la garganta; se mordió el labio inferior y separó las rodillas.

Por completo, sin vergüenza y tan separadas como pudo.

—*Lámeme.* —Una voz entrecortada y áspera pronunció aquel ruego—. No puedo soportarlo... —Se retorció entre las sábanas, dejando a la vista todo el ardor de la parte inferior de su cuerpo, toda su gloria encarnada, tan abierta, tan expuesta, más allá de cualquier pudor—. No esperes más. —Su voz profunda sonó como si viniera de lejos.

Caterine se incorporó para mirar el rostro de Marmaduke, fascinado ante la vista de su cuerpo y eclipsado por tanta pasión.

Sus miradas se encontraron; él se arrodilló entre los muslos de ella.

—Apoyaré mi boca en ti, *te lameré,* muy pronto, querida mía. Sólo mantén las rodillas así separadas.

Comenzó a acariciarla. Jugaba con sus dedos entre los pliegues de ella, suavemente... a veces pellizcando un poco la piel, profundizando y tirando de su vello púbico, con algunas caricias muy leves en el centro de su feminidad.

—¿Te gusta que te toque así como lo hago? —preguntó y probó su carne más oculta, masajeando cada uno de sus rincones palpitantes—. ¿Que juegue un poco contigo ahí entre tus piernas? ¿Te hace sentir bien, Caterine?

Ella asintió con la cabeza, incapaz de hablar por el placer tan arrebatador y dulce que la recorría.

—Déjame decirte lo que te haré antes de empezar, Caterine. Escucha con atención, pues decir esas cosas en voz alta también es excitante. —La miró y le acomodó el cabello detrás de las orejas—. Verás que disfrutarás de las palabras de amor, así que di todo lo que desees. Entre nosotros no hay nada de qué avergonzarnos. Ahora sólo nos une aquello que nos da placer.

Sólo mi amor hacia ti y mi deseo de conquistar tu corazón.

Ella parpadeó, intentando pedirle que repitiese lo que le pareció haber oído, pero la evidencia rotunda de sus atenciones sensuales le adormeció la lengua.

El corazón de Caterine latía más forzado y lento con cada caricia, cada palabra lasciva que él pronunciaba. Hundió entonces sus propios dedos en la tierna carne entre sus muslos, abriéndola aún más para él.

—Ahora voy a rozar mi cara contra ti —estaba diciendo él mientras la masajeaba con la palma de la mano... con círculos lentos, cada masaje tan excitante como los leves tirones que también practicaba—. Sólo es un momento, para saborear la suavidad de tu vello íntimo. Después pasaremos a... tareas más serias.

La parte inferior de su vientre hirvió de tensión, fuerte, palpitante y exquisita cuando Caterine se adelantó, hambrienta, hasta que entre la boca de Marmaduke y el centro de su calor sólo quedó un milímetro. La respiración de él lograba acariciarla, cálida y suave, y ella sentía cómo esa respiración hacía subir chispas de placer por su cuerpo.

—Tu belleza me enloquece. —Marmaduke deslizó sus manos por la parte interior de sus muslos—. El aroma de tu excitación me enciende la sangre.

Volvió a acercarse e inspiró varias veces, reteniendo las bocanadas largamente antes de exhalar el perfume. Sólo después de la segunda o la tercera vez ella se dio cuenta de que estaba respirando *su aroma.*

—Podría saciarme en ti —dijo él, hundiendo la nariz y las mejillas, su rostro, en la espesa maraña de rizos dorados que coronaban el monte femenino. La pura intimidad de aquel acto se antepuso a los remolinos de calor que la recorrían, y ambos se fundieron en una tibieza lenta y escurridiza, de infinita dulzura—. ¿Sabes que tienes más vello que la mayoría de las mujeres? —Marmaduke pasaba su boca una y otra vez sobre aquellas suavidades—. Este vellón tan suave sería una irresistible redención para muchos hombres... especialmente uno dorado como el tuyo. Podría pasarme horas deslizando mis dedos en su abundancia, pero... —Se puso de pie y se quitó el cinturón que le colgaba de las caderas—. Te lameré ahora —dijo él—. *Eso,* mi amor, es lo que voy a hacer... pasar mi lengua por tu dulzura.

—¿Sólo un pequeño roce?

—Eso mismo. —Se quitó la guerrera, deslizándola sobre sus hombros, y la dejó caer al suelo—. ¿Lo disfrutarás?

Ella asintió con la cabeza mientras lo observaba librarse de las botas, quitarse los calzones y las calzas. La respiración de Caterine se detuvo al verlo en todo su esplendor y magnificencia.

Seguro en aquella desnudez, puso los brazos en jarras y miró desde arriba... hacia *aquella* parte de ella.

—¿Sabes que eres muy hermosa? Echada así, con tus rodillas abiertas... tan abiertas —dijo él con voz oscura y densa—. Podría llegar al éxtasis sólo al ver que me acerco a ti. —Se puso de rodillas—. Voy a mostrarte tu lujuria, Caterine —le prometió, y el tono caliente de su voz encendió aún más el pálpito que a ella le latía entre las piernas—. Recuéstate, amor mío, y deja que te lama.

Adelantándose, pasó la punta de la lengua por la hendidura, lamiéndola.

—¿Te gusta esto, Caterine?

Ella se retorció, se arqueó ante él con gemidos pesados y animales.

—Tranquila, mi amor —la suavizó—. Sólo siente. Voy a lamerte. Te recorreré con mi boca, con caricias largas, que disfrutarás por completo si estás muy relajada.

Temblando, ella le obedeció. Permaneció completamente quieta mientras él la rozaba con su lengua con una extraordinaria lentitud.

—No te muevas, Caterine —le advirtió cuando las caderas de ella comenzaron a moverse despacio, rítmicamente—. Sólo tienes que disfrutar de lo que te hago.

La sangre de Marmaduke también hervía. Se apartó para mirarla, posando la vista en aquella belleza exuberante... en la recompensa de ella. Tenía tanto vello que apenas podía reconocer los pliegues de su hendidura. Nunca había visto un sexo tan abundante, tan poblado, tan dorado.

—Esta vez te lameré completa —le dijo, apartando los rizos para obtener una vista alucinada del centro mismo de su carne palpitante.

Los muslos de Caterine se tensaron, apretándose cuando sus caderas se separaron de la cama.

—No, querida mía, no te muevas... sólo mantén las piernas bien separadas —la urgió, y después pasó su lengua por todo lo largo de la hendidura.

Un solo lamido.

—Cada vez que te muevas, Caterine, me detendré —le advirtió mientras le acariciaba el interior de los muslos y jugaba con los rizos húmedos, tirando un poco de ellos—. ¿Podrás quedarte quieta? Si lo haces, seguiré lamiéndote. Pero debes quedarte completamente quieta.

Caterine no pudo contener un gritito, hundiendo las manos entre las mantas de la cama, los muslos tensos, pero aún completamente abiertos... y el aroma de su excitación, agudo y almizclado, se alzaba, embriagando a Marmaduke.

Inspirado por ese aroma, respiró hondo y apoyó la palma de la mano contra su calor sedoso, frotándolo circularmente.

—Eres adorable en la pasión. Mantén las piernas bien abiertas... tan abiertas como puedas. Sólo así podré recorrerte entera.

Y lo hizo.

Abrió su boca sobre ella, grande y hambrienta, dándole placer con lamidos lentos. Una y otra vez, pasó su lengua, probando sus pliegues húmedos.

Era una lengua que sólo estaba ahí para arrancar de Caterine hasta el último gemido, el último temblor... y así vencer con atrevimiento cada barrera que ella había levantado frente a él hasta alcanzar su corazón.

La recorrió una y otra vez, enroscando la lengua por encima y a los lados de su capullo pequeño y endurecido en el centro mismo de su dulzura.

La reclamaba con toda su pasión, la encendía con un deseo que parecía arrasarla, hasta que, dando un grito agudo y trémulo, ella llegó a su clímax, con un éxtasis sensual que la atravesó por completo.

Se había aflojado; el camino hacia su alma parecía abierto, al igual que la expansión dorada de sus rizos húmedos y la carne oculta detrás de ellos.

O eso era lo que él esperaba.

Con una tremenda palpitación martilleando en sus oídos, Marmaduke se levantó, sintiéndose aliviado por haberle dado semejante placer. Vio cómo ella regresaba del goce, oyó su respiración entrecortada, la prueba de una victoria tan dulce y evidente que lograría mantener a los demonios del caballero alejados durante un buen tiempo.

Pero no su corazón.

El corazón le latía con fuerza, perdido sin remedio.

Un corazón que deseaba mucho más que gemidos de satisfacción y pasiones.

Marmaduke sonrió con cierta picardía, contento con lo que habían compartido. Miró hacia abajo y saboreó aquel triunfo reflejado en los ojos de ella, que aparecían profundamente azules, nublados de pasión.

Ojos satisfechos.

Nunca había visto a una mujer tan hermosa en su desahogo, y nunca su propio deseo había latido con tanta urgencia.

—Bueno —dijo él, pasando los dedos sobre los rizos húmedos—. ¿Estás satisfecha, querida mía?

Caterine frunció el entrecejo.

—Pero tú, milord...

Marmaduke fue al encuentro de su mirada preocupada. No necesitaba bajar los ojos para saber que su virilidad seguía erguida.

Respiró hondo.

—He esperado durante muchos años una noche como ésta —dijo él, cogiéndole la mano y alzándola hasta sus labios para besarla—. Alguien nos ha dejado una jarra de vino. —Marmaduke señaló un recipiente sobre la mesa—. ¿Por qué no te abrigas un poco con la bata y bebemos algo mientras admiras el regalo de Linnet?

Marmaduke se dio media vuelta y fue hasta la recámara oscura, pero no sólo en busca del regalo de bodas, unas copas con gemas engastadas que Linnet había enviado a su hermana.

Respiró pesadamente mientras alzaba su bolsa de cuero hacia la luz azul plateada que entraba por las dos rendijas de la ventana, después rebuscó con una mano hasta dar con las dos copas de metal.

Pero en lugar de apresurarse a regresar junto a su esposa, se quedó quieto bajo los pálidos rayos de la luz de la luna... y deseó que su pasión desapareciera.

Entonces, apretando las manos, pensó en las caras arrugadas de todas las viejas brujas que había visto en su viaje por Escocia, recordó la odiosa tarea de asegurar la salida de la letrina y otras cosas desagradables hasta que, finalmente, su sangre se enfrió.

Logrado el objetivo, se puso el manto de piel sobre los hombros y se maldijo por haber tenido que recurrir una vez más a su lado oscuro.

La bestia de su interior que él no lograba dominar.

Renegando de sí mismo en la oscuridad, se echó encima una lluvia de improperios por haber confiado a sus manos habilidosas y a sus labios ejercitados la tarea de satisfacer a su esposa. Era la cobardía la que lo había disuadido de introducirse en ella, temiendo que justo antes de hacerlo una nube de repulsión nublase aquellos ojos azules.

Pero como era un protector experimentado, trató de ahuyentar sus pesares, recogió las dos copas y abandonó la oscuridad de la recámara.

Y la suya propia.

Confiaba en que se enfrentaría con su demonio más temible por la mañana... y que, la próxima vez, sería tan osado como para ver que la batalla llegaba a su verdadero fin.

* * *

Ella ya había visto aquellos regalos.

Caterine observó la copa metálica con piedras preciosas que sostenía en su mano. Aquel cáliz, con sus gemas multicolores y su trabajada orfebrería, brillaba bajo la suave luz de la lámpara de aceite... como si le enviara una señal, como si se conocieran de antes.

Miró a su esposo, pero no encontró en él ninguna respuesta. Estaba sentado en la pesada silla de roble junto a la chimenea, con una pierna musculosa echada sobre un lado. El manto de piel que llevaba puesto se abría un poco, dejando a la vista una imagen tentadora de la vigorosa superficie de su pecho y de su abdomen.

Pero también podía verse su virilidad, ahora relajada, descansando sobre un muslo. Aunque estaba semioculta, su tamaño provocó que la sangre de Caterine se acelerase.

Muy consciente de la cercanía de su masculinidad, se pasó las palmas húmedas de las manos por la bata, mientras un calor líquido comenzaba a recorrerla... y a palpitarle en su esencia femenina.

Otra vez.

Y sólo por haber echado una pequeña ojeada al miembro del caballero a través de una abertura de su manto.

Levantó la cabeza, con el corazón casi detenido. La expresión de relajación en el rostro de Marmaduke se había esfumado. Ahora la observaba con infinita adoración.

Una mirada de amor.

Brillante, puro y verdadero.

La misma mirada que le había visto al imaginarlo sentado en la silla de Niall, unas semanas antes... sosteniendo aquella misma copa.

Sólo que en aquel entonces ella no había sabido a quién miraba él.

Pero ahora sí lo sabía.

Y el significado de aquella mirada le hizo sentir que el corazón se le subía a la garganta y que el pulso se le aceleraba inconteniblemente.

—¿Estás satisfecha, milady? —Oyó que una profunda voz la envolvía y la sostenía como si él se hubiera ido hacia ella y la hubiera estrechado entre sus brazos.

—¿Sa... satisfecha? —tartamudeó Caterine, parpadeando. Su mirada se desvió de nuevo hacia la abertura entre los pliegues del manto, que ahora revelaba una perspectiva más amplia de aquella virilidad. No sólo pudo ver toda su extensión, sino el bulto doble de sus testículos. Un calor lánguido se extendió entre sus muslos—. Me has dado mucho placer, milord, tal como supuse...

Marmaduke alzó el regalo de Linnet, brindando con ella; exactamente como lo había imaginado aquella vez en los aposentos de Niall.

—Quise decir si estabas satisfecha con las copas —le respondió, con una expresión que reflejaba perfectamente que comprendía que, en el otro sentido, también había quedado satisfecha—. Linnet tiene un juego completo para ti en Balkenzie —añadió. Pero aquellas palabras pusieron fin al fuego sensual que había estado recorriendo el vientre de Caterine. La firme convicción de Marmaduke de que ella también estaría pronto en Balkenzie le llenaba de congoja el corazón.

Ella no quería ir a Balkenzie... pero tampoco quería perder a su caballero.

Y menos aún sus frágiles creencias: que finalmente había descubierto no sólo el deseo, sino también el amor.

Se cerró la bata sobre el pecho, alzó la copa hasta sus labios y tomó un pequeño sorbo de vino.

Un sorbo con decisión.

Una firme decisión.

Avanzó hacia la silla y puso una mano sobre su ancho hombro. La fuerza de sus músculos y *su calor* llegaron a ella a través del grueso manto de piel.

—Preferiría que Linnet y su esposo nos visitaran aquí —dijo ella, forzando un poco el tono de voz—. Pueden traer el resto de las copas consigo.

—Tu hermana no podrá ir a ningún lado durante bastante tiempo —afirmó él, cuidando sus palabras. Aquella actitud reservada hizo que Caterine olvidara sus propios asuntos por un momento.

Le clavó los ojos, preguntándole:

—¿Está enferma?

Marmaduke vaciló, sopesando qué era más importante: la preocupación de su esposa o salvar su propio honor... el valor de una promesa hecha.

Si Caterine supiera que su hermana daría a luz a su primer hijo, seguramente le acompañaría a Balkenzie, aunque sólo planeara quedarse poco tiempo. Y una vez que la tuviera allí, él sabía que podría convencerla para que permaneciera para siempre.

Pero él quería que estuviera a su lado sólo si ella misma lo *deseaba*.

Sólo si lo hacía por amor.

—Linnet está bien —dijo él finalmente, mirando a su esposa con la expresión más neutra que pudo poner... y rezó por no decir la verdad—. Eilean Creag abarca grandes posesiones y sus obligaciones como esposa del señor feudal no le dejan mucho tiempo para viajar.

No era una mentira, pero tampoco la verdad completa.

Y fuera una verdad a medias o no, fue suficiente para que su esposa no hiciera más preguntas.

Para su sorpresa, Caterine dejó a un lado la copa de metal y, con la habilidad de una dama ejercitada en amores, se inclinó hacia el borde de la mesa de tal forma que el escote de la bata se abriera lo suficiente y dejase a la vista hasta la mitad de sus areolas.

Las puntas de sus pezones quedaron ocultas, pero aquellos bordes rosa oscuro bastaron para calentar su sangre nuevamente, y que ésta llenara una vez más su virilidad.

—¿Y cuándo recobrarás las otras copas, milord? —preguntó ella, con voz suave pero ligeramente temblorosa; una señal de que sabía exactamente lo que estaba provocando con aquella postura incitante. Era muy consciente de que llevaría a Marmaduke al extremo de la excitación.

Quería utilizar sus encantos para aplazar todo lo posible la partida.

Marmaduke inspiró hondo, tratando de reducir su turbación.

—No iré a buscarlas —dijo él, forzándose a no bajar la vista de la línea de los hombros de Caterine—. En pocos días, cuando hayamos acabado con sir Hugh, mis hombres y yo, y tú, saldremos hacia Kintail. Las copas nos aguardan, en Balkenzie, y allí permanecerán.

—Ya veo. —Con un suave movimiento, soltó el grueso cordón de su bata y lo dejó caer al suelo. Se inclinó para recogerlo, escogiendo el ángulo indicado para que él pudiera ver su vellón dorado cuando se agachaba—. Voy a retirarme ahora, milord. Tu abrazo será bienvenido... si deseas seguirme.

No, milady, tú tienes que seguirme a mí... a Balkenzie, respondió el corazón de Marmaduke.

Su excitación lo empujaba a ir tras ella, pero antes de que se pusiera de pie un hocico frío y pequeño se pegó a su pantorrilla.

Un tanto inseguro, *Leo* se alzó sobre dos patas y con una de las delanteras tocó la rodilla de Marmaduke, dejando escapar pequeños gruñidos para llamar su atención.

Y en el instante en que él le hizo caso, la pequeña criatura volvió a sentarse y lo miró con sus ojos castaños expectantes. Comenzó a temblar.

Era una evidente estratagema.

Echó una ojeada a través de la habitación, hacia la cama. Su esposa había corrido las cortinas, y sólo los santos conocían la exquisitez de los placeres que allí lo esperaban.

Pero escuchó otro quejido, y este último sonó decididamente lastimoso.

Respirando hondo, Marmaduke se pellizcó la nariz y rezó una plegaria silenciosa al cielo, donde rogaba que si algún día ellos fueran bendecidos con un niño, al muchacho no le dieran un corazón tan blando como el de su padre.

Tomó una decisión, se inclinó y alzó al animalillo para ponerlo en su regazo.

Todo el fingimiento asomado a los ojos del perro había desaparecido. Con el hocico, *Leo* apartó un borde del manto de Marmaduke y se introdujo fácilmente entre sus pliegues, buscando calor.

El perrito se acomodó en el manto sin una mirada o un gruñido de agradecimiento. Y con su tierno corazón, Marmaduke se reclinó para pasar una larga noche.

Y se resignó a sentir contra su hombro el temblor del pequeño animal en lugar de disfrutar de la voluptuosidad irrefutable de su dama.

Pero pronto iría en busca de sus encantos. Muy pronto.

En busca de sus encantos y de su corazón.

Apoyó la cabeza contra el respaldo, escuchando las vueltas que daba ella, el crujido de las sábanas detrás de las cortinas. Los suspiros de frustración de Caterine continuaron durante toda la noche. Extendiéndose dulcemente en el aire... como una música para sus oídos.

Un signo de esperanza para un corazón derrotado.

Pues incluso para un condenado como él, estaba claro qué era lo que se escondía detrás de aquel insomnio de Caterine.

Con un lenta sonrisa en los labios, Marmaduke miró a través de la oscuridad, pues el fuego de la chimenea se había consumido y, desde hacía rato, las antorchas habían extinguido su último resplandor.

Pasó una mano entre los pliegues de su manto y acarició las orejas del perrito, saboreando cada susurro, cada suspiro de impaciencia proveniente de los labios insomnes de ella.

Sonidos femeninos sin disimulos, perfectamente reconocibles y con un significado evidente para cualquiera capaz de satisfacer a una mujer.

Y aún más para un hombre acostumbrado a ganarse los corazones de las damas.

Con el alma y el cuerpo temblando por atender aquellas exigencias, Marmaduke cerró más el manto alrededor de su pequeño compañero y se acomodó en la silla, esperando el amanecer.

Estaba convencido de que su esposa no sólo requería su destreza... quería su amor.

Y quizá, si era muy afortunado, lo querría tanto como para darle también el suyo.

Ya te lo ha dado, querido mío, susurró el viento que soplaba en algún lugar sobre las aguas oscurecidas por las tinieblas.

Ya te lo ha dado.

20

UNA SEMANA MÁS TARDE, EN LAS PRIMERAS HORAS de una silenciosa noche sin luna, sir Marmaduke, James, Black Dugie y unos pocos hombres selectos de la guarnición observaban un valle poco profundo desde un montículo arbolado. Unas capas tan negras como la fría noche ocultaban el brillo de las armas. Miraban a través de los arbustos hacia las torres de Kinraven, que se recortaban en el cielo oscuro.

Había una débil luz sólo en algunas de las angostas ventanas de la fortaleza. El viento traía silencio y el chapoteo de algunas olas contra la orilla cercana del lago.

Uno de los hombres de la guarnición avanzó en su cabalgadura.

—¿Fingiremos un ataque a una de las torres antes de entrar al castillo? —preguntó, y sus susurros casi parecieron gritos en aquel silencio tan espeso.

Marmaduke sacudió la cabeza.

—Si mis hombres son capaces de trepar a los muros con el sigilo que han demostrado otras veces, y los que suban con ellos esparcen una buena cantidad de paja en los sitios adecuados, Kinraven será un esqueleto negro cuando amanezca, hayamos peleado o no. —Marmaduke echó una mirada a sus hombres—. Por tanto, compañero, no necesitamos recurrir a esa estratagema. La oscuridad de la noche, la sorpresa y el buen uso de nuestras armas serán suficientes.

Unos murmullos de acuerdo se levantaron entre el grupo de caballeros.

—James —dijo Marmaduke al muchacho—. Eres el que mejor vista tiene de todos nosotros. ¿Puedes decirnos si nuestros hombres han alcanzado los parapetos?

James entrecerró los ojos para ver mejor a través del valle.

—Los escaladores están en sus puestos y puedo ver a dos hombres más acercándose.

—¿Algún centinela a la vista? —preguntó otro de los guerreros de Keith.

James sacudió la cabeza como negativa cuando uno más de la guarnición surgió entre los árboles. El hombre espoleó su caballo para acercarse.

—Está todo listo —dijo, quitándose el casquete de malla—. Nuestros hombres están apostados —explicó—. Hemos colocado hasta la última de las ramas secas que hemos logrado reunir en estos días. Hemos llenado las caballerizas de paja.

Marmaduke miró hacia Kinraven y sólo pudo vislumbrar un reguero de hombres que trepaba por las escaleras de cuerda. Parecían estar llegando con facilidad hasta los parapetos de las murallas. Satisfecho, se volvió hacia los hombres armados.

—¿Y los que entrarán en la fortaleza tienen paja suficiente para que todo arda?

Los otros asintieron.

—Hemos quitado la paja de unos edificios exteriores.

—¿Y el ganado? —dijo James, desviando la vista del castillo lejano—. ¿Está fuera de peligro?

—Los pastores están alejándolo justo ahora —respondió el hombre armado, frotando el cuello de su nervioso caballo—. Lo conducirán más allá del lago, junto al camino a Dunlaidir, cuando aparezcan las primeras llamas...

—¡Por Dios, ya han empezado! —Black Dugie estiró un brazo, señalando unas lenguas de fuego que, en distintos puntos, comenzaban a iluminar la noche con luz brillante y naranja—. Ya se levantan nubes de humo sobre las murallas de Kinraven.

El viento trajo el sonido de gritos distantes, maldiciones y chillidos, y un resplandor sobrecogedor comenzó a extenderse en el cielo nocturno. La fortaleza y sus alrededores cayeron presa de un caos infernal.

Dando media vuelta con su caballo, Marmaduke alzó su brazo cubierto con la malla de metal.

—Vamos, éste es el momento para mostrarle a esos bastardos el camino de regreso a Inglaterra —exclamó—. Que Dios se apiade de los que quieran quedarse.

Y luego, clavando las espuelas de oro en los flancos de su caballo, hizo correr a su animal colina abajo, seguido de inmediato por el resto. Juntos cruzaron el valle, haciendo tronar sus cascos contra la tierra, hacia la pira llameante de lo que alguna vez había sido el castillo de Kinraven.

* * *

Detrás de la protección de las murallas de Dunlaidir, en la alta estancia de la torre que daba al mar, Caterine se movía nerviosamente entre las magníficas arcadas de los ventanales de los aposentos señoriales de su hijastro. Había sido empujada hasta allí por la intolerable soledad de su propia alcoba.

Un vacío que ella esperaba llenar con el dudoso desahogo de la compañía, siempre animada, de su amiga Rhona. Pero aquella noche incluso su dama de compañía parecía triste y preocupada. Estaba reclinada sobre la cama de James, abrazando al pequeño *Leo*.

Ignorándola, Caterine deambulaba por las ventanas, clavando una y otra vez la vista en el camino del acantilado, atenta por si su esposo y sus hombres aparecían por allí; pero la parte superior del sendero se perdía detrás de la curva de la ventana, y hasta donde ella podía ver, estaba desierto.

Entonces miró a Rhona.

—¿No tendrían que haber regresado ya?

—No, milady. Me temo que no los veremos hasta que cante el gallo. Quizá ni siquiera antes de la hora vespertina.

—¿Hasta la hora vespertina? —El corazón de Caterine dio un vuelco—. Para entonces ya estará anocheciendo.

Rhona la miró con atención.

—¿Crees que será tarea fácil convertir en polvo y ceniza una fortaleza del tamaño de Kinraven?

—Si pensara que lo pueden lograr sin correr ningún riesgo, no estaría aquí sino durmiendo en mi cama —respondió Caterine, mirando a las aguas embravecidas del mar mientras se paseaba frente a las ventanas.

—Acabarás por desgastar las esteras del suelo —dijo Rhona. Caterine la miró a los ojos—. James presta mucha atención a esas cosas —explicó su amiga, encogiéndose de hombros.

Caterine volvió a examinarla, tratando de descubrir la señal de algún malestar detrás de los ojos oscuros de su amiga.

—¿No estás preocupada por ellos?

Tenía que estarlo, pues sus sentimientos hacia James llenaban la habitación. Había baratijas suyas olvidadas en varios lugares, y las ropas de ella colgaban de los ganchos de las paredes.

—Oh, amiga, ¿tienes tan poca fe? —dijo Rhona, acariciando el lomo de *Leo*—. Tu precioso caballero blande una espada poderosa. Si yo no estoy preocupada por la seguridad de mi amado, definitivamente tú no tienes por qué estar preocupada por el...

—Él no es mi amado —negó Caterine, avanzando hacia la ventana más cercana para apoyar la cabeza contra la fría piedra de la hermosa tracería. Aquella frialdad contra su frente la reconfortó—. Disfruto mucho de sus atenciones —admitió, poniéndose firme por si Rhona comenzaba a indagar demasiado—. Él es... muy habilidoso en esas artes.

—¿De veras?

Caterine deslizó un dedo por el borde de piedra de la ventana, mirando cómo la niebla se levantaba despacio sobre el mar... decidida a abandonar el tema.

Pero Rhona siguió hablando.

—Es un hombre bueno y valiente, milady —dijo ella—. Un galante caballero, un protector y un vencedor. ¿Cómo no habría de robarte el corazón?

—No vas a lograr arrancarme una declaración de apasionada veneración por él, ¿está claro? —replicó Caterine rompiendo el silencio—. Lo único que me ha quitado es mi aversión a su sangre inglesa... y mi deseo de vivir una vida de abstinencia.

—Entonces te gusta acostarte con él.

Caterine sospechó que al otro lado de la habitación su amiga sonreía con aquella expresión suya de «tal como te dije».

—Eso no significa que me haya robado el corazón. Se puede saborear un placer sin el otro, como tú, más que nadie, deberías saber.

Caterine se volvió, pero de inmediato deseó no haberlo hecho. Rhona estaba golpeándose la barbilla con un dedo. Y no importaba qué tipo de perla de sabiduría iba a soltar en unos instantes; seguro que se referiría a *él.* Y hasta entonces, todas sus declaraciones y predicciones se habían hecho realidad.

—¡Lo tengo! —exclamó Rhona de pronto—. Estás en lo cierto. No te ha robado el corazón... ¡tú se lo has dado! —Caterine tomó aire con dificultad... un aire frío y de negativa amargura—. Estás enamorada de él —declaró Rhona, y el alma de Caterine asintió.

—No, no lo estoy —respondió *ella.*

Rhona lanzó un resoplido.

Pero antes de que pudiera examinar demasiado algunos rincones de su interior que ella prefería mantener ocultos, se volvió hacia la ventana. En alta mar, en el espacio lejano, una niebla blanca se diluía sobre el horizonte, al igual que la suave galantería de su protector y su pasión desatada habían desvanecido y vencido cada barrera que ella había colocado para detener su avance.

Hasta que no había quedado ninguna.

Ninguna, salvo su empecinamiento en no dejarlo marchar.

Una pequeña sonrisa asomó a sus labios.

Ella aún poseía un *encanto* que él no había disfrutado; supo entonces que una vez que lo hubiera conocido, no la abandonaría jamás.

Su sonrisa se hizo más amplia.

Tras su regreso, apenas se hubiera recuperado y descansado, ella lo amaría.

Por completo.

* * *

Sir Marmaduke y aquellos que habían cabalgado a través del valle fueron recibidos por el caos y la confusión cuando alcanzaron el cuartel de la guardia de Kinraven, ya en llamas. Muchos hombres medio dormidos, apenas sin vestir, e incluso algunos desnudos salían en estampida por la entrada, devastada por el humo y el fuego, para dispersarse luego en la noche que comenzaba a teñirse de rojo.

Unos pocos intentaban detener, a golpe de espada, a los escoceses de Marmaduke, y el eco infernal de los aceros entrechocando se unía al alboroto de hombres gritando y al relincho de los caballos que, enloquecidos, pateaban y se alzaban sobre sus patas traseras.

Otros guardias de los hombres de Keith rodearon a algunos ingleses que pretendían huir, mientras que los que ya habían sido apresados estaban bajo custodia, pateando el suelo contra el frío, con sus caras ensombrecidas por la humillación.

Marmaduke entró con fuerza en medio de la refriega y levantándose sobre sus espuelas, alzó la espada.

—¡Alto! —Su voz profunda se oyó sobre los gritos y lamentos—. Oídme todos. Esto es algo entre De la Hogue y yo. Todos los demás, guardad las espadas.

—¡Ni por el rabo del diablo lo haría! —exclamó alguien.

Sir Gowan.

El resto de sus hombres obedeció de inmediato, expectantes, con una amplia sonrisa al reconocer aquella voz. Algunos otros los imitaron lentamente hasta que, poco a poco, lo peor del tumulto y la confusión desapareció. Los guerreros de Keith intercambiaron miradas desconcertadas, pero se esforzaron por mantener las espadas bajas... siempre que sus oponentes hicieran lo mismo.

Los pocos hombres que quedaban de la tropa inglesa, dotados de las armas que habían podido recoger en el último momento y rodeados por la furiosa guarnición de Dunlaidir, miraban con una mezcla de alerta y respeto.

Al observarlos, Marmaduke inhaló una buena bocanada de aire acre. Sin el resplandor de sus armaduras, despeinados y escasamente vestidos, temblando ante el cuartel de la guardia, componían un cuadro bastante lamentable, cubiertos de cenizas.

Y parecían tan jóvenes...

Demasiado jóvenes para morir por una mala causa.

Demasiado *ingleses* para ser dignos de la compasión que Marmaduke pensaba otorgarles.

Marmaduke tragó saliva y con ella la maldición que le subía por la garganta. Desmontó y le dio las riendas a James.

—¡Hombres de De la Hogue! —los increpó, alzando la voz sobre el crepitar de las llamas—. Yo, Marmaduke Strongbow de Balkenzie, os saludo.

La cortesía fue acogida por un silencio de labios apretados.

Sin dejarse desconcertar, les dirigió una mirada apremiante.

—¿Dónde está vuestro señor? Quiero desafiarlo a un combate entre los dos... si es suficientemente hombre, lo aceptará.

—Sí que lo soy, Strongbow, pero veo que algo... te *falta* desde la última vez que nos vimos. —La voz procedía de su espaldas. Marmaduke se dio la vuelta y vio emerger a De la Hogue de la nube de humo que llenaba la entrada de la torreta de la guardia. Con expresión sombría, avanzó acompañado de un puñado de hombres tras él—. Había oído los rumores, pero ahora veo que tu buena apariencia es, verdaderamente, cosa del pasado —se mofó con una voz sorprendentemente clara para el humo del que había surgido—. Casi no te reconozco.

—Hijo de perra —se precipitó sir Gowan, con la espada en alto y lista para descargar el golpe.

Sir Hugh se apartó de la línea de aquella espada con sorprendente agilidad. Frenó el segundo golpe de sir Gowan también con mucha destreza, mientras sus aceros entrechocaban con un chirrido metálico.

—¡Es suficiente, MacKenzie! —Marmaduke detuvo a su amigo, aunque los otros hombres, sir Ross y sir Alec, se adelantaron hacia él para ofrecerle apoyo.

—Has venido con un buen grupo de salvajes, Strongbow —trató de provocarlo De la Hogue—. ¡Un montón de paganos!

Marmaduke ignoró la ofensa y se dispuso a rebatir la segunda acusación con desdén.

—¿Paganos? —Levantó una ceja—. ¿Y cómo llamarías tú a alguien que, estando sitiados, corre a pertrecharse con armas, dejando que sus hombres se defiendan sólo con su propia desnudez?

En las filas de sir Hugh se levantaron rumores, quejas y comentarios lacónicos; algunos asintieron con la cabeza, lanzando miradas de acusación, no a Marmaduke, sino al señor que los había dirigido hasta entonces.

—¡No le prestéis atención! —dijo sir Hugh, abriendo y cerrando la mano cargada de anillos sobre la empuñadura de la espada—. Si persistes en hostigarme, también perderás la vida.

Los escoceses gruñeron burlones a coro, mientras la cara de sir Hugh se ponía cada vez más púrpura.

Entonces alzó la espada contra el grupo de hombres que tiritaban apenas vestidos a cierta distancia.

—¿Creéis que ellos son mi única guardia? —exclamó—. ¡Mujeres lloriqueantes! Salieron corriendo a la primera señal de alarma. Pero dispongo de otros hombres... mejores que éstos. —Lanzó una mirada significativa y rápida al cuartel de la guardia, que ya estaba lleno de humo—. Todavía están dentro, armándose tal como acordamos. Tienes muchos menos hombres de los que crees, Marmaduke.

—¿De veras?

Antes de que la respuesta acabara de salir de sus labios, Marmaduke alzó e hizo girar su espada, dibujando un arco en el aire, hasta dar con el acero del oponente, que cayó al suelo.

La espada resonó contra los adoquines. De inmediato, Marmaduke puso la punta de la espada, presionándola, contra la panza, protegida por la cota de malla, de su enemigo.

—Tú no podrías aventajar en hombres ni a un gusano —declaró, dando una sacudida de cabeza hacia los escoceses y los hombres de Keith armados que habían entrado a la fortaleza—. Mostradle vuestras armas.

Así lo hicieron.

No había una espada que no estuviera teñida de rojo... y no precisamente por las llamas que se alzaban a su alrededor.

Marmaduke esperó un instante para que De la Hogue acabara de comprender. Después continuó:

—Excepto los hombres que están aquí entre nosotros, todos han muerto en el fuego o han dado su vida por una causa equivocada cuando intentaron detener a los míos sobre las murallas.

Sir Hugh se humedeció los labios.

—Hay más... —echó una ojeada nerviosa hacia la oscura orilla cercana del lago— patrullando. Pronto...

—James —dijo Marmaduke, llamándole por encima de su hombro—, ¿ves a algún guardia de De la Hogue por los alrededores?

—No, señor —respondió James después de un momento—. No veo más que la noche estrellada y el fuego aguardando por ese bastardo.

—Nosotros nos encontramos con la patrulla —se escuchó la voz profunda de Ross, desde un lateral—. Pero ya no queda ni rastro de ella —acabó de decir el escocés, con un regocijo en la voz que fue acompañado por resoplidos de otros guerreros de su grupo.

—Esos pobres se fueron a encontrar con el Creador, al intentar impedir que recogiéramos paja de unos establos exteriores —explicó Alec.

—¿Todos muertos? —preguntó Marmaduke sin apartar la vista de sir Hugh.

—Hasta el último —dijo sir Lachlan.

—¡Mentiras! —negó De la Hogue, con una expresión de hostilidad—. Eran demasiados para que hayan caído ante un puñado de hombres.

Marmaduke se limitó a levantar una ceja.

—Eso depende del puñado, diría yo. Me parece, mi buen señor, que *tú* te has quedado sin hombres, de una forma muy evidente. —El protector retiró la punta de la espada que aún sostenía contra el vientre de sir Hugh y la usó para indicar el acero caído sobre los adoquines—. Sería muy inteligente por tu parte que te encomendaras a Dios, pues en poco tiempo estarás en su presencia —le advirtió—. Ahora recoge tu espada y pelea con nobleza, así dejarás este mundo con más honor que cuando vivías en él.

Sir Hugh volvió a lanzar una ojeada al grupo de hombres patéticos y helados que habían formado parte de su guardia. Estaba comenzando a nevar y sus cabezas habían quedado cubiertas con una capa blanca, lo que les daba el aspecto de un grupo de ancianos más que de una reunión de los pares de Inglaterra.

Con la mandíbula temblando, sir Hugh se agachó a recoger la espada... y lanzó una última mirada a su guarnición.

—¿Crees que se van a quedar ahí y...?

—Harán lo correcto, se irán a sus casas —acabó de decir Marmaduke por él en un tono suave—. Se podría cobrar por ellos un buen rescate, pero esta tierra estará mejor si se marchan lo antes posible... habiendo jurado por su honor de caballeros que nunca regresarán.

—Ten cuidado —se burló De la Hogue, alzando su acero—, cada vez que has hablado de honor en el pasado, has pagado un precio muy alto.

Marmaduke sabía controlar su rabia tanto como su espada; en perfecta calma avanzó hacia sir Hugh. Caminó en círculo alrededor de él, tan atento a los adoquines cubiertos de nieve y cenizas bajo sus pies como a cada movimiento del enemigo.

Movido por la cólera, el villano embistió con su arma, haciéndola girar furioso en el aire, pero Marmaduke siempre bloqueaba sus acometidas o éstas resultaban demasiado cortas, hasta que empezó a gritar su furia con cada golpe, torpe o diestro.

Un silencio estremecedor cayó sobre los espectadores, acentuando el crepitar de las maderas y el derrumbe de las construcciones cercanas.

Mientras tanto, Marmaduke avanzaba, logrando que su oponente se acercase cada vez más hacia las llamas del cuartel de vigilancia.

Sir Hugh lanzó un grito cuando una lluvia de chispas y escombros ardientes cayó sobre él. Maldiciendo, se pasó el brazo libre por los ojos y alzó la espada para dar un golpe poderoso hacia abajo.

Un golpe ciego, cuya furia podría haber cortado el brazo de un luchador menos experto, pero Marmaduke evitó el impacto con facilidad y descargó uno propio.

Un corte, rápido como la luz, fue a parar a la carne expuesta bajo el brazo de sir Hugh. Y el grito agudo del conde fue la mejor prueba de la profundidad de la herida, lo mismo que la sangre que rápidamente comenzó a brotar.

—¡Bastardo! —chilló, agarrándose el brazo y dejando caer la espada contra los adoquines. Con la cara púrpura de rabia se abalanzó sobre Marmaduke, pero sus pies resbalaron en el suelo cubierto de nieve y hollín.

Trató de mantener el equilibrio y casi lo había conseguido cuando gran parte del portón del cuartel de la guardia, como un infierno en llamas, crepitando y lanzando chispas, cayó sobre él, aplastándolo.

—¡Bendito sea Dios! —exclamó uno de los hombres de Marmaduke, corriendo hasta allí. Pronto fue seguido por el resto.

Con los gritos agónicos de De la Hogue en sus oídos, Marmaduke parecía petrificado mientras sus compañeros sacudían su cabeza y sus hombros para quitar lo antes posible las astillas encendidas para evitar que se prendiera fuego.

—¡Por todos los santos! —exclamó James mientras sacudía las chispas de las cejas de Marmaduke con las yemas de sus pulgares.

Y cuando al fin se retiraron de su lado, el protector dio las gracias a todos los santos.

Una vez más lo habían protegido.

—Se acabó —dijo, cerrando firmemente, por un momento, su ojo sano.

Con su aliento aún quemándole en los pulmones, miró hacia donde había quedado enterrado De la Hogue, bajo los escombros en llamas. Sólo se le veían las botas, humeantes, sobresaliendo de un montón de madera resquebrajada y ardiente.

—Un final merecido para ese canalla —dijo Gowan rascándose la barba—. Para que se vaya acostumbrando a lo que le espera al otro lado.

—¿Y el resto? —Uno de los hombres de Keith señaló con la cabeza al grupo de los guardias del villano, aún reunidos en un círculo apretado algo más allá—. ¿Qué hacemos con ellos?

Marmaduke dejó escapar un largo suspiro. Alzó la vista hacia el cielo y recordó su propio brío y orgullo cuando era joven. Él también había seguido y servido alguna vez a un señor equivocado.

Después de un momento, se pasó una mano por el cabello mojado y volvió a suspirar.

—Procura que se vayan a casa, cuida de que vuelvan, amigo —dijo, una vez más y como tantas otras veces en su vida, escuchando antes a su corazón que a la prudencia—. Primero quitadles todo lo que pueda servirnos y luego escoltadlos hasta la frontera —añadió, rechazando la desaprobación de sus hombres con una negra mirada de advertencia.

Después, antes de que la sensatez tomara el control, dio un pequeño empujón al guardia hacia los cautivos que aguardaban.

—Ve ahora —dijo—. Vete y llévatelos a todos.

—¡Y yo digo que nos vayamos todos! —exclamó sir Alec, montando en su caballo.

Los otros escoceses estuvieron de acuerdo y gritaron a coro su conformidad. Montaron y giraron grupas para dejar rápidamente a sus espaldas la pira encendida del castillo de Kinraven.

Sólo Marmaduke vaciló.

Con el corazón oprimido y una tirantez molesta en la garganta, vio cómo los jóvenes caballeros ingleses se tragaban el orgullo y entregaban las prendas que los hombres de Keith les iban arrancando.

Entonces, antes de que comenzaran a conducirlos hacia el sur, Marmaduke le dio la espalda a aquellos jóvenes, y también a su pasado de tantos años atrás, y subió a su caballo.

—Sí, Alec —concedió al alcanzar a sus hombres—. Si Dios lo quiere, es hora de volver a casa.

Y ninguno de los que le oyeron pudo saber a qué casa se refería.

* * *

Caterine se despertó cuando *Leo* saltó de su regazo y corrió hasta la puerta. Olvidado por su dueña, se sentó con la cabeza marrón inclinada y las orejas levantadas en señal de absoluta atención.

Desde el alejado alféizar de la ventana donde estaba sentada, Caterine supo que los redondos ojos de su mascota se habían clavado en la puerta.

Supo que rebosaban de entusiasmo.

De expectación.

Como los de ella misma, sin duda, pues el comportamiento de *Leo* sólo podía indicar una cosa: finalmente *él* había regresado y estaba a punto de franquear aquella puerta.

Caterine parpadeó como si quisiera quitarse la preocupación de los ojos; prestó atención hacia cualquier sonido que podía proceder del exterior, pero no pudo escuchar más que silencio. Parecía incluso que los golpes continuos del mar contra las rocas habían cesado.

Pero su corazón seguía latiendo. Se puso de pie y recorrió con la mirada la estancia en penumbra. Unas sombras violetas y azules cubrían las alfombras del suelo, poniendo en evidencia que había dormido mucho y bastante profundamente.

Las antorchas de las paredes y el fuego del candil colgante se habían extinguido. Sólo las brasas naranjas de la chimenea iluminaban la habitación silenciosa.

Había dejado irrevocablemente atrás aquella noche interminable y las eternas primeras horas del alba, desvanecidas sin que se hubiera dado cuenta, como si un encantamiento las hubiera espantado durante su sueño.

Y algo, un gran secreto misterioso escondido por allí, muy cerca, mientras ella dormitaba, también parecía haber desaparecido. Caterine frunció ligeramente el ceño, intentando darse cuenta en qué consistía aquel secreto, pero no lo consiguió.

Reconocida la derrota, juntó las manos y estiró su cuerpo. Dormir en la estrecha franja de los asientos de la ventana tenía su precio.

La quietud palpable le arrancaba la calma.

Puso la cabeza de lado y trató de escuchar algo, pero, una vez más, el silencio parecía haber invadido todos los rincones. No pudo reconocer los pasos familiares, seguros y orgullosos, que hubiera deseado cerca de la puerta. Ningún sonido subía del salón principal.

Pero una mirada a través de los cristales de las ventanas abiertas, así como el aire helado que entraba por las rendijas, puso en evidencia la razón de aquella quietud: en algún momento de su descanso había comenzado a nevar.

Unas cortinas de nieve cruzaban por delante de las ventanas, y una bonita capa de polvo de blancos cristales ya cubría el alféizar exterior.

Pero entonces sí oyó un sonido.

Sólo el crujido de una tabla en el suelo, suficiente para que su pulso se acelerara y para que *Leo* renunciara a su espera paciente.

Con un ladrido de alegría se abalanzó sobre la puerta, moviendo la cola y hundiendo el hocico en las juntas... tan alto como le permitía su escasa estatura.

Con los dedos tan temblorosos como rápido se movía la cola de su mascota, trató de encontrar algo que hacer. Algo en que ocuparse por si aquellos pasos que se acercaban eran los de *él.* No tenía que adivinar que ella había estado esperándolo angustiada, sufriendo cada minuto de su ausencia.

Ella había rezado miles de plegarias para que regresase a salvo, y había *soñado* con él mientras dormía.

Sueños tan nítidos de pasión y... amor.

¿Amor?

De pronto recordó todo. Y al darse cuenta casi se quemó la punta de los dedos con la llama de una vela que había acercado para encender la lámpara de aceite.

—¡Ay! —exclamó ella, dejando la vela en la mesa. Se estaba llevando el dedo dolorido a la boca cuando la puerta se abrió.

—¿Ay? —Marmaduke entró con su gracia señorial en la habitación. Hizo una pausa para echar el cerrojo y luego se agachó para alzar al pequeño *Leo.*

El perrito se retorcía de alegría en sus brazos; pronto le dio la bienvenida con pequeñas lametadas. Pero Marmaduke miraba a Caterine con una expresión que sólo podría definirse como... abrasadora.

Abrasadora en un sentido sensual y también real, pues algunos mechones de su cabello y una de sus cejas parecían chamuscadas. Marmaduke abandonó a *Leo* en el suelo y cruzó la habitación a grandes zancadas, mientras el animalito lo perseguía, dando vueltas alrededor.

Estrechó a Caterine en sus brazos, acercándola a él.

—Se acabó —le murmuró al oído, con la voz cansada pero profunda y una emoción que ella nunca le había oído—. Kinraven ya no existe y sir Hugh ha exhalado su último aliento.

Caterine se apartó para mirarlo con una mezcla de alivio y extraño temor en los ojos. Alivio de que hubiera regresado, y temor porque ahora Marmaduke había alcanzado sus objetivos en Keith.

—Te lo agradezco —logró decir, mostrando un sentimiento sincero, aunque sus palabras sonaran huecas.

Marmaduke sacudió la cabeza.

—No, milady. Es a tu compañera y a tu hermana a quienes hemos de estar agradecidos —dijo él. Era evidente que no estaba pensando en la desaparición de sir Hugh, sino en algo completamente distinto—. A esas buenas damas y tal vez al apuesto demonio de un señor de las Highlands —añadió, y su ojo sano brilló de satisfacción.

Caterine miró su cabello chamuscado.

—Te has quemado —observó ella, pasando un dedo por su ceja derecha.

Marmaduke le regaló una media sonrisa.

—Los santos sólo me protegen de heridas de espada y otras armas del demonio. —La alegría en su voz fue, para Caterine, una garantía de que no había sufrido más daño que el de algunos mechones chamuscados—. Nunca prometieron protegerme de brasas y chispas. —Levantó una ceja—. Pensé que si me lavaba antes de subir hasta aquí no lo notarías.

Marmaduke se avergonzó interiormente por haber reconocido aquello.

Se había esforzado en peinarse bien para ocultar los mechones chamuscados e incluso se había echado un poco del tratamiento de belleza de Linnet en las zonas quemadas, con la esperanza de disimular el daño.

Aparentemente, no lo había conseguido.

Pero para su gran alivio, una pequeña sonrisa se asomó a los labios de su esposa, que se puso de puntillas para darle un suave beso sobre la ceja dañada.

—No importa, milord —dijo ella, tomándolo de la mano y conduciéndolo hacia la cama—. Ven, y deja que te dé la bienvenida que te mereces.

Marmaduke la siguió de buen grado.

Aquella mañana tendría tiempo suficiente para decirle que había llegado el momento de volver a casa.

A su casa en Balkenzie.

21

Algo más tarde, cuando la noche ya se había extendido por las murallas de Dunlaidir y el resto del mundo dormía, sir Marmaduke daba vueltas en la cama, arremolinado entre las sábanas satinadas y los muslos de seda de su dama... soñando.

Soñaba con pasiones oscuras y suspiros de satisfacción.

Con el éxtasis, tenso y arrebatador, del goce final, que también sería el más dulce alivio de su esposa.

Y también su trepidante clímax.

El éxtasis de ella, tan dulce en sus labios. Su aroma femenino a almizcle, cálido, encendido, despertaba en él llamaradas de pasión, así como su olor penetrante inundaba sus sentidos con cada respiración.

De pronto se despertó... y encontró que el calor de su esposa, dorado y resplandeciente, estaba a sólo unos centímetros de su boca. Ella se había subido a horcajadas, sujetándolo entre los dos muslos, con sus rizos enmarañados y brillantes... *saturados de humedad.*

Un deseo espeso y caliente como acero derretido le llenó el miembro, alargándolo y ensanchándolo, mientras grandes oleadas de hambriento deseo barrían con todo menos con su necesidad palpitante.

—¡Por Cristo y todos los santos! —Con su pene cargado de la sangre del deseo, inhaló profundamente la tentación resplandeciente que flotaba tan cerca de él. Usó la lengua para tocarla, repasando con su punta el pequeño capullo hinchado del corazón de la pasión femenina.

Ella gritó y gritó, para después derrumbarse sobre él, blanda y exhausta, con todo su cuerpo temblando por la irrupción violenta y rápida de aquel éxtasis.

Marmaduke acarició su espalda, tranquilizándola y... *amándola.*

—No sabía que estabas despierto —dijo ella finalmente, con la voz entrecortada, espesa y desigual. Pasó una mano temblorosa por su musculoso hombro y luego le recorrió su fornido pecho—. Te he estado tocando... durante horas.

Marmaduke tragó saliva... y agradeció a los santos aquel despertar a tiempo, así como comprobar que el *amor* que brillaba en los ojos apasionados de Caterine no hubiera sido un sueño.

Con un deseo que lo consumía, se incorporó sobre los codos y observó cómo la mirada caliente de ella recorría, casi acariciándolo, su miembro excitado. La mano de ella cruzó su abdomen. Marmaduke deseaba ardientemente que explorara *más abajo*. Y su corazón casi se detuvo cuando aquellos finos dedos se hundieron en el vello oscuro y espeso de su ingle. Y aún más, casi se derrama cuando los dedos comenzaron a jugar con su miembro hinchado. Cercana al delirio, su excitación se retorcía y tensaba buscando con urgencia el desahogo.

Un gemido ronco se le había atravesado en la garganta; pronto pudo liberarlo. Después fue capaz de hablar.

—¿Quieres que me vuelva loco?

—Quisiera darte placer. —Ella cerró los dedos alrededor de él, subiendo y bajando la mano por su pene tenso.

—Me das placer cuando me despierto —le aseguró él—. Me da placer verte *respirar*.

La atrajo hacia sí y la besó profundamente. Pero ella se apartó, enderezando la espalda, de modo que sus pechos aparecieron a través de sus cabellos sueltos en cascada.

—Aún no te has saciado por completo conmigo —dijo ella. Su mano aún se cerraba sobre el falo hinchado de Marmaduke y lo acariciaba—. Quiero darte ese desahogo ahora.

Y casi lo logró con sólo decir que aquella era su intención.

Entonces la pasión del caballero surgió, cruda, salvaje, y al fin se desató. Con algo de preocupación, miró a Caterine para ver si había en su cara algún signo de vacilación o alerta... pero no vio nada.

Nada que no fuera su belleza y su consentimiento.

La aceptación de Caterine de desearlo y complacerlo.

Aquel milagro lo recorrió por dentro y le llegó hasta el alma, como si fuera una caricia. Era un abrazo tan poderoso como el de las manos de ella, que querían llevarlo al clímax. Él estaba listo para explotar, tan grande era el deseo que ardía en su interior.

—Nunca te dejaré marchar —le aseguró él. Los grilletes de la duda se abrían al fin... desapareciendo entre las sombras.

Y se disolvieron como si nunca hubieran existido.

Yo tampoco te dejaré marchar nunca, creyó que eso era lo que le había escuchado decir al corazón de ella. Pero, en verdad, Caterine sólo había suspirado.

Quiero que te quedes.

Eso sí lo había escuchado... con su corazón.

Pronunciadas o no, aquella palabras pendían entre ellos como un desafío puesto en juego, pero no aceptado por ninguno de los dos. Y ese desafío, a decir verdad, no era tan amenazador como para debilitar el deseo agudo que lo inundaba.

Con sus cabellos dorados esparcidos a su alrededor en un bello abandono, Caterine lo miró directamente a los ojos; después apartó los mechones de su cabello para que las puntas turgentes de sus pechos pudieran quedar perfectamente a la vista.

—Sé que te gusta mirarlos. —Con mucha deliberación, retiró cada cabello suelto, hasta mostrar por completo los pezones—. Esta noche quiero que me inundes de todo lo que te dé placer a ti —dijo ella. Los grandes círculos de sus areolas se tensaban bellamente cuando Marmaduke los miraba.

El caballero apretó los puños, pues otro gemido le subía por la garganta.

Caterine seguía frotando su miembro con una mano, pero ahora había comenzado a acariciarle la parte interior de los muslos con la otra. Entonces Marmaduke volvió a reconocer el aroma familiar... y lo supo.

Su dama también estaba excitada.

De hecho, el más puro deseo estaba consumiéndola y parecía cercano a vencer su último límite.

Ella lo deseaba.

Tanto como él ardía por ella.

Y, esta vez, él apagaría ese fuego.

Marmaduke acercó la boca a los pechos de Caterine, le lamió los pezones, puso uno dentro de su boca y chupó... *fuerte*.

Deslizó una mano entre sus piernas y la acarició, comprobando si estaba húmeda.

—¿Quieres que primero te bese? —le preguntó, dándole a elegir. Sabía el placer que le provocaban los besos en sus partes íntimas, y también sabía de su propio deseo en hundirse en aquellos sabores—. ¿O prefieres que te acaricie? —la tanteó. Pero sus dedos ya habían puesto en marcha el arte mágico de sus habilidades.

Sus dedos eran incapaces de *no* hacerlo.

Con un placer sensual agudo, que lo recorría, Marmaduke deslizó aquellos dedos en el vellón dorado y comenzó a masajearla, acariciando su hendidura. Arriba y abajo, arriba y abajo... caricias voluptuosamente lentas... un aleteo lánguido sobre su carne más tierna.

Allí abajo había encontrado una deliciosa humedad.

—Si quieres que te bese, ponte sobre mí, así puedo lamerte hasta que estés lista —se ofreció él. Con un dedo frotaba, en círculos, el punto más sensible de ella, el pequeño capullo en el verdadero centro de sus rizos empapados de deseo.

Algo, ¿era la pasión?, nubló sus ojos. Caterine se apartó y se echó sobre las almohadas.

—¿No me has oído, milord? —preguntó ella, y abrió bien sus piernas—. Ya *estoy* lista. Quiero que me tomes. Por completo, y con todo tu cuerpo.

—¿Estás segura? —tuvo que preguntar él, pues sus propios demonios y dudas aún no habían abandonado del todo el terreno de su alma. Aquellas voces insistentes le advertían que, una vez que él estuviera sobre ella, la repulsión se dibujaría en el rostro de Caterine.

Pero el deseo reflejado en los ojos azules de su esposa, el movimiento de sus caderas y los brazos abiertos que lo reclamaban fueron más poderosos.

Entonces Marmaduke capituló.

—Te amo, Caterine —dijo él y se acercó hasta donde estaba ella.

—Entonces tómame —apremió ella, estirándose para alcanzarlo.

No era la respuesta que él había esperado, pero aquellos dedos y sus suaves caricias alrededor de su falo encendido lo cegaron y desapareció cualquier otra consideración.

Vencido, tomó posición sobre ella dejando que todo el peso de su cuerpo fuera sostenido por los brazos, para que ella lo guiara hacia el centro de su dulzura.

Lo llevó hasta la hendidura. Entonces, con la mano libre, le acarició la cicatriz de la mejilla.

—Eres un verdadero protector —dijo ella—, te estimo profundamente.

¿Te estimo profundamente?

En el mismo momento en que la punta de su miembro se introducía en ella, unas campanas de alarma sonaron en los oídos de Marmaduke y un frío que helaba los huesos le llegó hasta el corazón.

Pero para entonces ya estaba perdido.

Demasiado consumido por el terciopelo tirante de Caterine, por su calor palpitante y caliente, para prestar atención a la frialdad de una frase.

Con el último intento de autocontrol, Marmaduke se detuvo, sosteniéndose sobre ella con sólo la cabeza de su pene dentro... y esperó un segundo, hasta deslizar su mano entre sus muslos y frotar el pequeño capullo del placer.

Peligrosamente cerca de su propio éxtasis, recorrió aquel capullo hinchado con caricias lentas y circulares... y *muy despacio* comenzó a introducir el falo dentro del calor satinado de su cuerpo.

Sólo cuando la respiración de Caterine se niveló y el movimiento de sus caderas comenzó a ser más desesperado, Marmaduke se retiró un poco para después introducirse por completo dentro de ella, haciéndola suya con un solo movimiento.

En ese puro placer de poseerla casi se derramó en el primer instante. Ella arqueó sus caderas, haciendo presión para atraerlo, y él se inclinó en busca de uno de sus pezones, que pudo meter en su boca. Con la lengua lo fue recorriendo; por momentos *tiraba* de él, mientras con el sexo se deslizaba dentro y fuera de ella con movimientos largos y lánguidos. Y todo el tiempo mantenía la mano entre sus cuerpos, y la *frotaba*.

No... por favor...

Marmaduke se detuvo de inmediato; sus entrañas se llenaron de un miedo helado que congeló su orgullo, pero después ella gimió... un gemido de placer, y las dudas del caballero se esfumaron.

Con otro grito, más profundo, desde el fondo de la garganta y completamente apasionado, ella hundió los dedos en los hombros de él, aferrándose, con el cuerpo tenso y tembloroso debajo del amante. Su salvaje abandono lo emocionaba y le aseguraba que sólo había imaginado, sin duda alguna, aquella queja.

Había sido una última mala jugada de sus demonios.

Ignorándolos, Marmaduke levantó la cabeza para capturar la boca de ella, acallando sus gritos y dándole los suyos. Las respiraciones se unieron y se fundieron cuando él se apoderó de sus labios hinchados con un beso profundo y lleno de satisfacción, y la hizo suya con su boca y con su deseo encendido.

Con los muslos apretados alrededor de él, ella tiró para que se le acercara aún más, mientras los temblores de su desahogo la recorrían en el mismo espléndido ritmo en que trepidaba y explotaba la pasión de él.

Después, una blancura brillante se apoderó del caballero, un viento arremolinado de éxtasis sensual tan poderoso, tan intenso que casi quedó sin respiración.

Gimió en aquel éxtasis, e incluso pensó que la había escuchado gritar su nombre, pero la sangre le latía tan fuerte en los oídos que no hubiera podido asegurarlo.

Se limitó a sostenerla... con la esperanza de que hubiera gritado su nombre.

Él *sabía* que ella estaba saciada.

Y él había tocado el más verdadero de todos los cielos.

* * *

Mantenle las piernas abiertas...

Puta.

Esas palabras... las burlas y los abucheos... comenzaron antes de que su protector regresara por completo al sueño profundo del que ella lo había arrancado. Las palabras llegaban desde las sombras, junto con imágenes que habían estado enterradas y ocultas durante mucho tiempo y que ahora rompían contra los bordes de su corazón, atrapándola, aun cuando el triunfo tumultuoso de la pasión la inundaba.

Eran fantasmas del pasado que parecían condenarla.

Fantasmas que venían a robarle la libertad que, pensaba ella, al fin había conseguido.

Caterine yacía en perfecto silencio. Trató de cerrar los oídos a aquellas viejas difamaciones, a esos desgraciados recuerdos que, por fortuna, habían estado olvidados durante tantos años. Cerró los ojos tratando de asirse a la felicidad de estar protegida por aquel abrazo tan amoroso de su caballero... pero las imágenes la perseguían.

Eran frían e incesantes. No podía escapar de ellas, de la llegada inminente de sus horas más oscuras, que serpenteaban hasta su habitación, rodeaban la cama y apartaban las cortinas para mirarla con malicia y lascivia.

Un conjunto de apariciones y siseos se hicieron presentes en la penumbra de la madrugada para proclamar, por puro regocijo, su dominio sobre Caterine. Para superponer sus caras de lujuria a la de su amado esposo, y recordarle que los brazos que la sostenían eran brazos *ingleses.*

Y que siempre le recordarían a *aquellos otros* brazos ingleses.

Esos fantasmas habían llegado para asegurarle que nunca la dejarían en paz.

Nunca le permitirían amar a Marmaduke por completo.

No como él se merecía.

Y aquel caballero se merecía un amor puro. No de un corazón que debía compartir con las sombras y la vergüenza de un pasado del que Caterine no podía escapar.

Tan cuidadosamente como pudo, se irguió sobre sus codos para examinar el rostro del caballero, anhelando ver sólo su cara... y por fortuna así fue.

Su rostro estaba relajado y era muy hermoso mientras dormía: la cicatriz no le desfiguraba, sino que más bien le adornaba, resaltando sus hermosas facciones y, ante todo, la gloria reluciente de un corazón verdaderamente noble.

El corazón de un protector.

Caterine le pasó la mano por el cabello y su alma se estremeció cuando sus dedos entraron en contacto con las partes quemadas... otra marca de honor, otra razón por la que necesitaba una mujer que pudiera amarlo por completo, con todo el corazón y no sólo con la pasión del cuerpo.

Se deslizó fuera de la cama. Marmaduke estaba sumergido en un sueño exhausto, de modo que no pudo darse cuenta de aquellos movimientos. O quizá sí se dio cuenta, pues se giró hacia un lado y estiró un brazo, moviendo una mano entre las sábanas como si buscara su calor.

¿Te has decidido, milady?

Ella se detuvo; había escuchado aquellas palabras tan claras como si él hubiera estado de pie ante ella, con las manos sobre sus hombros, mirándola con aquella sonrisa tan especial.

Esa sonrisa extraña, que siempre iba acompañada de los hoyuelos.

—¿Si he decidido qué, milord? —murmuró ella en la quietud, con una voz suave y trémula, pues una opresión ardiente de su garganta le impedía hablar—. ¿Si he decidido qué? —insistió, buscándolo, a punto de volver a hundir su mano en la cabellera chamuscada.

Si soy un seductor de mujeres.

Un mago encantador.

El corazón de Caterine escuchó aquella pregunta... y le respondió.

Sí que lo eres, querido mío.

Lo era... de la forma más maravillosa.

Durante un buen rato, ella se quedó mirándolo; después le regaló una sonrisa melancólica y retiró las sábanas que le cubrían los hombros. Un par de hombros anchos, poderosos, pero no tan resistentes como para soportar el peso de los fantasmas que la acosaban.

Los peores demonios de Caterine.

Y era de esas bestias exactamente de las que tenía que huir. No de él. Pero la presencia de esos demonios, incluso en los rincones oscuros de la habitación, era más de lo que ella podía soportar.

Tan rápido y silenciosamente como pudo, se vistió, ansiosa por escapar antes de que el calor que le hería los ojos se transformara en lágrimas.

Junto a la puerta, echó un último vistazo a su esposo dormido, pero de inmediato deseó no haberlo hecho. Las malditas sombras de los rincones se habían levantado... y su oscuridad había cruzado la habitación y alcanzado su cama.

Alzó la barbilla, se dio la vuelta y levantó el cerrojo de la puerta.

—No me vencerán —susurró al abrirla—. Tampoco me harán llorar.

Se puso firme y aguardó a que *Leo* llegara hasta sus pies. Luego, juntos, abandonaron la alcoba. Y durante todo el trayecto por el corredor en penumbra, Caterine luchó contra las lágrimas.

Pero no tenía que hacerlo, pues alguien la protegía de ellas.

Una sombra más oscura, más sólida que los demonios.

Y no tan siniestra.

Pero... más triste.

De pie como un vigía en un rincón, con la bata apretada sobre el pecho para protegerla contra un frío más hiriente que cualquier viento helado de los que se abatían sobre las murallas de Dunlaidir, la mujer esperó hasta que las otras sombras se hubieran esfumado.

Hasta que su amenaza se alejara de *él.*

Y cuando al fin ocurrió, la dama suspiró tan levemente que él podría haberlo atribuido al viento, y se secó las lágrimas de su mejilla para, de inmediato, también, desvanecerse como lo que era, una sombra.

* * *

Se había ido.

Sir Marmaduke lo supo antes de estar completamente despierto.

Bendecido —o maldito, no estaba seguro— por una extraordinaria capacidad de saber lo que ocurría en todo momento, esta vez el instinto de sus entrañas le hizo dar un vuelco al corazón.

Con la sangre enloquecida latiendo por sus venas, pero ya no densa y caliente como hacía unas horas, sino helada por el temor, pasó la palma de su mano por las sábanas... y tuvo una sensación alarmante al encontrarse con el frío de la ausencia.

No quedaba ni el más mínimo rastro del calor de ella, de cuando había estado tendida tan dulce junto a él.

Allí, justo donde se habían amado.

Y no había desaparecido para satisfacer ciertas necesidades de la mañana. Su bella esposa, su *corazón,* se había marchado antes de la madrugada.

Todas sus dudas y todos sus arrepentimientos se asentaron de golpe en el alma del caballero. Era un peso grande y frío para alguien como él que, a pesar de sus músculos fornidos, no podía soportarlo, ni tampoco quitárselo de encima.

Marmaduke frunció el ceño.

Miró entonces los pesados cortinajes que colgaban de la cama con dosel y se preguntó si sólo había *soñado* las glorias de la noche compartida.

¿Era cierto que ella había gemido?

¿Que le había *invitado* a tomarla?

Sí, era cierto, pues el aroma de su amor, de su pasión entregada, aún estaba sobre él y entre las sábanas, inundando el aire de los satinados confines de la cama.

Sí, se habían amado y con la mayor de las pasiones.

Se habían amado en las horas más negras de la noche, cuando todo el mundo duerme y las sombras esconden lo que uno no quiere ver.

Como la cara devastada de un hombre que una vez, en una vida pasada, se había contado entre los más apuestos guerreros.

Marmaduke suspiró, retiró las sábanas que lo cubrían y se puso de pie. Estaba preparado, pero no ansioso, para enfrentarse al frío del nuevo día.

Los santos bien sabían que tenía mucha experiencia en superar situaciones más difíciles.

Inundado por aquella fuerza, ignoró el cruel palpitar de su corazón afligido, y se dirigió, dando largas zancadas, hacia la recámara para vestirse. Y cuando lo hubo hecho, se arrodilló junto a su bolsa de cuero, buscando dos cosas: su espejo de bronce labrado y el emplasto de belleza de Linnet MacKenzie.

Pero no pudo encontrar este último, de modo que dio la vuelta a la bolsa, dejando caer los contenidos sobre el jergón que había considerado, al principio, su lecho en las primeras noches, antes de que su dama lo dejara entrar en la alcoba.

Finalmente, Marmaduke dio con el recipiente redondo de barro, que contenía el tratamiento maravilloso. Era la última de las reservas antes de partir hacia Kintail, pues había estado utilizando grandes porciones con la esperanza de volverse más seductor.

No para convertirse en un hombre apuesto, pues, aunque era romántico, Marmaduke Strongbow no era estúpido y sabía que aquello era imposible.

No, simplemente más seductor, aunque ahora, en aquella mañana perdida, incluso estar *aceptable* hubiera sido suficiente para él.

Entonces, antes de perder el coraje, recogió el bonito espejo del montón formado por unas calzas limpias y el tarro de falsas esperanzas y sueños no cumplidos, y se dirigió con paso seguro hacia el asiento de las ventanas en la habitación de su esposa.

Dejó caer ambas cosas en uno de los bancos de piedra y abrió los postigos. Del otro lado, un mundo frío y gris le dio la bienvenida al día... helado y húmedo, tan hiriente como el dolor que le envolvía el corazón.

Marmaduke miró el mar plomizo, con la bruma suspendida cerca de su oleaje gris y las cortinas de nieve que se arremolinaban y ondeaban en el horizonte. El melancólico cielo del alba, con su pesada palidez y las nubes densas que lo cubrían, no parecía tener aspecto de cambiar en las próximas horas.

Todavía tenía tiempo. Cogió el espejo y miró con atención su imagen reflejada. Gracias a su ceño fruncido y a las manchas chamuscadas de su pelo, la imagen le pareció más temible, más bestial que cualquiera de las que hasta entonces había descubierto en sus profundidades.

Era un rostro tan lúgubre y tan feroz que no podía culpar a su esposa de haber huido de la cama.

Abandonó el espejo y fue en busca del tarro del tratamiento de belleza. Cerró los dedos alrededor de aquel recipiente familiar, sintió que se aferraba por última vez a sus promesas y sus sueños, y después levantó el brazo y lo lanzó por la ventana, hacia el mar.

Con la satisfacción lúgubre de haberse quitado de encima todas sus vanas ilusiones, se dio media vuelta.

Debía salir en busca de su esposa.

22

UNAS HORAS MÁS TARDE, AQUELLA MISMA MAÑANA, en el salón principal de Dunlaidir, Rhona depositó un gran cuenco de madera sobre la superficie agrietada de la mesa de los señores y luego, con un gesto dramático, retiró el paño que lo cubría.

La piedra del señor feudal lloraba.

Caterine se sorprendió al ver lo imposible.

Rhona casi no pudo contener su alegría.

—Ves, milady, te dije que la piedra podía llorar.

Su asombro era demasiado grande para recriminarle que hubiera cogido el enorme amuleto del arcón. Sobrecogida, Caterine vio cómo unas gotas transparentes y cristalinas aparecían sobre la piedra moteada de cuarzo.

Las gotitas brillantes salían del corazón mismo del pequeño monolito para deslizarse por sus lados redondeados y luego caer, llenando así el suave cuenco de madera.

La piedra lloraba copiosamente... tal como contaba la leyenda.

Y un fuerte suspiro de Rhona, a su lado, demostró que su amiga estaba a punto, también, de echarse a llorar.

—¡James! —exclamó, volviéndose hacia él—. La piedra del señor feudal te ha reconocido.

—O estamos a punto de verlo muerto —declaró alguien entre la muchedumbre del salón—. La última vez que lloró, el viejo señor pasó a mejor vida.

La agitación y los murmullos alrededor de la mesa principal se acallaron de pronto. James, eufórico por el comienzo del milagro, palideció.

—Por lo que he oído de la leyenda, la piedra no puede anunciar su muerte antes de que haya sido aceptado como señor de Dunlaidir —dijo una voz profunda detrás de Caterine, y su corazón dio un vuelco. Sir Marmaduke apareció a su lado; algo rudo y tenso se escondía detrás de su calma habitual—. Las lágrimas que estamos viendo se deben al valor que James ha demostrado en los últimos tiempos. —Puso una mano sobre el hombro de Caterine y la miró—. ¿No es cierto?

Caterine asintió con la cabeza, demasiado inquieta por su presencia como para darle una respuesta más elocuente.

Pero Eoghann no tenía aquella dificultad. Con una amplia sonrisa en su cara desgastada, recogió una jarra vacía, la llenó de cerveza de brezo y se la tendió a James.

—Enciende tu corazón, milord, la piedra te saluda.

—Ven aquí, vamos, déjame felicitarte a mí también —dijo sir Marmaduke a James. Se apartó de Caterine y desenvainó su espada.

—¡Oh! —exclamó Rhona, con las manos en las mejillas—. Va a nombrarte caballero.

La alegría iluminaba su rostro; todos los espectadores alrededor del estrado pudieron verlo e imitarla.

Caterine tuvo que forzar su sonrisa, pues en la piel sentía la inquietud de una premonición: su esposo estaba a punto de anunciar algo que ella no quería escuchar. Juntó sus manos por delante del vestido y vio cómo Marmaduke ponía una de las suyas sobre el hombro de James.

—Arrodíllate, amigo, para recibir el golpe de honor. —Con las mejillas ruborizadas, James se puso de rodillas y bajó la cabeza. Un silencio solemne llenó el salón cuando sir Marmaduke alzó la espada de brillo de plata—. Sé valiente, James de Dunlaidir. Honra a tus caballeros y compañeros. Ama a Dios y mantén tu alma limpia de toda mancha. —Aquella voz de mando tronó en el aire cuando hizo descender la parte plana de su espada primero sobre un hombro, y luego sobre el otro de James—. Yo, Marmaduke Strongbow de Balkenzie, te nombro caballero —declaró, y así puso fin a la pequeña ceremonia—. Ahora, levántate, sir James, y mantén tu orgullo para siempre.

—Lo haré, señor. Te doy las gracias —respondió éste, siguiendo la fórmula habitual, y se puso de pie.

Marmaduke envainó la espada.

—Sé digno y mantente siempre así —le advirtió, dándole una palmada de camaradería en el brazo—. Sé que lo harás.

—¡Viva sir James! —gritó alguien entre los presentes. Después se escucharon otros comentarios similares, con respeto pero sin efusiones.

Leo parecía ser el más contento de todos. Se había apartado de Caterine y daba vueltas en círculo alrededor del salón, con unos ladridos que demostraban que al menos él sí creía que al fin algo maravilloso había tenido lugar.

—Estoy deseando que oigas algo, milady —dijo el protector apenas regresó a su lado. Era la convocatoria que ella había temido. Marmaduke le tendió, galante, un brazo cubierto con la malla de metal.

Sus miradas se encontraron por unos instantes, hasta que ella deslizó su brazo alrededor del que él le había ofrecido.

—¿Deseas informarme que te irás?

Él asintió, tal como ella había temido, y la condujo hacia una esquina tranquila del salón.

—Ha llegado la hora. Quiero celebrar la Navidad junto a mi propia chimenea. —Puso sus manos sobre los hombros de Caterine como había hecho ya varias veces, pero ahora había algo frío en su voz y en su expresión que, a pesar de ser tranquila, no resultaba acogedora—. No quisiera pasar aquí el invierno.

Caterine inspiró profundamente.

—El invierno ya ha llegado y será cada vez peor.

—Con más razón entonces habrá que partir cuanto antes —dijo él, midiendo las palabras—. El camino de vuelta tendrá algunos riesgos, pero mis hombres están acostumbrados a cosas peores... y yo también.

Su esposa miró hacia el estrado, donde James y Lachlan hablaban animadamente con otros jóvenes guardias de Keith. James había pasado un brazo alrededor de la cintura de Rhona, sosteniéndola con firmeza.

Marmaduke también los observó y se sintió reconfortado al ver cómo aquel nuevo señor había reencontrado el orgullo y la gracia. Pero una línea de amargura ensombrecía la belleza habitual del rostro de su esposa; Marmaduke trató de apartarla con un dedo, como si la quisiera borrar.

—Los más viejos de la guarnición también lo apoyarán —prometió—. En especial cuando mis hombres y yo ya no estemos.

—Y Rhona será una consorte buena y hábil. —La voz de Caterine salió ronca, alarmando a su esposo; sabía que nada tenía que ver con el futuro de su amiga y de su hijastro.

—Eso es lo que desean todos los hombres: una consorte buena y hábil. —Marmaduke le acarició un mechón de pelo suelto y se lo acomodó detrás de una oreja—. Una felicidad estimable, pero difícil de conseguir. —Caterine palideció. La gravedad de su actitud y su postura hizo desaparecer toda esperanza del pecho del caballero—. Tú eres mi felicidad —continuó, tragándose el orgullo—. ¿Te atreverías a negar el placer que compartimos anoche?

—No, no me atrevería. —Caterine alzó la barbilla—. Fue felicidad.

Ahora, con esperanzas renovadas, el caballero se aclaró la garganta.

—Milady, ¿eres lo suficientemente valiente para soportar algunas... incomodidades en el viaje?

¿Puedes mirar más allá de mi rostro sombrío y amar al hombre que está detrás de él?

Antes de que Caterine pudiera responder, Marmaduke le pasó los brazos alrededor de los hombros y la abrazó. Quería saborear el aroma de su calor desde muy cerca, pues una punzada en sus entrañas le advertía que, quizá, aquella fuera la última vez que la abrazaba.

—No voy a hacer ningún viaje —anunció ella, y su determinación se clavó en el corazón de Marmaduke—. No soy tan valiente para decirte por qué, pero es mejor que regreses a tu hogar sin mí. —Caterine se apartó y apoyó dos dedos sobre los labios de Marmaduke cuando éste quiso protestar—. Tú mereces una mujer que pueda amarte con un corazón abierto, completo. Y yo no soy esa mujer.

Marmaduke la soltó.

—Te lo preguntaré por última vez —dijo él, tragándose una vez más el orgullo—. ¿Cabalgarás a mi lado en el viaje de vuelta a casa?

—No, milord, no lo haré.

Una palabras simples.

Dichas con absoluta sinceridad.

Poco después, ella se había ido.

Como si se hubiera esfumado entre la multitud, dejándolo solo en el rincón lleno de humo. A sus pies, pareció alzarse una hoguera con los restos de su corazón.

* * *

Al día siguiente, en la quietud helada del inicio de la madrugada, sir Marmaduke y sus hombres atravesaron a caballo la entrada de la torreta de vigilancia de Dunlaidir, dejando atrás la gran fortaleza. Iniciaban así el largo viaje de regreso a Kintail.

Un viento fuerte, negro y helado, los acompañaba. Todos los habitantes de la fortaleza habían desafiado al frío de la mañana y habían salido a mostrarles sus respetos.

Decenas de personas, con los rostros enrojecidos por las bajas temperaturas, les siguieron hasta la parte exterior de las murallas, deseándoles un buen viaje. Algunos de ellos los esperaban ya antes del alba. Y otros se habían unido a ellos, a pie o a caballo, siguiendo el ritmo acompasado de Marmaduke y sus hombres, mientras los cascos de sus cabalgaduras repicaban contra las piedras del estrecho pasaje hacia tierra firme.

Su esposa también estaba junto a él, pero sólo en un gesto de respeto y saludo.

James, Rhona, Black Dugie y otros la acompañaban, e incluso *Leo* trotaba por el sendero. El animalito jugaba en la nieve, metiéndose entre las piernas de los que caminaban a su alrededor, pensando seguramente que aquella lenta procesión no era más que una excursión de invierno.

Pero Marmaduke sabía que no.

Todos les acompañarían hasta las afueras de la aldea. Después retornarían a Dunlaidir... y a sus vidas cotidianas.

Lo mismo que haría él a toda prisa, pues estaba deseoso de cruzar la aldea, espolear a su caballo y regresar a Balkenzie para no abandonar su castillo nunca más... y no atendería a ningún otro ruego urgente que le hiciera la esposa de su señor.

Y tampoco le importaría mucho que Duncan MacKenzie reprobase su actitud.

Él se enfrentaría a todo ello para permanecer en el lugar al que pertenecía, como una bestia herida oculta en su guarida, libre de lamerse sus heridas en paz.

Con los hombros rectos, inclinaba la cabeza a los aldeanos que habían salido a saludar al camino, emocionado por sus sonrisas de agradecimiento y por la sinceridad de sus gritos de buenos deseos.

La paz y la prosperidad habían vuelto a la región. Y si los rumores eran ciertos, el nuevo señor de Dunlaidir pronto tendría una esposa.

Una muchacha buena y bonita, apreciada por todos. Hábil y con un gran corazón. Y aunque algunos sospechaban que era un poco entrometida a veces, a nadie le importaba demasiado.

Sí, las buenas gentes de Dunlaidir y los alrededores tenían suficientes motivos para regocijarse.

Sólo su señora parecía solemne, con una expresión tan adusta como la cara de Marmaduke en plena batalla.

Caterine montaba junto a él y prestaba poca atención a la gente que los rodeaba; tampoco se daba cuenta del viento helado que los azotaba con sus ráfagas.

Pero su coraje comenzó a flaquear cuando se acercaron al final del camino de la aldea y el límite del bosque se hizo cada vez más cercano.

Sin embargo, Caterine no miraba hacia allí.

—¡*Leo!* —exclamó, e hizo que su cabalgadura torciera la cabeza para después apartarse del grupo, siguiendo una pendiente que desembocaba en un pequeño lago muy cercano al sendero.

Su perrito y otro que lo acompañaba saltaban sobre la fina capa de hielo del agua. Y justo cuando ella se acercó, gritando su nombre, el hielo comenzó a resquebrajarse. El otro animal corrió a un lugar seguro, pero *Leo* desapareció tras la superficie gris de la capa congelada.

—¡Cristo bendito! —Olvidando sus penas, Marmaduke clavó las espuelas y cabalgó hasta el agua helada.

Llegó a la orilla antes de que lo hicieran su esposa y los que le habían seguido; desmontó, se sacó la espada y se hundió en el lago.

Caterine llegó unos segundos más tarde... justo cuando *Leo* se arrastraba hacia un lugar seguro. Saltó del caballo y corrió hasta el borde del agua.

—¡Oh, *Leo!* —exclamó, mientras respiraba aliviada.

Mojado, temblando y con poca cara de arrepentido, el perrito se sacudió, empapando a Caterine. Lo recogió, cobijándolo entre los cálidos pliegues de su manto; después levantó la vista en busca de su protector.

Y en ese momento fue atravesada por un frío más helado que el viento del invierno, porque, a diferencia de *Leo,* sir Marmaduke no había salido del lago... Su valiente protector aún nadaba entre las aguas, bajo la superficie congelada.

Con el pánico arremolinándose en su interior, Caterine se apretó la boca con una mano y clavó los ojos en el lugar donde se había sumergido. Paralizada por el terror, pidió con todo su corazón que reapareciera.

Pero no sucedió.

Sólo sus palabras volaron hasta ella... traídas por el viento.

... sólo me protegen de heridas de espada y otras armas del demonio...

Nunca prometieron protegerme de brasas y chispas.

Tampoco había jurado que no se moriría ahogado.

Caterine se estremeció; el temor la había paralizado. Un miedo abrasador le atenazaba la garganta y el pecho mientras recorría con la mirada, horrorizada, las aguas silenciosas del lago.

Los hombres de Marmaduke llegaron corriendo a su lado y se hundieron en la superficie helada... para emerger una y otra vez sin él. El corazón de Caterine se encogía cada vez más, con cada búsqueda que se revelaba inútil.

Y mientras todo aquello ocurría, ella observaba la escena con un distanciamiento incrédulo, incapaz de entender qué estaba sucediendo.

El joven Lachlan fue el primero en salir. Temblando de frío y chorreando, corrió hasta donde estaba James. Le cogió del brazo y lo condujo hasta el borde del agua.

—Tú tienes la mejor vista de todos nosotros —exclamó—. No logramos ver nada. El agua está demasiado oscura. Tienes que encontrarlo.

James palideció. Su mirada de pánico pasó de Caterine al lago, donde los hombres braceaban para sostenerse a flote.

—¡Ve! —Lachlan lo empujó hacia delante, en dirección al agua.

—Yo no... no puedo... —comenzó a decir, pero después, para sorpresa y alivio de Caterine, una expresión decidida cruzó su rostro. Se deshizo de su espada y se sumergió en las heladas aguas.

Una y otra vez se hundió y subió a la superficie, con su propio temor de no poder nadar dibujado en el rostro. Pero cada vez que volvía a asomarse, tomaba una bocanada de aire y regresaba de nuevo al fondo.

Y entonces, cuando la más terrible de las angustias comenzaba a apoderarse de Caterine, cuando ya no le importaba que sus hombros se sacudieran y le corrieran lágrimas por las mejillas, una gran aclamación explotó entre los hombres reunidos junto a la orilla.

James había reaparecido, y esta vez con él. Había pasado un brazo por el cuello del guerrero, pero su cabeza colgaba en un extraño ángulo —como indicaron los gritos de la muchedumbre— y parecía que los santos habían abandonado finalmente a sir Marmaduke Strongbow.

Le habían dado la espalda en su hora más oscura, dejando que se ahogara en un pequeño lago cubierto de hielo en un lugar equivocado de las costas de Escocia.

* * *

—Señora, tienes que descansar.

Caterine ignoró el consejo de su amiga, como tantos otros que Rhona le había dado aquella mañana, y continuó masajeando los dedos de su protector.

Era un intento desesperado para introducir su propio calor en el interior de aquellas manos que descansaban, frías e inertes, entre las suyas.

Un esfuerzo vano, pero que ella había repetido con enorme paciencia desde que sus hombres habían cargado el cuerpo de Marmaduke de vuelta al castillo y lo habían depositado en los aposentos de Caterine. Ahora yacía sobre su cama.

—Señora, por favor —le pidió Rhona una vez más.

Caterine le lanzó una mirada de reproche.

—Más tarde —replicó ella—. Descansaré cuando esté segura de que él no... cuando esté segura de que él... —Pero se interrumpió. Un nuevo torrente de lágrimas inundó sus ojos y un nudo le cerró la garganta.

—¡Pero si es cierto! —Rhona corrió las cortinas de la cama para examinar el silencioso cuerpo de sir Marmaduke—. Está *durmiendo*... no está muerto. Todo el mundo te ha asegurado que tampoco está agonizando.

Caterine apretó los labios.

Rhona suspiró.

—Si James no hubiera sido capaz de encontrarlo y liberarle de su manto bajo el hielo, tal vez habría muerto —aceptó—, pero eso no ha ocurrido y tampoco ocurrirá.

Caterine depositó las manos de su esposo sobre las mantas de la cama y miró a Rhona una vez más, tratando de echarla de la habitación con algún comentario agudo, pero la respuesta se le congeló en la lengua cuando notó las sombras oscuras bajo los ojos de su amiga.

El rostro de Rhona parecía tan preocupado como debía de estar el suyo.

—Para tener tanta confianza, pareces estar bastante angustiada —dijo ella, con la esperanza de que Rhona lo negase.

Y no la decepcionó. Rhona le cogió la mano y tiró de ella, para que abandonara la silla donde había pasado sus últimos dos días —y noches— atendiendo a su esposo, mientras éste entraba y salía de su estado de continuo sopor.

Un sueño profundo que necesitaba.

—No tiene ningún sentido que te quedes a su lado como un ángel de la muerte —la reprendió Rhona, conduciéndola fuera de la habitación—. Apuesto a que siente tu mortificación y no puede descansar porque está preocupado por *ti.* —Sosteniéndola fuertemente por un brazo, Rhona la obligó a dejar la alcoba. Juntas recorrieron el pasillo en penumbra—. Si no estuvieras tan cegada por la culpa o por otros sentimientos que te acosan, verías que respira con normalidad y que tiene buen color, y eso quiere decir que pronto se recuperará.

Pero Caterine no estaba tan segura.

Nadie se lo había dicho directamente, pero había escuchado ciertos fragmentos de conversaciones y graves murmuraciones que se suponía que no debía haber captado, y sabía que la piedra del señor feudal no había dejado de llorar.

Y algunos de los habitantes del castillo creían que eso significaba la muerte de su esposo, y no que James era el nuevo señor de Dunlaidir.

Sin embargo, dejó que Rhona la condujera a través del corredor hacia las húmedas escaleras que desembocaban en el salón principal. Estaba exhausta y no había comido en varios días.

Rhona sintió que Caterine se rendía, entonces le sonrió.

—Te hará bien pasar un rato abajo —murmuró—. Todo el mundo está elogiando a James por haber salvado a tu esposo. —Hizo una pausa y bajó la voz, convirtiendo el murmullo en un susurro conspirativo—. Milady, apuesto a que eso quiere decir que lo han aceptado. —Caterine asintió, demasiado débil para hablar—. Después de comer, puedes descansar en mi... en la alcoba de James, y dormir todo el día si lo deseas —completó Rhona.

Deseo.

Aquella palabra volvió a llenarle los ojos de lágrimas, pero consiguió alejarlas parpadeando una y otra vez. Avanzó junto a Rhona hasta la mesa principal; la confusión de su interior impidió que notara la ausencia de los escoceses de Kintail.

—Todo saldrá bien —le prometió Rhona mientras separaba la silla de Caterine—, ya verás, milady.

Pero no todo iba bien en ese momento.

Y el terrible silencio que, horas más tarde, le dio la bienvenida en sus aposentos, cuando regresó, sólo vino a subrayar aquella sensación de que las cosas iban mal.

La gran cama, silenciosa, era una gran acusación. Cuando se acercó y levantó las sábanas y las mantas de pieles, éstas le revelaron que allí abajo había... nada.

Su protector se había marchado.

* * *

En aquel mismo momento, en unas colinas heladas y brillantes a unas cuantas millas de Dunlaidir, sir Marmaduke Strongbow espoleaba su cabalgadura tan violentamente que el pobre animal estaba a punto de encabritarse sobre sus patas traseras.

El caballo relinchaba en señal de protesta.

Los hombres de Marmaduke reían a carcajadas.

—¡Por todos los santos! ¡Has tardado mucho en darte cuenta! —le picó Ross, volviéndose hacia él.

Los otros le siguieron, haciendo girar las cabezas de sus cabalgaduras. Y ninguno parecía impresionado.

Ni siquiera sorprendido.

A decir verdad, todos sonreían.

Marmaduke espoleó a su caballo antes de que pudieran volver a burlarse. Hundiendo las espuelas, arreó al corcel y galopó en la dirección opuesta a la que habían venido. El ritmo de los cascos, que golpeaban como tambores, se asemejaba al pulso de su corazón.

—¡Por la Cruz! —exclamó sir Ross un poco más adelante, señalando una figura—. Parece que la has conquistado muy bien.

Marmaduke miró hacia el lugar señalado por el brazo de Ross y la vio. Una figura femenina, algo inclinada sobre el cuello de su cabalgadura, avanzando rápidamente hacia ellos.

—¡Dios mío! —murmuró Marmaduke. Su corazón estaba a punto de estallar y un calor intenso le nublaba la visión de su ojo sano.

Abandonó a sus hombres y cabalgó al encuentro de la figura, a través de los campos cubiertos del rastrojo del invierno. Desmontó antes de que ella se hubiese detenido. Sus hombres lo alcanzaron unos instantes más tarde, con gritos y silbidos que hicieron ruborizar furiosamente a su esposa.

El perrito, que le miraba desde una bolsa de cuero atada a la montura, hizo que el corazón de Marmaduke latiera con mayor fuerza. La presencia de *Leo* tenía que ser una buena señal.

Esforzándose por mostrar cierta dignidad —pues quizá ella sólo había acudido para despedirse—, el caballero se pasó una mano algo nerviosa por el cabello revuelto y caminó hasta Caterine.

—Milady —le dijo, maldiciéndose por haber dejado que una lágrima se deslizara desde su ojo sano y le recorriera la mejilla—. ¿Qué te trae por aquí? —logró pronunciar, aunque su garganta estaba demasiado seca—. ¿Has venido a despedirte?

Caterine abandonó la montura y caminó hasta él con una sonrisa en el rostro que *casi* logró desvanecer todos los demonios de Marmaduke.

—Y tú, milord —respondió—, ¿no estás cabalgando en la dirección incorrecta?

Algo en la humedad brillante de sus ojos y en el tono de su voz hizo que la esperanza de él aumentara.

E incluso las burlas de sus hombres cesaron cuando, al acercarse, los guerreros, divertidos, se dispusieron a acompañar aquel intercambio de frases con un coro de comentarios burlescos, pero Marmaduke se dio la vuelta y los miró severamente; ellos sólo se rieron. Con sus cabezas hacia atrás, soltaron carcajadas hacia el cielo.

Y con aquel sonido de *alegría* absoluta que lo abarcaba todo se sintió aliviado, aunque en el fondo de su alma, un oculto temor le impidiera reconocer la razón principal de Caterine para salir tras ellos. Algo en su interior se abrió con un chasquido y sus demonios, hasta el último de ellos, salieron volando.

Batiendo sus alas negras y cargados con todas las dudas e incertidumbres que habían acosado a Marmaduke, las bestias malditas huyeron de su alma, pero pronto fueron atrapados por una ráfaga de viento especial, demasiado fría, y se desvanecieron en ella.

¡Fuera! Dejadlo en paz para siempre, pareció decir el viento tras ellos. Luego la brisa amainó, mientras los gri-

tos y silbidos de sus hombres empezaron a sonar algo más sentimentales.

Cuando vio que Gowan se sonaba la nariz y se pasaba una gruesa mano por la cara barbuda, Marmaduke supo que había ganado la batalla de aquel día... y a su dama.

Sus hombres eran rudos, pero no tontos.

Marmaduke se puso firme, adoptando la postura de un caballero, y se volvió hacia su esposa.

—No estaba cabalgando en la dirección incorrecta, estaba regresando a buscarte —admitió—. Te he dicho que no te abandonaría.

—Y yo venía a acompañarte en el viaje —respondió ella.

—Es un viaje duro, milady.

—Soy una mujer que no teme a ciertas dificultades de los caminos, milord.

Marmaduke parpadeó.

—¿Qué estás diciendo, Caterine?

Ella sonrió.

—¿No lo sabes?

—Me gustaría oírtelo decir —dijo él con el corazón inundado de felicidad.

Caterine miró a los hombres y después, como si no le importara su presencia, lanzó un pequeño grito y abrazó a Marmaduke, con las manos detrás del cuello del caballero.

—Te amo —le dijo en voz alta, lo suficiente para que aquellas dos palabras llegaran a los oídos atentos de sus amigos—. Creo que te amo desde el día en que entraste en Dunlaidir y me besaste la mano con tanta elegancia —confesó, acariciando el cabello bastante desordenado de Marmaduke y abrazándose a él de una forma tan dulce, que el caballero temió que se derritiera a sus pies.

Él se había resignado a no verla nunca más, a no sentir aquellas curvas flexibles contra su cuerpo.

La suave exuberancia de sus pechos, y algo pequeño y decididamente... *duro.*

Caterine se aferraba a él, y cuanto más lo hacía más se clavaba en su abdomen.

La apartó para mirarla, mientras unas lágrimas tibias, que tanto había querido retener, empezaron a surcar sus mejillas en el momento en que reconoció el pequeño objeto.

Su anillo de rubí.

La reliquia colgaba alrededor del cuello de Caterine de la cadena de oro que él había querido darle.

Era la sortija que ella había rechazado, diciendo que no habría de llevarlo hasta haber entregado su corazón.

El de Marmaduke le golpeaba con fuerza en su pecho, y su garganta se había tensado por completo. Sus hombres, de pronto, tuvieron la delicadeza de darse la vuelta y apartarse un poco.

Caterine, que tenía también las mejillas húmedas, habló al fin.

—Encontré la cadena en la recámara, casi enterrada entre las alfombras —explicó mientras le acariciaba el rostro. Se puso de puntillas y le besó la cicatriz. Sonriendo detrás de sus lágrimas, Caterine le miró con sus profundos ojos azules, la mirada sincera de una mujer que nunca mentía—. Sí, milord, llevo colgado el anillo porque tienes mi corazón —afirmó—. Todo mi corazón, para siempre y durante toda la eternidad.

Y sir Marmaduke la creyó.

Pero más tarde, cuando todos volvieron a sus cabalgaduras y reiniciaron el viaje a casa, avanzando una vez más en la dirección *correcta,* Marmaduke alzó la cabeza al cielo y dio gracias a los santos.

Epílogo

Castillo de Balkenzie
Highlands Occidentales
Navidad

Un fuerte vendaval de invierno golpeaba sobre el lago Duich, encrespando la superficie gris de las aguas y azotando las murallas de Balkenzie con una ferocidad pocas veces vista en aquellas regiones, conocidas por sus tormentas y su clima inestable.

Pero la furia de la noche no pudo ensombrecer el buen ánimo de sir Marmaduke cuando entró al salón principal del castillo y vio que estaba adornado con bonitas guirnaldas. Había mucha gente que había acudido para celebrar la Navidad.

Y para darle la bienvenida a Kintail.

A casa.

Su casa, y la de su querida esposa.

Al fin.

No, la negra noche que azotaba las murallas no le molestaba, ni le robaba siquiera una pizca de la alegría que inundaba su corazón.

Y tampoco lo haría la expresión oscura de su mejor amigo y señor. Ignorando los festejos, el apuesto escocés y señor feudal tenía los ojos clavados en el leño de Navidad en lugar de acompañar a Marmaduke y a los otros.

—¿Cuánto tiempo más crees que tardará? —le preguntó a Marmaduke por enésima vez.

El caballero se acercó a una mesa cercana, encogiéndose de hombros.

—Apuesto a que todo el tiempo que el Señor disponga —dijo él, y alzó una copa de vino especiado en un brindis silencioso.

Su sonrisa provocó una nueva reacción.

—Puedes ir borrando esa sonrisa de tu fea cara —se quejó Duncan MacKenzie—. Tengo todo el derecho a estar preocupado.

—Nadie duda de tus derechos, amigo —le concedió Marmaduke, bebiendo otro sorbo de la copa—, pero a veces me pregunto cómo tu dama es capaz de soportar tu mal humor. —Entonces echó una ojeada a la cama vacía que aún ocupaba una buena parte del centro del salón—. Te felicito por haberle permitido dar a luz arriba y no... *aquí.*

Para sorpresa de Marmaduke, su viejo amigo tuvo la decencia de mostrarse algo compungido.

Pero sólo un instante.

—Ella desafiaba a todo sentido común y se empeñaba en dar vueltas y moverse sin considerar su estado —arguyó él—. No tuve más opción que colocarla aquí, donde alguien la vigilara todo el tiempo.

—Y ahora la vigilan una vieja partera y mi buena esposa, así no tienes por qué estar agujereando con la mirada el pobre leño de Navidad.

Duncan frunció el ceño.

—No estoy clavando la vista en ningún lado, viejo patán, estoy prestando atención a ver si escucho el llanto de un niño. —Levantó el brazo, señalando a su alrededor—. Algo casi imposible con todo este estruendo.

—Es Navidad —le recordó Marmaduke y llenó un jarro con el vino espeso y aromático, para después tendérselo a Duncan—. Incluso alguien con tan escasa disposición como tú, debería tolerar un poco de bullicio.

—Sí, un *poco* habría sido suficiente. —Duncan tomó el jarro y bebió todo su contenido de un solo trago—. Nunca he visto una fiesta tan ruidosa. —Y para demostrar su oposición, se acercó a una mesa cercana y, con dos dedos, levantó una guirnalda de acebo y hiedra—: ¿Qué es esto de cubrir todas las mesas del salón con ramas? ¿No es suficiente con colgarlas en las paredes? Y todo ese muérdago...

—Una bonita costumbre que me gusta. A mí y a mi esposa. Y apuesto a que estaríamos disfrutando juntos de las tradiciones si no fuera porque la necesitan arriba —dijo Marmaduke, mirando hacia el hueco de las ventanas al otro lado del salón, donde el joven Lachlan avanzaba hacia su dama bajo las coronas de muérdago apenas cubierto de frutos rojos.

Más cerca, bajo otra de las ramas, sir Gowan jugaba con una atractiva doncella. Los grititos de placer de la jovencita resaltaban su propia *alegría* por aquellas tradiciones.

E incluso al joven Robbie, de sólo once años, el hijo de Duncan de su primer matrimonio, le había visto antes con una porción de muérdago para conseguir unos besos castos de las más finas damitas de la corte.

Aquella imagen hizo sonreír al corazón de Marmaduke. Volvió a llenar la copa de su amigo.

—Alguien tan apasionado como tú no debería negar a los otros algo de emoción amorosa.

—No me importa nada cuántas muchachas se van a conquistar esta noche, ni lo alto que suenen las trompetas, ni si está bien el jabalí asado, ni si los estúpidos de tu salón gritan todo el tiempo ¡salud!... o si bailan tan rápido y tan mal que se dan de bruces contra el suelo —declaró Duncan, cruzando los brazos cuando Marmaduke le tendió la copa.

—Hum. —Marmaduke se encogió de hombros y depositó el jarro de vino sobre la mesa—. Y yo que pensaba que tu buena esposa había logrado mejorar tu mal carácter.

—Esa buena esposa es la que ahora me preocupa, ¡mentecato! —Duncan se pasó una mano por el cabello oscuro y miró por enésima vez hacia el techo—. Está ahí arriba, sabes, y...

El llanto de un niño, leve pero inconfundible, se escuchó en el salón, tan seguro y ansioso que sonó por encima del estrépito de las voces. Aquel prodigio borró de inmediato la oscuridad de la expresión de Duncan.

Con una enorme sonrisa en la cara, Marmaduke levantó la mano para dar una palmada con afecto en el hombro a su amigo. Pero su señor y compañero ya estaba de camino a las escaleras, cruzando a toda velocidad el salón. El *sassunach* echó a correr detrás de él; lo alcanzó al pie de los peldaños, que subieron juntos de tres en tres.

Los llantos se hacían cada vez más fuertes mientras se acercaban a los aposentos de Marmaduke y Caterine. Cuando estaban a punto de llegar, la puerta se abrió con fuerza.

—Tienes un hermoso bebé, milord —le anunció Caterine apenas vio llegar al señor de MacKenzie. Mantuvo la puerta abierta—. Una niña con tu pelo negro y unos profundos ojos azules.

—¿Una niña? —Duncan abrió los ojos con fuerza, y su corazón dio un vuelco—. ¿Una muchachita?

Caterine asintió, limpiándose una lágrima.

—Y es preciosa. Perfecta.

Pero Duncan ya había cruzado la puerta y entrado en la habitación.

—Es igual que él —dijo Caterine, sonriendo a Marmaduke, con los ojos brillantes de lágrimas que se resistían a caer—. Pelo negro de cuervo como el de Duncan, y una boquita dulce como un capullo, y los ojos más azules y profundos que pueda haber.

Caterine hizo una pausa y se pasó el dorso de la mano por la mejilla.

Con el ojo sano también brillando, sir Marmaduke la cogió de un brazo y la condujo hacia los aposentos. Pero se detuvo, a propósito, en un rincón oscuro para dejar que su amigo permaneciera un rato a solas con su esposa y su niña recién nacida.

A solas pero con la vieja Elspeth, la comadrona, que daba vueltas alrededor, revoloteando sobre la cama y cloqueando como una gallina.

Y lo peor era que todos los de abajo ahora se amontonaban en el corredor, estirando el cuello para echar un vistazo al nuevo hijo de MacKenzie, e incluso algunos descarados se atrevían a cruzar las puertas y a entrar en la habitación donde había tenido lugar el nacimiento.

—Te dije que no tenías por qué preocuparte, muchachito —declaró Fergus con el pecho flaco lleno de orgullo. Los más atrevidos del grupo habían llegado hasta la cama.

El viejo mayordomo se inclinó hacia delante y con demasiada soltura examinó a la niña un largo rato. Después se volvió hacia los achispados que llenaban la puerta.

—Nunca ha habido una muchacha más bonita en toda la región —afirmó, y con mayor desenvoltura aún acarició el rostro de la madre, deslizando una mano rugosa—. Tal como pensábamos, ¿verdad, jovencita?

—... *como pensábamos...* —dijo Duncan, imitándolo, pero su voz temblorosa no pudo sonar violenta, mientras sus ojos se dilataban por las lágrimas.

Caterine se acercó hasta la cama y sonrió a su hermana, mientras Elspeth le pasaba un paño húmedo y aromático por la frente para reconfortarla.

Pálida y agotada, Linnet MacKenzie yacía sobre las almohadas, acurrucando a su niña en los brazos.

—Es preciosa. —Caterine tocó con un dedo la diminuta manita rosada del bebé y sintió cómo se le ensanchaba el corazón.

—Y *tú* eres preciosa, hermana. Estoy tan feliz de tenerte con nosotros. —Linnet estiró una mano en busca de la suya—. No estás enfadada conmigo por... por aquello de...

—¿Por enviarme un protector? —Caterine miró a Marmaduke y alzó la mano libre en busca del rubí que colgaba de su cuello—. No, querida, sólo me arrepiento de que no me lo enviaras antes.

Linnet asintió, reconfortada con aquella respuesta.

—Y tampoco por eso de que...

—¿Por eso de no decirme nada de tu dulce secreto? —Caterine acarició la cabecita oscura de la niña—. No, también lo entiendo —dijo, mirando una vez más a su amado. Su corazón dio un vuelco cuando él le pasó una mano sobre los hombros y la apretó contra sí.

—Y estabais en lo cierto... si lo hubiera sabido, habría venido corriendo hasta aquí. Pero de haberlo hecho, mi protector nunca hubiera comprobado que era dueño de mi corazón.

—¿Y se lo has dado? ¿Le amas tal como... —preguntó Linnet, interrumpiéndose, echando una rápida ojeada a su esposo— como creímos que lo amarías?

—No. —Caterine sacudió la cabeza—. Lo amo todavía más. Mucho más —le aseguró a su hermana y a cualquier otro que estuviera escuchando.

Detrás de Caterine, aunque quizá sólo fuera el viento de la noche, se escuchó un suspiro. Pero al darse la vuelta, no encontró a nadie tan cerca como para haberlo emitido y que ella lo escuchara.

Sintió un extraño hormigueo en la nuca y le regaló a su hermana una sonrisa algo trémula.

—Has creado una hermosa nueva vida.

—Y *tú* también tienes una hermosa nueva vida —dijo Linnet con la voz ronca por la emoción.

—Sí que la tengo —coincidió Caterine, buscando la mano de su esposo—. Una vida nueva y *buena.*

—¿Y cómo tendríamos que llamar a *esta* nueva vida? —quiso saber Duncan, con sus ojos azules oscuros brillando demasiado. Acarició entonces la mejilla de su esposa—. ¿Has pensado en algún nombre para nuestra niña?

—¿Qué te parece si la llamamos Arabella? —sugirió Caterine. El nombre había surgido en su mente en aquel momento, pero de inmediato le pareció apropiado. Su esposo la observó con atención, pero cuando ella le apretó la mano y le sonrió, Marmaduke comprendió. La mirada de su esposo la llenó de calidez—. ¿Y entonces? —preguntó Caterine, dirigiéndose a su hermana y a la pequeña.

—Sí, Arabella es un bonito nombre —coincidió Linnet, y se volvió hacia su esposo—. ¿Qué opinas, milord?

Duncan clavó los ojos en Marmaduke. Luego, en apariencia satisfecho por lo que había visto, una sonrisa enorme surgió en su rostro.

—Arabella, que así sea.

Y en el momento en que pronunció aquellas palabras, en algún lugar oscuro de la noche fría y ventosa, un ángel de largos cabellos negros también sonrió.

LA *NOVIA DE LA BESTIA* ES LA SEGUNDA NOVELA de la serie Highlands de Sue-Ellen Welfonder (www.welfonder.com). La autora, miembro de la Sociedad de Autores Románticos de América, es experta en historia medieval de Escocia, donde reside durante largas temporadas.